Hervé Le Corre est né en 1955. Son premier roman, *La Douleur des morts*, paraît en 1990. *Les Cœurs déchiquetés* (2009) et *Après la guerre* (2014) remportent de nombreux prix : prix Mystère, prix du Roman noir Nouvel Obs/Bibliobs, Grand Prix de littérature policière, prix Le Point du polar européen, prix Landernau, prix Michel-Lebrun, Meilleur Polar de l'année 2014 du palmarès Lire. Ils font d'Hervé Le Corre l'un des auteurs français de romans noirs les plus primés. Amoureux des lettres, il poursuit sa carrière de professeur de littérature dans la région bordelaise.

DU MÊME AUTEUR

La Douleur des morts
Gallimard, 1990

Du sable dans la bouche
Gallimard, 1993

Les Effarés
Gallimard, 1996

Copyright
Gallimard, 2001

L'homme aux lèvres de saphir
Rivages, 2004

Les Cœurs déchiquetés
Rivages, 2009
et « Rivages-Noir », n° 878

Après la guerre
Rivages, 2014
et « Rivages-Noir », n° 983

Prix du Meilleur Polar des lecteurs de POINTS

Ce roman fait partie de la sélection 2016 du
Prix du Meilleur Polar
des lecteurs de POINTS

De janvier à octobre 2016, un jury composé de 40 lecteurs et de 20 professionnels, sous la présidence de l'écrivain Dominique Sylvain, recevra à domicile 9 romans policiers, thrillers et romans noirs récemment publiés par les éditions Points et votera pour élire le meilleur d'entre eux.

***Une disparition inquiétante*, de Dror Mishani,**
a remporté le prix en 2015.

En 2016 qui remportera le prix ?
Pour tout savoir sur les livres sélectionnés, donner votre avis sur ce livre et partager vos coups de cœur, rendez-vous sur :

www.prixdumeilleurpolar.com

Hervé Le Corre

TANGO PARANO

ROMAN

les *Éditions de l'Atelier In8*

TEXTE INTÉGRAL

ISBN 978-2-7578-5736-6
(ISBN 2-916159-08-8, 1re publication)

Les belles paroles enchâssées dans le bijou d'une syntaxe correcte peuvent m'éblouir quelques instants, brouiller ma perspective, troubler ma représentation de la réalité ; mais ces effets-là ne sont pas durables ; mon instinct de conservation est trop aigu, mon attachement à la vie trop ferme, mon expérience des antagonismes trop amère ; tôt ou tard, la lumière se fait dans mon cerveau et je comprends.

Eduardo Mendoza
Le Mystère de la crypte ensorcelée

1

Le colonel Deyspaille reposa le dossier, ôta ses lunettes demi-lune et sans un mot se leva pour marcher vers la fenêtre et, depuis ce vingtième étage d'une tour hideuse, contempler Paris, la Seine et ses ponts, qu'environnait une brume de pollution tenace. Le soleil dispersait dans cette atmosphère soufrée des rayons affaiblis, diffus, hésitants. Les yeux de l'officier ne reflétaient rien de cette lumière fade. Ils semblaient deux boules de cet acier dépoli dont on fait certaines armes pour qu'elles n'offrent à la vue de l'ennemi aucun éclat susceptible de trahir une position d'affût. Pour l'instant, le colonel concentrait son regard terne sur une péniche qui descendait le fleuve comme s'il avait pu la torpiller par la seule force de sa pensée. Sur le pont du chaland une femme couverte d'un châle rouge, tacheté de fleurs mauves et bleues, étendait du linge en fredonnant une chanson célèbre de Charles Aznavour dans laquelle il est question de se tirer au bout de la terre pour vivre pauvre mais heureux. Le colonel était doté d'une excellente vue. Il avait aussi l'ouïe fine, surtout quand il était équipé du système d'écoute ultra-sophistiqué qu'il s'amusait pour l'heure à tester au hasard.

La péniche s'éloigna sans que rien puisse l'atteindre, et quand sa proue fut avalée sous une arche du pont d'Austerlitz, le colonel soupira, déçu ou désappointé. Il se retourna vers les deux hommes également présents dans le vaste bureau et qui, assis sur des fauteuils de cuir et de chrome, observaient depuis quatre minutes la plus parfaite immobilité en même temps que la nuque épaisse et rase de leur chef.

– Donc, vous êtes sûrs que c'est lui.

Ce n'était pas une voix. Le son émis par le colonel Deyspaille évoquait plutôt le grincement d'un sécateur. Un gros sécateur d'un mètre quatre-vingt-dix de long et pesant une centaine de kilos. Le genre d'outil qu'on évite de se laisser tomber sur les pieds, et qui vous oblige à recompter vos doigts après chaque utilisation.

Il soupira, les ailes du nez légèrement dilatées, le front plissé de trois profondes rides exprimant le souci, ou l'étonnement. La perplexité, en tout cas. Il rechaussa ses lunettes et examina à nouveau la fiche, agrémentée d'une photo d'identité, qu'il avait tournée et retournée, soupesée et tordue en tous sens pendant l'heure de discussion qu'il avait eue avec les deux autres.

– C'est très risqué, ajouta-t-il.

– J'en assume toutes les conséquences, mon colonel, dit l'un des hommes.

Deyspaille sourit comme une boîte d'engrenages.

– Mais j'y compte bien, capitaine Schmidt. L'idée est de vous. Et comme on est dans la merde, chacun doit en écoper sa part. À mains nues et à plein nez.

Schmidt se laissa aller contre le dossier de son siège, qui couina légèrement. Ses yeux cillaient derrière ses épaisses lunettes cerclées de métal doré.

– Naturellement. Je suis sûr que ça fonctionnera. Sur place, de toute façon, Vallès est le seul à pouvoir marcher dans l'affaire.

– Henri Vallès, c'est ça ? Sa santé mentale, disons…

chancelante n'est pas un inconvénient ? Tout de même… De longs mois d'internement, des hallucinations, une mise hors cadres si rapide… On note dans ce rapport qu'il a sombré dans une sorte de psychose… Qu'il a commencé à établir des procédures dans un sabir vieillot, maniéré, avant de s'effondrer pour de bon. Suite, semble-t-il, à la mort de sa femme et de sa fille, c'est ça ? Vous confirmez, commandant Diez ? demanda-t-il à celui qui n'avait encore rien dit, et se contentait de ronger avec une sorte de méticulosité maniaque la pulpe à vif de ses ongles.

– Exact. Il est fou comme trente-six lapins. N'ayons pas peur des mots. Vous avez dû lire certains PV qu'il a établis juste après… comment dire… l'accident. Quinze pages pour l'interrogatoire d'une pute, presque quarante pour une audition de témoin dans une affaire de racket. Avec passés simples et imparfaits du subjonctif à la clé. Tout le monde a cru à un gag de flic flapi. Même au Parquet les juges avaient du mal à piger, c'est dire… C'est comme ça que tout a commencé, ou fini, pour lui. Puis il a fondu un câble, un beau jour, lors d'une audience aux Assises, où il s'est mis à parler à sa femme, morte depuis six mois, pendant dix minutes, le temps que le président le fasse évacuer par les gardes. Reste que c'est notre principal atout. Il a été un bon flic. Tout le monde le voyait devenir commandant l'année où le drame s'est produit. Depuis, il est K.-O. debout. Et comme vous l'avez sans doute remarqué, le psychiatre chez qui il va déverser son sac de linge sale chaque semaine est une des pièces du puzzle. Ce genre de coïncidence, ça ne se laisse pas passer. J'appuie sans réserve la proposition de Schmidt. Si on veut trancher ce sac de nœuds, il faut quelqu'un pour tenir la corde.

– Ou pour s'y pendre… bref… On a un fou, un roi, et un puzzle. Un vrai jeu d'enfants, si je comprends bien. En serions-nous maîtres ?

– On peut le dire ainsi, dit Schmidt. Sauf que je ne laisserais pas le rejeton de mon pire ennemi s'approcher de la partie.

– Bigre, ricana le colonel. Vous ne m'aviez pas habitué à tant de mansuétude. Vous faiblissez, capitaine Schmidt. À propos : et si votre… psychotique refusait de collaborer ? Imaginez que, n'ayant pas pris ses gouttes ce matin-là, il décline votre offre ?

Une ombre de désarroi passa furtivement dans le regard de Schmidt, puis il se reprit, se racla la gorge, frottant l'une contre l'autre ses mains moites.

– C'est une probabilité statistiquement négligeable. J'aurai avec moi un ancien collègue à lui, un baroudeur de la Criminelle, qui devrait lui inspirer une totale confiance. On était dans la même promo à l'école de police. Il n'a pas inventé le beurre mou, mais je l'ai à ma pogne. C'est lui qui m'a indiqué le dingue, un jour, quand il a su qu'on cherchait un dindon.

– Et quand tout sera fini ? On se farcit l'animal comment ? demanda le colonel.

– Il sera cuit à point. Peut-être un peu trop. Il n'y aura plus qu'à servir chaud.

Le colonel Deyspaille se leva brusquement, imité par les deux autres qui se figèrent au garde-à-vous. Il les regarda avec ironie.

– Allons, messieurs. Repos. Il n'y a pas de cour de caserne à balayer, ici. Nous ne sommes pas dans la Légion.

Tous les trois rirent en silence à ce trait d'humour. On semblait aller mieux, respirer plus à son aise. On se serra la main en échangeant diverses formules de courtoisie, de respect hiérarchique et d'encouragements. Au moment où Schmidt et Diez atteignaient la porte, la voix tranchante du colonel les figea sur place.

– Je ne veux pas que le service soit éclaboussé dans cette histoire. Vous bétonnez, vous assurez. Cette conversation n'a jamais eu lieu, les fonds spéciaux dont vous disposerez ne sont qu'une virtualité comptable, et je ne veux pas qu'on retrouve les corps, si vous devez en arriver là. Si vous vous plantez, je vous brise, je vous lamine et je vous pends par les couilles. Me suis-je bien fait comprendre ?

Les deux officiers subalternes acquiescèrent, hochant la tête sans un mot, puis la porte se referma sur eux dans un souffle caoutchouteux.

Une fois seul, le colonel ôta de son oreille droite un minuscule écouteur, puis composa un numéro sur un téléphone mobile : il recommanda à son interlocuteur d'ouvrir l'œil, de garder le contrôle de la situation, de se remuer le cul, nom d'un bordel, sans quoi il serait muté comme agent de sécurité au consulat de Grozny.

2

Il y avait ces deux hommes au pied de mon lit. Leur présence silencieuse de statues livides m'avait sans doute réveillé du sommeil compliqué dans quoi je m'étais débattu toute la nuit. Je leur demandai fermement de me laisser en paix, puisqu'il n'était pas encore l'heure de mes cachets. Ils se regardèrent d'un air étonné, et comme ils ne portaient pas de blouse blanche, je fus moi-même surpris de voir deux médecins se charger des soins, ce qu'ils ne font qu'exceptionnellement, laissant les infirmiers exécuter les basses œuvres et les servitudes de leur art : piqûres, comprimés, toilettes intimes dans les cas de régression grave au stade anal, fécal, voire prénatal, sans compter les coups de pieds ou les morsures des pensionnaires les plus agressifs ou indifférents à tant de sollicitude. Je supposai que ces soutiers de la souffrance psychique avaient dû se mettre en grève, protestant de la sorte contre leurs pénibles conditions de travail ou leurs salaires par trop modiques. Je me déclarai aussitôt solidaire de ce mouvement, et priai les deux praticiens de transmettre aux représentants du personnel en lutte l'expression de mon soutien total jusqu'à la satisfaction entière de leurs revendications.

Celui qui se tenait le plus près de moi me considérait

d'un air navré et commença d'explorer la pièce d'un regard morne, comme s'il s'ennuyait ou attendait que se produise un événement exceptionnel : sonnerie du téléphone, alerte incendie, ou bombardement aérien. Son visage ne m'était pas inconnu : cette triste figure, cette allure fuyante m'avaient été familiers. Mais où ? Quand ? J'étais assez souvent sujet à ce type d'amnésie, sans doute à cause de tous les médicaments que je prenais qui, par leur posologie vétérinaire et la complexité de leurs molécules, eussent été en mesure d'euphoriser un cheval aux quatre membres brisés après une chute dans la rivière des tribunes, ou de rendre toute sa superbe à un éléphant sans défense harcelé par des braconniers.

Car j'ai l'âme brisée, autant faire cet aveu sans ambages ni plus tarder. Je ne suis qu'un miroir fracassé, un puzzle tout juste capable de réfléchir. Une glace posée trop près d'un radiateur, si je puis abuser de cette polysémie. Condition déplorable que la mienne, hautement nuisible à l'image que j'ai de moi-même et à ma dignité d'homme tâchant de rester debout, et peu pressé de se liquéfier.

Son confrère, qui demeurait en retrait, ne me quittait pas des yeux de derrière ses lunettes à fines montures dorées, le regard étréci par des verres épais qui lui faisaient un peu la tête d'un purgeur stalinien. Il semblait tout à fait le genre de prescripteur capable d'augmenter, sans autre motif que son caprice, les doses qu'on m'attribuait chaque jour pour empêcher les projections sauvages que mon cinéma hallucinatoire organisait clandestinement, ou pour contenir les bouffées délirantes qui me submergeaient parfois. Je résolus de prendre la parole, puisque ce face à face silencieux ne mènerait à rien, me rappelant le vieil adage selon lequel les chiens de faïence n'ont jamais fait avancer l'histoire.

– J'aimerais être reçu par le directeur de cet établissement, car mes camarades et moi-même avons quelques griefs à exposer et plusieurs demandes urgentes à formuler. Notre citoyenneté a bien le droit de s'exprimer, fût-ce entre les murs de l'asile !

Ils échangèrent des regards accablés, et celui qu'il me semblait connaître murmura :

– On a beau s'y attendre, ça surprend quand même.

L'autre hocha du bonnet, sans me quitter des yeux. Je crus vraiment qu'à cet instant précis il allait sortir de sa poche une seringue pleine d'un puissant neuroleptique et me la planter dans le fessier pour que simplement je cesse de parler.

– Je suis un homme libre, ajoutai-je. Vous ne pourrez rien contre les idées que je défends. J'ai droit à la parole !

Puis un rideau fut tiré. Ou un coup de feu. En tout cas, quelque chose se produisit qui me propulsa dans la réalité tangible et crue. Je me sentis en quelque sorte décroché violemment du plafond, où j'ai la fâcheuse tendance de rester parfois collé plus longtemps que ne l'admettent les normes psychiatriques et les théories d'Isaac Newton.

La voix de celui qui avait parlé ne m'était pas non plus inconnue. Enrouée, sourde, un rien gutturale, elle avait cette tessiture si particulière dont on afflige les psychopathes dans les films d'horreur quand ils téléphonent, vers les trois heures du matin, à leur prochaine victime qui s'entête à leur demander qui ils sont ou leur intime l'ordre de ne plus rappeler. Je sentis les chauves-souris qui peuplent d'ordinaire mon clocher lézardé émettre d'inquiétants ultrasons. Leurs messages devenaient de plus en plus intelligibles, et mon atterrissage dans la réalité s'effectua sans aucune douceur.

Je n'étais plus interné dans le service du docteur Siot, à l'hôpital Charles-Perrens. Et l'heure n'était pas à la visite quotidienne ou à l'entretien thérapeutique. Je me trouvais dans mon lit, qui occupait une surface non négligeable du petit studio que je louais au centre de Bordeaux, rue du Mirail, grâce à la pension que me versait l'État depuis que le ministère de l'Intérieur m'avait mis d'office à la retraite.

Ce que je constatai avec effarement, surtout, c'est que l'un des deux hommes qui étaient venus m'arracher des bras chétifs de Morphée n'était autre que l'inspecteur principal Hugues Cousin, commandant de police comme on dit aujourd'hui. Je l'avais pratiqué du temps où j'exerçais mes talents au sein de cette vénérable institution, et j'aurais préféré à l'époque fréquenter un pit-bull venimeux plutôt que cet enfant de putain.

– Cousin, soufflai-je, tout bouleversé de cette apparition. Je te croyais mort.

– Moins que toi, mon con. Tu prends décidément tes désirs pour des réalités. Tu veux que je t'attrape tes gouttes, ou tu restes encore un peu parmi nous ?

Derrière lui, l'homme qui l'accompagnait commença à signifier son agacement par des soupirs et des raclements de gorge.

– Et si vous lui parliez ? marmonna-t-il. On perd du temps.

Cousin se radoucit un peu. L'autre, qui devait être d'un grade supérieur, lui en imposait visiblement. Il avait toujours étonné tout le monde, dans les services, par son obséquiosité sans faille à l'égard de la hiérarchie, qu'agrémentaient un sens très aigu de la félonie et un art consommé de la manipulation. Les policiers sont accoutumés à charrier les poubelles, mais lui faisait preuve d'un don particulier pour les transporter tout en s'y vautrant avec un plaisir jamais démenti, tel un goret dans sa bauge. C'est grâce à ce genre de serviteurs zélés que l'institution policière tient debout, solidaire quoi qu'il arrive, remplissant sans états d'âmes des trains de déportés, battant à mort ou jetant par-dessus les ponts des manifestants basanés, avec l'assentiment de tous les régimes, tournant casaque quand la carne qu'ils chevauchent est épuisée. Cousin était le paradigme de l'ignominie policière. Capable, comme beaucoup, de prendre sans malaise la ligne de bus 42-44 de la RATP qui mène directement du Vel'd'hiv à la Préfecture de police. L'alpha et l'oméga de la lâcheté et de la traîtrise. De sorte que l'officier qui le chapeautait pouvait s'appuyer sur lui avec autant de confiance que sur un serpent déguisé en bâton de pèlerin.

Au moment où il allait proférer encore quelque parole désobligeante, je décidai de me lever, ne serait-ce que pour retrouver ma dignité de primate. Une vague crainte, telle les prémices d'un brouillard londonien susceptible de dissimuler n'importe quel éventreur, commençait de se lever dans mon esprit. Quelque chose en tout cas me poussait à paraître au mieux de ma forme, pour éviter une emprise trop grande sur ma faible personne. Je m'approchai d'eux, dans le plus simple appareil, main tendue, pour leur souhaiter la bienvenue. Il était temps de renouer avec les plaisirs du commerce des hommes.

On ne s'étonnera pas à ce stade de mon récit de l'amabilité dont je faisais preuve, malgré les préventions que je nourrissais à l'égard de ces navrants duettistes ; j'ai parfois la courtoisie impulsive, voire incontrôlable, et je suis capable, à mon corps défendant, de me montrer parfaitement affable avec l'être le plus abject. Comme je m'emparais de sa main, que j'entrepris de secouer chaleureusement, Cousin eut un brusque mouvement de recul :

– Merde, Vallès ! Planque ton matos ! Érection du matin, chagrin.

Je ne relevai pas l'absconse teneur de son dicton et, confus, je recouvris de ma main libre, mais insuffisante, mon impudeur ainsi brandie. Derrière lui, l'homme aux lunettes montrait quelques signes d'impatience.

– Cousin, faites les présentations, prononça-t-il d'une voix de basse. Je vous répète que nous perdons du temps.

– Capitaine Schmidt, des services spéciaux. Henri Vallès, dont je vous ai parlé. Il n'y a pas eu mensonge sur le bestiau, vous voyez.

– Je vois, fit Schmidt d'un air distant.

Puis il se frotta lentement les mains, sans me quitter des yeux, et m'adressa un sourire qui me fit penser à l'expression d'un loup faisant face à un rival pour la domination de la meute, ou, plus simplement, pour la possession d'une proie.

– Je crois que vous êtes l'homme de la situation, me dit-il. Parlons, voulez-vous ? Une voiture nous attend en bas.

Je m'emparai de mes clés posées sur la commode et indiquai au capitaine Schmidt que j'étais prêt.

– En êtes-vous sûr ? sourit-il avec dureté. Savez-vous que, parfois meurtriers, les mois d'avril sont frais le matin, surtout lorsqu'on n'a pas revêtu le strict minimum requis sous nos climats ?

Il pointait un index roide vers mon bassin dûment recouvert pourtant d'un voile pudique. Durant quelques secondes, je supposai chez ce hiérarque du contre-espionnage une homosexualité latente qui se fixait soudain sur mes modestes attributs. Les choix professionnels et sportifs se fondent parfois, à l'insu du sujet lui-même, sur des pulsions silencieuses mais non muettes : on se destine à la carrière des armes pour y côtoyer en toute discrétion des hommes à la virilité attestée, ou bien l'on pratique le rugby dans le but inavoué, puis atteint avec délices, de distinguer dans la vapeur des douches brûlantes des anatomies robustes, et trouver dans des farces paillardes l'exutoire à des fantasmes velus. Si bien que je fus littéralement happé par la vision du capitaine, impeccablement cintré dans son costume, déambulant parmi les éclaboussures d'eau chaude et les jets de savonnettes, et l'image que je me faisais des cadres de la police se déchira un peu plus pour laisser place à une envie de rire que j'eus du mal à maîtriser.

Heureusement, Cousin intervint entre nous pour dissiper ce malentendu :

– Habille-toi, merde. Tu vas pas sortir les couilles à l'air !

Cette vigoureuse admonestation, dont Cousin était un spécialiste, me fit sauter à pieds joints dans un pantalon et me couvrir d'un pull-over aussi vaste que chaud capable de me faire affronter les rigueurs d'un hiver sibérien. Je me caparaçonnai en outre d'un blouson de cuir râpé, épais et souple comme la peau de vache que j'avais été jadis.

Une spacieuse conduite intérieure gris métallisé ronronnait au ralenti en nous attendant, garée à la diable sur le trottoir de la rue du Mirail. Cousin occupa la place du mort à côté d'un chauffeur aux épaules larges, au front bas, aux mains épaisses qui pressaient le volant comme pour en extraire quelque jus, cependant que le capitaine Schmidt et moi nous installions à l'arrière, après que j'eus longuement hésité sur le côté que je choisirais, répugnant à me placer juste derrière l'inquiétante physionomie du chauffeur, mais redoutant aussi d'avoir sa tête de tueur dégénéré dans mon champ de vision. Pendant que nous attendions au feu rouge du cours Victor-Hugo, je pus reluquer quelques adolescentes qui se rendaient au lycée Montaigne, et heurtai du doigt la vitre pour attirer leurs regards. Depuis quelque tragédie dont ma vie a été lacérée, et que je conterai peut-être plus tard, je dois affronter souvent les vagues d'assaut d'une libido débordante et tapageuse qui, si je n'y prêtais garde, et si le docteur Furde ne m'y avait aidé, submergeraient les défenses de mon psychisme mises à mal par les épreuves que j'ai dû subir. Les femmes suscitent en moi des bouffées d'érotisme que j'ai beaucoup de mal à juguler, et les plus jeunes d'entre elles (sans que pour autant, lecteur sourcilleux, on puisse me ranger dans la catégorie des monstres pédophiles) aiguisent mes sens, affûtent mes désirs et réclament, car le passage à l'acte me demanderait une énergie mentale dont je ne dispose plus guère, des modes d'expression aussi bruyants qu'inoffensifs. Toujours est-il que le capitaine Schmidt remarqua mon dérisoire appel, car il m'expédia dans les côtes un coup de coude qui me coupa le souffle.

– Mais à quoi jouez-vous ? Il va vous falloir être plus discret, sans quoi je redoute le pire. Je ne suis pas venu vous tirer de votre gourbi pour que tout foire au bout de cinq minutes à cause de vos excentricités.

– À propos, qu'attendez-vous de moi ? Je peux rentrer chez moi, après tout. Mon gourbi, c'est vous qui êtes venu m'y chercher.

À ces mots, j'actionnai la poignée de la portière et m'apprêtai à descendre de voiture. Un poing d'airain saisit aussitôt le col de mon blouson, tout en appuyant cruellement sur mon larynx.

– Plus maintenant, fit le capitaine d'une voix sourde où je crus déceler, alliée à une grande force de caractère, une détermination redoutable. Vous m'avez vu, il est trop tard. Je vous expliquerai en temps utile.

Il me relâcha au moment où la voiture démarrait, puis il défroissa sommairement le cuir que son poing avait écrasé.

– Entre nous, c'est un peu à la vie à la mort, comme on dit, sourit-il.

3

Pendant que l'étrange chauffeur louvoyait parmi l'embouteillage permanent qui submerge notre bonne ville de Bordeaux, je songeais que ces deux nuisibles, flanqués de leur gorille, allaient m'entraîner dans un plan foireux comme une attaque de gastro-entérite et que le risque était grand pour moi d'y laisser quelques plumes, ou d'être roulé dans un goudron nauséabond. Mais ma vie, ou ce qu'il en restait, se résumait à si peu de chose depuis ma sortie de l'hôpital trois ans plus tôt, que je ne pouvais laisser passer cette occasion ratée d'avance d'y mettre un peu d'animation. De fait, en dehors du dialogue épisodique à quoi je m'efforçais avec mes mortes, rien ne survenait de notable entre les séances d'exorcisme freudien chez le docteur Furde, et les entraînements de judo dans lesquels j'épuisais une énergie résiduelle tout juste utile, par ailleurs, à me faire déambuler des heures durant au bord des trottoirs sans trouver le courage de me jeter sous les roues d'un autobus convenablement lancé à cinquante à l'heure. Il eût pu s'agir tout aussi bien d'un TGV, puisque je hantais aussi les ponts enjambant les voies ferrées. Peu m'importait dans ces moments-là la vitesse à laquelle la mort viendrait à ma rencontre car je ne désirais qu'un choc sans écho : le claquement d'une porte que je n'aurais plus jamais à rouvrir.

Quand je réintégrai mentalement l'habitacle, la Safrane glissait presque en silence dans la densité du trafic. Nul ne disait mot, enfermé dans la bulle étanche d'un mutisme total. Je goûtai quant à moi le confort du véhicule des hommes de pouvoir, tout en écoutant une symphonie que l'autoradio diffusait en sourdine, et dont j'eusse été bien incapable d'identifier le compositeur. Peu importait, d'ailleurs. Ma préférence du moment serait allée à quelque opus barbare, électrifié sous haute tension, aux harmonies no-futuristes. Je songeais au plaisir que m'aurait procuré l'audition d'un morceau de *Motorhead*, groupe pionnier du rock metal caverneux, guttural et auto-mutilé, fleurant bon la mauvaise bière et le ketchup, qui m'eût fait frémir de la tête aux pieds. Que n'avais-je emporté une cassette ou deux, pour montrer à ces trois nains ce que l'électricité, même sans les soviets, pouvait procurer à l'homme de sensations nouvelles !

– Malheur, murmura Schmidt en fermant les yeux.

Je m'inquiétai aussitôt, et Cousin lui aussi se retourna vers le capitaine. Je pensai d'abord qu'il avait oublié de fermer le gaz avant de partir de chez lui.

– Un problème ? s'enquit-il.

– Mahler, soupira Schmidt avec une pointe d'agacement. Gustav. Le musicien. Cinquième symphonie. Vous n'avez jamais vu *Mort à Venise* ?

Bien sûr. Un pur chef-d'œuvre. Je l'avais vu cinq ou six fois, du temps que j'étais étudiant, éprouvant à chaque fois la même émotion. Mais je me sentais contrarié de partager avec cet individu des enthousiasmes semblables, et j'eus envie de marquer nos différences, fût-ce du sceau de la mauvaise foi.

– Ah oui. Cette histoire de vieux pédé, fis-je négligemment.

Schmidt eut un haut-le-corps, et me considéra avec mépris.

– Y a pas un polar qui s'appelle comme ça ? demanda une voix de fausset que je crus jaillie des entrailles électroniques de la voiture, capable d'annoncer l'imminence d'une panne d'essence et de signaler l'usure des plaquettes de freins. Après deux secondes d'hébétude, les regards convergèrent sur le chauffeur dont c'étaient, on l'aura noté, les premières paroles depuis notre départ. Qu'un être aussi vil, mal dégagé de la gangue animale, pût émettre un timbre si fragile, digne d'un castrat, fit ondoyer en moi les premiers spasmes d'un fou rire. Comme personne ne trouvait rien à répondre, l'hominien reprit :

– Ah non, je me goure. Ça doit être *Mort à Venice*, eh oui... En Californie. Une pute qui se fait tirer un coup de flingue dans le... enfin... pardon. Au fusil à pompe.

Cousin posa sur son épaule une main apaisante.

– Ça va, Cassignol. On te remercie.

– Je l'ai loué l'année dernière, flûta le gorille. En vidéo. C'est jamais passé ni à la télé, ni au cinéma, hein... Les bons films on les voit pas !

Alors que je ne demandais rien, me tenant coi pour ne point éclater de rire ou sauter en marche, cependant que le capitaine Schmidt s'absorbait dans la contemplation des perspectives autoroutières du paysage, Cousin se retourna vers moi :

– Cassignol est un expert en armes et en balistique. En explosifs, aussi. Tu pourras toujours compter sur lui.

– Compter sur lui pour quoi faire ? repris-je au bond la balle mollement lancée.

– Vous verrez, intervint le capitaine. Nous arrivons bientôt.

Pendant que nous échangions nos considérations cinéphiliques, le véhicule avait quitté l'autoroute et empruntait le réseau secondaire, voire auxiliaire, au macadam sommairement bouché de compresses de bitume, louvoyant entre les entrepôts abandonnés et les terrains vagues qui s'étendent au sud de la ville. Le soleil d'avril peignait les herbes folles de verts tendres et d'émeraude parsemés de pâquerettes que n'effrayaient ni les tas de pneus, ni les carcasses de camions Margirus-Deutz devant quoi nous stoppâmes. Le chemin par lequel nous étions arrivés était creux, raviné d'ornières remplies d'eau sur une profondeur de dix centimètres à peu près, si j'en crois la désagréable sensation d'humidité glacée qui me saisit dès que j'eus posé le pied par terre : une eau boueuse, irisée de traces d'hydrocarbures, baignait le bas de mes chevilles. Je perçus le rictus narquois du capitaine, encore assis sur le cuir de la banquette, et décidai de faire connaître le même sort à mon autre pied demeuré sec, pour bien montrer que je n'étais pas homme à m'engager à moitié. Cousin, pour sa part, glissa dans la boue, et ne dut de garder son équilibre et sa dignité qu'à un arbuste couvert de bourgeons, semblables à de grosses chenilles, auquel il s'accrocha en jurant.

Nous marchâmes d'un pas précautionneux vers l'entrepôt désaffecté qui se dressait à une cinquantaine de mètres de là et je fus stupéfait de voir sur notre gauche s'écouler la Garonne dont je redoutai, l'espace d'un instant, qu'elle n'eût quitté subrepticement son lit pendant la nuit pour envahir ces sordides friches industrielles, ce qui aurait expliqué l'état de quasi-submersion où elles se trouvaient. Cousin poussa du pied la porte d'un local qui avait dû abriter des bureaux, des années plus tôt, du temps du plein-emploi et de l'échelle mobile des salaires. Il nous invita à y pénétrer, me demandant de refermer derrière nous, ce que je fis, quoique mes narines se fussent instantanément dilatées de dégoût sous l'afflux des miasmes de la putréfaction. Je sus alors, malgré l'absence de tout organisme corrompu dans la pièce, ce qui s'était sans doute passé là, ou ce qu'en tout cas on y avait retrouvé. Je réclamai fermement des explications en remarquant sur le sol de larges taches brunes, vestiges de la couche que sécrètent sous eux les morts à l'abandon.

Le capitaine Schmidt était fort pâle et considérait les macabres souillures avec une sorte de stupéfaction horrifiée. Il n'avait pas dû procéder souvent à des levées de corps. C'était sans doute le genre de gradé qui passait plutôt son temps à fomenter complots et coups fourrés dans un bureau d'état-major. J'optai pour une officine semi-clandestine, ou parallèle, experte dans ces machinations brillantes exécutées par des nageurs de combat ou des commandos de choc qui font les grands scandales de notre république. Cousin me remit une chemise en plastique jaune, close au moyen d'élastiques qui claquèrent sèchement quand je les défis.

– Regarde : on a trouvé ça il y a trois jours ; un type qui faisait pisser son chien. Phase trois[1].

Des photos prises au flash, en couleurs, dotées de cette terrible précision qui est la marque des techniciens de l'Identité Judiciaire, représentaient le cadavre d'une femme – là-dessus aucun doute n'était permis

1. Phase trois : argot policier utilisé lors de la découverte de cadavres : un tiers liquide, un tiers solide, un tiers gazeux.

puisqu'elle était nue comme au jour de sa naissance – allongée sur le sol du local que nous venions de quitter. Les clichés rapprochés montraient à son cou une entaille profonde, courant d'une oreille à l'autre, subtilement nommée en d'autres lieux et d'autres temps « sourire kabyle ». La corruption s'était depuis longtemps déjà emparée de son corps et la vermine s'affairait de toutes parts, au point que je crus la voir grouiller en maints orifices hideux, saisie dans sa besogne immonde par la netteté clinique des clichés.

Je rangeai avec soin les photos dans la chemise et les rendis à Cousin. Je lui demandai si l'on m'avait tiré de mon foyer et traîné en ce lieu uniquement pour éprouver ma résistance à l'horreur. Dois-je préciser que j'avais dû, au cours de ma carrière, examiner d'autres ignominies, le plus souvent sans le truchement de la photographie ? En effet, j'avais été flic, pendant quinze ans, autant le dire sans plus attendre, ce qui m'avait valu de fréquenter, outre Cousin, quelques autres spécimens de la même trempe, chaque métier ayant ses servitudes, et surtout de côtoyer l'épouvante et le sordide. Mais depuis quelque temps le spectacle de la mort, auquel on ne s'accoutume jamais, ne suscitait plus en moi qu'une sorte d'indifférence nauséeuse assez proche de l'écœurante anesthésie que provoque le chloroforme. Je tâchai de garder une contenance :

– J'en ai vu d'autres, en quinze ans d'usine. T'as cru que j'allais me mettre à pleurer ?

– Si on parlait de ça dehors ? proposa Schmidt, la voix assourdie par son mouchoir.

Nous sortîmes. Le soleil, décidément gaillard, me fit du bien, et j'appréciai infiniment l'odeur douceâtre de la vase. Un peu plus loin, cigarette au bec, Cassignol, chauffeur et expert en poudres noires, se soulageait contre un entassement de pneus de camions. Il se retourna vers nous, secouant sa bricole.

– Alors ça y est ? On y va ?

Les deux autres ne se donnèrent pas la peine de lui répondre. Il rengaina son truc et ferma d'un coup de zip sa boutique aux horreurs.

– Bon, et si vous vous fendiez de quelques explications ? demandai-je à Schmidt.

Il jeta à Cousin un regard d'huître avariée. L'autre écarquilla les yeux, plissa le front, se racla la gorge. La fréquence d'alerte semblait brouillée par quelques interférences.

– On sait qui elle est, et à peu près qui l'a tuée, expliqua Cousin.

– Alors, je vous prierai de me ramener chez moi. J'ai à faire. Et je dois me rendre à quinze heures à mon rendez-vous avec le docteur Furde, que je ne saurais manquer pour rien au monde.

Disant cela, je fis volte-face, m'apprêtant à regagner la voiture, laissant Cousin et Schmidt échanger des regards où se mêlaient perplexité et exaspération, quand un objet dur, froid et creux heurta doucement la base de mon nez. À l'autre bout du bras démesuré qui avait brisé mon élan souriait la large face de Cassignol. Certes, le mot sourire me paraît aujourd'hui abusif pour évoquer la grimace crispée qui défigurait davantage cet *homo erectus* tel un masque singeant le propre de l'Homme. Quant à l'outil qui prolongeait sa main, et qu'un long et patient apprentissage avait dû lui enseigner un usage efficace quoique rudimentaire, il s'agissait d'un revolver *Smith & Wesson distinguished combat magnum*, équipé d'un canon de six pouces, et dont les ogives luisantes me lorgnaient sagement au fond du barillet.

– *Cuidado !* couina-t-il.

– Bouge plus, mon con, me recommanda Cousin avec froideur. Quand il parle espagnol, il est vraiment dangereux. Écoute plutôt ce qu'on attend de toi, au lieu de faire le zouave.

Tout à fait immobile, soucieux d'observer à la lettre les conseils qui m'étaient prodigués, j'entrepris pour tuer le temps de flairer l'appendice vers moi tendu, contre moi pressé, avec une sensualité qui échappera sans doute à qui n'est point féru d'armes. Le canon, dont le trou s'efforçait de communiquer avec mes narines, sentait non la poudre, ou la cordite, encore moins l'acier, mais plutôt la graisse rance et la vieille sueur, et j'en déduisis que le revolver était porté dans un étui d'aisselle, ce qui montre assez le peu de cas qu'on fait dans la police d'un matériel perfectionné et coûteux.

– D'accord, me décidai-je, car une forte démangeaison me prenait à l'endroit précis où le cran de mire était au contact de mon nez. Je suis votre homme. *Vaya con Dios. No pasarán.*

Je hasardai ces quelques mots dans la langue de Garcia Lorca pour tâcher d'intimider la créature aux pulsions ibéro-meurtrières qui rangea finalement avec des gestes lents, sans doute à regret, son arme sous son bras. Nous revînmes nous installer dans la voiture, chacun à sa place. Je notai l'inquiétude manifeste du capitaine Schmidt quand, au terme d'un autre court séjour sans l'eau boueuse de la flaque, mes pieds fangeux se posèrent sagement sur la moquette bleu roi.

– La même gonzesse avant qu'on la saigne, expliqua Cousin avec son tact coutumier.

Il me tendit d'autres photos, où une jeune femme, qui n'avait gardé de son maillot de bain qu'un infime slip, souriait à l'objectif depuis sa serviette, sur une de ces plages de sable fin que notre fabuleuse contrée aligne par centaines de kilomètres. Elle était fort belle, brune, arborant une gorge d'idéales proportions qui laissait darder de durs tétons dressés à la brise marine. Autre chose en moi se dressa, en écho, mais amplifié, singulièrement volumineux et aussi palpitant qu'un suspense d'Alfred Hitchcock, mais fort heureusement réprimé, comprimé par l'étroitesse de mon jean et ma position assise.

– Élise Dulac. Vingt-trois ans. Étudiante en psychologie. Elle…

– En psychologie ? Que ne l'ai-je rencontrée plus tôt !

– Son père est un architecte très bien coté. Villas pour rupins, usines high-tech. Très à la mode en Italie. Quant à sa mère, héritière d'un gros négociant en vins, on ne sait pas où elle se trouve. Elle a quitté le domicile conjugal il y a deux ans, en compagnie de sa fille. Elles partaient dans le Var, près de Draguignan, pour suivre un stage de méditation. Depuis, l'architecte ne les a jamais revues. Quand on l'interroge, c'est un vrai mur. Tu me diras qu'avec son métier, ça se comprend… (Cousin émit un petit rire aigrelet, content de son trait d'esprit) Bref. On peut rien en tirer. Il est complètement abruti de chagrin par la mort de sa fille. Je te dis pas la séance d'identification à la morgue, vu l'état dans lequel on l'a trouvée. La mort remontait à près de six semaines, d'après le légiste et le labo. Il picole pour oublier, il se méfie de nous. Un vrai connard. Bon. Le fameux stage était en fait organisé par un cache-pot de l'Ordre du Retour Lumineux, une putain de secte qu'on surveille depuis des années, mais qui jusqu'à ces derniers temps ne semblait pas très dangereuse, jusqu'au moment où certains de ses adeptes ont commencé à se suicider en série, léguant bien entendu tous leurs biens au groupe.

J'interrompis Cousin pour m'étonner qu'une secte pût être considérée sans danger.

– Oui, bon, rétorqua-t-il. Un groupe d'agités du melon qui croient aux extraterrestres et qui essaient d'entrer en contact avec eux, t'as même des émissions de télé qui font du blé avec ces conneries. Y a un public, je sais pas si t'es au courant. Ça fait vendre. La loi, en tout cas, donne à ces cons le droit de l'être et de s'assembler pour que ça s'aggrave. Je te la fais courte, tu liras la doc qu'on t'a préparée. Ils ont à leur tête un cador de l'informatique, un des meilleurs experts mondiaux en logiciels et en jeux vidéo, mondes virtuels et tous ces trucs. Un certain William Cochard. Il a bossé pendant cinq ou six ans au Japon, et les Amerloques le réclament, paraît-il. Le hic, c'est que personne n'a jamais pu prouver qu'il était réellement le gourou de la secte. On n'a rien contre lui. On sait, c'est tout. Il a été entendu une fois par les services de l'immigration américains, mais ils l'ont laissé repartir au bout de quatre heures. Les perquises, les écoutes, que nib. On espionne même son site sur Internet, ses e-mails, macache. Ce fils de pute est nickel.

J'étais naturellement captivé par les informations dont m'abreuvait Cousin, mais je ne parvenais pas à me défaire du doute qui m'avait saisi depuis que j'avais mis les pieds dans le funeste local : pourquoi venait-on me chercher, moi, certes ancien policier, mais dont l'esprit ravagé par ma tragédie personnelle ne tenait ensemble que rafistolé par les colles psychothérapeutiques et les glus chimiques de la pharmacopée ? Pour me mettre au courant, me tenir informé, dans un souci altruiste d'aider à ma réinsertion ? Je connaissais trop bien le machiavélisme policier, et le cynisme de ses services spéciaux, pour me satisfaire de cette soudaine sollicitude. Comme une question directe n'avait aucune chance d'obtenir une franche réponse, je résolus de feindre l'intérêt le plus vif :

– Et le meurtre de la fille ?

– Elle a été saignée à blanc. Son corps ne contenait plus une goutte de sang. Elle a été transportée ici après. Ça ressemble à une sorte de sacrifice, mais on ne sait pas pourquoi ils ont fait ça. C'est pas le genre de la maison. En fait, on a besoin de toi pour que tu t'infiltres dans l'organisation. On veut en savoir plus sur leurs habitudes et surtout sur les circuits financiers qui les ravitaillent. Cochard est immensément riche, la secte brasse chaque année des millions de dollars. On aimerait y voir clair là-dedans. Problème : notre hiérarchie n'est pas trop chaude pour mettre des moyens sur cette enquête, on nous dit qu'il y a d'autres priorités. On a pensé qu'une voie parallèle nous ferait gagner du temps sans être emmerdés avec la procédure. D'où l'accord avec la section que commande le capitaine Schmidt, qui a des fonds disponibles et discrets, et dont c'est le boulot. Voilà pourquoi t'es ici. T'as été un bon flic, peut-être un des meilleurs. On connaît tes problèmes, on s'est dit que ça t'aiderait à sortir du trou. Pour nous, t'es l'homme de la situation.

Il me gratifia d'un sourire ému et posa sur mon épaule une main amicale. Je reçus ses compliments avec un mélange de fierté légitime et de méfiance hérissée, car la flatterie n'était pas précisément dans les habitudes de cet être grossier, je l'ai dit, plus enclin à décrotter ses godillots aux gencives de ceux qu'il dominait qu'à leur procurer du dentifrice. Dans un même temps, j'étais absorbé dans la contemplation des photos, transi d'une admiration émue pour la beauté de cette jeune femme, et regrettant à tous points de vue qu'on l'eût massacrée. Deux autres clichés la montraient en naïade rieuse, s'éclaboussant au sein de l'onde de ce qui me parut être le Bassin d'Arcachon, cette anse vaseuse et ostréifère que l'Europe nordique nous envie. En effet, une pinasse, embarcation archaïque et peu sûre, typique de l'endroit, était échouée au second plan. Je concentrai mon attention sur les seins superbes, le ventre plat, les cuisses fuselées, les fesses seulement séparées par un cordon ténu que j'eusse arraché volontiers si, par la seule force de mon imagination, parfois capable pourtant de prodiges troublants, j'avais pu entrer dans la photo pour apprendre à cette nymphe quelque tour de ma façon, ou lui montrer, le doigt tendu, dos au soleil, comment dans le sable, à la marée montante, les coquillages s'entrouvrent et laissent luire entre leurs lèvres luisantes un œil mystérieux. Malheureusement, alors que déjà je croyais voir s'animer les myriades scintillantes autour de la baigneuse, la voix du capitaine Schmidt brisa net mon effort mental.

– Je vous signale qu'elle est morte. Cessez de grogner ainsi en la regardant, c'est indécent. Je me demande si on a bien fait de venir vous tirer de votre camisole.

Piqué au vif, je rangeai les pieuses images dans leur enveloppe, et je conçus une grande amertume au rappel de la réalité que faisait le capitaine. Je ne pouvais laisser cette charge sans riposte et me tournai vers lui en m'efforçant de prendre un air finaud.

– Peut-être qu'en acceptant de vous aider je vous tire de la merde – chacun sa camisole – sans même savoir pour quelles vraies raisons. On est quittes, pour l'instant, non ?

– Raisonneur, avec ça, grinça le capitaine. De toute façon, je ne discute pas avec les auxiliaires civils.

Il me tourna le dos pour allumer un petit cigare noir dont il rejeta la fumée par la vitre baissée. Cassignol, qui n'était pas remonté en voiture et scrutait les alentours d'un air concentré et farouche, sans doute prêt à ouvrir le feu sur âme qui vive, s'approcha à un claquement de doigt de Cousin, et se glissa derrière le volant en soupirant.

– Écoutez, reprit Schmidt en me plantant son regard parcimonieux dans le front. Je suis là pour que cette mission atteigne son objectif, mais aussi pour vous botter le cul si vous ne marchez pas droit. C'est simple : si à partir de maintenant vous ne donniez pas satisfaction, si la fantaisie vous prenait d'enfreindre nos ordres, ou de compromettre d'une façon quelconque le bon déroulement de la mission, nous vous ferions disparaître. Tout bêtement. En quelques instants, vous n'existeriez plus. Littéralement volatilisé. Même le papier buvard le plus fin ne saurait recueillir de vous la moindre trace. Un aspirateur ne pourrait retenir la moindre particule de ce que vous avez été. Suis-je clair ? Pour le reste, c'est-à-dire l'essentiel, vous me permettrez de ne vous dire que ce que vous devez savoir pour faire ce travail, et votre ironie ne changera rien à cela. Avez-vous bien compris ?

Il avait tourné vers moi, outre le flux fétide de l'haleine d'un fumeur de cigares, un visage tendu, aux traits tirés, exagérément marqués, qu'on aurait pu croire façonné d'un mélange de résine synthétique et d'acier. Persuadé soudain de me trouver face à un cyborg ultra-performant venu d'une autre dimension accomplir à tout prix – et surtout au prix fort – une mission mortelle, je m'attendais à voir sa fausse peau, son succédané de chair, se mettre à fondre et dévoiler les branchements innombrables d'une tête bourrée de puces dressées au combat et au meurtre. Je demeurai quelques instants dans une indécision angoissée car soudain la réalité m'échappait, ou n'était plus celle que je croyais, et j'échappais réciproquement à l'évidence de mes repères habituels. Le bon docteur Furde m'avait bien donné quelques trucs pour essayer de conjurer cette évaporation mentale, mais j'avais chaque fois le plus grand mal à me les rappeler.

Heureusement, le capitaine passa sous ses lunettes un doigt fiévreux et délogea du bout de l'ongle une chassie collée au coin de son œil droit, puis se frotta la paupière avec la dernière énergie. Ce geste trop humain me rassit sur le rude siège de mes habituelles certitudes, et mon inquiétude se dissipa.

– Finissons-en, grogna-t-il à l'intention de Cousin, cependant qu'il se grattait l'œil.

– Comme je t'ai dit, reprit le subalterne, tu vas infiltrer cette putain de secte et collecter le maximum de renseignements sur tous ces peigne-culs et leurs distractions collectives. Un compte en banque sera ouvert à ton nom, avec un crédit de 50 000 euros, ce qui te permettra de devenir assez vite un joyeux donateur et d'entrer en contact avec les réseaux financiers de l'organisation. On sait que le pognon part aux États-Unis et au Mexique, où l'Ordre du Retour Lumineux a des antennes. Ils investissent, peut-être dans la drogue ou les armes, mais là encore on n'a que des soupçons. Ils ont des comptes et des adeptes aux îles Caïmans, au Panama, au Mexique, en Afrique occidentale. Environ dix mille branques, dont quelques-uns ont des couilles en or. Mais l'axe, en Europe, c'est le sud-ouest de la France, l'Espagne, le Portugal.

– *Mucho dinero*, commenta Cassignol en extrayant une à une les balles du barillet de son arme.

– Qu'est-ce qu'il a ? demandai-je, inquiet de l'entendre parler espagnol.

– Rien, dit Schmidt en expédiant une claque sonore sur le crâne du chauffeur. Il va même arrêter de jouer avec ce revolver, parce que ça l'énerve, et que ça m'irrite.

Le gorille rentra craintivement la tête dans les épaules et s'empressa de fourrer les munitions dans une poche de son veston, et le revolver dans son holster. Au passage, il me jeta un regard luisant de menace auquel je répondis par un clin d'œil et un baiser silencieux, tant j'aime m'amuser parfois du danger avec l'audace légère des cœurs purs. Sur un ordre sec et monosyllabique du capitaine, le redoutable primate remit la voiture en marche et nous prîmes bientôt, sous un soleil presque rendu à son zénith, le chemin du retour vers le centre-ville. Durant le trajet, on me remit les documents relatifs à l'Ordre du Retour Lumineux où figuraient adresses et numéros de téléphone. Je feuilletai des brochures illustrées de dessins naïfs où voguaient astronefs et satellites, et où les silhouettes d'hommes et de femmes nus, environnés d'enfants étrangement drapés dans des façons de toges, divaguaient au cœur de paysages tour à tour dévastés par quelque apocalypse, ou paisibles comme des paradis terrestres.

La mission qu'on me confiait promettait d'être distrayante, voire périlleuse, et je balayai bien vite les préventions qui m'avaient fait hésiter. La personnalité des commanditaires, aussi trouble qu'une eau de Garonne aux effluves nauséabonds, leurs regards fuyants, leurs attitudes conspiratrices ne pouvaient que m'inciter à l'action, dont j'étais privé depuis si longtemps, le plus souvent réduit à l'existence morne et presque végétative des grands blessés de l'âme parmi lesquels, ma pension de retraite d'ancien policier et mon indemnité de handicapé aidant, j'ai la vanité de me placer. De plus, vu les ramifications de l'organisation à laquelle je m'attaquais, je caressai un instant la perspective de voyages exotiques, de combats au couteau contre les requins des Caraïbes, de poursuites hurlantes sur les highways d'une mégalopole américaine.

Pendant que nous roulions plus prosaïquement sur la rocade sud de Bordeaux, je mis à profit l'espèce d'apathie qui avait pris mes compagnons du moment pour les mieux appréhender, ce qui est un comble pour des flics.

Cousin, que j'avais connu dans le temps, était une crapule avérée, comme je l'ai déjà dit, à peu près aussi probe qu'un banquier suisse, et animé d'une idéologie qui lui avait valu auprès des gardiens de la paix, pourtant peu suspects en général de sympathies progressistes, le sobriquet de Goering, aimable synthèse de ses tendances politiques et de sa passion pour l'aviation.

Quant à Schmidt, dont j'avais encore du mal à cerner l'esprit retors et dont les yeux fourbes se posaient sur moi dès que je regardais ailleurs, on pouvait à coup sûr se fier à lui autant qu'à un serpent à sonnettes faisant la sieste sous le soleil d'Arizona, les glandes à venin saturées de poison mortel. La pensée du serpent, animal à l'égard duquel j'éprouve une répulsion maladive, fit courir entre mes omoplates un frisson glacé, et je sentis la peau de mes bourses se crisper brusquement comme si mes attributs virils, pour se mettre à l'abri de l'épouvantable baiser arizonien, allaient émigrer quelque part loin de mon bassin et demander l'asile politique. De fait, je m'écartai discrètement du capitaine venimeux et me tins immobile et coi jusqu'à la fin du trajet.

J'observai la nuque large, presque simiesque, de Cassignol, qui pilotait la voiture avec souplesse et efficacité. Je connaissais bien ce genre d'individu : il s'agissait d'un tueur assermenté, appointé chichement par l'État, exécuteur des basses œuvres, obéissant et stupide, capable d'autant d'abnégation que de cruauté. Avec ce cerbère à ses côtés, Schmidt n'avait pas besoin d'arme. Un battement de paupière aurait suffi à déclencher une tuerie, n'importe où, n'importe quand, quel qu'en fût le motif. Des nerfs en acier véritable devaient tisser dans sa chair un réseau indestructible, une trame qu'aucune émotion n'aurait pu faire vibrer. De nouveau, comme un peu plus tôt à propos du capitaine, j'entrevis durant quelques instants l'éventualité de la fabrication par les services spéciaux d'androïdes mus par des régiments de puces électroniques et de microprocesseurs biologiquement compatibles, prototypes biocybernétiques qui ne pouvaient en aucun cas être pris au dépourvu ni déstabilisés. J'éprouvai ma certitude presque inébranlable, et leur système de self-control infaillible, en poussant dans l'habitacle ce cri primal qu'un thérapeute soixante-huitard m'avait enseigné quelques années plus tôt, alors que je me trouvais enchaîné dans les cryptes sordides de la psychose maniaco-dépressive. J'accompagnai mon cri d'un bond convulsif qui me transporta sur les genoux du capitaine. Hélas, Cassignol, dont les batteries devaient donner des signes de faiblesse, sursauta vivement, braqua le volant à droite, ainsi que son revolver sur mon œil droit, alors qu'au même moment une camionnette de livraison percutait notre véhicule et le projetait contre un arbre du cours Victor-Hugo, où nous étions rendus sans que je m'en fusse aperçu.

Malgré mon œil momentanément bouché, et les coups de poing dont le capitaine me martelait les côtes pour que je daignasse m'ôter de ses genoux, je crus reconnaître l'arbre, celui-là même que j'avais aidé à scier, un soir de mai 1968, encouragé dans le va-et-vient fébrile de la lame dentée par la main chaude de Marianne, posée sur mon épaule faute de mieux, et de temps.

– *Maricón ! Voy a matarte como un perro !*

Prononçant ces mots dont, sans les comprendre, je percevais la prosodie menaçante, notre chauffeur relevait le chien de son arme : à ma grande stupéfaction, je constatai que toutes les chambres en étaient à nouveau garnies. Quand donc ce sinistre personnage avait-il eu la possibilité de recharger son outil de travail, telle est la question que je me pose encore. Toujours est-il que mon esprit se trouvait bloqué dans l'espace étroit qui séparait désormais le percuteur de l'amorce, et que je fixai, en macrovision, son index velu convulsé sur la queue de détente. C'est à ce moment-là que Schmidt m'éjecta de ses genoux, ouvrant la portière de mon côté dans un ensemble de mouvements parfaitement coordonnés, et je me trouvai à plat ventre sur le macadam odorant d'une des artères les plus célèbres de notre ville.

– *Hijo de puta !* entendis-je hurler au-dessus de moi.

Je crus que cette invective m'était encore destinée, et m'apprêtai à élever une protestation contre l'acharnement hispanophone de Cassignol à mon égard, quand je m'aperçus qu'elle s'adressait au conducteur de la camionnette, un petit homme sec et nerveux qui s'était vu extirpé vivement de son siège et gisait à présent sur la chaussée, bouche bée, le canon du revolver enfoncé entre les dents jusqu'au pontet. Je me mis promptement debout et constatai qu'autour du lieu de la collision s'amassait une foule de badauds, haletante et cosmopolite, à l'image de la population qui habite le quartier Saint-Michel. Je ne pus m'empêcher de saluer de la main ces braves gens, dont certains, à ma grande joie, répondirent à mes signes amicaux. Je me crus soudain sur le tournage d'un film d'action dont j'étais l'un des protagonistes, et j'eus le plus grand mal à faire la part de la réalité dans l'aérosol hallucinatoire que diffusait mon cerveau, au point que sa toxine mystificatrice me fit chercher des yeux la caméra et les techniciens. Le capitaine Schmidt avait bondi hors de la voiture, balayant la scène d'un regard écarquillé où luisaient tour à tour la fureur et le désarroi. Quel acteur ! J'attendais la fin de la scène pour aller lui dire toute mon admiration. Mais le chauffeur de la camionnette poussait continûment des cris étouffés par le canon braqué sur ses amygdales et Cassignol lui bourrait les côtes, avec son poing libre, de coups capables de tuer un bœuf. Cette violence, ainsi que l'imminence d'une tragédie sanglante, dissipèrent le brouillard indécis où hésitait ma lucidité, et je vis le capitaine se ruer sur le primitif pour aussitôt lui asséner sur le haut du crâne et dans la nuque des tapes de la main qui résonnaient sèchement malgré le brouhaha de la circulation encombrée à cause de nous. Il lui intimait l'ordre de se calmer, de se taire (Cassignol ne cessait de s'adresser en espagnol à sa victime recroquevillée au sol), de ranger son arme, de cesser de faire l'abruti.

– Code 35 ! hurla l'officier de la DST, en désespoir de cause.

Le tueur se figea brusquement et se releva en rengainant son revolver. Puis, la tête dans les épaules, il remonta dans la voiture et demeura prostré derrière le volant, son œil vide rivé sur le bout du capot. Au passage, je notai la procédure utilisée pour stopper la fureur de Cassignol, ces coups sur la tête et ce mystérieux code invoqué par le chef, et j'assimilai l'air de rien cette leçon qui me servirait, le cas échéant, plus tard.

Je passerai sur la façon dont le constat d'accident fut établi par des fonctionnaires de police ahuris et suspicieux à qui le capitaine Schmidt dut montrer à quatre reprises sa carte professionnelle, tout en utilisant son téléphone portable pour alerter les autorités occultes qui le commandaient et obtenir qu'on cessât de lui chercher noise pour un peu de tôle froissée et quelques côtes enfoncées. De fait, à ce propos, l'infortuné chauffeur-livreur fut escamoté dans une ambulance militaire surgie d'on ne sait où, et les effectifs de la maréchaussée appelés en renfort dispersèrent vivement la foule, non sans contrôler les titres de séjour de ceux qui protestaient contre les brutalités policières.

Ajouterai-je que pendant tout ce temps, l'unique préoccupation de l'inspecteur Cousin, après être sorti d'une longue hébétude, fut de redresser l'aile droite enfoncée par la collision, puis de changer la roue, dont l'un des écrous restait obstinément bloqué ?

Non, je n'ajouterai rien d'autre. Car l'heure de mon rendez-vous avec le docteur Furde approchait, et le capitaine Schmidt, remarquant ma nervosité croissante, me congédia avec force menaces et recommandations et me rappela que ses hommes et lui étaient en mesure d'entrer en contact avec moi, « pour le meilleur ou pour le pire », précisa-t-il, à tout moment et en tout lieu où je me trouverais. Je ne doutai pas un seul instant qu'il dît vrai, car je savais bien qu'on n'échappe pas à son destin, surtout quand, à l'image des Parques, il s'incarne dans un trio aussi pervers qu'efficace.

4

Je regagnai en hâte mon logis, où je pus mettre en lieu sûr les documents qu'on m'avait confiés, et me nourrir en hâte d'un morceau de cervelas et d'un bout de pain, arrosés d'un bol de café noir. Je fus ragaillardi par cette frugale collation car les émotions de la matinée, ainsi que l'excitation causée par l'aventure nouvelle dans quoi l'on me précipitait, m'avaient mené au bord du collapsus.

C'est plutôt frais et dispos que je me rendis à mon rendez-vous hebdomadaire avec le docteur Furde, psychanalyste lacanien, psychiatre, expert auprès des tribunaux, philosophe marxiste, j'en oublie certainement. Son cabinet était situé dans un quartier tranquille de Bordeaux où prospérait, derrière les murs de pierre ravalée de maisons presque semblables, une bourgeoisie catholique pratiquante dont les suffrages se portaient massivement sur les candidats de droite, et qui scolarisait sa progéniture dans les établissements privés pullulant littéralement dans cette zone. Il me fallait près d'une demi-heure pour arriver chez le docteur, aussi me mis-je en route d'un pas résolu.

Chemin faisant, j'essayai de réfléchir à la mission que m'avaient confiée Schmidt et Cousin, et je me posai d'innombrables questions, partagé entre la méfiance et l'exaltation : sans doute s'apprêtait-on à me manipuler, profitant lâchement de mon état mental parfois chancelant, mais on me proposait aussi une aventure où mystère, sociétés occultes, violence, exotisme, et pourquoi pas érotisme, promettaient d'être au rendez-vous. C'était trop beau pour être vrai, et je décidai de ne retenir de ce dilemme que la beauté, en attendant que la vérité se révélât.

C'est le cœur battant un peu plus vite, comme à chaque fois, que je m'approchai de la porte laquée de bleu roi où luisait la plaque dorée de l'archéologue de mes songes ; et mon rythme cardiaque connut une brève mais rude accélération lorsque je constatai que le battant n'était pas fermé et que personne ne paraissait en mesure de répondre à mes énergiques coups de sonnette. J'observai de droite et de gauche la rue, étonnamment vide et silencieuse, si l'on exceptait d'invisibles moineaux donnant de la voix dans de secrets jardins. Comme rien ne bougeait à l'intérieur, je résolus de pousser la porte et pénétrai dans le corridor d'entrée qui m'était si familier. Ainsi que je le faisais toujours, je vérifiai que ma braguette fût boutonnée et mon haleine point trop fétide. Je m'arrêtai quelques secondes devant une gravure ancienne accrochée au mur sur laquelle, dans une rue de Bordeaux, sans doute au XVIIIe siècle, deux silhouettes s'étreignaient de façon indécise et brutale dans ce qui pouvait constituer aussi bien les préliminaires d'un coït vigoureux qu'un combat mortel, sous le regard d'une troisième ombre dissimulée sous un porche. Le docteur Furde, qui devait avoir son idée là-dessus, se refusait toujours à me faire part de son interprétation, arguant que chacun possédait la réponse à la troublante énigme posée par cette scène.

Ce jour-là, la présence de cet être mystérieux observant les deux autres fit naître en moi un funeste pressentiment. Je me précipitai vers la salle d'attente, déserte et, alors que j'hésitais sur son seuil, mon attention fut attirée par des coups sourds et frénétiques frappés contre quelque porte ou cloison. J'inspectai promptement les toilettes et n'y trouvai rien qu'une odeur mêlée de pin et de citron vert flottant dans une atmosphère aseptisée. Les coups retentissaient toujours et j'avisai une pièce où je n'avais jamais mis les pieds, dont la porte était marquée de la mention PRIVÉ. Je fis foin de mes préventions et pénétrai dans un salon meublé de sièges bas et mous dont j'entrepris de renifler le revêtement pour m'assurer qu'il s'agissait bien de cuir. Aux murs se dressaient d'imposantes étagères, rudimentaires comme il se doit, surchargées de livres, revues, dossiers, dont l'inventaire hâtif m'apprit que le docteur Furde semblait amateur de littérature américaine, européenne, asiatique et policière. Quinze mille volumes peut-être s'entassaient là, dont je n'eus pas le loisir de comprendre le classement, car un petit cri, étouffé et féminin, me tira de ma rêverie bibliophile. J'eus tôt fait de déceler dans un angle vide un placard dont je tournai la clé, et, sans autre forme de présentation, une femme me tomba dans les bras.

Elle se coucha même sur moi car, sous l'effet de la surprise, j'avais chuté en arrière et la créature, la bouche empêchée par un robuste ruban adhésif, les mains retenues dans le dos, gigota sur moi avec une vivacité dont au cours de ma vie j'avais connu peu de femmes capables. Mes mains désemparées mais avides palpèrent sans aucune lubricité volontaire des rondeurs fermes dont l'agitation présente devait être assez proche du spasme amoureux. Quand enfin la bondissante inconnue se fut, d'un coup de rein admirable, dégagée de moi, et roula sur le côté, je me précipitai sur elle pour arracher son bâillon et défaire ses liens. Un flot d'imprécations, de menaces et de questions, inarticulées aussi bien qu'expressives, se mêla à une avalanche de coups douloureux et pertinemment assénés, auxquels je n'osai riposter d'abord. Je me contentai de reculer, plié en deux, les mains jointes sur ma trinité génitale, cible principale des attaques. Puis, comme un tisonnier, trouvé je ne sais où, fut soudain brandi avec hargne devant ma figure par cette harpie que la colère et le désordre de sa vêture embellissaient, son chemisier déchiré jusqu'à l'aréole d'un sein qu'hélas je ne pouvais voir davantage, je dus faire face, et lui jetai à la tête un fort volume de la Pléiade, tome II des œuvres de Raymond Queneau. La jeune femme laissa choir son arme de fortune et porta ses mains à son front, cependant que je la menaçais de lui faire réintégrer son placard.

– Faites de moi ce que vous voulez, articula-t-elle dans un sanglot, effondrée sur un petit canapé.

– Que s'est-il passé ? Où est le docteur Furde ?

Elle leva vers moi les yeux, qu'elle avait fort beaux, noirs et vastes, et parut soudain recouvrer un peu de sa lucidité.

– Mais… vous… dit-elle.

– Non. Certainement pas. Je m'appelle Henri Vallès. Je suis un patient du docteur, et, inquiet de ne voir âme qui vive en arrivant ici pour mon rendez-vous, je me suis permis cette intrusion. Pouvez-vous me dire où se trouve le docteur Furde ?

– Au cabinet, geignit-elle.

– J'en viens, il n'y a personne.

Elle me considéra avec une stupeur teintée de compassion. Comprenant ma méprise sémantique, provoquée d'ailleurs par une erreur de syntaxe évidente, je me ruai dans le bureau du docteur. Je ne vis rien d'abord, car les volets étaient clos, puis je distinguai bien vite, malgré la pénombre, le désordre considérable qui régnait dans la pièce. Je trouvai un interrupteur, et ne pus retenir un gémissement d'horreur au spectacle qui s'offrit à mes yeux.

Le docteur Furde gisait sur le sol, auprès de son fauteuil renversé, un trou sanglant, aux bords renflés, dans la tempe. Un peu de sang avait coulé et commençait à se figer autour de sa tête, cependant qu'alentour de la tache une auréole sombre prouvait les efforts produits par la moquette pour absorber une part du fluide vital. Bien sûr, d'irrémédiables dégâts avaient été causés à ce prodigieux cerveau, que ne laissait guère soupçonner l'aspect peu spectaculaire de la blessure. Au moment où j'allais me pencher au-dessus du thérapeute terrassé par Thanatos, un hurlement me fit bondir d'effroi. La femme avec qui j'avais confusément lutté venait d'entrer dans le cabinet et contemplait, bouche bée, les yeux exorbités par la terreur, le tableau de désolation et de sauvagerie devant quoi elle piétinait comme sur des charbons ardents. Je lui enjoignis de se taire, puis de se calmer, et enfin de cesser le dandinement qui l'agitait.

– Il est mort ? sanglota-t-elle.

Je fis valoir qu'on survit rarement à la présence dans la cervelle d'un projectile, même de faible calibre, et que compte tenu des séquelles prévisibles, c'est préférable.

– D'autre part, ajoutai-je en examinant de plus près le corps, il a été étranglé. Voyez les marques bleues. Là et là. Puis achevé. Rien n'a été laissé au hasard.

– Mon Dieu ! C'est horrible ! Comment pouvez-vous ?…

– Je peux, c'est tout. J'ai été flic dans une autre vie. Sachez que j'en ai vu d'autres. Celui-ci est assez présentable.

Je m'étais efforcé d'imprimer à ma voix un timbre plus profond et plus sombre, comme parfois les acteurs de cinéma savent le faire. Cette mâle assurance parut la rasséréner. Il me semblait inutile de lui préciser que mon sang-froid apparent n'était dû qu'à la réactivation de vieux réflexes professionnels et qu'en mon esprit une débâcle digne du dégel des grands fleuves russes commençait à se produire : entre les blocs disloqués et monstrueux, c'était moi que broyait le chaos.

La jeune femme cessa de pleurer et trouva sur le bureau une boîte de mouchoirs en papier dont elle usa bruyamment. Quand elle eut fini de corner dans son tuba mal embouché, je lui demandai :

– À propos, que faisiez-vous là ? Qui êtes-vous ?

– Je m'appelle Edmonde Cambournac. Le docteur Furde est un ami de mes parents, et de temps en temps il fait appel à moi pour un peu de secrétariat. Ça me fait un peu d'argent de poche. À part ça, je prépare une thèse de troisième cycle en lettres modernes. Voilà. Vous savez presque tout de moi.

Dans le silence qui suivit, nous reposâmes en même temps nos regards sur le cadavre, et le même haut-le-cœur nous fit reculer. Une mouche, en éclaireur sans doute de toute une armée, vint se poser sur la flaque de sang. Je l'en chassai du bout de ma chaussure et le répugnant diptère s'éloigna en bourdonnant. Puis je profitai de l'espèce d'hébétude navrée qui nous avait pris pour jeter à la dérobée un coup d'œil affectueux à l'adorable bourgeon que le chemisier toujours défait d'Edmonde laissait apercevoir. Je la sentais sur le point de céder une nouvelle fois aux pulsions lacrymogènes de son système nerveux ébranlé, aussi pensai-je opportun et utile de collecter quelques renseignements supplémentaires.

– Quand cela s'est-il passé ? Combien étaient-ils ?

– Vers onze heures et demie. Ils ont sonné. J'ai ouvert. Ils étaient deux. Des hommes bruns, plutôt petits. Bien habillés. Ils portaient des cagoules noires. Ils m'ont menacée avec des couteaux... Ils m'ont sauté dessus, m'ont giflée, et...

Elle s'interrompit pour laisser rouler quelques larmes et se moucher avec fracas, au point que je soupçonnai chez elle une déviation de la cloison nasale qui, fort heureusement, ne défigurait nullement son visage parfait.

– Et ils m'ont enfermée dans le placard où vous m'avez trouvée. Puis ils ont attendu que le docteur arrive, comme tous les jours, vers midi et demie. Après... Après...

Elle pleura silencieusement. Son affliction me bouleversait jusqu'au tréfonds de l'âme ; à chaque sanglot, ses seins de déesse s'arrondissaient de chagrin. Je me cantonnai avec peine à une attitude strictement professionnelle et déversai sur le feu qui me consumait des litres de culpabilité, ne parvenant qu'à l'attiser davantage.

– Rien d'autre ?

– Si.

Elle s'assit sur une des chaises destinées aux patients et remonta, à ma grande déception, le pan de son chemisier qui béait si joliment.

– C'est trop horrible.

Je m'agenouillai auprès d'elle et posai sournoisement une main sur sa cuisse. Quelle en fut pas ma surprise de la sentir la prendre, et l'appuyer vivement contre l'étoffe de sa jupe.

– Faites un effort, murmurai-je, en tâchant de maîtriser le rythme de ma respiration. C'est fini. Je suis là.

– L'un d'eux a voulu me… Enfin, il a baissé son pantalon et a commencé à agiter son gros machin devant ma figure, c'était… Heureusement, l'autre a pu le calmer !

– Ça ne va pas faciliter l'identification ! Que n'a-t-il ôté sa cagoule ! À moins que vous ayez remarqué un signe distinctif, une cicatrice, un grain de beauté…

Edmonde bondit de sa chaise et se trouva debout de l'autre côté de la pièce.

– Un grain de beauté ? Vous plaisantez ? Vous imaginez que j'ai eu l'idée de me livrer à ce genre d'observation ? Une bite est une bite, si vous voulez savoir.

Elle me considérait avec mépris, le teint rehaussé du rose vif de la fureur. Je n'osai engager le débat sur ce thème car j'eusse été contraint, et je m'en sentais parfaitement capable, de produire des preuves qui auraient ruiné sa conviction intime ainsi que le peu de crédit que je gardais auprès d'elle. D'ailleurs, à cette pensée, l'argument massue que je gardais par-devers moi se développa sans aucun recours à la rhétorique. Je fus tiré de ma réflexion par un cri, encore un, que poussa Edmonde, qui errait tristement dans la pièce.

– Ils ont emporté le fichier des malades et toutes les notes du docteur, expliqua Edmonde en me montrant un petit meuble de classement dont un tiroir avait été fracturé.

– C'est donc cela, dis-je, sans savoir au juste à quoi je faisais allusion.

Je regardai l'heure à ma montre et m'aperçus que nous étions là, à tourner vainement, depuis près d'une heure. Je pris dans la boîte une poignée de mouchoirs et les tendis à Edmonde :

– Faites disparaître vos empreintes digitales de tout ce que vous avez touché dans ce bureau. Dès que vous aurez fini, vous appellerez la police. Nous n'avons que trop tardé.

– Qu'est-ce que je vais leur dire ? s'inquiéta-t-elle tout en s'affairant à son ménage.

J'allais lui répondre que dans ces cas-là il était préférable de dire la vérité, lorsque le timbre suraigu de la sonnette nous fit bondir d'une même impulsion. Nous nous regardâmes, semblablement figés par la surprise.

– Monsieur Pascual ! s'étrangla Edmonde. Je l'avais complètement oublié. Il a rendez-vous à 15 h 30.

La sonnette retentit derechef, en deux coups secs, dont on pouvait déduire une certaine impatience.

– Allez l'accueillir. Dites-lui que le docteur Furde est souffrant, que le rendez-vous devra être reporté.

Je m'enfermai dans le cabinet et entendis Edmonde qui allait ouvrir. L'oreille collée à la porte, je ne perçus d'abord que l'écho assourdi de la discussion dans l'entrée, puis un éclat de voix, à la fois plaintif et excédé, me prouva que M. Pascual, ce petit homme voûté et craintif que j'avais croisé parfois, avait forcé le barrage qu'Edmonde avait tenté de lui faire de son corps.

– Le docteur est là, qu'est-ce que vous me racontez. J'ai vu sa voiture garée devant, déclara l'homme en pénétrant dans la salle d'attente. Même grippé, le docteur m'a toujours reçu, ne serait-ce que pour me fixer un autre rendez-vous. Il n'y a pas de raison que ça change.

– Cette fois-ci, il n'est pas bien du tout, improvisa Edmonde. On attend le cardiologue. Je vous en prie.

Un silence se fit, et j'espérai que l'intrus s'en irait

sans insister davantage. Puis je l'entendis clairement marcher vers la porte derrière laquelle j'épiais la scène.

– Je ne vous crois pas ! beugla-t-il. Il se passe quelque chose !

Je décidai d'intervenir : je m'emparai d'un attaché-case qui traînait derrière le bureau, et sortis.

– Il va mieux, dis-je à Edmonde. Il faut le laisser se reposer. Je le reverrai à ma consultation à l'hôpital. Avec la piqûre que je lui ai faite, il ne risque plus rien.

M. Pascual me considérait avec stupeur, comme si j'avais été affublé d'une panoplie d'extraterrestre. Il jeta un coup d'œil méfiant à Edmonde, qui semblait sur le point de défaillir.

– Je croyais que vous attendiez le cardiologue, et le voilà qui…

– La fenêtre était ouverte, je n'ai pas voulu déranger mademoiselle, répliquai-je.

L'homme ne bougeait pas et me toisait des pieds à la tête. L'accoutrement dans lequel j'étais, le même que j'avais endossé à la hâte le matin sous la pression amicale mais ferme de Cousin et de Schmidt, était assez éloigné de la tenue correcte, garante en principe de compétence et de propreté, exigée d'un praticien dans l'exercice de son art. En outre, M. Pascual se dévissait le cou pour tenter d'apercevoir quelque chose par l'entrebâillement de la porte, de sorte que je dus improviser encore, pour nous tirer définitivement de cette situation scabreuse, et je le saisis à la gorge d'un geste si rapide qu'il en demeura figé de surprise et de peur.

– On vous a déjà pris le pouls carotidien ? Hmm ? Il est à la fois mou et filandreux. Votre médecin ne vous l'a jamais dit ?

Je desserrai l'étreinte de ma main sur son larynx pour le laisser respirer mieux et répondre.

– Je ne comprends pas, parvint-il à articuler, me fixant avec terreur dans l'attente d'un diagnostic.

– Je ne peux rien vous dire maintenant, ajoutai-je. Mais il faudra surveiller ça. S'il arrivait quelque accident cérébral, le docteur Furde ne vous serait plus d'aucun secours. Mais en attendant, peut-être que mademoiselle vous donnera un nouveau rendez-vous ?

J'adressai un clin d'œil à Edmonde, qui réagit avec un temps de retard.

– Oui, bien sûr, fit-elle en se dirigeant vers un petit bureau. Mardi prochain, ça ira ?

– C'est que, d'habitude, balbutia l'homme en se palpant le cou, je viens le mercredi, et je…

– C'est comme qui dirait une séance de rattrapage, dit Edmonde. Vous auriez tort de ne pas en profiter.

Finalement, malgré les soupçons têtus qui lui faisaient jeter en tous sens des regards inquisiteurs, M. Pascual consentit à débarrasser le plancher, et nous entendîmes avec soulagement la porte claquer derrière lui.

– Revenons à notre affaire, dis-je. Appelez la police et dites ce qui s'est passé.

– Comment je vais leur expliquer que j'aie pu me défaire de mes liens ?

– Vous vous serez débrouillée en vous tortillant comme vous savez si bien le faire, puis vous aurez découvert le corps du docteur Furde. Mais je vous en conjure, ne dites rien de moi. Je mènerai mes investigations de mon côté. Je vous rappelle que j'ai été policier, et pas un des plus mauvais. Faites-moi confiance. Vous connaissez mon nom, je suis dans l'annuaire. Vous pourrez ainsi reprendre contact avec moi dès que vous le voudrez. Mais prenez garde : votre vie est peut-être en danger.

– En danger ? s'écria-t-elle.

J'hésitai sur l'attitude à adopter : ne point l'inquiéter outre mesure, ou bien l'informer clairement des menaces que je pressentais. La deuxième solution me parut préférable : elle pourrait l'amener à se placer sous mon aile protectrice, et alors tous les espoirs m'étaient permis.

Je lui dressai de la situation un tableau objectif, dans lequel je mis en avant sa situation de secrétaire intermittente, qui avait pu lui faire croiser des patients dangereux ou entendre des confidences que quelqu'un jugeait peut-être compromettantes. Elle était dans la position du témoin involontaire qui représente une menace sans jamais avoir voulu se mêler de la vie d'autrui.

Elle hocha la tête d'un air absorbé puis composa le 17. Tout en décrivant la situation au standardiste de police secours, elle se remit à pleurer. Dès qu'elle eut raccroché, je déguerpis pour m'arracher au désir de sécher ses larmes de ma bouche, non sans lui avoir fait promettre de m'appeler dès qu'elle en éprouverait le besoin ou l'envie. Elle me fit une réponse agacée et distante que j'interprétai comme la coquetterie suprême d'une séductrice, pour ne pas dire une libertine. Et c'est en proie aux feux les plus ardents, attisés par le zéphyr de l'espoir, précédé de quelques centimètres par l'ampleur de mon désir, que je retraversai la ville en direction de mon antre.

De retour chez moi, je me jetai sur mon lit en désordre dans un état de confusion mentale extrême, pris d'une angoisse qu'aiguisaient sournoisement mes tendances paranoïaques, soupçonnant la trame d'un complot dont je serais à la fois l'objet et le sujet, et saisi par l'exaltation du saut dans l'inconnu, aggravée par la plus extravagante excitation sexuelle, dont je dus constater d'une main inquiète la permanence palpitante et les inhabituelles proportions. Je fus un instant terrifié par l'éventualité d'une crise de priapisme que le doux brasier allumé en moi par Edmonde m'empêchait d'aller apaiser avec une créature vénale : je ne pouvais être désormais que l'homme d'une seule femme, et ce serait elle.

De sorte que, refusant d'autres expédients qui me répugnèrent par leur impureté biblique, je me résolus à avaler un calmant puissant qui aurait assagi un troupeau de buffles à la saison du rut.

Je sombrai aussitôt dans un sommeil agité. Les cauchemars où Cassignol, son revolver à la main, me poursuivait sur le port, le long des hangars déserts, vociférant en espagnol les pires injures, alternaient avec des rêves de luxure qui me firent me vautrer sur de véritables matelas de femmes que je besognais avec frénésie d'un membre jamais fatigué. Toutes avaient la voix d'Edmonde pour me réclamer de les honorer tour à tour, chacune s'abolissait au moment crucial, désespérante chimère, en souriant comme elle.

Je me réveillai en sursaut, trempé de sueur, au moment précis où le tueur à la solde du capitaine Schmidt pressait la détente de son arme pour me faire éclater la tête. La nuit était déjà tombée, et il me fallut quelques minutes pour faire la part du cauchemar et de la réalité. J'écartai de la main le revolver toujours collé contre mon front, tout en cherchant dans les draps les corps alanguis sur quoi j'avais voluptueusement rampé quelques minutes plus tôt. Quand mon moi, tiraillé entre un ça tonitruant et un surmoi égaré, eut repris le contrôle de mon cerveau, je me jetai hors du lit pour aller me doucher et débarrasser mon corps des fluides qu'il avait sécrétés pendant mon sommeil.

Je passai le reste de la soirée à marcher dans les rues du quartier, guettant le cœur battant toutes les silhouettes féminines que j'apercevais, et murmurant malgré moi, du fond ma solitude, le doux prénom d'Edmonde.

5

On m'avait pourtant prévenue. On m'avait dit qu'un maboul de première allait débouler au cabinet. Pas très surprenant chez un psychiatre, j'ai dit. Chez un vétérinaire, tu t'étonnes pas de voir des clébards, des chats ou des poissons rouges dans la salle d'attente, plus quelques bestioles moins communes, maîtres compris. Oui, m'a-t-il été répondu, mais celui-là, c'est un flic cassé de partout, un polytrauma du bulbe. Le genre à avoir débuté comme mannequin chez Crash test. Il est vrai que ces braves gens de la poulaille ne pètent rarement qu'un boulon à la fois. C'est la carlingue tout entière qui se barre en morceaux, et ça les rend aussi rassurants qu'un putain de Concorde rafistolé au sparadrap filant à Mach 2 au-dessus de l'Atlantique nord en plein hiver, si vous voyez. Tout à fait susceptible de heurter un iceberg et de se transformer en sous-marin nucléaire russe. Une sorte de catastrophe industrielle doublée d'une tragédie humaine. On voit ça dans des films. Dans la réalité, je me dis qu'au départ ces mecs ont un vice de fabrication bien caché et qu'ensuite ça s'aggrave seulement. Mais à propos des flics, je manque d'objectivité. Cruellement. Vallès, question calamités, c'était la une d'un canard à lui tout seul. Capable d'occuper sur son blase dix envoyés spéciaux d'un journal télévisé, en direct, avec leur air con devant des ruines fumantes et une expo de gyrophares, chargés de faire durer le plaisir, de bien monter les blancs en neige. Dans le genre ici, Patrick, rien de nouveau, les secours s'affairent sur les lieux du désastre, car comme nous le disions tout à l'heure…

Bref. On me dit d'attendre, alors j'attends. Ça dure un petit mois. Le Vallès, je l'ai même pas remarqué, parmi les autres. C'est le genre de mec qui ne gagne pas à être connu, si vous voulez me croire. Je tiens ma place, sous le regard parfois étonné des malades. Derrière mon petit bureau, je note leurs manies, leur nervosité. Il y en a qui n'ont pas l'air malade, évidemment. Moi qui m'attendais à les voir grimper aux rideaux, con comme je suis, j'ai vite été au jus. Ils s'assoient gentiment, ils prennent une revue, ou sortent un bouquin, ou ne font rien qu'attendre, des fois nerveux, à regarder l'heure toutes les trois minutes, comme moi. Ou gardant l'œil rivé à la porte du cabinet, guettant l'apparition du grand sorcier. À la limite, comme n'importe qui poireautant chez le dentiste, avec la trouille en moins, rapport aux instruments de torture. Le docteur m'a prévenue dès le premier jour : « Ces gens sont juste un peu plus douloureux que vous et moi. Ne croyez pas qu'ils vont se laisser aller à des extravagances. Vous me paraissez bien naïve, non ? » Bien sûr. L'agneau qui vient au monde sur la paille. Je ne suis qu'une étudiante en lettres, alors je connais surtout les fous littéraires. Je minaudais. Il se grattait doucement le menton.

Puis un matin débarquent ces deux furieux, dans le genre judokas élevés aux farines animales, qui commencent à tout foutre en l'air en demandant après le docteur. On se croirait aux urgences psy, sauf que j'ai pas les gros bras de deux infirmiers pour maîtriser les branques et leur enfoncer dans le cul une bonne dose de fais-dodo. Comme je refuse de leur répondre, ils me donnent des coups, ils sortent des schlass à découper le cochon et me traitent de pute, m'annoncent qu'ils vont me faire ma fête. Bon, jusque-là rien à quoi je ne sois habituée. La routine, en quelque sorte. Ils peuvent pas se douter. Il y en a même un qui sort son engin et me l'agite sous le pif en m'invitant à y goûter ! J'ai eu envie de lui donner le tarif, à cet impoli ! Heureusement, enfin si je puis dire, le docteur est arrivé à ce moment-là, et ils m'ont bâillonnée et saucissonnée dans du ruban adhésif, façon colis postal. Direction le placard à balais. « Si tu l'ouvres, on revient te saigner comme une truie », m'a dit celui qui avait su se tenir. De la part d'un type aussi raisonnable, c'était le genre de menace qu'on prend au sérieux. D'autant plus que d'après moi, ils avaient pris des trucs avant de venir. Pratiquement au bord de la convulsion sanglante, ils avaient l'air. J'ai donc attendu que ça se passe, terrorisée à l'idée de ce qu'ils pouvaient faire au docteur Furde, qui n'était pas précisément un adepte des sports de combats, même si je lui ai trouvé un certain talent dans le corps à corps… Au moins, là-dedans, ça sentait le propre. Pin des Landes et citron vert, double action antibactérienne et détartrante. J'ai connu plus sordide, comme gourbi. J'en reparlerai, si je veux.

Et puis arrive Zorro. J'ai pas tout de suite compris qui c'était, alors dès qu'il a ouvert la putain de porte, je lui suis rentrée dans le lard et on a roulé au milieu de la pièce, moi sur lui à essayer de lui démonter le blair à coups de boule, pendant qu'il en profitait, ce salaud, pour me peloter. Je l'aurais tué sur place, je le jure, mais allez massacrer quelqu'un empaquetée façon momie, vous reviendrez me dire le bilan.

Bref, on se démêle, il me détache, je me rassure. C'est un vrai patient du docteur, un maboul estampillé DMS4 dont j'ai déjà vu le nom sur l'agenda des rendez-vous. Henri Vallès. Il parle bizarrement, comme dans ces pièces de théâtre à la con que les profs nous rabâchaient à l'école. Le genre marquis en hauts de chausse qui fait du gringue aux servantes avec des politesses pleines d'alambics. J'ai tout de suite détesté. J'ai vu le moment où il allait me chanter *Il pleut bergère* en me priant très civilement de souffler dans son pipeau.

Et on a découvert le docteur Furde dans son bureau, carrément mort. Je ne sais pas comment je n'ai pas hurlé. J'ai eu envie de me jeter sur lui pour le ranimer. Finalement, je ne me suis pas approchée, j'avais l'estomac au fond de la gorge. Il n'y avait pourtant pas beaucoup de sang, j'avais vu plus gore comme spectacle ; mais là, je ne sais pas, quelque chose de sentimental, on va dire. D'affectif, si vous voulez. Et l'autre débranché, là, très pro, qui se remet à jouer les flics, comme à la télé. Un Columbo borgne du cerveau, avec un hémisphère à l'ouest et l'autre qui a perdu le nord. C'est pas peu dire ! Il s'est mis à la jouer méthodique et froid, il a même réussi, en sortant le grand jeu, à nous débarrasser un peu plus tard d'un autre caramel fondu qui débarquait pour sa séance hebdomadaire de baratin tarifé.

Je savais plus quoi penser. Un macchabée sur les bras, un dingo dans les pattes. On s'était bien gardé de me prévenir que ça pourrait tourner glauque. Et ce n'était qu'un début ! Si j'avais su comment cette embrouille allait tourner ensuite, en jeu de piste et de massacre, j'aurais dit stop, j'aurais demandé qu'on me renvoie d'où je venais. Mais les salauds me tenaient par là où ça fait le plus mal, avec des tenailles méchamment aiguisées. Quand Vallès a eu débarrassé le plancher, j'ai bien fermé le bureau du docteur et j'ai appelé les flics. J'étais bien décidée à les attendre, complètement paumée. C'était bien la première fois que l'arrivée d'une escouade de casquettes plates avait tendance à me rassurer. Putain, on change, dans la vie. Puis j'ai réalisé que des empreintes de moi, dans le bureau, il devait y en avoir partout. Et même des cheveux, et même d'autres spécimens de mon système pileux, vu que. Bref.

Il avait un gros bide, une barbe fleurie, il était aussi sexy qu'un bœuf charolais, mais il avait une putain de voix douce, et des mots si justes, et un regard de soie que je sentais fureter dans mon cou comme une écharpe. Il me parlait comme jamais personne ne s'était donné la peine de le faire. Ni écoutée, même si c'était son métier, tout ça. Alors quand il m'a serrée contre lui pour la première fois, le docteur Furde, eh bien je m'y suis allongée, sur son divan. Jusque-là, je trouvais que le contrat n'était pas trop difficile à remplir. Je me demandais même si je n'allais pas y prendre goût… Il n'a donc pas eu besoin de me cuisiner longtemps pour percer mes petits secrets… Un ventre rond, c'est peau de pêche et grand confort pour poser la tête et t'as envie de mordre là-dedans du bout des dents et ça ramollit entre les lèvres à chaque baiser. Tu te balades. T'as la place. Je l'ai couvert de suçons. Gourmande comme jamais. Et merde, autant le dire, j'ai joui à en chialer. C'était pratiquement qui dirait mon premier homme. Un mec chamallow, une grosse poche d'un quintal de bonbons. Huit ou dix jours de lune de miel. Il en redemandait tout le temps… Il m'aurait sautée entre deux patients, à la gaillarde, accoudée sur le bureau. Et puis j'ai commencé à craindre quand il a eu des idées bizarres. Il parlait de fantasmes qu'il fallait assouvir à deux… Il affirmait qu'il n'y avait pas de mal à se faire du bien. Et j'ai vite compris que c'était ça ou la lourde. Et comme il n'en était pas question, que j'étais pieds et poings liés (ça lui plaisait bien cette idée, d'ailleurs, mais il me laissait les jambes libres, rapport à sa liberté d'action), j'ai laissé faire. Oh, c'était pas bien méchant, j'avais morflé bien plus grave, moins propre, et les queutards avaient pas l'habitude d'organiser un débat après la projection, si je puis dire… Et il y avait des fois où il n'y avait même pas projection… On cherchait son engin sous les replis du bide, genre spéléo en perdition dans un trou du Vercors. Il m'en voulait pas, lui au moins, il me cognait pas dessus… Il se mettait à pleurer, et il fallait que je lui tape un peu sur le cul en le grondant. Il demandait pardon, après, en reniflant… Je ne sais pas comment j'ai pas éclaté de rire… Vachement pro, finalement… j'ai tenu. Je me demande si je n'aurais pas pu tenir un peu plus, réflexion faite. Vu l'enjeu. J'en reparlerai peut-être.

Enfin quoi, pleine de sentiments contradictoires, ou contrariés, je me suis arrachée sans demander mon reste. Au moment où je tournais le coin de la rue, la cavalerie déboulait, à grands coups de gyrophares et de sirènes. J'ai insulté leurs salopes de mères entre mes dents et j'ai accéléré.

Je ne pouvais pas le savoir, mais c'était à peu près comme si j'avais accéléré sur du verglas. Conduite à risques, aurait dit Furde, le pauvre couillon.

6

Le surlendemain, la presse, contre toute attente, ne soufflait mot de l'assassinat du docteur Furde, et j'eus beau fouiller même la page des avis d'obsèques et de décès, rien ne venait honorer la mémoire de ce thérapeute hors du commun. J'en déduisis que l'affaire était d'importance et que la police, dans sa grande et légendaire sagesse, avait choisi d'imposer à tous un *black-out* qui aurait au moins l'avantage de mettre Edmonde à l'abri de la vindicte des criminels. J'étais en train de m'informer de la vie trépidante qui caractérise notre bonne ville, lorsque la sonnerie du téléphone me fit tressaillir dans le fauteuil affaissé où je lisais ces informations enivrantes, affligé à l'idée du traitement que le médecin légiste avait probablement fait subir à mon psychiatre préféré. La voix de Cousin, sourde et brutale, se réjouit sommairement de me trouver là.

– Alors, tête de mort ? T'as reçu notre courrier ?

Je m'étonnai. On m'écrivait si peu, et la correspondance administrative et comptable me déprimait tant, que j'ouvrais ma boîte aux lettres une fois par semaine seulement, quand elle débordait de prospectus publicitaires. Ma première impulsion fut de poser l'appareil et d'aller voir, tant était grande ma joie de trouver une vraie enveloppe n'ayant pas pour objet une promotion commerciale ou la mesquine réclamation de paiement d'une facture. Cousin brisa net mon élan en élevant la voix :

– Ça va, pauvre couillon ! Ça peut attendre trois minutes. T'as toutes les instructions, les adresses, les contacts. On t'a ouvert un compte en banque, avec 250 000 euros dessus. Tu vas pas tarder à recevoir un chéquier. Tu t'appelles désormais Laurent Clamart, on t'a fait une carte d'identité.

J'exprimai ma satisfaction d'être enfin quelqu'un, tout en émettant des réserves quant aux problèmes d'identité que cela pourrait me poser, car mon esprit se scindait depuis quelque temps en entités distinctes, voire rivales.

– Mais non, y aura pas de problème d'identité, répliqua Cousin, en fin psychologue. On a récupéré une photo dans ton dossier administratif, t'auras la même gueule que sur ta brème de flic. On te fera parvenir la carte grise pour ta bagnole, et un permis de conduire. Du vrai faux comme on sait faire.

Je me confondis en remerciements et, entraîné par l'enthousiasme, je suggérai à Cousin que nous pourrions passer ensemble la soirée en célibataires pour arroser l'événement. Un silence tendu se fit sur la ligne, bientôt interrompu par un soupir presque douloureux.

– Y a rien à arroser, putain. On verra ça quand t'auras accompli ta mission. Dès demain, tu t'y mets. Pénètre cette bande d'andouilles par le bout que tu veux, et trouve quel est l'enfant de salaud qui a zigouillé cette fille. Fissa. T'as dû remarquer que le capitaine était pas un plaisantin.

– À propos, comment va ce brave Cassignol ?

– Laisse-le où il est, ça vaut mieux pour toi. Mets-toi au taf, et tout ira bien.

Il raccrocha. Je restai pour ma part l'oreille collée au combiné encore quelques secondes, car de lointaines conversations résonnaient faiblement. Deux femmes parlaient, échangeaient des nouvelles, dont je ne pus hélas saisir que quelques bribes, et, déçu, je raccrochai à mon tour.

Tenaillé par la crainte que le téléphone se mît à sonner durant mon absence, je dévalai follement l'escalier, sautant les marches les plus arrondies et sournoises, avec au cœur le regret de ne pas m'être équipé d'un de ces appareils portables dont on use aujourd'hui en toutes circonstances et qui font croire au plus anonyme quidam qu'il est un des centres du monde. Je recueillis dans ma boîte, outre un hebdomadaire gratuit de petites annonces, une épaisse enveloppe de papier kraft où mon nom, inscrit en lettres capitales à l'aide d'un crayon-feutre noir, prouvait de façon tangible que j'existais pour d'autres que les administrations des télécoms ou de l'EDF. Je remontai chez moi en sifflotant, un doigt fébrile déjà glissé dans le rabat, heureux comme un puceau s'immisçant à l'élastique de sa première petite culotte.

– Putain, Mister Zap, t'es fier comme un bar-tabac, fit une voix dans l'escalier obscur dont je gravissais vivement les degrés.

Le sourire d'Ousmane, mon voisin du premier, stoppa net mon ascension comme il avait souvent arrêté mes chutes libres dans le vide glacial de désarroi. Nous tombâmes dans les bras l'un de l'autre, car je ne l'avais pas vu depuis une dizaine de jours, et lui demandai ce qu'ils devenaient, lui, sa femme Betty et bébé Louis, leur fils de quatorze mois.

– On était chez un cousin à Paris. Il a des ennuis avec ses papiers, alors on est allé donner un coup de main aux camarades. J'avais des congés à prendre, et ça m'a fait du bien de pas voir leurs gueules, au boulot. Et puis Paris, c'est autre chose. On a montré la Tour Eiffel à petit Louis, il a eu vachement peur ! Et toi, frangin, qu'est-ce que tu fais ?

Je lui appris l'assassinat du docteur Furde et lui fis part de l'affliction où sa disparition me jetait, mais je choisis de ne rien lui dire pour le moment de la mission dont j'étais chargé, car je voulais les laisser, tous les trois, à l'écart de cette sombre affaire. Ils avaient déjà à batailler ferme contre les difficultés en tous genres que notre beau pays s'ingénie à dresser autour d'eux et de leurs semblables, grilles invisibles mais implacables d'une geôle administrative, et n'avaient guère besoin de multiplier les contentieux avec les autorités.

Il regarda sa montre et me dit qu'il devait aller rejoindre Betty au marché, où elle était allée acheter de quoi préparer un repas de fête pour le samedi suivant. Naturellement, je fus invité. Naturellement, j'acceptai. Nous nous séparâmes en riant, et je gravis les deux étages qui restaient d'un cœur plus léger.

Je vidai fiévreusement l'enveloppe et fis l'inventaire de son contenu. Un relevé d'identité bancaire, une carte bleue, une carte d'identité qu'on s'était même donné la peine de vieillir un peu, ornée d'une photo de moi avec quinze ans de moins, se trouvaient dans une chemise cartonnée, réunies entre elles au moyen d'un trombone. Très ému, je trouvai dans un autre dossier les photos d'Élise Dulac que j'avais admirées sur les lieux du meurtre, et je les mis de côté, me promettant, aux heures sombres de ma solitude, de m'absorber dans leur contemplation. Pourtant, pendant quelques minutes, mon esprit, prompt aux fusions imaginaires, ou à la confusion des images, prit un malin plaisir à mêler les clichés de la naïade défunte au souvenir vivant que j'avais de l'adorable Edmonde.

La partie la plus importante de la liasse concernait l'Ordre du Retour Lumineux. Une série d'articles de presse avait été jointe au dossier : ils relataient des différends ayant opposé quelques mois plus tôt des parents d'adeptes aux dirigeants de la secte, à quoi s'ajoutaient des rapports des Renseignements Généraux dont je pris aussitôt connaissance avec la ferveur renouvelée du limier trop longtemps laissé en sommeil. Il ressortait de l'inimitable prose des fonctionnaires de ce service que l'ORL, comme ils le désignaient, comptait au total près de six mille membres, dont plus de la moitié en Europe, tous astreints à de fortes cotisations, ou contraints à une sorte de travail forcé dans des « lieux de vie » appelés Bases d'Attente dans le jargon du groupe. L'Allemagne, le Royaume-Uni, la Belgique, bref, l'Europe du nord, semblaient avoir été épargnés par l'implantation de l'ORL, à l'exception notable de la Pologne, où une centaine d'agitateurs dispensaient la bonne parole aux environs de Cracovie pour y contrecarrer l'influence papiste. De même, du côté de Fatima, au Portugal, ils s'étaient heurtés deux ans plus tôt aux pèlerins après avoir essayé de les convaincre que l'apparition de la Vierge n'était que l'annonce de la venue de sauveurs intergalactiques.

Suivaient de longues analyses des réseaux financiers de la secte, dont l'argent transitait par de multiples paradis fiscaux, en passant par les agences russes de grandes banques françaises, dont celle où l'on venait d'ouvrir un compte pour ma mission. Au bout d'un moment, ces fastidieuses explications commençaient à me plonger dans une traître somnolence, état dans lequel, bien plus que tout autre, je vois mes capacités de jugement s'émousser comme le donjon d'un château de sable sous la marée montante. J'abandonnai bien vite cette lecture pour m'intéresser aux fondements théoriques de l'ORL, dont les allusions qui y avaient déjà été faites ne laissaient rien présager de bon.

La quête, ou l'attente censée fonder l'activité de la secte consistait à accueillir, à une date incertaine mais proche, un peuple extraterrestre qui ramènerait sur terre le Christ et ses apôtres. Le monde s'embraserait, suite à une brusque dilatation du soleil, et seule une infime partie de l'humanité, dûment prévenue et initiée par le gourou, échapperait au barbecue géant. Selon les brochures que je parcourais, les élus devraient leur salut à des vastes abris souterrains qui reconstitueraient, grâce aux formidables progrès de la technologie et de la science encore mal utilisés, un écosystème viable ; ou bien les Moséhims, qui peuplaient pour l'instant une planète dont les savants et les politiciens du monde entier cachaient l'existence, viendraient chercher les humains choisis à bord d'astronefs géants pour les emmener vivre éternellement dans leur monde. Il était précisé que ladite planète, du nom d'Achronos, avait été découverte au XVIIIe siècle par des astronomes juifs qui avaient décidé, y découvrant les indices d'une vie organisée, d'ourdir un vaste complot du silence pour en occulter l'existence. Complot qui durait encore de nos jours, et contre quoi se battaient les adeptes.

De sorte que l'ONU, par exemple, avait pour tâche essentielle de maintenir les peuples de la Terre dans l'ignorance de ce qui les attendait et de ceux qui pourraient les sauver. Sa fondation après la Seconde Guerre Mondiale, suivie de peu par la fondation de l'État d'Israël, semblait prouver la collusion entre les réseaux juifs internationaux et les instances mondiales, complètement noyautées.

En outre, les Moséhims venaient se poser de temps à autre en des lieux sélectionnés par de savants calculs, non sans avoir prévenu par télépathie de petits groupes de fidèles. Ils venaient sur Terre pour les assurer de leur sollicitude et de l'observation depuis leur monde à eux des malheurs de notre infortunée petite planète. Ils n'en perdaient pas une miette, apparemment, et s'intéressaient vivement à la marche du monde. Il était même dit, dans la brochure intitulée *Les rendez-vous manqués*, que ces créatures déploraient à tous égards que le conflit de 39-45 se fût terminé si mal, car leur débarquement avait été rendu possible durant les quatre premières années de la guerre. Un vaisseau spatial avait même fait des navettes entre certains camps d'extermination et la planète Achronos pour « aider » à l'évacuation des déportés dont il fallait débarrasser la surface de la Terre.

Je dus relire ce passage pour être sûr que ce que je lisais n'était pas une fabrication de mon imagination : il était bien inscrit en toutes lettres que les camps d'Auschwitz et de Treblinka avaient constitué des sortes de laboratoires où l'on avait envisagé la fin du vaste complot juif destiné à occulter l'existence de l'entité supérieure des Moséhims.

Je dus à cet instant interrompre la lecture presque hallucinée que je faisais depuis trois heures de ces documents pour aller prendre l'air à la fenêtre car, comme à chaque fois qu'une colère impuissante, associée à des pulsions de violence, m'envahit, je suis pris d'un vertige nauséeux que j'ai le plus grand mal à juguler, et qui me laisse, du coup, totalement sans force ni capacité de réagir.

Le ciel pommelé qui glissait au-dessus de la ville, ainsi que le petit vent humide courant dans la rue, dissipèrent finalement mon malaise, et je me convainquis de revenir à mon pensum. Entre autres choses, j'appris que les Africains, pas plus que les Juifs, ne feraient partie de la poignée d'humains sauvés de la fin du monde. En effet, ils avaient toujours combattu les Moséhims au cours des siècles, quand ils s'étaient présentés à eux. C'est ainsi, par exemple, qu'une grande bataille avait opposé des centaines de milliers de guerriers africains à une escouade des forces extraterrestres qui avait dû, pour montrer son invincibilité, et assurer son salut, ravager tout l'est du continent et provoquer la grande faille, appelée rift, où s'effondre encore le Zambèze. L'explorateur Livingstone, d'ailleurs, avait retrouvé des vestiges tout à fait explicites de ce combat et en consigna les détails dans un mémoire que l'Académie Royale des Sciences brûla dès que ses membres en eurent pris connaissance. Quant aux preuves recueillies, elles étaient enfermées dans des caisses scellées de plomb entreposées dans une chambre forte, et souterraine, du British Museum.

J'allais cesser là cette lecture insensée (je n'emploie jamais ce mot à la légère) quand je tombai sur une série de croquis assez grossiers supposés représenter des Moséhims. Ils étaient assez semblables à des humains, si ce n'est que leur tête était entièrement chauve et oblongue, terminée en obus, et que leurs organes génitaux se situaient au pli du bras et de la poitrine, à gauche pour les mâles, et à droite pour les femelles, respectivement sous la forme d'un vit de très modestes dimensions, sans bourses apparentes, et d'une fente glabre lascivement entrouverte, et teintée d'un rouge carmin assez spectaculaire. Cela n'était pas sans évoquer les parties honteuses de certains singes dont les coloris chatoyants et les excroissances grenues ne laissent d'attiser les plus bas instincts de leurs congénères les plus chastes, pour servir ensuite de cible immanquable.

Je sortis de ma lecture quelque peu hébété, et je me rappelle que je ne pus m'empêcher d'aller à la fenêtre scruter les cieux, parcourus vers l'orient de volutes fantasques, pour y déceler l'éventuel survol de quelque astronef annonciateur de la grande invasion. Par la même occasion, j'observai la lumière du jour déclinant et la trouvai banalement dorée, ne trahissant aucune turgescence solaire menaçante. Je repris bientôt le contrôle de mon esprit, ce bolide sophistiqué aux accélérations foudroyantes mais à la direction incertaine, et chassai d'un coup d'essuie-glace mental les mouches bourdonnantes de ma crédulité qui venaient s'écraser par centaines sur la surface bombée de mon cortex.

Je passai le reste de la soirée, dans un état d'exaltation que je n'avais plus ressenti depuis longtemps, à peaufiner mon plan d'action et à prendre force notes codées (pour parer à toute interception d'un adversaire qui, à n'en pas douter, ne tarderait pas à se manifester) illustrées de schémas complexes dont le sens m'échappait aussi vite qu'il m'était apparu. Lorsque la corbeille à papier fut pleine, au terme d'une réflexion fébrile qui faillit s'égarer dans les arcanes que j'inventais pour la mieux camoufler, je me sentis ferme et résolu dans mes projets, ainsi qu'au temps de ma splendeur psychique. Affûté d'une lucidité implacable, je pus constater, par exemple, l'état de désordre et de saleté de mon appartement, dont je me promis de faire le plus tôt possible le ménage en grand.

La cervelle échauffée par l'enthousiasme et parcourue

de lueurs bleues qui venaient caracoler sur ma rétine, je consacrai une bonne heure à démonter et remonter mon arme, un Colt *commander*, pistolet maudit que durant des années j'avais conservé au fond d'un tiroir au lieu de le détruire, malgré le drame dont il avait été le funeste instrument. Bien que ne disposant que de cartouches à blanc, j'en garnis deux chargeurs, à toutes fins utiles, et fis monter une munition dans le canon avant de glisser l'engin sous mon oreiller.

Après quoi, m'étant sustenté d'une boîte de sardines à l'huile d'olive que je savourai à même leur emballage métallique, je m'abîmai dans un sommeil obscur et profond, sans rêve ni terreur, jusqu'à ce que Phébus, encore une fois vainqueur des forces de la nuit, vînt éblouir d'un rayon acéré ma paupière tranquille.

7

J'avais décidé d'aller rôder à tout hasard alentour du domicile qu'occupaient Élise Dulac et ses parents, à Arcachon. Cette riante station balnéaire constituait pour moi, qui n'avais guère quitté Bordeaux depuis des années, une destination lointaine, aventureuse, et chargée de tendres souvenirs d'enfance et de moments de joie plus récents, mais trop bouleversants pour que j'ose les évoquer ici.

Je me rendis d'un pas nonchalant au garage où je gardais ma voiture, une antique R 25, des souillures dont la pollution de nos villes recouvre avec acharnement tout ce qui essaie de miroiter le long de nos rues. Elle démarra sans coquetterie et bientôt je me retrouvai au cœur du trafic dense mais fluide de l'autoroute qui fonce vers le sud, sur laquelle les panneaux indicateurs, vils mystificateurs, annonçaient déjà Saint-Sébastien au touriste impatient. De part et d'autre de la chaussée s'étendaient les considérables superficies de champs de maïs seulement bornées çà et là de bosquets de pins austères et sombres. Avec beaucoup d'imagination, on aurait pu se croire au cœur des grandes plaines américaines, en train de rallier quelque bourgade du *Middle West* peuplée de péquenots à casquettes rouges et chemises écossaises. Sur la radio, je recherchai une station diffusant une musique ad hoc et arrêtai mon choix quand je perçus les mélopées torturées d'une guitare électrique qui accompagnaient les errances d'un homme triste mais fier sur les rives du Mississipi.

J'arrivai à Arcachon presque sans m'en apercevoir, l'âme enfiévrée et les cordes vocales éraillées à force de vocaliser sur les rythmiques énergiques de boogies et de rock sudiste, et je me trouvai soudain dans l'axe d'une jetée, face à l'étendue d'eau salée qui tient ici lieu de mer et attire sur son rivage des foules dénudées que la marée basse condamne, les jours de canicule, à de douteux bains de boue tiède. Le ciel brumeux et la surface des flots se mêlaient dans la grisaille d'un horizon proche et flou. Des personnes des deux sexes, le plus souvent d'âge vénérable, se déplaçaient avec lenteur, accompagnées de chiens aux dimensions et pelages variés. Je contemplai quelque temps ce ballet parcimonieux seulement animé par les allées et venues d'un jeune homme blond et bronzé qui louvoyait en patins à roulettes entre les octogénaires. Je baissai la vitre pour laisser venir jusqu'à moi l'air marin, mélange d'iode, de brouillard et d'effluves conchyliens, comme si les millions d'huîtres qui peuplent ces eaux calmes avaient été surprises dans leur bâillement matinal par la marée haute. Les poumons gonflés comme la toile d'un cap-hornier, je mis le cap vers ce qu'on nomme la ville d'hiver, quartier plus désert mais plus pittoresque que le bord des plages, et, de fait, j'errai un quart d'heure dans les rues tordues et escarpées bordées de villas baroques perdues au milieu de mimosas et d'arbousiers. Élise Dulac, avant d'être abandonnée aux mandibules de la vermine dans un hangar sordide, avait vécu là, dans une de ces maisons aux corniches de bois dentelé, aux fenêtres en encorbellement ornées de vitraux multicolores, avec des toits hérissés de pignons, de tourelles qui leur donnaient des allures de pâtisseries géantes.

La demeure des Dulac, devant quoi je m'arrêtai enfin, semblait déserte. Personne ne répondit à mes coups de sonnette, nul volet ne s'ouvrit pour témoigner de la moindre occupation humaine. Je pris dans le coffre de la voiture une manivelle qui pourrait me servir d'instrument contondant, et, pourquoi pas, de sésame. Avec une agilité qui me rassura sur ma bonne forme physique, j'enjambai le portail de bois et pris pied dans un jardin touffu où la végétation locale, encouragée par le renouveau printanier, prospérait avec exubérance. Je humai au passage les fragrances d'un mimosa tardif et admirai les corolles d'une touffe de jonquilles dressées au pied d'un petit palmier. Le tour de la maison, que j'effectuai sur la pointe des pieds, ne m'apprit rien, sinon qu'elle était fort vaste, coquette et réellement déserte, et qu'on l'avait affublée du nom de *Villa Thérèse*, à en croire les deux plaques identiques fixées aux façades est et ouest. Du côté d'un garage d'apparence délabrée, une porte à la peinture bleu ciel écaillée me parut constituer le point faible de la forteresse. Mon pied-de-biche de fortune en vint à bout facilement et un petit verrou s'arracha avec un craquement sinistre de bois et de métal.

Le corridor dans lequel je fis quelques pas prudents sentait fort l'encaustique, et le parquet grinçait sous moi au point que je redoutai, l'espace d'un instant, d'être englouti par un effondrement de bois pourri et précipité dans le cul-de-basse-fosse d'une demeure truffée de pièges et de passages secrets. Je repoussai de toutes mes forces ces craintes saugrenues et débouchai bientôt dans un grand salon dont j'actionnai aussitôt un interrupteur, de sorte que, à la lumière chaleureuse d'un lustre surchargé de pendeloques de verre, je pus admirer un mobilier disparate aux styles mêlés : il semblait que toute l'ébénisterie datant des ultimes monarchies que ce pays eut la faiblesse de tolérer se fût réunie dans la pièce, au hasard d'achats ou d'héritages. Seuls un poste de télévision à écran large et plat et une chaîne hi-fi flanquée d'enceintes gigantesques rappelaient que le XXIe siècle avait commencé, fût-ce dans un chaos passablement menaçant. Je ne m'attardai guère dans les autres pièces du rez-de-chaussée, où s'exprimait le même goût pour l'accumulation d'antiquités, et gravis un escalier de bois sombre aux murs ornés de petites marines où les motifs de la pinasse et du parc à huîtres dominaient nettement. La première porte que je poussai était celle de la jeune Élise : les murs, littéralement couverts d'affiches où souriaient des chanteurs à la mode, ou qui invitaient à se rendre à la projection de quelque superproduction américaine, mais aussi les meubles, lit armoire et bureau, envahis de peluches et de poupées, témoignaient d'une adolescence récente, et contrastaient avec l'exposition de vieilleries coûteuses occupant le reste de la maison. Sur un petit secrétaire trônait la photo de la jeune morte, prise à l'âge où elle devait sortir à peine de l'enfance, entre ses deux géniteurs, supposai-je, beaucoup moins affriolante que sur les clichés que m'avait remis Cousin.

Je retournai avec brutalité quelques tiroirs. Au fond de l'un d'eux, sous un petit carnet plein d'adresses que j'empochai immédiatement, je trouvai un médaillon de la secte : une plaque de métal où le logo, qui mêlait de manière infâme l'étoile de David et la croix gammée, s'inscrivait en relief. L'objet était lourd et froid, accroché à un lacet de cuir. Je le glissai également dans ma poche et continuai ma fouille, vaguement assailli par quelques scrupules que je congédiai comme des insectes importuns en secouant la tête.

Dans un placard, je découvris une série de brochures qui décrivaient les buts du groupe et énonçaient de strictes recommandations auxquelles les adeptes devaient se conformer, sous peine de blâme infligé par l'assemblée des synarques : ne pas boire d'alcool, éviter de fouler le parvis des églises, temples, mosquées ou synagogues, et s'efforcer lors des « cérémonies communautaires » d'oublier les préceptes moraux qui empêchent les êtres de se rencontrer, de se mieux connaître et de s'épanouir. En résumé, la plus grande liberté sexuelle était encouragée, et je dois avouer que cet aspect de la doctrine faillit bien me convertir sur le champ.

C'est à ce moment que les mouches et autres moustiques sifflants du scrupule revinrent en nombre tournoyer alentour de mes oreilles et me firent valoir ma situation peu défendable de vulgaire monte-en-l'air en train de fouiller la chambre d'une morte. Ce remords l'emporta sur ma lubricité naturelle et je décidai de quitter les lieux en me demandant d'ailleurs ce que j'étais venu y chercher.

Alors que je tâchais de refermer de mon mieux l'huis que j'avais forcé, car il est inconvenant de laisser derrière soi des issues béantes par lesquelles n'importe quel malfrat pourrait s'introduire, une voix terrible me fit tressaillir :

– Bouge plus d'un poil, connard !

Je fis volte-face et me trouvai face à un être courtaud, rougeaud et costaud, presque aussi large que haut, qui tenait dans une main une batte de baseball et dans l'autre la laisse le reliant à un chien considérable, haut sur pattes, tout de muscles gonflé, une sorte de veau carnivore aux babines flasques et écumantes. L'animal et son maître me contemplaient avec la même expression butée où luisait le même regard fixe et dément, et semblaient tendre tout leur être autour de l'idée de bondir sur moi à la première occasion. Cependant que la peur commençait à nouer mes viscères, j'évaluais mes chances de triompher par la force de ce duo bestial : les statistiques annoncèrent des chiffres proches de zéro.

– Qu'est-ce que tu fous là ? demanda l'homme.

– Je suis venu relever le compteur à gaz, improvisai-je, sans perdre de vue le molosse dont l'œil droit clignait lourdement.

– Avec une manivelle, hein ? Je crois bien que tu me prends pour un con.

– Nullement ! me récriai-je. J'ai toujours éprouvé la plus vive sympathie pour les amis des bêtes, qui sont donc les miens. Si j'ai ouvert cette porte par des moyens il est vrai assez peu orthodoxes, c'est uniquement dans le souci d'assurer la continuité du service public. À propos… Connaissez-vous le propriétaire des lieux ? Peut-être êtes-vous de la famille ? Car j'ai cru déceler une fuite, oh pas grand-chose, mais je m'en vais de ce pas donner l'alerte. Il serait fâcheux que tout le quartier explose pour si peu, vous ne pensez pas ?

Je m'avançai fièrement, soucieux de rompre ce face à face qui ne menait à rien, mais le chien bondit en grondant au bout de sa laisse. Son maître me considérait avec un ébahissement figé seulement trahi par les convulsions dont la main qui portait sa matraque était agitée, et ses efforts pour retenir le mâtin à ses pieds.

– Tu vas prendre une branlée et Bébert va te saigner à blanc, énonça-t-il sourdement d'une voix qui vibrait de fureur.

Je baissai les yeux vers Bébert qui, mis en appétit par cette perspective, bavait d'abondance et persistait à me faire de l'œil, marque, peut-être, d'une discrète connivence.

Depuis quelques minutes, le soleil, enfin libéré des brumes marines, éclairait généreusement notre vis-à-vis. Aussi décidai-je que cette belle journée ne pouvait être gâchée par les sévices dont on me menaçait. Tentant le tout pour le tout, je m'effondrai au sol en me débattant, les mains crispées autour de la gorge, et je grognai en crachant autour de moi toute la salive que je pouvais fournir. J'entendis le chien aboyer et son maître, avec la grossièreté qui le caractérisait, lui intimer l'ordre de se taire, à quoi le cerbère n'obéit pas.

Après d'interminables minutes au cours desquelles je crus bien être pris vraiment par le haut-mal, car une écume épaisse commençait d'encombrer ma bouche et mes mouvements n'étaient plus guère contrôlables, le pas du gorille crissa enfin sur les marches, puis tout près de ma tête, que j'agitai et tournai en tous sens. Il m'expédia dans les côtes un maître coup de pied qui faillit me calmer, tant la douleur dont il irradia mon abdomen fut vive. J'en profitai pour pousser un hurlement, sincère et strident, qui dut s'entendre jusqu'au port de plaisance et faire frémir quelque mâture comme un zéphyr sournois annonciateur de cyclone. Je perçus le mouvement de recul de mon assaillant et profitai de son effroi pour saisir sa cheville et le tordre violemment avec l'intention de la briser net. Ce fut à son tour d'exprimer sa souffrance par un glapissement suraigu qui déchaîna les aboiements plaintifs du molosse. L'homme bascula lourdement, et je rampai illico vers lui en tâtonnant autour de moi pour retrouver ma barre de fer. Ma recherche fut vaine, aussi je le frappai à la face de plusieurs coups de tête qui m'étourdirent presque autant que lui, mais eurent raison de son cartilage nasal et de son arcade sourcilière. Il couvrit sa triste figure de ses larges mains comme pour en contenir le sang qui coulait abondamment des blessures. Au moyen de la batte de base-ball, qui se trouva sous ma main, je l'assommai tout à fait et me redressai en hâte, prêt à affronter le chien qui m'attendait au bas des marches. Quand je me tournai vers lui, je constatai avec stupeur qu'il sautait en l'air, les yeux fous et la langue pendante, mais avec les jappements caractéristiques de la joie canine. Je jetai à l'animal l'instrument que je destinais à l'estourbir, et il bondit à sa recherche derrière un buisson de rhododendrons pour en revenir ventre à terre la déposer à mes pieds. J'osai flatter le front ridé de la bête et lui parlai affectueusement en mêlant à mes compliments les pires injures à l'encontre de l'homme inanimé qui avait cru un peu vite dominer ce cerveau primitif. Je lançai de nouveau la batte, de sorte qu'elle atterrît tout près de mon agresseur. Le chien se précipita en aboyant, et piétina sans égard le corps étendu qui bougea à peine.

Je laissai le chien tout à son enfance retrouvée et en profitai pour m'éclipser par-dessus le portail. Que n'avais-je fait ! À peine fus-je monté en voiture que d'un bond prodigieux le chien Bébert me rejoignait sur le trottoir. Je fis démarrer le moteur et saluai de la main le monstre attendri qui grattait frénétiquement la vitre en y collant son mufle humide. Je le vis poursuivre la voiture pendant une centaine de mètres, puis s'arrêter net. Comme je tournais le coin de la rue, j'aperçus la silhouette massive de l'homme basculer sans grâce par-dessus le portail. Je le maudis jusqu'à la trentième génération et le couvris d'obscénités qui eussent fait rougir le dernier des pornographes, puis je me plongeai sans transition, reprenant la direction de Bordeaux, dans de vaines méditations sur l'imprévisibilité comparée des âmes humaine et animale, alors que le soleil achevait, à la cime des pins, d'abolir les brumes du matin.

8

« Identifiez-vous, ou cette communication sera interrompue dans dix secondes.

– Baleine bleue. Opération Cosmos.

Une petite musique vient, dans des aigus de violons, cureter les tympans du capitaine Schmidt. Il grimace puis éloigne le petit mobile rouge de son oreille. Seul dans un local à vocation commerciale à peu près vide, si l'on excepte une table sur tréteaux et trois sièges, il se balance sur un fauteuil de bureau, un petit cigare noir entre les lèvres, en regardant par les vitres fumées le trafic de la rocade contourner en silence le labyrinthe de la ville. Le nœud de sa cravate est desserré, un bouton de sa chemise est défait, ou manquant. Il se gratte machinalement l'oreille, ses paupières battent lourdement. Il étouffe un bâillement. Puis, dès que la voix grince à l'autre bout du fil, il rectifie instinctivement sa position.

– Dauphin blanc ? À vos ordres. Baleine bleue au rapport. Oui. Il a mordu. Il est allé à Arcachon, dans la villa des parents de la victime. Oui, l'architecte, évidemment. C'est étonnant. Il y est entré par effraction, puis il a réussi à mettre hors combat un vigile chargé de la surveillance. Ce type est plus fort qu'on croit. Physiquement en forme… C'est ça. Et puis imprévisible, peut-être plus qu'on ne l'avait prévu. Il a même réussi à neutraliser le chien. Une espèce de dogue allemand, je ne m'y serais pas frotté. Mais non, je… Le chien c'est juste un exemple, c'est pour ça que j'en parle. Imprévisible, oui, mais pas incontrôlable… On est là pour ça, de toute façon… Il n'y aura aucun problème, et… Non, non, je n'aime pas plus que vous les imprévus. Cette mission vise à en corriger d'autres, on serait bien c… bien bêtes d'en rajouter ! Non, maintenant on va le ferrer, il ne doit pas essayer de se dégager. C'est un peu compliqué, mais avec l'équipe que vous m'avez envoyée, ça ira. Tout est en place, fonds, papiers, logistique. Pardon ?… Ça oui, il est fou. On l'a conduit sur la scène de crime, et je vous jure que je me suis retenu de le balancer par la portière sur l'autoroute. Vous l'auriez vu devant les photos de la victime. On les avait choisies exprès, il faut dire. Suggestives et tout, nichons au soleil et string torride. Oui, je vous demande pardon. Rien que d'y repenser, je m'énerve à nouveau. Puis-je vous poser une question ?… Voilà : l'adjudant, là, l'espèce de brute, ce *G man* que vous nous avez adjoint, a failli le flinguer à deux reprises. C'était vraiment n'importe quoi. Qui c'est ce type ? Il n'y a rien pour lui, en ce moment ? L'Irak, ce genre de truc, ou l'ambassade de Kaboul ? Il m'inquiète encore plus que l'autre, si vous voulez savoir, au point que… Bon, je n'ai rien dit. Non, je ne proteste pas. Mais cet homme est sous mes ordres et il faut bien que je vous rende compte. Oui, c'est cela même. À vos ordres.

Après avoir éteint son téléphone comme s'il écrasait un insecte à carapace, le capitaine Schmidt a le geste de l'envoyer se fracasser contre un mur, à l'autre bout de la pièce. Mais il se contente de jurer entre ses dents et s'en prend à la mère de son interlocuteur, le colonel

Deyspaille, ainsi qu'à l'ensemble de sa descendance. C'est court, mais d'une grande densité pornoscatologique. Il se lève en soupirant et passe dans la pièce d'à côté, où Cousin, vautré dans un fauteuil, des écouteurs sur les oreilles, surveille deux petits écrans vidéo.

– Où on en est ?

– Il a encore potassé le dossier qu'on lui a remis, il a dormi un peu. Ce mec dort beaucoup, c'est sûrement à cause de tous les médocs qu'il s'envoie. Là, il vient de sortir. Il marche vers l'est. Sans doute vers la place Saint-Michel. Il va souvent bouffer là-bas, dans un boui-boui à baltringues.

Schmidt jette un coup d'œil à sa montre.

– C'est vrai qu'il est l'heure de casser une croûte. On va pas mollir, parce qu'on a des trucs à faire ce soir. Il faut garder tout ça chaud pour que ça prenne. C'est comme la béchamel, ce genre d'opération. Froid, c'est encore plus dégueulasse.

9

Je ne sais plus comment passa l'après-midi. Sans doute étudiai-je le carnet de la jeune défunte, ou bien restai-je quelque temps dans cet état de prostration où je sombre souvent pour songer à ma vie du temps que le malheur ne l'avait pas fracassée. Je plonge dans ces moments-là dans une rêverie délicieuse et cruelle, qui me ravit et me déchire à la fois, un peu comme un escargot éprouvant de son pied nonchalant le fil le plus acéré d'une lame mortelle dont il ne sait s'il en franchira la distance ou s'il en périra lentement et sans remède coupé en deux.

Toujours est-il qu'au début de la soirée la faim me tira de ma torpeur, l'air de la mer, ainsi que l'exercice, m'ayant creusé l'appétit, et que je décidai d'aller festoyer, quoique modestement, et seul, dans une de ces charmantes gargotes dont le quartier Saint-Michel regorge et qui, pour des tarifs dignes de la charité en vogue de nos jours, font les délices des palais plébéiens. Sur la place, au pied de la flèche, fleuron de l'architecture gothique, dont Victor Hugo chanta la vigoureuse élévation, une estrade se dressait, sur laquelle un orchestre, principalement constitué d'Africains, mettait au point le spectacle musical qui se déroulerait à la nuit tombée. Une banderole noire était tendue en travers de la scène, appelant à la solidarité avec les sans-papiers. Une maigre foule se pressait déjà au pied du podium, et quelques têtes hochaient vivement aux impulsions brouillonnes de la répétition.

Je tournai le dos à cette sympathique agitation qu'un fourgon de police, rempli de tuniques bleues, surveillait de loin, et je poussai la porte de chez Pepito, *menu du jour à 9 €, vin compris*.

Là, parmi la lourde senteur de friture, de tabac et d'aisselles surchauffées par le coude à coude, régnait une animation tonitruante que je saluai d'un olé ! braillé à la cantonade qui fit se retourner deux ou trois faces rubicondes d'ivrognes habitués à d'autres excès de langage. Je m'enquis auprès de l'hôtesse, l'opulente Carmen, qui arborait un tee-shirt orné d'une tête de Mickey aux oreilles judicieusement déployées en soutien-gorge auxiliaire, d'une table où je pourrais me régaler des spécialités de la maison. Son éternelle Gitane plantée entre les dents, qui l'empêchait d'articuler quoi que ce fût, elle pointa un doigt épais comme un chorizo vers une encoignure surmontée de l'Alcazar de Grenade. Je me faufilai au milieu d'un groupe de jeunes gens au front moite, tous porteurs de verres d'anisette, qui encourageaient l'un des leurs aux prises avec une machine à sous. Je parvins à m'installer à ma table, où subsistaient les reliefs d'un précédent festin. Je balayai sommairement d'un revers de main quelques miettes de pain, fragments de haricots verts et autres bouts de gras, pour pouvoir m'accouder tout à mon aise et profiter de la chaleureuse ambiance de cet estaminet.

Outre les gaillards amassés autour de la machine à sous, tout un peuple, debout le plus souvent, et très majoritairement viril, voire velu, agglutiné au comptoir devant lequel une lente mais indéniable rotation s'était organisée, disputait bruyamment de sujets aussi divers que le football ou le dépeuplement des eaux de la Garonne désertées par les aloses et autres pibales[1]. Je me laissai assourdir par le tohu-bohu des débats, et accabler par l'indigence de certains arguments. Un verre de vin cuit fut posé devant moi par une main mystérieuse et je remerciai le donateur anonyme, quand je me fus aperçu au bout d'un moment de cette obole, en levant mon verre à la tumultueuse assemblée.

Carmen fit rouler dans ma direction les rondeurs de ses formes au cœur de la bousculade piétinante, écartant l'un d'un coup de fesse, repoussant l'autre des obus de ses seins, braqués fièrement au-devant d'elle, lourde artillerie en marche à la tête du gros des troupes. Elle pencha au-dessus de ma table ses charmes imposants et nettoya sommairement, d'un coup d'éponge crasseuse, les détritus et les taches qui souillaient encore le formica. J'en profitai pour jeter un regard furtif, mais profond, par l'échancrure de son corsage. Aussitôt, certaine partie de mon anatomie, depuis bien longtemps au repos, présenta les armes à cet arsenal mammaire.

– À part ça ? cria la plantureuse créature. De quoi t'as envie ?

Pris au dépourvu, car je ne compris pas tout de suite à quelle sorte d'envie elle faisait allusion, je lorgnai sur la table d'à côté, où un couple de jeunes gens silencieux et décharnés contemplait depuis un moment leurs assiettes dans lesquelles s'accumulaient des monceaux de frites et des chipolatas écarlates.

– Comme eux, répondis-je, en m'efforçant de regar-

1. C'est ainsi qu'on désigne en Gironde l'alevin de l'anguille, appelée *civelle* dans d'autres estuaires.

der Carmen dans les yeux. Qu'est-ce que vous avez en entrée ?

– Pâté de campagne. Du super. Il vient directement d'Auchan, je l'ai eu en promo.

– Va pour la campagne, je me sens l'âme bucolique. Et un pichet de réserve du patron. Ce soir, c'est la fête.

Carmen haussa les épaules, et sa poitrine en roulant fit bouger les oreilles de Mickey. Elle appareilla vers les cuisines, louvoyant dans la foule comme un supertanker par gros temps entre les cailloux de la Pointe du Raz.

Quelques instants plus tard, je me délectais de mets qui, pour être frustes n'en avaient pas moins été préparés avec une conscience professionnelle qui remplaçait avantageusement les produits de qualité et faisait depuis longtemps la réputation de l'endroit. En fin de compte, la cuisine de Carmen exprimait bien une façon de terroir, rude et populeux : elle dévalait le béton raboteux de dalles en pente raide à des prix modiques. Les saucisses rendaient bien un goût de viande rustique, et les frites avaient cuit dans une huile qu'on n'avait pas cherché à rationner sous le fallacieux prétexte de la lutte contre les acides gras. Cependant que je faisais bombance, la salle peu à peu s'était vidée de ses amateurs d'apéritifs et l'on pouvait, à présent que le tumulte s'était apaisé, écouter la musique américaine diffusée à tue-tête par le juke-box.

Après m'être délecté du yaourt aux fruits prévu pour le dessert, je quittai à regret ce havre de paix en saluant Carmen qui fumait derrière son comptoir, les yeux levés vers le poste de télévision. « Salut beau gosse ! », me lança-t-elle de sa voix enrouée au moment où je franchissais le seuil. Une fois sur le trottoir, j'observai quelques instants le concert protestataire qui jetait autour de la scène des lueurs multicolores sur une foule obscure et mouvante de quelques dizaines de spectateurs, et faisait vibrer l'air de pulsations énergiques. Puis, saisi brusquement d'une nausée, sans doute provoquée par le vent frisquet qui tourbillonnait sur la place, j'expulsai d'un trait, rapide et épais, les délices dont je m'étais régalé un peu plus tôt, dans un caniveau où, à première vue, je n'étais pas le premier à avoir été pris d'une telle faiblesse. Finalement soulagé, je me mis en marche pour rentrer chez moi jouir d'un repos bien mérité, tant il est vrai que tout héros se doit de reconstituer ses forces avant de passer à l'épisode suivant.

À peine avais-je posé le doigt sur l'interrupteur de l'entrée qu'une silhouette bondit sur moi, jaillie d'entre deux conteneurs à ordures, et me renversa contre une poussette garée là, aux montants de laquelle je me meurtris cruellement le dos. J'expédiai à la masse sombre qui me menaçait une ruade assez vive, mais ratai mon coup.

– Ne soyez pas con ! cria une voix de femme. C'est moi ! Edmonde Cambournac, la secrétaire du docteur Furde !

Vautré dans la poussette, j'émis une plainte de douleur et d'effort, car j'avais le plus grand mal à me redresser, réduit à l'impuissance vulnérable d'un bébé encombrant. J'exprimai toute ma surprise et ma joie de la voir me rendre visite en pleine nuit. Pendant qu'elle m'aidait à me lever d'une main vigoureuse, je l'invitai à partager avec moi quelque breuvage écossais dont je conservais depuis des années une bouteille vierge.

– Arrêtez votre gringue, fit-elle quand nous fûmes face à face. J'ai besoin de vous. Je viens de tuer un type.

À ces mots, elle s'effondra dans mes bras, en proie à la plus vive des afflictions, secouée de sanglots dont je sentis bientôt dans mon cou la tendre humidité. Je lui prêtai un mouchoir de fil, brodé à mes initiales, qu'elle emplit d'un épais chagrin, et qu'elle fit disparaître sous un infâme capot vert aux armes des services de nettoiement.

– Allons chez moi, hoqueta ma visiteuse. Ma voiture est garée devant.

Je la suivis sans rien oser demander et elle démarra aussitôt, faisant crisser les pneus, négligeant de s'arrêter au feu rouge du cours Victor-Hugo, infraction dont je préférai ne point lui faire remontrance. Elle roula à vive allure, accumulant les fautes de conduite les plus blâmables, essuyant du dos de sa main les écoulements de son nez. En cinq minutes, nous fûmes rendus chez elle, dans le quartier situé entre le stade municipal et l'hôpital psychiatrique où j'avais longtemps séjourné, ce qui suscita en moi quelques souvenirs instantanés des plus douloureux.

Nous pénétrâmes dans une maison de pierre, basse, qu'on nomme ici échoppe, et dont toutes les lumières étaient allumées, chargées sans doute de repousser les démons de la nuit. Je suivis Edmonde dans un salon banalement meublé par quelque firme industrielle du meuble en kit et du canapé en skaï, aux murs couverts d'un papier peint beige sur lequel s'étirait, déjà brune, l'empreinte d'une main sanglante. Au pied d'une étagère à peu près vide gisait sur le dos le cadavre d'un homme corpulent dont la main droite était encore crispée sur un poing américain. Non loin de lui s'apercevait un petit pistolet noir au canon encore obstinément pointé vers sa cible. Sa poitrine était tachée de sang, percée au niveau du cœur d'un orifice d'entrée de la balle somme toute assez discret, puisque les dégâts causés dans ces cas-là sont le plus souvent internes. Edmonde alla s'effondrer dans un fauteuil pour continuer de pleurer et de geindre. J'essayai de soulever un peu le corps de la pointe du pied pour vérifier mon hypothèse balistique et la bouche s'ouvrit, mue par une étrange élasticité post mortem, pour laisser s'échapper un flot de sang qui souilla d'abondance le parquet ciré. Le visage poupin, entièrement glabre, sans rides ni âge, présentait des traits d'une accablante banalité : il aurait pu être celui d'un commis boucher de vingt-cinq ans ou d'un tueur professionnel pervers et redoutable d'une quarantaine d'années. Je le fouillai avec une irrépressible répugnance, et, bien sûr, ne trouvai sur lui ni papiers, ni indice d'aucune sorte qui aurait permis d'identifier le manant.

– Il faudrait que je prenne une photo, dis-je en imaginant avec soin le cadrage adéquat. Ce pourrait être utile. Il faudra savoir qui est cet individu.

Presque aussitôt, sans que je l'eusse entendue se mouvoir, Edmonde me tendit un appareil Polaroïd dûment équipé d'un flash. Je tirai illico le portrait du cadavre, de trois-quarts face, renonçant à le retourner tout à fait. Pendant que le cliché surgissait avec un cliquetis laborieux, et qu'ensuite je secouais l'épreuve pour en hâter le développement, Edmonde me demanda ce que nous allions faire, devenir, dire à la police.

– Rien, dis-je. On va le jeter.

– Le cliché ?

– Non. Lui.

J'examinai la photo, plutôt réussie, l'empochai et expédiai l'appareil sur un fauteuil, où il rebondit pour aller se briser au sol.

– Désolé, m'excusai-je. Donnez-moi un coup de main.

Je vis Edmonde pâlir, reculer lentement jusqu'au canapé et s'y appuyer les yeux clos.

– Je ne peux pas… Pas le toucher… Mon Dieu.

– Laissez Dieu où il est supposé être, et aidez-moi à transporter cette carcasse en un lieu qui sera une sépulture bien suffisante pour sa triste personne.

Elle ne répondit pas et tituba vers un meuble dans lequel elle prit une bouteille d'Armagnac et deux verres ballons.

– Je crois que j'ai besoin d'un remontant. Pas vous ?

Je ne déclinai point l'offre, bien que mon estomac, encore en proie à de lourdes macérations dues à la nourriture typique de chez Pepito, et sans doute quelque peu soulevé par ces événements, fût en train de se digérer lui-même sous des flots de suc gastrique. Je m'emparai du verre et le vidai d'un trait, m'ébrouant à la façon d'un cheval qui vient d'absorber sa médecine. Edmonde m'imita, mais fut secouée d'une quinte de toux qui lui rendit quelques couleurs aux joues, après quoi nous nous mîmes à la tâche.

– Il ne faudrait pas que quelque comparse vienne vérifier que le travail dont vous étiez la cible a été effectué. Vous me donnerez des détails en chemin.

L'existence éventuelle d'un complice agit sur Edmonde comme une impulsion électrique. Elle s'empara brusquement des pieds de son agresseur avec la froide détermination d'un employé d'abattoir.

Le cadavre chut dans le coffre de la voiture avec la lourdeur qu'on pouvait attendre de lui, et il y renversa, dans un remuement somme toute cocasse, deux ou trois bidons de secours vides, donc inutiles. Nous rejoignîmes les boulevards de ceinture, à peu près déserts à cette heure, et fonçâmes vers les quartiers nord de la ville. J'avais pris le volant, aussi les feux rouges furent-ils respectés de même que le code de la route fut observé scrupuleusement, à l'exception de la limitation de vitesse, vu l'urgence de la situation. Edmonde avait recouvré son calme et pendant de longues minutes, elle garda un silence hébété que je mis sur le compte des vertus stupéfiantes de l'Armagnac. Puis, alors que nous passions en trombe devant le siège d'une célèbre banque rurale, elle retrouva à mon grand soulagement l'usage de la parole.

– La police me convoque ou bien me rend visite presque tous les jours, me dit-elle. J'ai l'impression qu'ils ne croient ni à ma version de l'assassinat, ni à mon innocence. Pourtant, ils m'estiment physiquement inapte à étrangler un homme de sa corpulence, et comme ils n'ont retrouvé aucune trace de poudre sur les mains, ils disent que tout cela est l'œuvre d'un professionnel.

Je la rassurai en affirmant que seuls son charme et la pression que le policier de base se doit d'exercer sur son témoin principal pour qu'il en dise le plus possible pouvaient expliquer l'assiduité de mes anciens collègues auprès d'elle. Elle sembla rassérénée et me conta par le menu l'agression dont elle avait été victime.

Elle avait ouvert imprudemment au coup de sonnette et s'était aussitôt retrouvée soulevée, ceinturée, transportée dans le salon, puis jetée au sol avec violence. L'homme lui avait tordu le bras, tiré les cheveux, et l'avait menacée, arborant un coup-de-poing américain, de la défigurer pour qu'elle oublie tout, et ne dise rien. Au cours d'une lutte brève et confuse, elle était parvenue à s'emparer de son arme et à l'abattre, en proie à la plus vive frayeur. Après quoi, ayant tergiversé, au comble du désarroi, pendant près d'une heure autour de l'agonisant, puis du mort, elle s'était enfuie, sans savoir où aller, et avait décidé de venir me consulter, puisque, crut-elle bon d'ajouter, elle se trouvait réduite à la dernière extrémité.

Je ne relevai pas cette petite perfidie que j'attribuai au choc qu'elle venait de subir, mais je lui fis question à propos des circonstances dans lesquelles elle avait osé attaquer un homme robuste et déterminé armé d'un pistolet, au cours d'une lutte qui, pour cafouilleuse qu'elle fût, rendait ce genre de manœuvre hautement aléatoire. Elle se récria vivement et m'ordonna de stopper pour la laisser dans la nuit, seule, affronter son destin, puisque je mettais en doute sa bonne foi.

– Ou plutôt non, se ravisa-t-elle. C'est ma bagnole. Alors vous descendez ici et vous allez vous faire mettre.

Piqué au vif, je freinai à mort et fis faire au véhicule une embardée qui faillit nous projeter contre un mur de béton. Là, au beau milieu de la chaussée, parcourue d'un trafic rare mais rapide, je descendis de voiture.

– Il ne pèse qu'un peu plus de quatre-vingts kilos. Vous devriez y arriver toute seule. De toute façon, il se débattra moins.

Sur quoi, je pris la direction du sud-est, où je localisais mon domicile, que j'espérais rallier en une heure de marche forcée. Des autos me frôlaient en hurlant, klaxon bloqué, car j'avais négligé de remonter sur le trottoir. J'envisageai un instant, avec une certaine angoisse, qu'une voiture de police pouvait surgir et compliquer encore les choses. C'est un cri déchirant d'Edmonde, protestation de douleur et de désespoir parmi la furie mécanique fonçant autour de nous, qui eut raison de ma résolution. Je me retournai vers elle et l'aperçus, penchée au-dessus du coffre ouvert, fournissant visiblement de gros efforts pour débarquer là le macchabée, dont une jambe dépassait déjà. Je sus à cet instant que cette femme me ressemblait au-delà de toute espérance : comme moi, elle était prête à tout, et semblait entretenir parfois avec la réalité des rapports assez flottants.

Je courus jusqu'à la voiture, l'en écartai brusquement, et tâchai de refermer le coffre, empêché dans ma manœuvre par la jambe qui, manifestant une étrange et fâcheuse élasticité, se dépliait vivement pour venir tendre sous mon nez une chaussette ornée de motifs scandinaves. Excédé par cet entêtement cadavérique, j'avertis le corps que je refermerais ce coffre quoi qu'il arrive, dussé-je laisser sur la chaussée son encombrante cheville. Par un de ces hasards funèbres qui font les grandes superstitions, la jambe resta dans la position plus pratique que je lui avais assignée et je pus me remettre au volant, sans plus attirer l'attention sur notre bizarre équipage, avec à mes côtés la jeune femme en pleurs, bouleversante et d'autant plus désirable.

Nous arrivâmes aux bassins à flots, vestiges presque vacants de l'activité portuaire de la ville qui marquent la frontière d'avec les quartiers nord, Claveau et Bacalan, dont la municipalité, depuis cinquante ans, se méfie et se désintéresse. Edmonde sécha ses larmes, et je remarquai une fois encore que les pleurs refluaient à ses yeux aussi vite qu'ils en ruisselaient, et je ne sus que penser de cette versatilité lacrymale. Nous nous trouvions à proximité du troisième pont tournant, en un lieu reculé et obscur, environnés des effluves boueux montant des eaux stagnantes. Nous descendîmes de voiture en frissonnant, et je ne sais ce qui me retint d'enlacer Edmonde pour réchauffer ce corps frêle que le froid et l'épouvante rétrospective agitaient de spasmes émouvants. Peut-être ne passai-je point à l'acte à cause, précisément, de la capacité de riposte que son apparente faiblesse dissimulait, dont le défunt lascar gisant dans le coffre ne s'était pas douté.

– Brrr… on est en plein roman noir, observa-t-elle en jetant autour de nous un regard inquiet.

Soucieux de ne pas laisser tiédir davantage sa détermination, j'allai ouvrir la voiture et invitai Edmonde à m'assister. Arc-boutés au-dessus du mort, nous parvînmes, au prix d'efforts qui nous arrachèrent des souffles rauques et des gémissements dignes d'un couple au comble de la passion charnelle, à le tirer du recroquevillement raide dans quoi il s'était installé. Le bruit mat avec lequel sa tête heurta le pavage humide et froid, à la suite d'une fausse manœuvre que je fis, nous figea tous deux dans un saisissement d'effroi et de dégoût. Nous reprîmes néanmoins notre macabre tâche et pûmes traîner le cadavre jusqu'à la bitte d'amarrage sur laquelle Edmonde, hors d'haleine, dut s'asseoir pour reprendre son souffle. Je donnai quant à moi de violents coups de pied au bloc d'acier érigé pour essayer de dissiper la crampe soudaine qui tétanisait mon mollet droit. Quand nous eûmes récupéré quelque peu nos capacités, nous fîmes basculer l'infâme fardeau dans l'eau noire où il coula d'abord, à mon grand soulagement, pour reparaître un peu plus loin, sur le dos, comme un baigneur insouciant, mû peut-être par quelque ressort diabolique de la mort. Nous vîmes avec effroi et soulagement tout à la fois s'éloigner le répugnant esquif, cependant que d'un cargo de faible tonnage, amarré près de la cale sèche, nous parvenaient les clameurs d'une bamboche de marins à laquelle, j'étais prêt à le parier, quelques créatures peu farouches avaient dû se joindre.

– Il flotte, constata Edmonde d'une voix monocorde qu'assourdissait l'accablement, après avoir contemplé la dérive du corps. On va le retrouver.

– Nous n'avions rien pour le lester. Cette esplanade est pleine de pavés, mais n'ayant à ma disposition ni barre à mine ni pic ad hoc, je n'ai pu en faire l'usage qu'exigerait la situation. Et puis on les retrouve toujours, savez-vous ? Demain ou dans un mois, quelle différence ? Son identification par sa famille sera ainsi moins pénible. Et puis je préfère le voir flotter dans cette onde impure plutôt que commencer à se corrompre dans votre salon.

Edmonde se rendit à mes arguments d'un haussement d'épaules et remonta en voiture. Je scrutai quelques secondes encore la surface des flots pour voir où se dirigeait le cadavre. Il voguait lentement, poussé par je ne sais quel courant, en direction du cargo d'où s'échappaient des bouffées de musique rythmée, des éclats de rire, et des clameurs enthousiastes. Puis je le perdis de vue, et me sentis immédiatement mieux. C'est presque le cœur léger et, je dois l'avouer, l'âme quelque peu mutine, que je rejoignis Edmonde. Elle m'adressa un regard immense et désemparé qui eût mérité, en d'autres circonstances, que je la prisse dans mes bras pour laisser se répandre les pleurs qui oppressaient sa poitrine. Au lieu de quoi, je fis plus prosaïquement démarrer la voiture, peu sûr de dominer plus longtemps l'appel de mes sens qui surgissaient en meute d'une forêt néandertalienne.

Nous roulâmes sans rien nous dire à travers la ville parcourue de bolides solitaires en longeant les hangars désaffectés du port. Je me tournais de temps en temps vers Edmonde pour m'assurer qu'elle ne s'était pas assoupie, mais je ne trouvais rien à lui dire qui pût maintenir son attention en état de veille. À un moment pourtant, alors que nous approchions du centre-ville, j'osai une question qui me brûlait les lèvres :

– Où allons-nous ?

Elle ne répondit rien d'abord, ne parut même pas avoir

entendu mes paroles. Elle se mordit la lèvre inférieure et le désir de substituer mes dents aux siennes me fit faire un écart qui la ramena tout à fait à la réalité.

– On va dormir, je suppose. Je vous dépose chez vous, enfin… je veux dire vous… Et puis on incinère le docteur Furde demain après-midi… j'aimerais être seule, vous comprenez ? Il faut que…

J'interrompis son explication en posant ma main sur son bras, et engageai bientôt la voiture sur le cours Victor-Hugo. Je lui proposai néanmoins de l'héberger pour la nuit, compte tenu des dangers qui la menaçaient.

– En tout bien tout honneur, bien sûr, précisai-je.

Elle s'esclaffa silencieusement. J'avais stoppé au coin de ma rue.

– Parce qu'éventuellement, une partie de jambes en l'air vous semble envisageable ?

Dans ses yeux luisait la lueur vénéneuse de l'ironie.

– Après avoir tué un homme, puis balancé son corps à la flotte, je pourrais être, selon vous, tentée par une nuit moite et convulsive ? Après Thanatos, Éros s'emparerait de moi ? Ça me rappelle mon cours de philo de Terminale, vos conneries ! Vous, c'est de la thalasso mentale qu'il vous faudrait : vous nettoyer la tronche au sable et à l'eau salée !

Elle descendit en trombe du véhicule et en fit le tour en moins de temps qu'il m'en fallut pour songer que faute de bataille, un doux combat, une lutte alanguie, un corps à corps voluptueux dans les tranchées les plus inexpugnables ne m'auraient point effrayé, et n'auraient point fait se redresser le cadavre du docteur Furde découpé et fouillé par le médecin légiste.

– Sortez de ma voiture, ordonna-t-elle en ouvrant la portière.

Je m'exécutai, jugeant préférable de ne pas exacerber

une susceptibilité bien compréhensible après les événements de ces dernières heures. Elle me bouscula pour se glisser au volant et démarra sans un regard pour moi. Je la gratifiai d'un geste de la main alors que déjà elle brûlait à une centaine de mètres le premier feu rouge qu'elle avait croisé. Mais je ne suis pas sûr qu'elle ait distingué mon signe, tant la nuit, qui atténue les silhouettes, est ingrate avec ceux qui errent dans son obscurité.

10

Le capitaine Schmidt examinait le plafond où s'arrondissait le halo jaune d'une tache de lumière. Il fumait un cigarillo dont la fumée vint soudain lui piquer l'œil droit qu'il se mit à frotter, plein de larmes. Il écoutait ce qu'on lui disait au téléphone avec un ennui visible. Son œil était tout rouge.

– On s'en est occupé. Pas plus tard que tout à l'heure. On n'en sait rien. Elle est en règle. Étudiante en lettres, originaire de Toulouse. Vingt-quatre ans, parents en poste à l'étranger pour une grosse entreprise de travaux publics. On a cherché, fouillé. Tout est nickel. On n'a rien sur elle. C'est ça. Si de votre côté vous pouvez… Comme on n'en sait rien, on est allé lui coller une bonne trouille, tout à l'heure. Un de nos hommes s'est introduit chez elle et lui a sauté dessus. Non, elle n'a rien. Mais on avait prévu un plan grand-guignol. Il s'est débrouillé pour se faire piquer son arme, et elle lui a tiré dessus. Oui, évidemment, chargée à blanc ! Pour qui vous… Pardon… Mais nous sommes des professionnels. Enfin bref, elle a paniqué, elle est allée chercher Vallès à la rescousse, et l'autre dingo, bien sûr, s'est précipité pour jouer les héros. On n'avait pas prévu ça, mais ça nous a donné le temps de parachever le maquillage. On lui a fabriqué un trou dans la carcasse, un peu de sang dans la bouche. Quand ils sont revenus, ils y ont cru dur comme fer. Non… Vallès est incapable d'examiner un cadavre correctement. Il a un vrai problème avec la mort et les macchabées. Mais là où on a eu peur, c'est quand ils ont décidé de se débarrasser du corps. On a failli tout arrêter, puis on s'est dit que ce serait plus vraisemblable. Ils l'ont trimballé dans le coffre d'une voiture jusqu'aux bassins à flots qu'il y a au nord de la ville. Pardon ? Bien sûr, qu'ils l'ont balancé à la flotte ! Heureusement notre homme n'a pas coulé, il avait une sorte d'anorak qui lui a permis de flotter juste le temps que les deux autres dégagent. Merde, on a eu peur… On a pu le récupérer à temps…

Oui, en effet, elle a du cran, cette pute. N'importe qui aurait appelé les flics, aurait piqué une crise de nerfs. Elle, non, elle va demander l'aide de ce psychopathe. Remarquez, on a déjà vu pire, comme sang-froid. Les états de choc, ça peut faire réagir un peu n'importe comment. Même si l'idée de balancer le corps dans l'eau vient très probablement de lui. Il a été flic, il a encore quelques réflexes. Finalement, ça va éloigner cette fille, et lui, fou comme il est, ça l'accrochera un peu plus à la mission. Oui, c'est ça, oui… Voilà… Il sc croit investi d'une sorte de devoir sacré. Il a la veuve et l'orpheline dans la même personne. Non, je ne crois pas… Mais si elle insiste, il faudra bien qu'on s'occupe d'elle plus sérieusement ! Vous pouvez me faire confiance ! Déjà, avec ce qu'on a fait de Furde, je ne pensais pas qu'elle reviendrait dans le jeu… Vous dites ? Coriace, oui, voilà. Mais les coriaces, ça s'attendrit en tapant dessus, c'est même un grand classique. À propos : je ne vais pas avoir assez de monde pour la placer sous surveillance. On est ici en équipe réduite, comme vous savez. En plus, Vallès est quand même très délirant, on a du mal à prévoir ses réactions, il peut tout faire foirer du jour au lendemain. Si vous pouviez nous… Bon. D'accord. Bien sûr, c'est évident… Très bien. Si vous pensez que ce n'est pas nécessaire… À vos ordres. Bonne soirée. Mes respects à Monsieur le ministre.

Plouc, tête de nœud, ajouta Schmidt en coupant la communication. Connard, dit-il encore à la pénombre qui l'entourait.

Puis il composa un autre numéro et attendit, le visage soudain détendu, presque souriant, que quelqu'un décroche.

– Oui, c'est moi. Tout va bien. Le contact est toujours prévu pour la semaine prochaine ? Non… On continue comme prévu. Non… Je vous dis que ces problèmes-là sont de ceux qu'on écarte d'un revers de main. Je vous dis qu'il viendra. Je vous le garantis, qu'est-ce qu'il vous faut de plus ? Et vous, de votre côté ? Vous pensez à ce que je vous ai dit la semaine dernière ? Mais non. Il n'y a rien à craindre. Tout va bien, vous dis-je. Putain c'est clair, non ?

Ensuite, il resta de longues minutes l'air absent, renversé dans son fauteuil, immobile, la paupière lourde. Le grondement intermittent de la rocade, étouffé par le double vitrage, semblait le bercer. Avec des gestes précis, sans rien voir de ce qu'il faisait, il fouilla dans ses poches et en sortit un petit cigare qu'il alluma et garda planté entre ses lèvres serrées, cependant que ses maxillaires frémissaient à fleur de peau d'une nervosité palpable.

Puis il se leva d'un bond, se débarrassa de son étui et de son arme, qu'il rangea dans un tiroir de son bureau, et sortit rapidement, presque en hâte, de la pièce empuantie par les effluves de son cigare. Une fois dehors, dans le parc de l'hôpital dont une aile désaffectée hébergeait son QG d'opération, il huma l'air humide chargé d'odeurs de résine et de sel, le nez levé vers la cime des pins et les nuages assombris par la nuit accumulés comme des menaces. Il conduisit vivement à travers les rues de cette banlieue sans âme ni cachet et trouva difficilement à se garer dans le centre de Bordeaux.

Il dîna dans un restaurant réputé du quartier Saint-Pierre, à côté d'une tablée de médecins en congrès, bruyants et grossiers, puis il alla traîner dans une rue où attendaient des putains, sans répondre d'abord à leurs sollicitations murmurées à son passage.

Et brusquement, il s'approcha de l'une d'elles, très jeune, qui l'entraîna dans l'entrée d'un immeuble lépreux. Là, au moment où elle commençait à gravir les escaliers, il la retint sans douceur par la manche de son blouson de cuir et exigea qu'elle le suce, sans préservatif, adossé à la pierre rugueuse du mur. Il grogna son plaisir sous forme d'une injure immonde et la fille lui cracha au visage ce qu'elle avait dans la bouche. Il éclata de rire en lui tendant un billet de 100 euros, la prit rudement par les cheveux en lui disant qu'elle avait de la chance, qu'elle aurait pu être sa fille, et que ça, il ne pouvait pas le lui pardonner.

11

Il est dans l'existence des moments où l'on se met à douter de la réalité des événements, des êtres, des choses. Des moments qui flottent dans l'incertitude, qui, funambules légers, courent sur le fil instable qu'est notre âme, menaçant tout à tour de s'abîmer dans les gouffres visqueux de la folie, du haut de leur petit vélo sans pneu lancé à vive allure alors que les yeux du cycliste sont bandés de noir.

Quand je me réveillai le lendemain de cette folle soirée passée auprès d'Edmonde, je me fis l'impression d'un contorsionniste coincé dans une bulle irréelle prête à éclater dans le vide. Ma vie ressemblait de nouveau, comme j'en avais hélas fait par le passé la terrifiante expérience, à des jeux du cirque virtuel dont j'étais, selon les moments, le spectateur raide d'angoisse ou l'acrobate sans filet ni entraînement me livrant à des sauts terriblement périlleux du haut d'un trapèze aux cordages usés. Le cercle de la piste était magique, je ne pouvais le franchir sans y perdre une part de mon âme déjà morcelée. Les clowns usaient de pétoires véritables chargées de mitraille et tiraient au hasard dans la foule en riant aux éclats. Quant aux fauves, lâchés dans les travées, ils arrachaient membres et têtes, et c'est moi que la jolie dompteuse fustigeait de son fouet, gainée de cuir de la pointe des seins jusqu'à l'entrecuisse.

On me pardonnera sans doute l'abus de métaphores, préférable (le docteur Furde ne m'aurait pas contredit sur ce point) à celui des barbituriques et autres camisoles chimiques, et autrement significatif des mots dont je souffrais. Mais, plus prosaïquement, je dois avouer au lecteur que j'ouvris l'œil dans des draps humides de sueur, étreint par le doute, assailli de questions, me demandant si je n'évoluais pas au sein d'une vaste hallucination, et m'interrogeant même sur la réalité de ma propre existence.

Je demeurai cloué dans mon lit par la terreur de la rechute pendant peut-être une heure, jusqu'à ce que le téléphone m'arrache aux doigts crochus de l'angoisse. Je laissai un peu le timbre s'exaspérer, persuadé que j'allais me réveiller de ce rêve affolant de vérité, puis je posai sur le sol un pied hésitant comme si je foulais un pont de glace sur le point de se rompre.

Quand je décrochai, je reconnus la voix sourde de Cousin :

– Qu'est-ce que tu fous, putain ? T'as pris des cachets, ou quoi, sacré connard de maboul ?

J'exprimai en quelques mots la joie que je ressentais à l'entendre me tirer des sables mouvants dans lesquels je ne me débattais même pas.

– On t'a envoyé encore du courrier. Pour une fois, c'est pas ces cons de trois suisses qui t'écrivent, hin, hin hin !

Je le félicitai pour son humour matutinal, mais lui précisai que de coutume c'était plutôt la Redoute qui s'intéressait à mes envies de consommateur lambda, conformément aux tendances paranoïdes de ma personnalité.

– Samedi, l'ORL, enfin, l'Ordre du Retour Lumineux, organise un week-end d'étude avec plusieurs conférences, dans le Médoc. On t'a envoyé leur propagande, c'est ouvert à un public averti, selon leur expression. Et comme le capitaine et moi on t'a vachement averti, tu pourras t'y pointer. Démerde-toi pour entrer en contact avec les chefs, et fais-leur un don. Pense à aller retirer du cash à la banque, ça fera plus vrai.

Je lui demandai si je pouvais garder un peu de monnaie pour m'acheter des bonbons. Je me sentais l'esprit joueur.

– Tu me fais rire. Les branques me font toujours rire. Mais t'avise pas de faire l'andouille, parce que je t'envoie Cassignol, il viendra te transformer en viande à chorizo. Il parle plus de toi qu'en espagnol, et j'arrive pas à traduire tous les gros mots qu'il dit à ton sujet.

Il raccrocha avec sa brutalité coutumière, non sans avoir grogné quelque borborygme en guise d'au revoir. Je me précipitai donc pour récupérer les précieux documents, seulement vêtu de mon pantalon de pyjama, toujours béant sur ma virilité que je ne sais quelle excitation – l'aventure, sans doute, et non la voix de Cousin me cueillant de bon matin – avait ragaillardie. Heureusement, je ne croisai que ma voisine du dessous, Mme Gelos, vénérable duègne présidente d'une ligue de protection des animaux domestiques, qui colla son regard d'épagneul sur mon bas-ventre, puis écarta sa carcasse de lévrier de ma trajectoire descendante.

Quand je remontai chez moi en possession de mon ordre de mission, en quelque sorte, l'amie des bêtes était toujours accrochée à la rampe, avec l'air hérissé d'un chat branché sur le secteur, mais le regard toujours rivé à la lézarde vestimentaire où mon animal préféré pointait le museau, quoiqu'à mon corps défendant. Je fus tenté de m'arrêter auprès d'elle pour lui montrer vraiment ce qu'elle cherchait à voir, mais un attentat à la pudeur, et surtout ses suites pénales, auraient nui au secret-défense de ma mission. Si bien que je me contentai d'un gémissement suggestif en traversant la zone sinistrée que délimitait dans l'espace son parfum bon marché.

Le reste de la matinée passa dans l'examen des nouveaux documents que j'avais reçus, ainsi que dans la lecture attentive du carnet d'Élise Dulac que j'avais dérobé à Arcachon. Bien m'en prit, car parmi les dizaines de noms dont la vérification aurait occupé toute une équipe de limiers pleins de zèle, je tombai sur un mot que je n'avais pas, hélas, prononcé depuis longtemps : PAPA. Il vivait à Caudéran, ce quartier chic servant de réserve naturelle où s'ébattent librement, à l'écart des plaies sociales de notre temps, les bourgeois grands et petits, et non à Arcachon, comme me l'avaient fait croire Schmidt et Cousin, qui m'avaient expédié, donc, sur une fausse piste. Nul doute que cette information tronquée avait pour but de mettre à l'épreuve ma perspicacité, et dans ce cas, les duettistes devraient ravaler bientôt leur mépris et leur morgue.

J'eus alors une pensée émue pour le docteur Furde qui, quelques minutes plus tard, serait volatilisé par les flammes du crématoire, d'après ce que m'avait annoncé un homme se présentant comme son frère quand j'avais appelé à son cabinet pour exprimer mes condoléances : je ne connaissais ni prière ni dieu, n'ayant jamais été présenté à quelque entité surnaturelle que ce fût, mais je me recueillis, plein d'affliction, dans la mémoire de mon thérapeute.

Près d'une heure après cette poignante méditation, je garais ma vieille auto devant une belle et grande maison de pierre blonde, à un étage, dont le jardinet était séparé de la rue par les barreaux noirs d'une haute clôture entre lesquels des rosiers précoces pointaient leurs boutons encore verts. Dès que je sonnai, on vint ouvrir : un homme grand et fort, au ventre proéminent, à la barbe naissante, me toisa avec sévérité du haut des deux marches qui dominaient le plain-pied, puis me demanda ce que je voulais.

J'hésitai un peu, et optai pour la franchise : je venais pour parler avec lui de sa fille et des circonstances de sa mort. La porte aussitôt fut repoussée et claqua avec violence, et je me retrouvai seul face au portail dont je secouai fébrilement la grille. Quel parti prendre ? Insister, au risque de brusquer un homme dans la souffrance du deuil et de me faire rudement congédier ? Ou bien renoncer en attendant de trouver une entrée en matière plus douce ? En vérité, le mal était fait. Ce constat m'incita à ne point perdre plus de temps et j'usai de nouveau du sombre carillon. Dulac ouvrit presque aussitôt, à ma grande surprise, et descendit les marches avec détermination, un manche de pioche à la main. C'était un colosse de près de deux mètres de haut, pesant sans doute plus du quintal, au regard bleu clair battu de paupières lourdes, arborant une chevelure frisée, hirsute, les joues assombries par une barbe de huit jours. N'apercevant alentour nulle autre créature à laquelle il pouvait s'en prendre soudain, je reculai prudemment d'un pas, et m'adressai à lui alors qu'il pressait sa bedaine à la grille.

– J'ai trouvé votre adresse dans le carnet de votre fille Élise. Et ce carnet, je l'ai trouvé dans sa chambre, à Arcachon. Si vous voulez en savoir davantage, ouvrez-moi sans me massacrer. Ma mission est pratiquement officielle.

Il m'avait écouté d'un air indifférent, comme si je venais lui vendre un aspirateur sur catalogue, puis, sans que j'eusse le temps d'esquisser le moindre geste de défense, il ouvrit le portail avec un grognement assez semblable à celui qu'émettent les veilleurs de nuit dans les châteaux des Carpates, et il m'agrippa rudement par le col, me soulevant du sol et me propulsa dans le couloir d'entrée, où j'atterris à genoux, passablement indigné par des mœurs aussi frustes. En effet, que Cousin, Schmidt, et leur chaînon manquant usassent avec moi de violence verbale et physique, je pouvais le mettre sur le compte toujours déficitaire de leur formation ou déformation professionnelle. Mais qu'un être humain normal, de surcroît architecte réputé, qui avait contribué à loger quelques sans domicile fixe milliardaires, se comportât à la façon d'un vulgaire garde mobile dans une église peuplée de femmes et d'enfants sans papiers ni abri, voilà qui était intolérable. J'allais, me redressant, lui faire remontrance de sa grossièreté, lorsque, dans le fracas de la porte qu'il refermait derrière lui d'un vigoureux coup de talon, Dulac brandit au-dessus de ma tête son arme improvisée.

– Ta gueule ! cria-t-il, tendant de tous ses muscles tendus. Surtout, ferme ta gueule.

D'une prise japonaise promptement exécutée, il me renversa au sol, sur le dos, pesant de tout son poids considérable sur le manche de pioche placé au travers de ma poitrine, et se mit à me souffler au visage une haine qui semblait jaillie du bec d'un alambic :

– C'est eux qui t'envoient, hein ? Ils veulent ma peau, c'est ça ? Eh bien je vais leur envoyer la tienne.

Mon désir de lui répondre était ardent, ne fût-ce que pour m'éviter le supplice d'un écorchement en règle, mais le souffle me manquait, empêché par l'écrasement, au point que mon champ visuel était parcouru par les mauvais augures de comètes rougeâtres, et envahi peu à peu de trous noirs dans lesquels mon ultime vision de la vie, hélas constituée par la face congestionnée du colosse en train de s'acharner sur moi, risquait d'un moment à l'autre d'être gobée comme une olive. Pressentant sans doute les extrémités dangereuses auxquelles il m'acculait, Dulac relâcha la pression et se redressa.

Jamais je ne m'étais rendu compte à quel point le mélange gazeux que nous respirons, concocté par les jeux du hasard et de la nécessité, est la condition absolue de survie des organismes aérobies. J'en gonflai frénétiquement mes poumons avec un bruit de soufflet de forge et parvins à m'adosser à la cloison.

– Tu vas pas crever tout de suite, me rassura Dulac.

Il tenait toujours son assommoir, dont il tapotait nerveusement le creux de sa main libre. En outre, je crus percevoir dans sa cheville gauche le frémissement d'un coup de pied retenu à grand-peine, prêt à me fracasser la mâchoire à la moindre occasion. Les bases d'un dialogue constructif semblaient mal établies, et je me demandais, à mesure que je recouvrais mes fonctions vitales, si j'avais bien fait de venir.

– Raconte-moi tout ça sans bouger, fit-il.

Je n'eus garde de faire le moindre geste qui aurait pu attirer sur moi un châtiment injuste et cruel, et je me lançai dans le récit des aventures qui m'avaient mené jusqu'à lui, sans omettre ma rencontre avec le gardien de la villa et son imposant mâtin dont je ne pus, à mon grand dam, me rappeler le nom : Vizir ? Sultan ? Attlila ? Je fis part à mon interlocuteur fébrile de mon désappointement, tout en précisant qu'à part sur ce point, je lui avais dit tout ce que je savais. Bien sûr, quand j'évoquai la mort terrible du docteur Furde, je ne soufflai mot d'Edmonde, car je tenais à protéger celle qui avait refait battre mon cœur, dont je gardais sous la peau le frisson amer et déçu.

– Bébert, se contenta de grogner Dulac quand j'eus terminé mon histoire.

– Je vous demande pardon ?

– Ce con de chien. Il s'appelle Bébert.

Puis contre toute attente, Dulac se détourna de moi et marcha vers le fond du couloir en me demandant de le suivre. Il me fit pénétrer dans un vaste salon fort clair, donnant par une baie vitrée sur un grand jardin baigné par la lumière douce et dorée du soir. Groupés autour d'une cheminée au design contemporain, trois fauteuils et un canapé sans doute coûteux semblaient attendre une réunion de famille qui ne se produirait plus. Sur un épais tapis de laine aux couleurs vives avaient roulé des bouteilles vides dont les étiquettes évoquaient des alcools forts et des bières de vile qualité vendues au litre. Comme Dulac s'asseyait dans un fauteuil, je fis de même, encore tout endolori par les débordements paranoïaques de son accueil. Il m'offrit de boire quelque chose qui me remettrait de mes émotions, et me pria d'excuser sa brutalité.

– Je ne sais plus trop où j'en suis, expliqua-t-il. Et ce que vous venez de me raconter n'éclaire pas vraiment ma lanterne.

Malgré mon refus, il me servit, d'une bouteille qu'il alla chercher à tâtons sous son siège, une quantité de vodka polonaise capable de faire blasphémer un évêque de Cracovie. Lui-même absorba le contenu de son verre comme s'il se fût agi d'eau minérale, puis, s'étant resservi, il me demanda :

– Vous connaissiez bien le docteur Furde ?

Mon capital de confiance s'étant reconstitué à grand-peine, je choisis de laisser remonter le cours de mes actions, et me gardai bien d'expliquer dans quelles conditions j'avais fréquenté l'homme de l'art.

– Quand j'étais policier, on a eu l'occasion de travailler ensemble sur plusieurs affaires. Il était expert auprès des tribunaux, et…

– Moi aussi, je l'ai bien connu. C'était même un ami. Je ne savais pas qu'on l'avait assassiné. J'ai l'impression que l'effondrement de mon univers ne fait que s'accélérer. Je ne sais pas combien de temps encore je resterai debout dans les ruines.

Il garda le silence un court instant, le temps de faire baisser sensiblement le niveau de vodka dans son verre. Pour ma part, la stupéfaction me privait de parole. Ainsi, j'aurais pu croiser cet homme dans le cabinet du docteur sans savoir que nos destins se mêleraient un jour dans l'imbroglio d'événements tragiques ? Je savais le hasard grand pourvoyeur d'intrigues, qui d'un coup de dé pouvait rompre l'implacable géométrie des droites parallèles et les faire converger dans l'infini de l'espace et du temps. Mais en être pour ainsi dire l'enjeu, me voir transformé soudain en point d'intersection, pour ne pas dire en cible mathématique, me donnait un vertige tout simplement cosmique.

– Ça fait beaucoup de coïncidences, tout ça, fit Dulac qui lisait apparemment dans mes pensées.

Je brûlais d'en savoir plus sur ses relations avec le docteur, mais je n'osais solliciter de sa part des confidences qui, selon le mal dont il souffrait, outre ce deuil atroce et cette solitude dans laquelle il semblait surnager à peine, auraient pu le plonger dans les plus sombres tourments.

– Savez-vous où se trouve ma fille en ce moment ? demanda-t-il tout à trac.

Sa voix devenait pâteuse. L'alcool polonais l'affligeait d'une diction de pape mal en point. Je scrutai son visage luisant de sueur pour tâcher de déterminer son degré de lucidité. Ignorait-il que sa fille était morte ? Lui aurait-on caché le funeste destin qui avait été le sien, et la fin atroce qu'on lui avait infligée ?

– Vous en faites pas. Je peux boire beaucoup plus sans délirer. La preuve.

Il se resservit abondamment, et absorba aussitôt un bon décilitre de vodka.

– Ma fille, elle est sur Goliath, la planète des mers tièdes, au-delà du nuage d'Andromède. Pas vraiment le cimetière d'à côté… C'est chez les Moséhims, ces gentils extraterrestres qui veulent venir sur Terre pour y établir le règne définitif du Christ et de ses apôtres parmi un peuple d'élus triés sur le volet. Vous avez dû lire ces conneries dans leur propagande. Bon. Élise a été sacrifiée pour pouvoir effectuer là-bas le voyage en tant qu'ambassadeur du groupe d'élus. Mais auparavant, elle a été fécondée par tous les hommes présents pour développer sur Goliath, grâce à des techniques médicales très en avance sur celles des Terriens, plusieurs grossesses simultanées de pères différents. Elle donnera naissance à ce qu'ils appellent des interfaces, qui deviendront adultes en quelques mois et seront des intermédiaires et des missionnaires quand on les aura renvoyés sur Terre à bord du vaisseau spatial *Promess One*. Et Élise sera traitée là-bas comme une sorte de reine. Elle aura même le droit de coucher aux pieds du Christ.

Il se tut et me regarda avec un sourire attristé.

– Voilà qui devrait me remplir de bonheur et devait m'encourager à rejoindre leurs rangs, n'est-ce pas ? C'est en tout cas ce que m'a dit ma femme la dernière fois que je lui ai parlé au téléphone après la découverte du corps de ma fille. À l'enterrement de laquelle elle n'a pas assisté, puisque cette cérémonie n'avait aux yeux de la secte aucun sens : on ne se débarrassait ainsi que d'une enveloppe inutile. Le vrai, le grand passage s'étant déjà fait à la vitesse de la pensée, qui se déplace dans l'espace mille fois plus vite que la lumière.

– Vous savez où se cache votre épouse ?

– Elle ne se cache pas. Je suis sûr que les flics sauraient la trouver s'ils la cherchaient vraiment. Et j'ai du mal à comprendre pourquoi ils sont venus vous chercher, vous, pour mener une enquête parallèle alors que l'officielle piétine par manque évident de volonté d'aboutir. Comme s'ils ne voulaient pas découvrir, ou vérifier quelque chose qu'ils savent déjà. L'Ordre du Retour Lumineux, ils n'en ont rien à foutre.

Ses questions recoupaient de leurs lames acérées celles que je me posais, et je sentais naître entre nous une connivence prometteuse capable de faire de nous une paire d'enquêteurs efficaces et déterminés. Cela dit, je ne pouvais suivre jusqu'au bout le raisonnement de Dulac à propos de l'incurie policière dans cette affaire.

– Je crois que ce qui les intéresse surtout, dis-je autant pour le convaincre que pour me rassurer moi-même, ce sont les réseaux financiers de la secte, et les trafics qui les ravitaillent en argent frais. C'est pourquoi…

– Putain, y a plus rien à boire, m'interrompit Dulac en secouant la bouteille vide. Je vais en chercher d'autre, et puis de quoi bouffer un peu. Vous n'avez pas faim ?

Mon estomac se fit bruyamment le porte-parole de l'état de sous-alimentation dans lequel je me trouvais. L'architecte se leva avec peine et une fois debout, il vacilla si fort que je redoutai de le voir s'abattre comme un arbre.

– Bougez pas, articula-t-il. Je reviens.

Pas plus que lors de sa première injonction, quand il m'avait accueilli en menaçant de m'estourbir, je n'avais l'intention d'enfreindre son ordre. Je dois même avouer lâchement que la perspective d'une collation me rivait littéralement au confortable fauteuil dans lequel j'étais enfoncé. Pendant que Dulac disparaissait dans la cuisine, j'en profitai pour vider le contenu de mon verre dans le pot d'un ficus gigantesque, et regrettai aussitôt mon geste, craignant de voir la plante réagir sur le champ à mon traitement de cheval : n'allait-elle pas perdre d'un coup tout son feuillage, ou laisser ses branches ployer lourdement sous l'effet de je ne sais quelle ivresse végétale ? Je surveillais le moindre frémissement de ses rameaux, annonciateur d'un état d'imprégnation alcoolique, lorsqu'un vacarme de chocs, d'objets brisés, de cris, provenant de la cuisine, m'arracha à mes craintes arboricoles pour me précipiter dans les bras tremblants de l'alarme, en même temps que vers le lieu où un drame semblait se produire. À l'évidence, mon hôte, pris par une attaque du haut-mal, ou bien en proie à une crise de delirium tremens, avait besoin d'aide.

À l'instant précis où je pénétrai avec vivacité dans la cuisine, je percutai violemment un organisme vivant, que j'eus de la peine à identifier comme humain tant sa taille et sa corpulence me semblaient dépasser les proportions généralement admises pour notre espèce. Je pensai qu'il s'agissait de Dulac, venant à la rencontre de l'assistance que je lui portais, mais soudain, un éclair de panique fit fondre certains de mes circuits de sécurité : et si un Moséhim, débarqué récemment de Goliath, était venu là avec pour mission d'enlever l'infortuné architecte ? Aucune arme, sans doute, n'était capable de venir à bout de la créature. Le choc m'ayant projeté contre le ficus ivre qui en profita pour s'effondrer sur moi, je me remis debout en poussant un hurlement de samouraï, au cas où la voix humaine, spécifique merveille de notre race terrienne, aurait suffi à neutraliser l'*alien*. Je me ruai à l'assaut, mais déjà, n'ayant pu passer par la porte, le monstre se propulsait sans état d'âme à travers la porte-fenêtre, emportant autour de ses épaules d'envergure considérable une partie du chambranle et des volets. Quand il fut dans le jardin, où, détail fâcheux, il piétina négligemment une plate-bande de primevères, l'humanoïde ramassa la carcasse pantelante de Dulac et la fit basculer, avec l'aide d'un acolyte revêtu lui aussi d'une combinaison de combat noire et le visage pareillement recouvert d'une cagoule. Le plus imposant des deux, celui dans quoi je m'étais cogné, se retourna vers moi, brandissant un poignard menaçant, et me lança un regard halluciné, logé dans les trous de sa cagoule, où je crus discerner la lueur rouge du meurtre, puis disparut en courant.

Je me retrouvai au milieu d'un amoncellement de meubles renversés, chaises, table, portes de placard arrachées, et j'eus de la peine à croire que deux individus, pour robustes et déterminés qu'ils fussent, eussent été capables d'occasionner tant de dégâts en si peu de temps. Et le silence qui régnait, nullement troublé, malgré la fenêtre défoncée, par aucun bruit de la rue, était plus terrifiant encore. Je me surpris, vaine folie, à appeler faiblement Dulac, croyant sans doute qu'il allait surgir dans la pièce, une bouteille à la main, et déchirer l'ouate hallucinée où mon esprit s'engourdissait. Finalement, c'est le passage d'une voiture qui me ramena aux réalités de la situation : un commando venait d'enlever l'un des témoins essentiels de l'affaire, me privant d'un appui précieux, et sans doute de renseignements indispensables, prouvant que dans l'ombre quelque officine continuait d'agir, prête aux pires violences, dont je ne tarderais probablement pas à éprouver la mortelle détermination. En tout cas, chaque personne que j'approchais depuis quelques jours tombait, d'une façon ou d'une autre, sous les coups de criminels qui apparaissaient puis s'escamotaient avec une facilité déconcertante, suivant à la trace tous mes déplacements, et capables même de les anticiper.

D'une certaine manière, le sort en était jeté, et il me fallait boire ce mauvais vin tiré apparemment du tonneau des Danaïdes. Aussi décidai-je de profiter de ce que la maison était désormais vide pour tâcher d'en tirer quelque information utile.

Dans une autre pièce du rez-de-chaussée, elle aussi claire et spacieuse, je trouvai le bureau de l'architecte, aisément reconnaissable à la traditionnelle table de dessin et aux ordinateurs dont les écrans s'animaient paresseusement de figures géométriques en trois dimensions. Je forçai plusieurs classeurs, sans y trouver rien d'autre que des plans, des photos, des disquettes informatiques, et divers papiers d'ordre strictement professionnel. Dans un placard, je trouvai même, ce qui me divertit un peu, la maquette de la villa qu'un ancien ministre s'était fait construire dans le Var, et j'en ôtai le toit pour apprécier, toutes proportions gardées, la surface habitable dont ce haut personnage de la République, qui avait quelques années plus tôt refusé qu'une loi de réquisition fût votée pour loger les sans-abri, allait pouvoir profiter.

J'allais quitter la pièce lorsque, le plus bêtement du monde, j'avisai, posé sur le bureau et ouvert, un gros classeur de plastique vert qui débordait de papiers entassés. Je le feuilletai sommairement et m'aperçus qu'il était entièrement consacré à l'Ordre du Retour Lumineux. Et quelle ne fut pas ma stupeur quand je découvris parmi cette foule de documents des lettres du docteur Furde, adressées à l'architecte, et qui traitaient de l'état mental de sa fille Élise qu'apparemment il avait essayé d'arracher des mains de la secte.

Je serrai contre mon giron cette précieuse documentation et bondis dehors, où m'attendait une surprise assez désagréable sous la forme d'une petite femme vêtue de gris, aux cheveux courts, et gris, en train de refermer le portail donnant sur la rue. Elle eut peur, sans doute, car, m'apercevant, elle poussa un cri et laissa tomber la panière de plastique pleine de linge propre et repassé qu'elle tenait sous son bras court.

Pétrifié par cette apparition inattendue, je ne savais que faire : l'assommer ? l'inviter à boire un café et tout lui expliquer au calme en prenant soin de ne rien lui dire d'essentiel qui pût, elle aussi, la mettre en danger ? Je n'eus guère le loisir d'hésiter davantage, car la brave femme considérait déjà d'un air épouvanté l'encadrement de la fenêtre arraché par l'humanoïde et exprima son effroi par un hurlement déchirant, preuve assourdissante de l'existence chez les femmes de ce sixième sens qu'on nomme l'intuition. À regret, je sonnai l'infortunée lavandière d'un petit uppercut au menton, et accompagnai sa chute dans la panière de linge parfumé. En quelques enjambées, je fus au volant de ma R25, et m'empressai de tourner la clé de contact.

Mais le démarreur émit deux ou trois râles, et tous les voyants du tableau de bord s'éteignirent.

12

Si l'on en croit la sagesse populaire qui, en la matière, sait de quoi il retourne, un malheur n'arrive jamais seul. De sorte que j'aperçus, tout en rudoyant avec une rage impuissante les boutons et manettes qui refusaient de remplir aucune de leurs fonctions, la grise femme de ménage en train de bondir hors du jardin en massant son maxillaire endolori qui ne l'empêchait pas, hélas, de hurler à l'assassin en me montrant du doigt. Rares étaient les passants à cette heure du dîner, mais les trois pékins qui traînaient dans les parages s'ameutèrent bientôt autour de mon auto immobile. Ils étaient tous de sexe masculin, et parmi eux se trouvait un petit homme qu'on eût pu prendre pour le frère de la lavandière et qui ne trouva rien de mieux que de se pendre à la poignée de ma portière pour l'ouvrir. Heureusement, j'avais eu le réflexe d'abaisser le bouton de verrouillage, ce qui me laissait quelques secondes de répit en attendant qu'un miracle, ou qu'un caprice de la mécanique se produisît. Les autres mâles présents s'interpellaient pour savoir lequel d'entre eux aurait la témérité d'aller appeler la police. Quand ils se furent mis d'accord sur le numéro à composer (« c'est bien le 17, même pour les assassins ? »), j'en vis un détaler et se perdre dans l'obscurité à la recherche d'un téléphone.

Pendant ce temps, le petit homme, à force d'acharnement, et bien que je lui criasse, un rien moqueur, qu'au lieu de tirer il aurait mieux fait de pousser pour me dépanner, était parvenu à arracher la poignée, et passait ses nerfs sur la vitre qu'il frappait de ses poings de dimensions ridicules. L'autre, campé devant le capot dans une attitude de viril défi, prétendant faire à ma fuite éventuelle un barrage de son corps, m'insultait copieusement, mais sans grande imagination, et m'invitait à sortir, si jamais mon entrejambe était normalement pourvu par la nature, pour me faire apprécier la façon dont il traitait les criminels.

Comme j'imaginais assez aisément la chose, je me contentai de grimacer à travers le pare-brise, ce qui ne fit qu'accroître la fureur justicière des deux citoyens modèles. Et je tournais et retournais cette maudite clé dans la serrure du Neiman, en proie à la plus vive angoisse à mesure que la perspective d'un lynchage se précisait.

Le bond en arrière que firent les deux redresseurs de torts m'avertit que quelque chose d'inattendu advenait : oui, parmi leurs vociférations, un ronronnement s'élevait, régulier et paisible : le moteur tournait ! On imaginera sans peine ma joie, et le hurlement libérateur que je poussai dans l'habitacle dut terrifier autant mes persécuteurs que la manœuvre que j'exécutai pour me dégager de ma mauvaise posture. Je les vis s'égailler comme des poules autour d'un tracteur, sauter en l'air pour éviter d'être percutés par la détermination qui m'animait, exacerbée par l'apparition, dans le rétroviseur, du sinistre éclat bleu d'un gyrophare.

Je lançai mes huit chevaux-vapeur dans le dédale des rues étroites du quartier, au mépris de la signalisation et des plus élémentaires règles du code de la route, qui pourtant m'étaient chères entre toutes. Je semai assez vite les aimables tuniques bleues, qui, trop heureux d'imiter leurs collègues américains aperçus au cinéma, avaient dû emboutir le matériel de l'administration contre un mur ou un autre véhicule, cependant que, renouant quelque peu avec la bonne fortune, j'évitai, certes de justesse, d'affreux carambolages qui eussent pu tourner au carnage routier tant la vitesse à laquelle je roulais était grande. J'eus néanmoins le temps, lors de collisions esquivées de peu, d'apercevoir, derrière des pare-brise, des regards arrondis d'effroi, des yeux exorbités par la terreur, et j'eus l'impression pendant quelques instants d'être environné d'aquariums roulants, leurs gros poissons affolés collant leurs yeux aux vitres. Je me faisais l'effet d'une sorte de commandant Cousteau dément qui aurait fait du gymkhana parmi des mérous effarés dans une mer obscure seulement transpercée par les faisceaux des projecteurs d'un sous-marin de poche.

Ivresse ! Euphorie ! Non point folie des profondeurs, mais exaltation de la chute libre, qu'à cet instant précis je me sentais capable de pratiquer sans parachute ! Dans le labyrinthe où je louvoyais pied au plancher, mes sens s'embrasaient comme ceux d'un Thésée moderne équipé des génitoires du Minotaure.

Au bout d'une heure de slalom frénétique, je me retrouvai au feu rouge d'une de ces *barrières* qui marquent l'entrée dans Bordeaux. J'avais recouvré un rythme cardiaque et une lucidité à peu près normaux, et j'en profitai pour humer par la vitre baissée l'air frais d'une soirée de printemps comme je les aimais tant avant que le malheur ne me frappe. Et c'est à peine si je me rendis compte qu'à nouveau le péril menaçait : derrière moi, alors que l'avenue était déserte, venait de s'arrêter une voiture sombre, semblable à des milliers d'autres du même type. À ceci près que je distinguai soudain l'un de ses occupants s'emparer d'un téléphone pour le raccrocher presque aussitôt après une brève communication. Les portières claquaient déjà quand je démarrai. Foin, une fois encore, du feu rouge et des priorités : la mienne était de fuir au plus vite ! Le trafic du boulevard ne fut plus que hurlements de pneumatiques bloqués par les freins, klaxons tonitruants, fracas de tôle froissée, déchirée, enfoncée, explosions de verre brisé, bribes de cris et d'insultes aboyées du fond de l'enfer mécanique dont j'avais forcé les portes. Alors qu'on heurtait violemment le flanc arrière de mon bolide, j'eus à peine le temps d'entrevoir une masse blanche, rutilante, lancée à vive allure, percuter le mur d'enceinte du cimetière de la Chartreuse, qui fait l'angle à cet endroit, et s'enflammer aussitôt. Mais je ne pris pas le temps de m'arrêter pour constater quoi que ce fût : déjà, dans un vacarme de ferraille épouvantable qui témoignait de l'avarie que j'avais subie, je fonçais vers le centre-ville et sa circulation plus tranquille, laissant dans mon rétroviseur s'éloigner la confusion assourdissante qui s'était déchaînée autour de moi.

Nul doute qu'une traque cybernétique au moyen d'ordinateurs puissants et indiscrets, qui avaient sondé sans vergogne des fichiers reliés entre eux, avait en quelques secondes identifié le numéro de ma voiture, localisé mon domicile et vérifié que mes impôts et contraventions avaient été correctement acquittés lors des cinq dernières années. Une maréchaussée diligente et nombreuse était probablement en train de prendre position autour de mon domicile, vérifiant pour s'occuper que les armes étaient convenablement chargées dans un petit concert de cliquetis, et allumant des cigarettes dans des habitacles obscurs et puant déjà le tabac froid où crépitait en sourdine la fréquence d'écoute. Je connaissais ce grand jeu de la chasse à l'homme sur le bout des doigts : je n'avais aucune chance de m'en tirer si je pénétrais dans une zone de trois cents mètres autour de chez moi. Bien sûr, j'aurais pu me livrer et espérer qu'on me laisserait m'expliquer, ce qui m'aurait permis d'en appeler au capitaine Schmidt ou à l'infâme Cousin, qui m'avaient engagé dans cet imbroglio. Mais mon expérience de la police m'avait enseigné aussi que les interpellations de nuit rendent le policier de base passablement nerveux, myope, maladroit, bref, qu'il redevient, assez paradoxalement, trop humain, le doigt crispé sur la détente de son arme par la fébrilité, la peur et d'autres sentiments beaucoup moins avouables. Et si l'on ajoute à ces facteurs hautement redoutables la conviction de pourchasser un assassin qui de surcroît a nargué les collègues à plusieurs reprises, on obtient une sorte de mélange instable, dirait un chimiste, c'est-à-dire éminemment explosif, ce qui n'est guère souhaitable quand tant de munitions ne demandent qu'à converger sur vous.

Aussi décidai-je, dans cette ville qui n'était pour moi qu'un vaste territoire de solitude et d'hostilité, de me réfugier auprès de la seule personne dont le commerce m'eût été agréable depuis longtemps, à savoir la belle Edmonde.

Dire qu'elle me sauta au cou quand je me présentai sur son seuil serait mentir. Mais j'avais déjà noté que la pudeur, ce voile vaporeux des sentiments vrais, avait chez elle les qualités érotiques d'une nuisette de zéphyr et j'eus encore l'occasion de le constater. Elle s'efforça de garder une expression impassible, soupira, tapa du pied, allant même jusqu'à esquisser le geste de refermer sa porte, toutes attitudes qui ne pouvaient mentir sur ce qu'elle éprouvait réellement pour moi. Lorsque je lui eus exposé les motifs d'une visite aussi tardive, elle parut se radoucir et daigna me faire entrer, me proposant presque chaleureusement quelque chose à boire. J'avouai ma préférence pour de la nourriture solide, car j'étais au bord de la perte de connaissance. Elle ne disposait que d'un reste de spaghetti *alla bolognese* sur quoi je me jetai sans prendre la peine de les réchauffer.

Sans plus se soucier de moi, elle s'installa dans un grand canapé devant la télévision, qui diffusait un feuilleton policier américain. Je pris la liberté de m'asseoir à l'autre bout de l'imposant divan, ma casserole sur les genoux, pour me sustenter et attendre le moment propice où je pourrais avoir avec mon adorable complice un entretien stratégique.

Il était question, dans ce que j'appris être *Miami Nights*, de mettre hors d'état de nuire un tueur en série qu'on surnommait Potato John parce qu'il obturait les orifices de ses victimes, hommes ou femmes, de tubercules soigneusement épluchés dont on venait de retrouver le fournisseur exclusif, lui-même lié au cartel de Cali…

– Putain c'est la meilleure, murmura Edmonde, absolument captivée par l'action. Il doit planquer la coke dans les patates.

Puisque rien d'autre n'était susceptible de l'intéresser davantage, je nettoyai la sauce avec les doigts, n'osant demander un bout de pain. Heureusement, l'arrestation du tueur, en flagrant délit d'épluchage, se déroulait dans une atmosphère apocalyptique de brigades de choc sautant de camions, de sirènes hurlantes et d'éclairages clignotants, dans une forêt d'armes de tous calibres brandies par le moindre figurant. On se désintéressait bien vite de la dépouille de la victime, sans doute atrocement mutilée, pour se concentrer sur le psychopathe qui tentait d'éborgner de son pèle-légumes un valeureux agent spécial du FBI, ce dont il était puni sur le champ d'une balle dans la tête.

Dès qu'apparut à l'écran le générique de fin, Edmonde se décida à éteindre le poste en écrasant la télécommande avec un soupir de regret, puis se tourna vers moi, son bras gracile étendu sur le dossier du canapé.

– Bon. Racontez-moi. Qu'est-ce que vous avez foutu pour avoir tous les perdreaux de la ville à vos trousses ?

Je lui relatai par le menu les dramatiques événements de la soirée et elle m'écouta en hochant parfois la tête, allumant des cigarettes qu'elle fumait nerveusement sans les terminer, et, surtout, elle ne détourna jamais de ma personne le rayon vert de ses yeux qui m'épinglait comme une cible au bout d'un viseur électronique.

– J'espère que ça ne causera pas de crise du logement chez les rupins, dit-elle au bout d'un moment pour commenter l'enlèvement de l'architecte.

Je protestai contre tant de cynisme, et comme elle haussait les épaules, je brandis le dossier de Dulac pour qu'elle en rabatte un peu.

– Lui et le docteur Furde se connaissaient bien. Ils essayaient de faire sortir sa fille de la secte. Qu'est-ce que vous dites de ça ? Lisez ces lettres. Elles expliquent bien des choses.

Edmonde, l'air grave à nouveau, se plongea dans la lecture des documents.

– Foutre, voilà qui est intéressant, murmura-t-elle. Qu'est-ce que vous comptez en faire ?

– Les communiquer dès que possible au capitaine Schmidt. Ça peut constituer des preuves contre l'ORL, et par la même occasion me disculper dans le rapt de Dulac.

– De ce côté-là, vous êtes plutôt mal barré. Je parie que vous avez laissé vos grosses empreintes partout. Mauvais pour votre matricule, ça.

– Je n'ai guère eu le temps de chercher des gants en caoutchouc. J'aurais pu essayer de prendre ceux d'un des kidnappeurs, mais ils n'étaient pas à ma taille.

– Pour un ancien flic si bien noté, vous…

– Comment savez-vous ça ?

Je crois bien qu'elle rougit, autant que la pénombre pouvait me le laisser deviner. En tout cas, elle secoua la tête d'un air confus.

– Non, je… Vous me l'avez dit l'autre jour.

Je ne voulus point ajouter à sa gêne et me contentai de fouiller dans ma mémoire parfois lacunaire, surtout quand elle touche aux confidences que je fais aux autres. Il n'empêche, j'étais fort surpris d'avoir abordé cette question plutôt administrative avec elle, mais que ne ferait-on pas pour séduire une femme ? Pour dissiper le lourd silence qui s'était fait, je tâchai de relancer la conversation :

– Où en êtes-vous de votre témoignage à propos de la mort du docteur Furde ?

Elle ne parut pas comprendre ma question, et me considéra du fond d'une perplexité qui lui gardait la bouche ouverte.

– C'est fait, c'est fait, dit-elle précipitamment. J'ai signé deux dépositions, et on m'a dit qu'on me convoquerait de nouveau en cas de besoin.

– Qui s'est occupé de vous, à la police ?

De nouveau, ma question parut la décontenancer. Elle me fixa comme si la réponse avait pu se lire sur ma figure, puis elle couvrit de ses mains son beau visage et se mit à sangloter. Je me fustigeai mentalement de ma maladresse tout en cherchant un moyen d'en atténuer les effets désastreux. Je me rendis compte combien Edmonde, à qui le sort depuis quelques jours avait infligé de si violentes épreuves, faisant face au meurtre et au sang, obligée, pour sauver sa vie, de donner la mort, avait été courageuse. Et sous le feu roulant de mes questions stupides, elle s'effondrait du haut de sa bravoure même. Ma goujaterie n'en était que plus méprisable, et c'est à genoux que je m'approchai d'elle pour lui demander pardon, pressant mon front honteux contre ses jambes. Elle consentit à me tendre la main, et m'attira près d'elle, puis contre elle, pour presser son visage inondé de pleurs contre ma poitrine. Bouleversé, je dus contenir le feu qu'une passion incendiaire allumait en moi, pompier courageux fasciné cependant par le phénomène qu'il combat avec abnégation. Je couvris ses cheveux odorants de baisers empressés qui, bien vite, apaisèrent son chagrin, mais ne firent qu'exacerber la rébellion de mes sens contre la loi d'honneur que je leur imposais à grand-peine.

– Ça suffit, dit Edmonde en se redressant d'un coup. C'est bon. Ça va mieux. Excusez-moi. J'ai un peu craqué. Je crois que j'ai besoin de dormir.

Dormir ! la belle affaire ! Je n'avais pas du tout envie de dormir, moi ! J'eusse bien prolongé notre doux entretien, si riche d'émotions de toutes sortes et d'épanchements si variés, jusqu'aux premières lueurs de l'aube…

– Je vais vous chercher une couverture, fit-elle en tapotant le tissu du canapé.

Elle s'éloigna d'un pas léger, me laissant apprécier la coupe près du corps de son blue-jean. Pendant qu'elle s'affairait à côté, je promenai mon regard dans le vaste salon, puis mes doigts sur différents bibelots qui prenaient la poussière sur les étagères d'un meuble où étaient installés le poste de télévision et une chaîne hi-fi. L'Encyclopédie Pratique de la Maison et du Jardin, en cinq volumes reliés, ainsi qu'une collection consacrée aux Belles Régions de France, semblaient n'être là que pour remplir des espaces trop grands. Du reste, ils étaient les seuls livres visibles dans la pièce, et j'en fis la remarque à Edmonde, dans l'espoir, peut-être, qu'elle me fît visiter sa bibliothèque de brillante étudiante en littérature.

Elle apparut presque aussitôt à la porte, une couverture sur les bras, essoufflée, presque inquiète.

– Quels livres ?

– Les vôtres, bien sûr. Ceux que vous dévorez de jour comme de nuit et qui font de vous cet être charmant et cultivé. Vous m'avez bien dit que vous prépariez une thèse, non ?

Elle marcha vers le canapé sans répondre et y jeta la couverture pliée.

– Ils sont chez moi. Chez mes parents. Ici, c'est chez une amie, qui est partie étudier à Los Angeles pendant un an. Elle m'a prêté son appartement pour que je sois plus près de la fac. Ne vous inquiétez pas pour mes lectures. Décidément, rien ne vous échappe. Si c'est de la méfiance que je vous inspire, vous n'êtes pas obligé de rester dormir. Je pourrais vous livrer à la police.

Je m'en voulus de l'avoir encore blessée, et bredouillai de plates excuses. Elle avait raison : il valait mieux que j'essaie de dormir plutôt que d'accumuler les maladresses. Si bien que j'entrepris de déplier la couverture et de préparer ma couche pour une nuit qui, à tous points de vue, constituerait au moins une pause dans la détérioration de la situation.

– Je crois qu'on est un peu nerveux, pas vrai ? dit Edmonde derrière moi. Ça ira mieux demain, vous verrez. J'ai posé une serviette pour vous dans la salle de bains. Je… Bonne nuit.

Quelques instants plus tard, la douche coulait et j'écoutais ce ruissellement suggestif, aux parcours affolants et impudiques, et me venaient des visions, causées sans doute par les vertus psychédéliques de cette musique concrète… Quand Edmonde eut fini ces arpèges sensuels, quoiqu'involontaires, je n'osai même pas me relever du canapé pour aller faire mes ablutions, tant j'étais peu sûr de ce que mon corps déciderait une fois debout dans l'obscurité propice. Je dormis mal, si je dormis, tout roidi par le désir et les rêves qui ne faisaient que l'exalter dans l'illusion de le satisfaire, et c'est avec un soulagement teinté de frustration que le petit jour mit fin à mon délicieux supplice.

13

Vers la fin d'un copieux petit-déjeuner qu'Edmonde et moi prîmes sans nous parler beaucoup comme si la nuit avait été lourde de sous-entendus et, j'en étais persuadé, d'inavouables pulsions réciproques et sottement refrénées, l'idée me vint que je devais retourner chez moi, ne fût-ce que pour y prendre quelques affaires ainsi que les papiers et documents bancaires qui me seraient utiles lors du week-end organisé par la secte. En effet, je devais faire à ces braves gens un chèque conséquent pour les appâter et gagner leur confiance et, surtout, j'avais besoin, quoique dans la clandestinité désormais, de vivre, ce qui, même si mes besoins étaient modestes, nécessitait un peu d'argent. Betty et Ousmane étant partis depuis une dizaine de jours visiter des cousins à Marseille, je ne disposais d'aucun allié dans la place et je devrais m'y introduire incognito.

Je fis part de mon problème à mon hôtesse qui, pour une fois, le considéra sans ironie et convint que mon projet était raisonnable. Après que je lui eusse expliqué en quoi consistait cette sorte de rassemblement de l'Ordre du Retour Lumineux, nous envisageâmes par quel astucieux stratagème je pourrais tromper la vigilance policière.

Je projetai à un moment de passer par les toits

en me faufilant dans l'immeuble voisin et en jouant les monte-en-l'air, ou bien de me laisser glisser au moyen d'une corde jusqu'à l'une de mes fenêtres que je n'aurais plus qu'à forcer. Edmonde repoussa énergiquement ces solutions, à la fois trop rocambolesques et risquées, et je me rangeai à son avis. Me déguiser en employé du gaz, ou en maçon, ne nous parut pas une meilleure solution, et après que nous eûmes passé en revue diverses façons de détourner l'attention des inspecteurs en planque, désespérément farfelues, Edmonde eut soudain un trait de génie qui m'arracha des cris d'admiration et d'aise :

– Qu'on est con, fit-elle avec cette verdeur de langage qui lui conférait un charme supplémentaire. Puisque les flics attendent un mec, vous n'avez qu'à jouer les travelingues ! Vous êtes mince, élancé (je crois bien que je rosis sous l'avalanche de compliments, les premiers qu'elle me faisait), on va vous transformer en élégante. On va fouiller dans la garde-robe, vous allez ressembler à Claudia Chiffon.

L'heure qui suivit fut consacrée à divers essayages. Je passai, tour à tour amusé et affligé, des vêtements tous trop étroits, ou trop courts. Edmonde mettait à cette tâche une conviction de costumière le soir d'une répétition importante. J'avais l'impression de me préparer à entrer en scène pour interpréter Les Précieuses Ridicules adaptées pour un cabaret louche au public imbibé et libidineux, ou bien pour une revue de la Gay Pride. D'ailleurs, l'amie d'Edmonde possédait un vestiaire abondant, varié, et parfois déroutant : des sous-vêtements de latex, des culottes fendues précisément à l'endroit qu'elles étaient censées couvrir, d'autres qui se réduisaient à un triangle minuscule prolongé en ses trois pointes par un cordon ténu, constituaient les éléments les plus remarquables d'une panoplie plutôt suggestive qui me mit dans une sorte de transe fantasmatique où j'imaginais ma complice, cependant qu'elle fouillait avec délices dans la lingerie parfumée, revêtant ces parures torrides et me mettant au défi de les lui ôter avec les dents…

– Diable, votre amie n'a point froid aux yeux.

Edmonde éclata de rire et me jeta au visage un slip de coton orné d'une feuille de vigne microscopique.

– Elle est un peu salope sur les bords. Pour payer ses études, elle fait du strip-tease dans les boîtes. Elle appelle ça toucher les bourses… C'est vous dire…

– Je suppose qu'elle gagne à être connue ?

– Oui, elle gagne pas mal.

Je ne voulus pas en savoir davantage sur la libertine et fis quelques pas dans la pièce pour me détendre un peu. Une exclamation satisfaite de mon habilleuse me fit me retourner.

– J'ai trouvé ce qu'il vous faut. Essayez ça.

Elle disposa au sol une tenue qui, mise bout à bout, ne devait guère faire plus d'un mètre dix de long : une microjupe de lainage noir, un boléro rouge sang, que complétait une paire de collants bleu nuit piqués de petites étoiles brillantes. Je repoussai du pied cet accoutrement grotesque.

– Vous ne comptez pas que je me déguise de la sorte ?

– Vous avez une autre solution ? Rien d'autre ne vous va.

La mort dans l'âme, j'enfilai ce déguisement et en évaluai l'effet devant une glace : il s'avéra désastreux sur le plan de l'élégance, car je ressemblais à une ribaude de terrain vague, mais la fonction de camouflage était particulièrement réussie : j'eus du mal à me reconnaître dans cette silhouette gauche et boudinée, d'autant plus qu'Edmonde, grâce à un rembourrage de coton adroitement disposé, m'avait doté d'une poitrine plantureuse qui, arborée par quelque passante, n'eût pas manqué d'attirer mon regard gourmand.

Deux heures plus tard, nanti des attributs les plus ostentatoires de la féminité, j'entrai d'une démarche peu assurée dans ma rue, après qu'Edmonde m'eut déposé en voiture pour m'éviter une traversée de la ville par trop éprouvante. Les quelques passants que je croisai ne semblèrent pas remarquer le ridicule dont j'étais travesti et grimé. De temps à autre, je vérifiais que la perruque rousse qui dissimulait ma calvitie naissante était bien en place, et derrière les vastes lunettes qui masquaient en grande partie mon visage, j'épiais la rue et les voitures qui s'y trouvaient garées pour déceler le mécanisme de la souricière qu'on avait tendue à mon intention.

Je débusquai assez rapidement les faces blafardes, aux traits tirés, de deux fonctionnaires harassés par leur nuit de veille et que le manque d'effectifs n'avait pas permis de relever. Avec cet air blasé qu'ont les policiers qui en ont vu d'autres, ils regardèrent l'extravagante créature que j'étais devenue marcher vers eux et celui qui était au volant me fit un petit signe de la main agrémenté d'un demi-sourire mal rasé. Ce geste de connivence et d'invite trahissait l'appartenance de cet individu à la Brigade des Mœurs, dont certains enquêteurs résistent assez mal aux attraits de l'exotisme ou de la bizarrerie auxquels ils sont confrontés chaque jour, et je me gardai bien de répondre d'une manière quelconque, car j'aurais eu alors le plus grand mal à me débarrasser de lui, tel la vache paisible incapable de se défaire des nuées de taons qui la persécutent.

C'est avec un immense soulagement que je pénétrai dans le couloir sombre de mon immeuble. Machinalement, je vérifiais que ma boîte aux lettres fût bien vide, comme de coutume, lorsque Mme Gelos, ma voisine zoophile, fit son apparition, précédée par le répugnant pékinois qui partageait sa vie et pour lequel, d'après ce qu'elle m'avait confié du temps où elle m'adressait encore la parole, elle achetait chaque samedi aux Halles du cours Victor-Hugo des filets de truite fumés. Comme elle m'avait surpris en train de refermer la boîte aux lettres, elle s'immobilisa, me considéra avec commisération, cependant que l'animalcule émettait, pour sa taille, des aboiements monstrueux, puis me demanda ce que je cherchais au juste, le double foyer de son regard exprimant dans un même éclat paranoïaque le mépris et la peur.

– M. Vallès m'avait dit qu'il me laisserait ses clés dans la boîte, expliquai-je en contrefaisant la voix d'une diva catarrheuse. Ce n'est rien, je vais…

– Il est pas là, M. Vallès, grinça l'horrible femme. Pas rentré de la nuit. Drôle d'oiseau, celui-là.

– Mon Dieu ! Un homme si charmant ! Nous nous sommes rencontrés hier soir, et je lui ai promis de venir… comment dire… le prendre au saut du lit ! Que c'est fâcheux ! Tant pis ! J'attendrai devant sa porte autant qu'il le faudra, mais il me fera le petit cadeau qu'il m'a promis ! Entre femmes, pas besoin de faire un dessin !

La figure de la rombière s'empourprait à mesure que je parlais. En tout cas, alors que je me tenais à deux mètres d'elle, et malgré sa méfiance et son hostilité, elle ne me reconnaissait pas. Quand le ridicule ne tue pas, il peut tirer celui qui y sacrifie de situations sans espoir. Nonobstant les aboiements du chien, qui commençaient à s'étioler en une sorte de couinement enroué, et les bonds de grenouille velue qu'il effectuait au bout de sa laisse pour se jeter sur moi, je m'engageai dans l'escalier en remerciant la commère de son amabilité.

Dès que je fus chez moi, j'entassai dans un sac de voyage tous les papiers dont j'aurais besoin pour survivre et mener au bout la mission qu'on m'avait confiée, et dont, de toutes les manières, compte tenu du nombre de victimes qui tombaient autour de moi, je faisais désormais une affaire personnelle. J'attrapai au passage quelques sous-vêtements de rechange ainsi que mon after-shave préféré, *Fighting Man* de chez Battisti.

Mais au moment où, sifflotant avec satisfaction, je m'apprêtais à sortir, j'entendis une cavalcade de pas monter précipitamment vers moi et des ordres brefs, mais sonores et sans ambiguïté, qui annonçaient qu'il était question de s'emparer de moi dans les plus brefs délais. Désemparé, je refermai la porte à clé, et méditai, impuissant et pétrifié au milieu de la pièce, sur ce qu'il convenait de faire. J'évaluai autour de moi les dimensions du piège et je haïssais soudain ces murs dont je connaissais par cœur la moindre tache du papier peint, ce décor humble mais familier qui toutes ces années avait abrité ma misère morale. Je songeai avec amertume à la souris que je pourchassais depuis des mois et qui, elle, resterait libre. Cette pensée incongrue me fit l'effet d'un électrochoc, à moi qui en avais tant subi : comment ? Le destin d'un dérisoire rongeur serait plus heureux que le mien ? Je m'approchai de la fenêtre et aperçus le bleu du ciel, profond, qui donnait aux nuages indolents toutes leurs chances d'aller crever en paix en dispensant à la terre nourricière l'eau dont elle avait besoin. Au premier coup que l'on donna à la porte, et qui sembla capable de faire s'effondrer tout l'immeuble, j'ouvris largement les deux battants. Et quand, grâce à un coup d'épaule puissant un policier s'abattit au milieu de la pièce parmi des éclats de bois, entraîné par son élan, je sautai.

Pourquoi ce jour-là, dans ces circonstances, ai-je agi de la sorte ? Je me pose encore aujourd'hui la question, et ne suis pas bien certain de la réponse. Peut-être parce que les souris, même celles qui déjouent tous les traquenards, ne se suicident pas ? Ou bien parce que les merveilleux nuages du poète ne vont jamais qu'où le vent les pousse, sans choix de leur direction ? Je tenais à exercer une ultime fois mon libre arbitre, dont j'avais été privé si souvent, et que j'avais moi-même aliéné, à tous les sens qu'on voudra donner à ce mot. Mon dernier choix fût-il celui du saut dans le vide, le cri que je poussai en tombant, mon sac de voyage à la main, était celui d'un homme libre.

La bâche du semi-remorque qui patientait à ce moment-là à cause d'un embouteillage fit usage de trampoline et je rebondis vivement sur sa surface bienvenue pour me retrouver à plat ventre sur le trottoir, la jupe retroussée en haut des cuisses, un peu étourdi par mon acrobatie, heureux d'apprendre qu'*Aquitaine Transport et Logistique* m'avait évité de me rompre les os sur le rude macadam de notre ville. Quelques badauds s'attroupaient déjà (On notera que la rue la plus déserte, même aux heures chaudes d'un été saharien, sécrète les badauds, comme une plaie le pus, dès lors qu'un événement un peu particulier se produit ; quelle était cette catégorie d'êtres humains, tapis derrière des volets, vautrés dans leur cave et ne sortant qu'au signal fatidique pour se repaître du désarroi ou du malheur des autres ?), cependant que je remerciais le chauffeur ébahi, puis perplexe de voir une drag-queen tombée du ciel lui adresser de grands signes de la main et de fervents baisers : d'autant que j'avais dans ma chute perdu mes lunettes de soleil et ma perruque rousse, désormais de guingois, devait me faire ressembler à un fêtard éméché échappé d'un improbable carnaval.

Il s'agissait de ne point s'attarder, aussi m'enfuis-je en direction de la place des Augustins, où nous avions convenu, avec Edmonde, de nous retrouver. Je bousculai vigoureusement quelques curieux en leur adressant force insultes, tout en m'efforçant de me débarrasser de mes escarpins qui, tellement étroits, semblaient littéralement soudés à mes pieds douloureux. J'entendis derrière moi des cris, la confusion d'une poursuite, et j'attendais d'un instant à l'autre que l'un des limiers chargés de m'interpeller fît usage de son arme. Fort heureusement, la présence des passants et autres contemplatifs agglomérés sur les trottoirs dut faire hésiter le brave fonctionnaire assermenté devant le risque d'un massacre.

Je retrouvai sans difficulté ma complice et elle lança la voiture à tombeau ouvert dans les petites rues qui rejoignent la place de la Victoire, juste derrière l'Institut médico-légal, cette antichambre de l'enfer où, lors de ma dernière visite, me penchant sur des corps comme je l'avais pourtant fait tant de fois, j'avais sombré dans les gouffres visqueux de la démence. L'assaut brutal des souvenirs prenait des allures d'hallucination : je touchais pour une dernière fois la peau tant de fois caressée de ma femme cependant qu'à mon oreille le légiste murmurait pour d'obscures raisons les termes épouvantables de ses premières constatations, funèbre litanie, et de nouveau je pleurais, mes larmes coulant sur l'épiderme froid de celle que j'avais tant aimée.

C'est la voix d'Edmonde, suraiguë, étranglée, qui me tira brutalement de ma vision :

– Putain si vous n'arrêtez pas de me peloter la cuisse, je nous balance dans une vitrine ! Et vous chialez, en plus ? Qu'est-ce qui vous prend ? Vous êtes vraiment un malade !

Je bondis sur mon siège et retirai ma main, me confondant en excuses, prétextant la fatigue, le surmenage occasionné par cette folle aventure. Naturellement, je ne pouvais confier à Edmonde les vraies raisons de mon égarement, et je me contentai de l'assurer que cela ne se reproduirait pas.

– Y a intérêt. Ou je vous arrache les couilles !

Elle était au comble de la fureur et de l'indignation. Pour la calmer, je lui annonçai qu'aussitôt que j'aurais revêtu ma tenue d'homme, je quitterais son domicile et je ne l'importunerais plus par ma présence. Je la remerciai néanmoins d'avoir protégé ma fuite et de m'avoir prêté son assistance matérielle et morale. Elle resta silencieuse durant le reste du trajet, et quand nous fûmes de retour chez elle, il ne me fallut pas plus de dix minutes pour rassembler mon maigre bagage, alors qu'elle s'était enfermée dans sa chambre, et quitter ce havre sans pouvoir prendre congé selon les règles de la bienséance.

14

Je revins à pied dans le centre-ville et me mêlai, quelque peu désemparé, à la foule des chalands attirés par des soldes monstres et des rabais exceptionnels que vantaient de tonitruantes affiches dans les devantures des boutiques. J'errai quelques heures parmi le piétinement de ceux que j'avais de plus en plus de mal à considérer comme mes semblables. Je m'attablai, malgré l'imprudence d'un tel acte, à la terrasse d'un bistrot, soudain fort las et désabusé. Le passage de quelques femmes superbes, et d'un nombre appréciable de charmantes nymphettes désœuvrées, me réconcilia peu à peu avec la vie telle que j'étais contraint de la poursuivre, par mon irrésolution et sans doute ma lâcheté, bien que le docteur Furde m'eût toujours affirmé que le vrai courage consistait à vivre, envers et contre tout, et à continuer le combat, jamais perdu d'avance. Ses bonnes paroles, le timbre chaleureux de sa voix résonnaient dans mon esprit et, revigoré par la beauté, juvénile, fatale, et inaccessible des passantes, je me persuadai que son ultime bataille, livrée contre cette secte démente, méritait d'être menée jusqu'au bout.

J'avais de l'argent, du courage et un peu de temps : dans deux jours, il me faudrait me mêler aux adeptes et aux curieux désorientés qui serviraient de proies à l'Ordre du Retour Lumineux. En attendant, j'avais tout loisir pour élaborer une tactique, bien qu'avec ces gens-là je pusse m'attendre à voir tous mes plans déjoués par une folie autrement dangereuse que la mienne ; en tout cas, je pouvais, pour une fois, réfléchir avant l'action, et non après, et m'efforcer, suivant en cela les conseils du bon docteur, de me projeter quelque peu dans l'avenir.

Je résolus de me fabriquer une image qui séduirait à coup sûr la criminelle organisation : celle de l'homme d'affaires déboussolé qui cherche, dans un monde gangrené par le matérialisme et obnubilé par la réussite sociale, un souffle spirituel, un renouveau mental dégagé des contingences. Bref, un cynique dont la constante bêtise de roche brute se délite soudain en poudre de perlimpinpin. Aussi entrai-je dans une boutique cossue de la rue Porte-Dijeaux, dévolue à l'élégance du mâle contemporain, et y commençai-je à errer entre les costumes à 1 000 euros et les cravates de soie, sous les panneaux annonçant les noms de couturiers célèbres. Un vendeur en col roulé noir et veston pied-de-poule s'approcha pour me demander si je cherchais quelque chose. J'aurais pu lui répondre lourdement que j'avais égaré mon portefeuille dans la poche d'un imperméable de chez *Greenan & Cain* (London, New-York, Sydney), mais je choisis de ménager sa susceptibilité sans doute éveillée par mon apparence vestimentaire : il toisait avec une sorte d'irritation mêlée de stupeur mon blue-jean taché de sang, de plâtre et d'autres matières difficiles à discerner, et mon gros pull-over démaillé par endroits et lui aussi souillé des suites de mes aventures. Mon sac, surtout, semblait attirer tout particulièrement ses regards, et condenser son inquiétude. Quand je m'en aperçus, je le pris dans mon giron, feignant l'effort comme s'il était lourd, et capable de contenir une arme ou un objet contondant.

Pour lui éviter de me conseiller charitablement de m'adresser, pour me vêtir un peu mieux, à l'antenne du Secours Populaire, ou même de prévenir la police, je pris la parole en souriant largement :

– Ne vous alarmez pas, mon garçon : je sors d'une répétition de théâtre avec la troupe paroissiale, où je joue Emmaüs, le chiffonnier de la Bible, adapté à notre terrible époque. D'où mon apparence déplorable... Mais, dimanche, je marie ma fille en l'église Saint-Seurin, et j'ai décidé de m'offrir quelque chose de beau et discret. Vous avez cela en rayon ?

Le godelureau s'était un peu détendu, ce qui eut pour effet de le courber un peu et lui faire recouvrer ainsi son habituelle posture. Il m'assura que je pouvais lui faire confiance, et, d'un geste obséquieux, me pria de le suivre vers le rayon des costumes anglais. Nous foulions une moquette tellement épaisse qu'un ours des Pyrénées eût entrepris aussitôt de s'accoupler avec pour perpétuer une telle qualité de pelage.

– J'aimerais ne pas mettre plus d'un millier d'euros, cravate comprise. C'est un peu pingre, je sais, mais par les temps qui courent, avec tous ces malheureux qu'on voit partout, on a parfois quelques scrupules à dépenser beaucoup pour le superflu.

Je fixai assez vite mon choix sur un costume anthracite, à fines rayures, de chez *Loughran*, le célèbre tailleur de Piccadilly, à ce que me précisa le vendeur. Chemises et cravates allèrent de soi, ou de soie..., tant le petit monsieur, pris soudain d'une frénésie commerciale et d'une volubilité qui l'eût rendu capable de vendre des boutons de manchette en pure nacre à un manchot fortuné, déployait des trésors d'éloquence pour me persuader qu'un homme de ma sorte méritait de porter ce qui se faisait de mieux.

Lorsque j'eus rempli le chèque, une femme en tailleur fuchsia, les paupières et la bouche assorties, surgit de derrière un rideau, d'où elle avait sûrement épié avec inquiétude toute la transaction, me salua d'un petit signe de tête en grimaçant un sourire et examina montant et signature avant de vérifier sur un minitel ma probité bancaire. Elle s'excusa d'une telle précaution, qu'elle prenait dès lors que la somme était si importante, et tapota nerveusement le bois vitrifié du comptoir de ses longs ongles rose vif en attendant la réponse des ordinateurs. Dans mon inconscience – je m'en rends compte aujourd'hui – l'idée que Cousin et Schmidt n'eussent pas fait le nécessaire pour que je dispose des fonds indispensables à ma mission, ne m'effleura même pas. Si bien que, l'esprit serein, je patientai moi aussi quelques secondes, dans un silence assez pesant, échangeant avec la rombière des sourires outrageusement hypocrites.

Le choix d'un hébergement pour les deux nuits qui me séparaient de mon premier contact avec la secte alla sans difficulté. Du temps que j'étais dans la police, je connaissais dans le quartier de la gare deux ou trois établissements peu regardants sur la qualité ou les antécédents des clients qui s'y présentaient à toutes les heures du jour ou de la nuit, quelles que soient les raisons obscures qui les poussaient à en franchir le seuil. Je mis le cap sur ce quartier de notre ville où j'avais vu tant d'affaires se nouer ou se conclure, dans la douleur et le sang, le désespoir ou la fureur, et j'y patrouillai pendant près d'une heure avant de jeter mon dévolu sur l'*Hôtel de Saigon*, situé non loin de la rue du même nom, à deux pas du centre de tri postal, tout près des abattoirs. Le quartier était probablement l'un des plus calmes de Bordeaux, à l'instar de ce qu'on nomme pudiquement des friches industrielles : la population prolétaire s'en était allée quand les usines avaient fermé, et les ateliers aux toitures crevées, les entrepôts désaffectés aux portes de fer rouillées étaient reconquis peu à peu par une végétation vigoureuse, constituée surtout de ronces et d'acacias, que le printemps, précoce et toujours fantaisiste, ornait de pousses vert tendre.

Le réceptionniste était à l'unisson du décor : c'était un homme sans âge à la mine triste et grise, aux yeux cernés, aux cheveux rares et gras, vêtu d'une chemise hawaïenne. Il était en train de lessiver le sol à l'eau javellisée, une cigarette mal roulée au coin de la bouche. Je crus flairer que l'objet artisanal ne contenait pas que du tabac blond et, ce brave aubergiste semblant ne point vouloir se soucier de moi, je décidai au bout de trois ou quatre minutes de rompre la glace :

– Libanais ? Afghan ? Angolais ? Je n'arrive pas à reconnaître l'odeur.

L'homme se redressa, tira sur sa cigarette, puis en observa le bout incandescent.

– Qu'est-ce que ça peut vous foutre ?

Il se résolut à poser son balai-brosse et passa derrière le petit comptoir sur lequel trônait un bouquet d'anémones artificielles.

– Vous voulez une chambre ?

Je prisai fort cette question pertinente.

– Non, je viens seulement vous emprunter votre balai et votre serpillière. Je peux ?

Je m'emparai de l'objet et l'examinai en prenant un air averti.

– D'accord… Vous êtes un petit malin. J'en ai une

avec douche, mais les toilettes sont sur le couloir. On paye d'avance. C'est vingt-cinq euros.

Il s'étonna en voyant le billet de cinquante que je lui tendais.

– Vous restez deux nuits ?

Je crus percevoir une pointe de contrariété dans l'intonation de sa voix. Néanmoins, il fourra le billet dans sa poche et me tendit une clé.

– La 8, au premier, à droite en haut de l'escalier.

Je ne décrirai pas le lieu sordide où je m'installai, pourtant soulagé d'être à l'abri des caprices de la météo. Disons que la chambre ressemblait au sinistre individu qui m'avait accueilli : les grosses fleurs de couleurs vives du papier peint ne parvenaient pas à dissimuler crasse et humidité, dont de vastes taches s'étalaient en haut des murs et au plafond. Quand je soulevai la courtepointe et la couverture du lit, je pus sans risque d'erreur identifier sécrétions et vestiges pileux de celui, celle ou ceux qui m'avaient précédé. Des limiers de la police scientifique auraient gémi d'aise en trouvant autant de traces, et se seraient rués sur les draps, pinces à épiler et instruments de prélèvements en main, ravis d'y déceler tant d'ADN différents, humains pour l'essentiel. Pour ma part, je redescendis à la réception pour réclamer des draps propres en précisant que je pourrais me charger moi-même de refaire le lit. Le gérant (les propriétaires de ce genre de galetas s'attardent rarement sur les lieux de leur délit), qui fourrageait dans un sombre placard débordant d'un immonde fouillis de caisses, cartons et autres vieux papiers, sursauta à mon arrivée comme si j'avais voulu profiter de sa position penchée pour attenter à son improbable vertu. Il se redressa vivement, donc, la figure luisante de sueur, environné de relents d'urine et de moisissure. Pendant que je lui exposais ma requête, il secouait la tête en signe de dénégation :

– Ça m'étonnerait : je les ai changés moi-même.

– Le mois dernier, sans doute, ce qui est un effort déjà louable. Mais, voyez-vous, je ne supporte les poils pubiens qu'à l'endroit où la nature les a placés, et encore, lorsqu'ils sont arborés par une jolie femme. Quant aux taches qui ornent les draps, je ne veux même pas savoir quelles glandes ou vésicules les ont sécrétées, et vous ne me ferez pas croire qu'elles font partie du motif de l'imprimé.

L'homme me regardait avec stupéfaction. Il eut un sourire mauvais, puis disparut en traînant des pieds dans une pièce sombre. Il en revint presque aussitôt en portant draps et taies d'oreiller dont je sentais déjà le parfum de linge propre.

– Voilà. Garanti sans poils de cul.

Je m'étais emparé de mon dû et me dirigeais vers l'escalier, quand j'entendis la voix de l'hôtelier s'enrouer dans mon dos :

– Je peux vous poser une question ?

Je l'y autorisai d'un signe de tête.

– Qu'est-ce que vous êtes venu foutre ici ? Y a d'autres hôtels bien mieux, et vous avez les moyens !

Je m'approchai en faisant mine d'épier autour de moi d'éventuels indésirables et adoptai ce timbre de voix sourd qui s'articule mâchoires soudées, et que prennent certaines petites frappes pour se donner un peu d'épaisseur.

– J'ai assez de blé pour racheter l'hôtel et toutes les pouffiasses qui viennent s'allonger sur les puciers. Mais moins t'en sauras, mieux ça vaudra pour tes burnes. *Comprendes ?*

L'homme hocha la tête d'un air entendu.

– Putain, ça a l'air chaud ! Mais je veux pas d'embrouilles, hein ?

Je le rassurai d'une tape sur l'épaule. Il souriait à présent avec la niaiserie d'un époux trompé qui invite à dîner l'amant de sa femme, et malgré la méfiance qu'il m'inspirait toujours, je ne pus m'empêcher d'éprouver un peu de pitié pour cet être rudimentaire et instinctif qui me faisait songer à un frelon essayant de comprendre une vitre.

Dans la soirée, après que je me fus sustenté d'un plat de viande dans une cantine à la mode située juste en face des abattoirs (pour peu, on aurait pu entendre beugler de terreur prémonitoire la bête dont on dégusterait un quart d'heure plus tard la chair à peine morte), l'hôtel, jusque-là calme et désert, commença de s'animer. À travers les cloisons, le plafond, le sol, la porte de ma chambre, bref, de toutes parts, me parvenaient des murmures, des conversations, des rires, des plaintes, des gémissements, des claquements de portes, des grincements de lits. De l'eau coulait en gargouillant, le plancher au-dessus de ma tête craquait d'un va-et-vient affairé dont je m'amusais à deviner les raisons, d'abord accompagné du choc sourd de semelles, puis rythmé par les coups mats de talons déchaussés, comme font dans une jungle des tam-tams lointains. Des canalisations grondaient et cognaient. Je me faisais l'effet de me trouver au sein d'un immense organisme dont je percevais les échos de la vie bruyante et têtue. Je laissai glisser près de moi les papiers et documents auxquels je n'étais pas parvenu à m'intéresser et je m'abandonnai à cette rumeur qui, somme toute, me rassurait. Dans la chambre voisine, j'entendis un couple se mettre au lit, puis, apparemment sans préliminaires raffinés, s'accoupler avec une vigueur dont en témoignèrent presque aussitôt les coups de boutoir heurtant la cloison derrière moi. L'homme ahanait, grognait, émettait des sons inaudibles. Je l'entendis ordonner à sa partenaire de se retourner, manœuvre qui arracha au sommier des sonorités de contrebasse découpée à la scie à métaux. Le rythme reprit, plus vif, entrecoupé d'injures immondes auxquelles la femme, sous une frénésie qu'accompagnait toujours plus rudement la tête du lit contre notre cloison mitoyenne, répondait par des « Oh oui, continue » prononcés machinalement d'une voix étouffée et évoquant assurément un professionnalisme routinier. Enfin, au bout d'une dizaine de minutes, cette façon de galopade cessa dans un râle majeur, accompagné d'une ultime grossièreté qui devait résumer pour ce primitif toutes les femmes à la fois.

Je laissai ce primate à sa fatigue repue et sa partenaire au soulagement bien mérité qui suit tous les travaux pénibles. Étrangement, moi qui suis si prompt à m'évader dans l'imagination licencieuse sitôt que le moindre stimulus sollicite mes sens, je restai de marbre à l'écoute de ce misérable feuilleton radiophonique, malgré le réalisme de la mise en ondes. Et, plutôt accablé, ainsi que je le suis souvent par la misère humaine, je m'endormis en quête de rêves plus affriolants.

Le docteur Furde avait du mal à se concentrer sur ce que je lui disais de mon mal-être : son regard flottait sur moi, autour de moi, un peu embué, et je ne parvenais pas à en capter cette énergie mystérieuse qui m'aidait depuis des années à me tenir debout, quoique parfois chancelant. Il est vrai qu'Edmonde était assise à ses pieds, d'une main guidant ses doigts dans son corsage, et de l'autre dénouant la ceinture de son pantalon. C'est au moment où, au terme d'adroites contorsions digitales, elle parvenait à ses fins, saisissant l'objet de son désir, que je me réveillai, à tous points de vue frustré par cette interruption de programme indépendante de ma volonté.

Combien de temps avais-je dormi ? Je ne puis le dire. Mais la chambre était plongée dans l'obscurité, qu'éclairait chichement une vague lueur provenant de la rue par la fenêtre sans volets.

Quelqu'un se tenait dans le noir, au pied de mon lit. Je tressaillis, et cherchai à tâtons l'interrupteur de la lampe que je renversai sans parvenir à l'allumer, donnant du front contre l'angle de la table de chevet, et enfin jurant d'impuissance et de stupeur.

– Tu la fermes ta gueule ?

Une femme parlait ainsi. D'ailleurs, dans cette pénombre bleutée, je l'aperçus, fine silhouette ourlée d'une lueur imprécise. Elle était nue. J'eus envie que la réalité prolongeât mon rêve :

– Edmonde ? hasardai-je.

– T'occupe. Je ne fais que passer. Et tais-toi, bordel. C'est tout ce que je te demande.

Son ton était catégorique, son souffle court, sa voix éraillée, aussi peu sensuelle que possible. Je demandai à l'Ève inconnue si quelque danger la menaçait. Pour toute réponse, elle fit trois pas vers la fenêtre et observa la rue. Quelque chose luisait dans sa main, jetant des éclats verts. Une bouteille. Au moment où j'allais réitérer ma question, un bruit de pas, accompagné d'imprécations menaçantes proférées dans un langage ordurier, retentit dans le couloir. Des portes s'ouvrirent, d'autres, qu'on essayait de forcer, subissaient de violentes ruades qui faisaient trembler tout l'immeuble. Je me levai pour m'approcher de l'inconnue et la rassurer d'une étreinte protectrice, quand l'huis de mon havre, poussé violemment, pivota sur ses gonds avec la rapidité d'une gifle monstrueuse. Aussitôt la lumière fut allumée, et un individu de petite taille, noiraud et velu, seulement vêtu d'un caleçon rouge, se précipita dans la pièce en hurlant, un couteau à la main. Son visage, où roulaient des yeux incendiés de fureur, ruisselait de sang, ce qui, on en conviendra, rendait l'intrusion de cet individu singulièrement saisissante.

– Salope ! Je vais t'éventrer !

Il se rua sur elle sa lame en avant, sans se soucier de ma présence ni du tohu-bohu que ses recherches vengeresses avaient fait naître dans tout l'hôtel. Sa proie, au lieu d'essayer de fuir, faisait face crânement, tenant avec fermeté sa bouteille par le goulot, et l'agitant dans la direction du forcené.

– Allez, viens, viens, pédé ! Couille molle !

Je doutais fortement que de tels propos fussent en mesure d'apaiser l'ire de l'homme au couteau et, pendant qu'ils se faisaient face, sans plus avancer, s'invectivant mutuellement en agitant chacun son arme, j'en profitai pour m'emparer de la lampe de chevet dont j'arrachai le fil, et chargeai l'agresseur en poussant un cri de guerre japonais, ou y ressemblant, dont je savais qu'il neutralise pendant une fraction de seconde les capacités de réaction de l'adversaire. Le pied de la lampe, une boule de céramique bleue, éclata contre le crâne de l'individu qui vacilla, portant à sa tête une main inquiète qu'il examina aussitôt d'un air stupéfait, puis tomba à genoux avec un souffle de bison foudroyé par le trait bien ajusté d'un cavalier de la prairie. Hélas, la fille commit une erreur tactique sûrement due à une émotivité mise à rude épreuve : elle s'approcha de lui et tenta de le frapper de sa bouteille mais le rata, ne parvenant à l'atteindre que dans le dos. Le coup sembla ranimer la détermination du primitif : il agrippa une cheville de la fille et s'y accrocha vivement, ce qui eut pour effet de la faire chuter sur le dos, bras et jambes en soleil, toute son intimité soudain révélée par l'écartèlement. L'homme, sur elle, allait la frapper. Il armait déjà son bras, s'apprêtant à la poignarder de bas en haut, avec l'intention visible de l'ouvrir en deux. Je surmontai l'émoi brutal qui m'avait saisi le bas-ventre et me jetai sur lui, l'attrapai par les cheveux, et le tirai en arrière. Il bascula, surpris, et je pus lui expédier un coup de pied dans la gorge qui le mit hors d'état de continuer la lutte.

La fille, qui l'avait pourtant échappé belle, en redemandait : elle revint sur son persécuteur, la bouteille brandie, et, pour que la justice recommençât enfin à régner en ce lieu, je brisai son geste d'une maîtresse claque qui la renversa sur le lit, où elle éclata en sanglots, convulsive, dans des postures tourmentées qui dénudaient encore ce que la chair habille quand plus rien ne la couvre. Si bien que, pour la protéger des regards avides de la petite foule qui avait envahi la chambre, je rabattis sur elle un pan de drap et la laissai à regret, le visage dans un oreiller, s'exaspérer sur son malheur et son effroi.

Bien vite, le gérant apparut, plus livide que jamais, encore dans le désordre d'un sommeil brutalement interrompu. Il congédia le groupe de curieux qui s'amassaient dans la chambre et le couloir : pour l'essentiel, les clients étaient constitués de répliques presque identiques du couple batailleur : arpenteuses et clients dans les tenues où les avait surpris le remue-ménage, avec cette fantaisie dont le hasard seul est capable : une brunette assez piquante, vêtue, si je puis dire, de sous-vêtements et de bottes rouges, tenait en laisse un homme d'une cinquantaine d'années en slip et chemise, cravate dénouée, qu'on aurait pris, tant il avait l'air respectable, pour le Directeur des Ressources Humaines d'une grande entreprise. À l'injonction de l'hôtelier, elle tira sèchement sur la laisse pour entraîner le cadre à sa suite, le menaçant d'une petite matraque noire. Une vieille professionnelle, le rimmel délavé, en chemise de nuit noire, se grattait l'estomac à travers le tissu :

– Ma pauvre Cindy ! Tu l'avais jamais fait çui-là ? Veut jamais payer sous prétexte qu'il est pas content ! C'est Maurice qu'il s'appelle, ce goret ! venait plus dans le quartier depuis que le pit-bull à Bagouses a failli lui bouffer les roustons ! Hein, tête de nœud ? Tu vas nous faire chier longtemps ?

Le gérant s'approcha et lui asséna une tape amicale sur la croupe :

– Allez, ça suffit, Nénesse. Retourne au taf. On va s'occuper de lui avec le monsieur.

L'ancienne se retourna, furieuse, toute sa personne usagée vibrant d'indignation :

– Non mais des fois ? Qu'est-ce qu'il a, tronche de cul ? J'ai plus d'homme pour me pomper l'azote et tenir la pointeuse, c'est pas un taulier de merde qui va me dire quand il faut que je les écarte ! Au taf ! t'as qu'à y aller, toi, te faire ramoner les miches par tous ces branques !

– T'as plus d'homme parce que t'es plus cotée à l'argus, eh, paumée ! Et si je t'envoie au taf c'est pour que tu perdes pas le demeuré que t'as attaché au pieu, parce que le prochain que tu feras monter, il est pas encore jugé !

Le public encore présent sur les lieux appréciait en connaisseur l'échange d'amabilités, accueillant chaque réplique par des sifflements approbateurs ou des rires ironiques. Pour couper court, l'hôtelier envisagea d'appeler la police, puisque le sang avait coulé. Ses mots eurent un effet magique sur l'ensemble des protagonistes : son interlocutrice perdit d'un coup toute faconde et battit en retraite en remontant les bretelles de son déshabillé, cependant que les curieux réintégraient leurs alcôves en recommandant de laisser la maréchaussée à l'écart de cet incident dérisoire. D'ailleurs, l'espèce de nain velu déjà se redressait, tout sanglant, encore groggy, en se massant le crâne, et marmonnait qu'il ferait mieux de regagner ses pénates, puisqu'il se sentait indésirable. Quant à sa victime, soucieuse soudain de sa nudité gratuitement exhibée, elle se levait en arrachant de ma couche le drap propre que j'avais obtenu si difficilement, de nouveau maîtresse d'elle-même, elle qui l'était de tous et de personne.

– Laisse tomber, dit-elle au gérant de l'hôtel. J'ai rien. Laisse les keufs à l'étable. Et puis j'en connais un qu'aime pas beaucoup ce genre d'embrouille. C'est encore moi qui vais morfler. Avec lui, le client a toujours raison.

– Tiens, il est sorti quand, Beaux-Zyeux ?

– Y a pas deux semaines. Il a besoin de fraîche, j'ai intérêt à pas m'endormir sur la paillasse !

L'hôtelier approuvait en hochant du chef. L'individu dont il venait de prononcer le sobriquet semblait lui inspirer crainte et respect.

– Heureusement que vous étiez là, me dit la fille en tournant vers moi sa figure fatiguée de gamine prématurément vieillie. Vous l'avez séché comme il faut, à King-Kong !

Modestement, je la priai de me pardonner la gifle que j'avais dû lui asséner pour lui éviter un corps à corps peut-être mortel avec son agresseur, et l'assurai qu'un honnête homme ne pouvait voir maltraiter une femme sans se porter à son secours au péril même de sa vie. Elle prit congé en me serrant la main, retenant autour de son corps, dont aucun attrait ne m'était inconnu, le drap qui la faisait ressembler à une vestale de la nuit. J'eusse apprécié une marque plus tendre de gratitude, mais une fois de plus je fus abandonné à mon désert affectif, où se dressait pourtant, sémaphore d'une oasis accueillante, le palmier gorgé de sève de mon désir.

La nuit fut courte, mais calme. Quand je descendis à la réception, vacante, en quête d'un illusoire petit-déjeuner, l'hôtel semblait avoir été déserté de ses occupants et paraissait même, tant était visible au grand jour l'insalubrité des locaux, n'être en mesure que d'héberger des colonies de rongeurs. Quand je revins, plutôt dépité, dans ma chambre pour y prendre une douche, une surprise m'attendait, un peu comme si aucune journée ne pût s'écouler tranquillement.

Allongé sur mon lit, Cassignol bricolait la lampe de chevet, dont il était en train d'ajuster entre eux les morceaux. Cousin, lui, regardait par la fenêtre, où il n'y avait probablement rien à voir, en empestant l'atmosphère des effluves d'un cigarillo. Je sursautai d'étonnement, bien sûr, devant ce triste et inattendu comité d'accueil, puis leur demandai comment ils m'avaient retrouvé.

– T'as vraiment perdu le contact avec les réalités du métier, fit Cousin. On ne te perd pas de vue depuis une semaine. Tu sais qu'on a les moyens de te suivre à la trace.

– Je doute que Cassignol m'ait suivi, même de loin. J'aurais repéré une odeur, ou décelé chez les passants une frayeur compréhensible.

Cassignol émit un grognement et interrogea son maître du regard, au cas où ce dernier lui aurait donné l'ordre de me sauter dessus. Mais Cousin apaisa son agressivité d'un battement de paupières.

– Pourquoi tu le provoques ? Il tenait tellement à venir avec moi pour te rendre visite.

Il fit le tour de la chambre, examinant la pauvreté du décor.

– Qu'est-ce que tu fous dans ce boxon ? Merde, avec tout le fric qu'on t'a donné, t'aurais pu te planquer ailleurs que chez Borgnol !

Je fis valoir la discrétion des lieux et du tenancier, qui devaient me mettre à l'abri de la traque dont j'étais le gibier.

– De ce côté-là, t'as pas grand-chose à craindre. Ils mettent la ville sens dessus dessous, mais ils trouveraient pas leur bite dans un slip taille basse. Et puis qu'est-ce que t'es allé foutre chez l'architecte ? On te paye pour infiltrer cette putain de secte, pas pour jouer les privés et tout compromettre. Tu te rends compte du bordel que t'as semé dans tout Bordeaux ? Poursuite en bagnole, évasion à grand spectacle ? Tu sautes par les fenêtres comme si tu savais voler ? Putain, y a quoi dans ta cervelle de taré ? Si les collègues t'avaient alpagué, comment on faisait, nous, pour te sortir de là ?

– Ce que vous avez fait pour m'y mettre, je suppose.

– Crois pas ça. Pour l'instant, on a réussi à récupérer ton affaire, si bien que la surveillance devant chez toi a été levée. Ça t'évitera de venir ramasser des maladies chez les putes. Et surtout, tu te tiens peinard. Tu arrêtes de fureter. Le meurtrier, il est dans la secte. Et au-delà, on veut de quoi casser l'organisation. Donc, tu entres dans la secte, tu joues au con, là-dessus je ne me fais aucun souci, et tu prends le maximum de renseignements.

J'eus envie de lui faire savoir que cette tactique

était inepte, inapte, inadaptée, puisque pour en savoir assez sur les agissements de ces redoutables fanatiques, il me faudrait gravir les échelons de leur hiérarchie, devenir l'un des leurs maîtres occultes, converser avec les extraterrestres dans une langue dont l'apprentissage serait probablement long et difficile. Mais je préférai garder par-devers moi mes remarques, car déjà mes interlocuteurs, qui n'étaient venus que pour me prouver qu'ils contrôlaient la situation et moi-même, s'apprêtaient à repartir.

– T'as tout bien compris ? Dis-toi bien qu'on est toujours là, insista Cousin. T'as déconné une fois, t'as failli tout faire foirer. La prochaine fois, on te retire de la circulation. On t'a à la pogne, tête molle.

– *En la mano, maricón*, confirma Cassignol en serrant son poing comme pour y broyer un objet minuscule.

Ils sortirent avec la nonchalance de durs à cuire, en prenant soin de claquer violemment la porte derrière eux. Je décidai de regagner mon domicile, libre désormais de toute surveillance policière, et de m'y reposer, au sein protecteur de mon univers familier, pour affronter avec toute la vigueur nécessaire les épreuves qui, sans doute, m'attendaient le lendemain dans le ventre même de la bête.

15

Si je raconte ça à un cheval de bois, il me fout un coup de pied. Je sentais bien venir, depuis le début, une série d'emmerdes inédites, malgré une expérience certaine dans ce domaine. Mais là, ça dépasse tout. J'ai tué un mec. Je l'ai balancé à la baille. J'ai aidé ce pauvre Vallès à se déguiser en drag-queen et je l'ai vu, si, si, sauter du quatrième étage, la minijupe au ras du paquet et la perruque de traviole, et rebondir sur la bâche d'un camion. Il a tous les flics de la ville au cul, il se fait manipuler par les services secrets, on se croirait dans un de ces putains de films amerloques, et ça l'excite plutôt, ça ne lui coupe pas l'envie de me sauter, en tout cas. Ce mec a définitivement une case de vide et les autres sont très mal rangées. Ça ressemble à une commode après une perquise à la vache : tu peux même plus refermer les tiroirs parce que les flics ont tout arraché et quand t'essaies de mettre un peu d'ordre tu t'aperçois que c'est tout déchiré, plus mettable, et que tu dois en jeter la moitié.

Pour l'heure, j'ignore où il se planque. J'aimerais bien qu'il disparaisse à tout jamais, et que cette histoire en reste là, parce que ça commence vraiment à puer grave. Mais on m'a dit qu'il ne fallait pas le perdre et que mon intérêt bien compris était que l'affaire soit menée à son terme. Donc je fais des efforts pour comprendre ce que j'ai à gagner là-dedans. Parce que pour le moment, tout va mal.

Je suis une criminelle. J'ai franchi un degré de plus dans la marginalité sociale, aurait dit l'éducateur qui s'occupait de moi à Toulouse. Il parlait comme ça, ce con. Des mots plein la gueule pour m'expliquer que j'étais dans la mouise jusqu'aux oreilles. Et puis des idées pour que je me réinsère, je me demande où il allait chercher tout ça : « Reprends des études, qu'il me disait. Pourquoi pas la socio ? » C'est vrai ça : les pauvres savent de quoi il retourne, quand on leur parle de misère du monde. Vachement pratique pour les enquêtes. Avec ma belle jeunesse au Mirail, mon bac économique et social, j'avais déjà quelques notions ! Je lui ai ri au nez. « Donne-moi des nouvelles de ma gamine, au lieu de m'endormir », je lui ai dit. « J'ai l'impression qu'elle est pas encore à la fac, vu comme on est barrées toutes les deux. » Il m'a passé un dessin qu'elle avait fait pour moi à l'école et j'ai chialé. Pas seulement parce que ça montrait une gamine et sa mère allongées sur des serviettes rouges au bord d'une piscine, devant une maison à la cheminée fumante. J'avais l'habitude de ce genre de scènes, où on était toujours toutes les deux près d'une baraque pleine de fenêtres, de volets verts, sous un soleil à peler jusqu'à l'os après vingt minutes d'exposition. J'ai pleuré comme une vache parce que ces dessins j'avais les mêmes, ou à peu près, dans la tête. Et que pour l'instant, je n'avais pas le premier crayon de couleur pour en réaliser un seul.

J'ai dit son nom. Je me le répète souvent, juste pour tenir debout, ou avancer de quelques pas, forcément vers elle. Elsa. Je lui ai donné ce prénom rapport à un poème qu'on avait étudié au lycée, un truc d'Aragon. « Elsa mon amour ma jeunesse », ça disait à un moment. Je me suis acheté tout ce que j'ai pu trouver de ce mec et j'apprends par cœur ses poèmes d'amour. Je me demande toujours comment un type peut écrire des choses aussi belles à une femme. Ou alors tout cela n'est-il que littérature, comme on dit. J'ai essayé de lire des romans de lui, mais autant découper en tranches fines un paveton de granit rien qu'avec les doigts. Je dois pas avoir le niveau pour ça.

Mais bon. J'ai flingué ce gus qui m'a sauté dessus l'autre jour chez moi. Il est passé par la baie vitrée, il a poussé des hurlements et il a commencé à me faire rebondir contre les murs et les meubles comme une poupée de chiffon ! À un moment, j'ai fait la morte et il s'est approché sans méfiance, il m'a soulevé la tête par les cheveux et là j'ai pas supporté. Je lui ai pris les valseuses et ça l'a fait chanter dans une langue qu'il ne devait même pas connaître, ce veau ! Il m'a chopée à la mâchoire, juste de la pointe de son poing américain et je lui ai latté l'entrejambe à la sauvage ! But et re-but ! C'est là qu'il a sorti un flingue et alors j'ai su que c'était lui ou moi ! Ni une, ni deux : il flageolait méchamment sur ses guiboles, fallait pas le laisser se requinquer ! Je lui ai arraché le pistolet. Genre film d'action, j'y croyais pas ! J'ai fait monter une balle dans le canon, et j'ai appuyé. Le bruit que ça a fait ! J'avais déjà tiré, j'en reparlerai peut-être, mais j'avais un casque sur les oreilles et c'était devant une cible en carton… Là, dans la pièce, j'en ai lâché mon arme ! L'autre a fait un tel bond en arrière que j'ai cru qu'il allait s'incruster dans le mur !

J'ai pas attendu qu'il saigne et je me suis tirée sans savoir où j'irais. Les flics m'avaient plutôt foutu la paix pour la mort du docteur Furde, mais là, ça commençait à faire beaucoup… C'est comme ça que je me suis retrouvée chez Vallès. Il fallait vraiment que je sois dans les ennuis jusqu'aux oreilles pour aller sonner chez ce dingue. Et puis c'est à peu près la seule personne que je connaisse à Bordeaux.

Et lui, ensuite, toujours très pro, il a eu cette idée d'aller foutre le mort à la flotte et de ne rien dire aux flics, ni vu ni connu. Je ne sais pas comment j'ai pas vomi mon quatre-heures en manipulant ce cadavre. Les morts ça pèse d'une façon pas croyable. Ce que je n'avais pas prévu, c'est qu'il flotterait au lieu de couler à pic. Quand on sait que de bons nageurs se noient chaque été sur nos côtes, c'est assez révoltant. Et même, il s'est éloigné tranquille, sur le dos, comme un qui aurait fait la planche ! On aurait dû le lester avec de la ferraille, un bon gros pavé, mais bon, dans l'urgence, j'étais plutôt soulagée de n'avoir plus ça sur mon tapis.

Voilà où j'en suis. Je ne sais pas bien où tout ça va me mener. On m'a dit que je ne risquais rien, que j'étais en mission. Vous connaissez ces histoires de chats qui s'étranglent ? Le coup du nœud coulant, quoi. Du collet à lapins de garenne. Plus tu tires, plus tu meurs. Eh bien moi c'est pareil. Et ceux qui avaient manigancé le nœud, c'étaient des experts, des vicieux comme un sac d'hameçons. Et moi, j'ai mis la main dans le sac, et je suis prise, plantée jusqu'à l'os.

Tiens, le téléphone. Ça m'étonnerait qu'on m'appelle pour m'annoncer que j'ai gagné le gros lot.

16

Le lendemain, ayant revêtu les atours de l'homme d'affaires, je me mis en route de bon matin pour le Médoc, puisque la réunion devait débuter à dix heures précises. Le château où je devais me rendre était situé non loin de Pauillac, petite bourgade baignée par les eaux sales de la Gironde, que je traversai aux petites heures en longeant, car je m'étais un peu perdu, le port de plaisance qui faisait face, sur l'autre rive de l'estuaire, à la centrale nucléaire du Blayais. La ville était à peu près déserte, détrempée par un crachin épais où luisaient par places quelques lueurs blafardes signalant un commerce ou un estaminet.

La route serpentait ensuite au milieu des vignes, escaladant de modestes coteaux, offrant par moments la perspective quelque peu rébarbative de millions de ceps de vigne taillés court, implacablement alignés. Le paysage semblait avoir été dessiné par l'inventeur de la droite parallèle un jour d'oisiveté mélancolique. Parfois se dressait la silhouette pointue d'un château, orgueilleuse exception à la morne unanimité du paysage, annoncé par des panneaux qui évoquaient pour les connaisseurs et les touristes des nectars de légende que bien peu auraient les moyens de s'offrir.

Le château Lestang Pissegrain faisait partie du club

fermé des grands crus classés qui réservent leur production aux seuls gosiers de l'élite, brutale et grossière par ailleurs, mais qui considère que chaque bouteille sortie de ces chais est un chef-d'œuvre comparable aux merveilles de l'art, compensant son absence générale de culture et de goût par l'excitation convenue de ses papilles gustatives. Ces prix prohibitifs tenaient ainsi à l'écart une clientèle plébéienne, qu'on daignait accueillir une fois l'an pour lui donner une idée du luxe et de la volupté lors d'opérations portes ouvertes, et assuraient à la propriétaire, comtesse ou baronne acoquinée à une compagnie d'assurances, une fortune dont la magnificence du parc où j'engageai ma voiture n'était que l'écrin ostentatoire.

Dès que je mis pied à terre, un homme vêtu d'un costume sombre, athlétique, lunettes noires sur le nez malgré la luminosité réduite et la pluie qui devait transformer son champ visuel en rizière inondée, se précipita vers moi, me souhaita de façon machinale la bienvenue et exigea poliment mais avec fermeté que je lui montre mon invitation. Il semblait construit d'après le même moule que Cassignol, mais d'un modèle plus récent : les gestes étaient mieux assurés, souples et déliés, apparemment moins susceptibles de dérèglements ou d'impulsions brutales, et c'est cette maîtrise même qui le rendait sans doute redoutable. Je lui souris avec insistance, feignant l'enthousiasme de la rencontre, ainsi que je le fais toujours avec cette sorte de créatures pour tester leurs capacités émotionnelles. De fait, le répliquant ne cilla pas, ne trahit aucun affect particulier. Un court échange peu audible se produisit avec un autre appariteur par le truchement d'un talkie-walkie, au terme duquel on m'autorisa à pénétrer dans le château.

Là, dans un hall somptueux où le parquet craquait sous chaque pas comme un cigare de prix entre les doigts d'un fumeur averti, une jeune femme, plutôt avenante, à l'indolence élégante et aux mensurations d'une *James Bond girl*, orna le revers de ma veste d'un petit badge bleu et m'invita à entrer dans la salle de réception dont j'entendais déjà le murmure collectif des conversations mêlées. À tout hasard, je m'enquerrai auprès de l'appétissante hôtesse de l'heure à laquelle se terminait son service et m'entendis répondre qu'elle n'était pas de service mais en mission et que, dès lors la question des horaires ne se posait pas. Disant cela, son visage s'était tout d'un coup éclairé d'un sourire béat qui en abolit toute expression : c'était le masque de l'imbécillité même, aussi peu sensuel que possible. Je m'esquivai en adressant à l'illuminée un signe de croix bâclé et dirigeai mes pas vers la foule des participants et leurs papotages.

Dès que je pénétrai dans la salle, je sentis converger sur moi des regards curieux, ou suspicieux, de femmes aussi bien que d'hommes. J'ignorais ce que me réservait la journée, mais la population féminine présente augurait de délicieuses rencontres : la qualité le disputait à la quantité, et c'est bien une trentaine de créatures pour le moins présentables que je dénombrai, sans compter les hôtesses et servantes qui déambulaient entre les invités pour leur proposer du café ou s'inquiéter de leur bien-être. Je me rappelai mentalement à l'ordre, me conjurant avec âpreté de modérer mes pulsions érotomanes, de manière à ne point compromettre mes chances de percer le mystère de l'organisation. Si bien que je me concentrai sur la dégustation du petit en-cas dont je me trouvai bientôt pourvu, une tasse de café dans une main, une petite viennoiserie dans l'autre. Je remarquai néanmoins que tout le monde n'avait pas été doté du même badge : certains portaient du bleu, d'autres du vert, à l'instar de l'homme qui s'approcha de moi d'un air jovial en me montrant du doigt comme s'il avait reconnu un ancien compagnon de service militaire. Il était grand et lourd, le cheveu court, presque ras. De toute sa personne émanait une impression de force brutale qui faisait penser à ces anciens lutteurs reconvertis aux relations avec la clientèle dans les boîtes de nuit et auxquels on a fait revêtir des panoplies de cadres supérieurs.

– Vous êtes Laurent Clamart, n'est-ce pas ?

Je faillis le détromper, cependant qu'il m'entraînait un peu à l'écart, une main familièrement posée sur mon épaule. Pendant quelques secondes, je me vis distinctement, à une dizaine de mètres de là, en train de faire quelques pas avec cet inconnu affable, j'assistai à cette scène en spectateur, littéralement dédoublé, et un vertige métaphysique fit tanguer doucement autour de moi le petit monde bavard qui s'empiffrait de pains aux raisins miniatures en bourdonnant mollement d'aise comme une ruche enfumée par le nuage soporifique de l'apiculteur.

Je parvins à dire, sans me dissoudre dans les limbes de l'inexistence ni sombrer dans les ravins infernaux de la crise d'identité, qu'en effet, c'était bien moi. Ma voix résonna dans mon esprit avec un écho vertigineux. L'homme dut en percevoir quelques vibrations car il reprit :

– Oui, je sais que c'est bien vous. Nous sommes très heureux que vous ayez fait le déplacement. Je m'appelle Philippe Merleau. E, A, U, et non O, T, ainsi qu'on l'écrit souvent, sans doute à cause de l'influence vinicole dans la région. De toute façon, tout le monde m'appelle Philippe, c'est beaucoup plus convivial, n'est-ce pas ? Vous me permettrez de vous appeler Laurent. Si vous avez besoin de quoi que ce soit, n'hésitez pas à faire appel à moi.

Comme je ne voulais pas perdre de vue le but de ma mission dans le marécage des mondanités et des ronds de jambe, j'essayai, quoique à brûle-pourpoint, d'apprécier le degré de spiritualité de mon chaperon :

– L'autre jour, en contemplant le firmament, je songeais à cette immensité devant quoi nous sommes si dérisoires, et il me semblait que d'autres univers, plus vastes, me lançaient un appel muet, si bien que…

Une stridulation électronique retentit soudain, qui me fit tressaillir au point que je dus rassembler toutes les forces de ma volonté pour ne pas y voir une réponse troublante à ma fausse confidence. Merleau prit dans sa poche un petit téléphone et, l'air contrarié, se mit à converser de façon monosyllabique avec son correspondant. Les traits de son visage carré s'étaient brusquement tendus et il me fixait avec une singulière intensité qui me fit redouter que je fusse le sujet de la conversation. Quand il eut coupé la communication, il s'efforça de recomposer le masque aimable qu'il m'avait présenté, mais la grimace à laquelle il parvint n'était que plus inquiétante.

– Pardonnez-moi. Un tout petit problème, mais très urgent.

Il s'éloigna au trot, et je remarquai plusieurs individus assez semblables à l'espèce d'androïde qui m'avait accueilli prendre aussitôt son sillage et disparaître avec lui derrière une porte dénuée de loquet, camouflée dans une série de miroirs encadrés de bois blond, qui sembla s'ouvrir toute seule à l'approche du groupe d'hommes. J'errai quelques instants parmi les invités en me débrouillant pour frôler les plus belles femmes, et je commençais à concevoir une théorie sur l'harmonie entre leur charme et leur parfum, lorsque, humant mine de rien une adorable nuque à la blondeur nouée par une épaisse natte, la narine emplie de senteurs citronnées mariées à une touche de cannelle, j'entendis une voix doucement enrouée me murmurer :

– Même aveugle, sourdingue et bourrée, je vous reconnaîtrais entre dix mille poilus. C'est vraiment plus fort que vous !

La natte battit l'air en m'effleurant le nez pour laisser un regard familier se planter dans le mien. Je manquai défaillir et pousser un hurlement de désarroi qui n'eût pas manqué de semer une certaine inquiétude chez cette assemblée aux mœurs si policées.

– Vous allez vous faire virer pour attentat à la pudeur dès qu'une de ces pétasses qui vous mettent tant en joie vous aura retourné la paire de claques que vous méritez, me souffla Edmonde au visage.

– Vous ici ! Et blonde comme une Scandinave !

J'étais au comble de la stupeur, et j'avais envie tout à la fois de l'entraîner loin des dangers qui menaçaient sans doute en cette assemblée trop cossue et polie pour être honnête, et de l'enlacer enfin avec la vigueur et la tendresse qu'elle m'inspirait. Je parvins à recouvrer l'usage de la parole au prix d'un effort mental qui m'assomma un peu plus :

– Comment avez-vous ?…

– Je me suis démerdée. Je vous expliquerai plus tard, peut-être. En tout cas, arrêtez de me coller ainsi, c'est pas encore l'heure des slows. On va finir par nous remarquer, et en plus, je ne suis pas sûre de me retenir de faire un esclandre.

Je m'écartai d'elle bien à regret et m'aperçus qu'une femme, ornée d'or et de bijoux et couverte d'une épaisse couche de fard censée mentir sur son âge, nous observait d'un air amusé, puis m'adressa un regard aussi lourd que les bouchons de carafe qui pendaient à ses oreilles. Au moment où j'allais à tout hasard répondre à son insistance, persuadé que cette proie-là valait bien les ombres que je poursuivais, un remuement se fit dans l'assistance, qui empêcha ma manœuvre d'approche.

– Ça va commencer, me glissa à l'oreille Edmonde. Laissez donc la vieille tranquille.

Je lui fis valoir qu'âgée cette femme ne l'était peut-être pas autant qu'elle le disait avec ce détachement cynique, mais elle me coupa la parole et la respiration d'un coup de coude dans les côtes.

– Arrêtez vos conneries. Vous feriez du plat à une vache en jupon.

Nous suivîmes sans plus rien dire la petite foule qui s'écoulait lentement, à présent plus silencieuse, vers une salle vivement éclairée par des lustres de cristal dont les murs, couverts de boiseries sombres et luisantes, étaient ornés de tableaux représentant des scènes champêtres où des pâtres contaient fleurette au décolleté de bergères, ou leur jouaient des airs de mandoline. La suite n'était point représentée, ou bien avait fait l'objet de gravures licencieuses conservées dans quelque enfer de bibliothèque. La place de chacun avait été réservée sur les chaises alignées pour la conférence par des petits cartons nominatifs. C'est ainsi que je dus m'installer, fort contrarié, assez loin d'Edmonde, qui, à mon grand plaisir, m'adressa avant de s'asseoir un regard où je crus lire une vague inquiétude. En revanche, j'étais placé juste derrière la « vieille », comme l'avait outrageusement qualifiée ma jeune camarade, et assez près d'un grand tableau pastoral que je pus examiner tout à mon aise pendant qu'à la tribune, située à une vingtaine de mètres, s'installaient les maîtres de cérémonie.

C'étaient trois hommes aussi différents entre eux qu'on pût l'être : le plus âgé, qui, clama dans les hauts parleurs une voix enthousiaste, portait le titre de docteur en psychomorphologie d'une université américaine et se nommait Markus Friedman, ou Freeman, je ne sais, était vêtu entièrement de noir et arborait, autour de son crâne chauve, une couronne broussailleuse de cheveux blancs qui lui donnait l'apparence d'un chansonnier anarchiste. Il était grand, quoique voûté sous le poids d'années qui devaient commencer à s'accumuler sur ses épaules. C'est lui qui retint d'abord mon attention, car son apparition avait suscité dans l'assistance une rumeur satisfaite et intéressée, et des cous s'étaient tendus, des bustes s'étaient penchés pour apercevoir cette personnalité sans doute considérable.

Ses deux compères, quant à eux, différaient violemment par la tenue vestimentaire : l'un, de stature imposante, le visage carré, sa chevelure épaisse et brune cascadant sur ses épaules, portait une veste de cuir seulement tenue par un large ceinturon à grosse boucle, auquel pendait un étui de cuir également, qui évoquait assez les escarcelles où les chevaliers du Moyen Âge, dans les films, puisent quelques deniers qu'ils jettent aux manants se traînant à leurs chausses. Sous sa veste, une chemise blanche s'ouvrait largement sur une poitrine velue où luisait un médaillon semblable à celui que j'avais trouvé dans la chambre d'Élise Dulac. En ajoutant à cet accoutrement un blue-jean délavé serré aux mollets par de lourdes bottes, on avait la sensation que le personnage venait d'attacher son destrier sous un arbre du parc et de confier son estoc magique à son fidèle écuyer. Je ne pus m'empêcher de songer que ce charisme médiéval devait soumettre les femmes à la façon d'un charme occulte aussi bien que puissant, et rassembler autour de lui toute une cour de pucelles séduites par ce Merlin beau parleur et vigoureux. L'orateur invisible officiant au micro annonça qu'il s'agissait de William Cochard, Grand Synarque de l'Ordre du Retour Lumineux en personne. Le coup que je ressentis au cœur faillit me jeter au bas de ma chaise : le gourou en chair et en os était présent ! Je n'eusse pu rêver plus grand progrès dans mon entreprise d'infiltration. Si j'agissais avec finesse et circonspection, je pouvais me trouver quelques heures plus tard dans le Saint des Saints et espérer percer les mystères les plus sombres de la secte. Je mêlai l'expression de mon admiration et de ma joie à la rumeur qui frissonnait dans toute la salle. Un homme plutôt jeune, à l'allure de cadre catholique lecteur du *Figaro Magazine*, se retourna vers moi avec un air bienheureux et bégaya son émotion :

« C'est lui, c'est lui ! Je savais qu'il devait venir, mais je n'osais y croire ! Nous avons tellement besoin de lui ! »

Le troisième larron installé à la tribune n'était autre que Philippe Merleau, mon mentor, mon correspondant spécial, toujours sanglé dans son impeccable costume de gorille de luxe, et il triturait sans cesse la poche de veston où je savais désormais qu'il gardait son téléphone portable. Il jetait autour de lui des regards rapides et méfiants comme s'il redoutait que ne se produisît une attaque surprise d'un ennemi en embuscade. Au moment où, sans doute par hasard, ses yeux se posèrent sur moi, je lui adressai un signe amical de la main qu'il feignit de n'apercevoir pas, préférant se tourner vers Cochard, sorte de du Guesclin égaré, qui s'apprêtait à prendre la parole.

Un grand silence se fit, seulement troublé par des raclements de gorges gênés et des toux inopportunes qu'on étouffait pour mieux les exacerber. Je me mis dans les dispositions mentales d'une écoute pénétrée de la bonne parole que ce chevalier à la belle figure allait nous dispenser. Cependant, je ne pus m'empêcher de jeter un coup d'œil au tableau agreste auprès duquel j'étais assis, et commençai à compter les moutons au moment même où le timbre puissant de l'orateur se mettait à résonner dans les haut-parleurs dont la salle était équipée.

Je ne lasserai pas le lecteur impatient avec la retranscription intégrale des propos qu'il tint. Mais qu'on sache que sa voix était grave, posée, harmonieuse et, je dois l'avouer, assez envoûtante. Il ne lisait aucun texte, du moins rien qui fût matériellement écrit et posé sous ses yeux : mais il regardait fixement devant lui, à un mètre à peu près au-dessus de la tête des auditeurs, comme si quelque livre imaginaire se déployait dans l'éther d'un monde parallèle. On pouvait supposer aussi que les Moséhims lui dictaient par télépathie le contenu de sa communication et que des ondes impalpables transmises des fins fonds de la galaxie où ils s'ébattaient habituellement vibraient obscurément dans les chevelures de l'assistance.

Il commença, d'une voix vibrante, par évoquer les

malheurs de ce bas monde : le chômage, la faim, les maladies sexuellement transmissibles au premier rang desquelles il plaça le sida, ce nouveau fléau qui menaçait l'humanité. Il fit remarquer au passage que toutes ces plaies n'étaient pas dues au hasard, mais ne développa plus avant son hypothèse. Il fustigea aussi le communisme, peste rouge qu'on croyait éradiquée mais qui hantait toujours, endémique et volontiers virulente à la moindre occasion, les consciences de masses, promptes à se laisser manipuler par les faux prêcheurs du bonheur facile et se vautrant dans un matérialisme grossier qu'il était urgent de combattre.

Au fur et à mesure de sa diatribe, la doublure d'Ivanhoé haussait le ton, laissait vibrer plus longtemps la fin de ses phrases et produisait une quantité croissante de postillons qui en s'échappant de sa bouche luisaient sous les spots comme des petites lucioles. Si bien qu'un peu accablé par ce nauséabond fatras idéologique, et abruti par ce qui s'apparentait de plus en plus à des vociférations de triste mémoire et d'une répugnante actualité, je décidai de m'octroyer une pause en faisant vaguer mon regard vers le tableau qui me dominait de son imposante surface.

J'y dénombrai treize moutons, environnant une bergère alanguie dans l'herbe, sa gorge généreuse complaisamment offerte, sous les frondaisons d'un arbre noueux, et un pâtre lui jouant un air de pipeau. C'était charmant, et sans doute prometteur, mais la tonalité sombre de la toile, l'aspect tourmenté de la futaie, ces troncs bouleversés de nœuds semblables à des serpents gigantesques figés dans l'écorce évoquaient aussi bien le décor d'un film d'horreur où auraient pu surgir des goules à la denture de requins ou des cadavres décapités jonglant avec leur tête hideuse pour ensuite se jeter sur les deux pastoureaux en train de batifoler et les dépecer à la force de leurs ongles tranchants, puis sucer pour finir leurs os encore sanglants. D'ailleurs, cependant que la voix de baryton du conférencier résonnait dans mon esprit, écho sinistre d'outre-tombe, je distinguai, dans la confusion brune d'un taillis, la forme puissante et velue d'une bête aux yeux de feu tapie à deux pas de deux brebis paissant paisiblement, sans souci apparent, comme savent le faire ces animaux d'un naturel doux et stupide, peu familiers de l'inquiétude métaphysique, et de ce fait ignorants de la double menace pointue de la broche et de l'aiguille à tricoter. Je demeurai un long moment fasciné par l'apparition de ce monstre dont les contours, le volume, ainsi que l'éclat dément du regard, se précisaient à chaque seconde. Le couple, toujours fleuretant, semblait insoucieux de ce péril mortel et bientôt, une sueur froide se mit à dévaler mon échine à la pensée de la tuerie qui bientôt se déchaînerait à deux pas de moi.

Je m'efforçai de penser à autre chose, en me concentrant, par exemple, conformément aux enseignements de feu le docteur Furde, sur un objet banal, bien réel, dont l'existence dérisoire mais tangible était en mesure de dissiper mon hallucination. Aussi me mis-je à examiner ma montre, suivant des yeux la trajectoire prévisible de la trotteuse, épiant le mouvement de l'aiguille des minutes qui sautait doucement d'une fraction d'heure à une autre. Cela m'occupa sainement jusqu'à ce que je m'aperçusse que le temps n'était plus qu'un cercle vicieux cerné de plaqué or, balisé de chiffres insignifiants, égrenant de l'ennui découpé en tranches régulières.

Et c'est à ce moment, dans un no man's land mental qui m'éloignait de l'univers fatal du tableau sans me rapprocher des éructations démentes de l'orateur, que tout bascula et que le monde se mit à ressembler à un cheval fou renversé sur le dos qui essaie de galoper dans le vide. Bien sûr, j'étais à la fois le cheval, et son cavalier resté coincé sous sa carcasse convulsée de terreur.

17

Je crus d'abord à la mauvaise haleine de quelque auditeur qui, pressé d'accourir à la conférence, aurait le matin négligé son hygiène buccale. L'assemblée de choix qui m'entourait, cliquetant de métaux précieux et jetant sous les spots les éclats d'une verroterie coûteuse, parée de vêtements griffés, étranglée par des cravates de soie, laissait mal imaginer une telle négligence, quoique les classes aisées, contrairement à tous les usages de savoir-vivre que des comtesses boulottes dispensent dans des livres aussi inutiles que leurs encombrantes personnes, et par lesquels on entend policer les mœurs rugueuses du *vulgum pecus*, eussent bien souvent, par le passé, et encore de nos jours, étalé des turpitudes encore moins ragoûtantes. Alors ? Un mal d'estomac, peut-être ? La digestion laborieuse d'un breakfast au bacon de vile qualité ranimant les émanations méphitiques d'un ulcère en pleine macération ? Je me perdais en conjectures stomatologiques sans pouvoir localiser la source croupie de ce flux fétide. Je tendis en vain, et le plus discrètement possible, mes fosses nasales vers quelques bouches entrouvertes par la béatitude et l'espoir, jusqu'à ce que ma voisine de gauche, une femme à vastes lunettes fumées aux montures pailletées, qui lui donnaient l'apparence d'une star italienne déchue, troublée dans sa méditation par mes reniflements insistants, m'expédiât dans la cuisse un coup de poing osseux et exaspéré qui m'arracha un hoquet de douleur.

C'est alors que je pressentis, sur ma droite, le mouvement ondulant et obscur d'une masse sombre. Je me retournai vivement, sûr de trouver devant moi la haute stature d'un des membres de la sécurité, mais mes yeux s'arrêtèrent sur le tableau, qui semblait s'animer imperceptiblement d'une vie secrète. Le feuillage des buissons frémissait doucement sous une brise silencieuse. Les mâchoires des moutons mastiquaient l'herbe tendre, et leurs yeux clignaient de temps à autre ; il me sembla même voir friseler la laine de leur pelage. Et la gorge de la bergère se soulevait régulièrement, se gonflait avec sensualité, dilatait son corsage que j'espérais voir se rompre à chaque instant. Je contemplai un instant le tableau dans un état second et double de stupeur et de ravissement, persuadé que le pâtre indolent, qui pour le moment ne donnait pas signe de vie, finirait par s'émouvoir devant la chair qui palpitait tout près de lui et se mettrait bientôt en devoir d'accélérer le rythme de cette respiration aux contours délicieux. Personne autour de moi ne paraissait percevoir les frémissements de ce spectacle vivant. À la tribune, l'orateur s'emportait, grondait, tout en fouillant les regards pour y traquer les âmes indécises. Il croisa le mien, tâcha de m'éborgner d'une pointe furieuse, mais le sourire que je lui adressai, incapable que je suis de demeurer indifférent à qui se préoccupe de moi, le fit se détourner, à mon grand soulagement.

Puis un bruit attira mon attention : le froissement d'un pas précautionneux dans un gazon coupé court, pour être précis. Je me tournai vivement vers la toile et ne pus étouffer une plainte de terreur : les yeux de la bête, jaunes, à la pupille dilatée où luisaient toutes les cruautés du monde, s'allumaient au cœur du fourré vert sombre où j'avais cru distinguer un peu plus tôt sa silhouette velue. Les prunelles folles me fixaient sans ciller. Leur éclat dément, hypnotique, me paralysait tout entier et, tel un laser surpuissant, pénétrait en moi pour y pratiquer la chirurgie des savants fous, des bouchers mystiques, aliénante et destructrice, pour me transformer en proie décérébrée auprès de quoi les ovins stupides de la pastorale eussent passé pour des prix Nobel végétariens. Le mufle sauvage se tendait vers moi, entrouvrait sa gueule dans un flux pestilentiel de sépulcre maudit, prêt à m'absorber comme on gobe une boulette de viande crue.

Un ultime soubresaut de vie, une dernière décharge d'électricité cérébrale me jeta hors de ma chaise et me propulsa contre la créature : elle dévorerait un organisme résistant, sinon coriace, mutilerait des membres actifs, à jour de leur cotisation à la vaste association du genre humain. Tant qu'à mourir déchiqueté, autant combattre jusqu'au bout, jusqu'à l'ultime morceau, dans la convulsion d'un corps à corps désespéré. Avec un peu de chance, je me rendrais ainsi tout à fait indigeste. Pour affirmer avec plus de force ma détermination, je poussai d'épouvantables hurlements tout en perforant le prédateur de la pointe de mon stylo-bille.

Aussitôt, dans mon dos, retentirent des cris, s'éleva le brouhaha d'une bousculade. Des chaises furent renversées. Des femmes s'égosillaient en appelant au secours. Heureux qu'enfin l'alarme fût décrétée, je me retournai vers l'assistance pour l'exhorter à se ruer sus au monstre car, plus nombreux, nous aurions pu le terrasser. Mais mon appel avait bien peu de chances d'être entendu : l'on se piétinait, on s'écharpait pour fuir loin de moi et de la bataille que je livrais. Des femmes sur le dos, empêtrées dans des chaises, battaient des jambes, jupes et robes retroussées sur des assortiments de lingerie fine dont je n'eus, et je le regrette, pas le temps de détailler les charmes ni l'élégance suggestive. Des hommes les enjambaient, les cuistres, sans leur porter aide ni attention. À la tribune, pour autant que ce court répit dans l'affrontement me permît de le voir, les leaders s'étaient éclipsés, peu soucieux de montrer l'exemple à leurs ouailles. Bientôt, un vaste hémicycle vide, jonché de sacs à mains, de portefeuilles, de chaussures, de vestes, de téléphones portables, dont l'un d'ailleurs couinait faiblement, et encombré de chaises parfois brisées, s'étendit autour de moi. Des dizaines de paires d'yeux exorbités, affolés, ronds de terreur – à moins que ce ne fût de consternation –, parmi lesquels je ne parvins pas à distinguer ceux d'Edmonde, convergeaient sur ma personne de toute leur frayeur sphérique et brillante.

Mais la bête était toujours là, retranchée dans le taillis, faisant corps avec lui, vainement camouflée sous un pelage épineux et feuillu que la rage hérissait sur son échine comme un buisson-ardent. Je m'apprêtai à l'affronter de nouveau, seul, à l'instar de tous les héros tragiques, et poussai de nouveau un cri de guerre dont le timbre terrifiant eût ébréché l'acier le mieux trempé de ces sabres capables, maniés par de valeureux samouraïs, de trancher en plein vol une écharpe de soie. C'est au moment où je me ruais sur le monstre pour l'assaut définitif, qu'une forme noire, gigantesque et bicéphale, se jeta sur moi et me cloua au sol. Ma nuque servit d'enclume à quelque forgeron cyclopéen dont un seul coup porté fit jaillir en ma cervelle une épaisse gerbe d'étincelles capable d'éclairer *a giorno* les ténèbres infernales d'où le cerbère et ses séides avaient surgi, et je sombrai aussitôt dans une nuit parcourue d'étoiles mauvaises et d'augures hurlants comme des Furies.

C'est un bourdonnement de voix sourdes qui me réveilla, m'arrachant au rêve pénible et itératif au cours duquel, ayant constaté que l'ultra-violence était une impasse tactique, je m'efforçais d'amadouer la créature avec un beau paquet d'os qui se révélaient être ceux du couple de bergers quand je me demandai soudain, cloué de terreur, un fémur à la main, si par hasard je n'avais pas participé au démembrement de cette idylle. Mon désespoir, que mes tentatives de reconstituer les corps ne faisaient qu'exaspérer, tirait de l'animal maléfique des rires sardoniques se terminant immanquablement en vomissements pestilentiels et composites, puisque, outre une paire de lunettes de soleil et un mouton tout entier qui s'enfuit aussitôt en bêlant, souillé de glaires jaunâtres, son estomac rendit à un moment, dans un flot brun et sanglant, une roue de voiture équipée d'un pneu neuf.

Une tête d'homme se pencha au-dessus de moi et me dévisagea avec inquiétude. Comme cette tête semblait rattachée normalement à un corps, et qu'alentour se mouvaient des bras solidaires, conformation banale, d'un tronc vivant, j'en déduisis que je n'étais pas le seul à avoir réchappé du carnage et m'efforçai de sourire en demandant si la Terre avait affrété un astronef de secours pour venir nous dégager.

– Avec un groupe de combat, parvins-je à ajouter.

– Rassurez-vous, cher monsieur Clamart. Nous avons pu rétablir les communications avec la base.

Comme l'endroit où je me trouvais était plongé dans une pénombre qu'une lampe peinait à repousser au-delà de quelques mètres, je m'inquiétai du fonctionnement des générateurs auxiliaires.

– Il a l'air d'aller mieux, fit une voix sourde, quelque part dans l'obscurité.

Je brûlais de m'enquérir du sort d'Edmonde mais, dans ma situation mal éclaircie, je redoutai de trahir sa présence auprès de ces hommes qui pouvaient après tout n'être que des incubes de la bête. Au lieu de quoi je demandai ce qu'il était advenu du monstre.

– Il rode encore dans les parages, mais je doute qu'il soit en mesure de nuire à quiconque. Les coups que vous lui avez portés l'ont passablement affaibli, fit la silhouette penchée sur moi.

– Le couple de bergers va mieux, et le troupeau est sauf, intervint une autre voix.

Un homme s'approcha, en qui je reconnus Philippe Merleau. Il me tapota amicalement l'épaule en souriant.

– Vous paraissiez très inquiet de leur sort, pendant votre sommeil.

Je tressaillis, saisi soudain d'un doute affreux :

– Mon sommeil ? J'ai parlé ?

– Comme un livre ! s'esclaffa Merleau. Mais un livre aux pages arrachées qu'un vent sournois aurait mêlées.

La chimie de mon cerveau commençait à se modifier, à mesure que les endorphines, et, sans aucun doute, le stupéfiant qu'on m'avait injecté, se dispersaient dans mon organisme pour être remplacés par des neuromédiateurs plus actifs capables de discerner le vrai du faux, le bien du mal, et d'assurer entre mon cortex et le monde extérieur des relations basées sur la bonne entente et la lucidité. Si bien que des alarmes commencèrent à clignoter, accompagnées de sirènes ad hoc, me signalant que je m'étais probablement fourvoyé dans un piège, un guêpier, un nid de serpents, bref, qu'il s'agissait désormais de jouer serré pour en sortir vivant, sinon indemne.

Merleau souriait d'un air matois et son compagnon, toujours penché vers moi, m'observait avec une curiosité visiblement anxieuse. À son cou pendait la médaille où l'emblème de la secte luisait faiblement, captant le peu de lumière régnant dans la pièce, et j'identifiai l'orateur enflammé, dont la défroque médiévale m'avait amusé et les propos inquiété au plus au point.

– Combien de temps…

– Quarante-huit heures, répondit Merleau. Le professeur Morton vous a injecté un léger sédatif pour calmer vos convulsions.

Je me redressai, malgré le vertige qui m'éblouit dès mon premier mouvement, et, bizarrement, les deux acolytes reculèrent d'un même pas. Je cherchai, puis trouvai à la saignée de mon bras gauche la trace minuscule de la piqûre, et je pus distinguer enfin la disposition des lieux : une petite chambre aux volets clos, meublée sommairement de vieux meubles sombres, dont les murs semblaient tendus de velours noir ou bleu nuit. Comme les deux hommes gardaient un silence méfiant, à l'affût sans doute d'une réaction paroxystique de ma part, je tâchai de les rassurer en affirmant que j'avais faim, ce qui était vrai, et leur exprimai toute ma gratitude pour le soin qu'ils avaient pris de moi, ce qui était moins sincère. Ils m'adressèrent un sourire patelin, mêlant la compassion feinte à l'approbation forcée, que j'avais souvent aperçu sur les lèvres du personnel psychiatrique lors de mes internements successifs.

Après qu'on m'eut laissé prendre une douche, qui me fit recouvrer complètement mes capacités intellectuelles et physiques, et que j'eus revêtu des sous-vêtements propres aimablement mis à ma disposition, je vaquai quelques instants dans la chambre, dont j'ouvris d'abord les volets pour respirer un bon coup l'air de la campagne médocaine dont la qualité, vantée par les guides touristiques et les ouvrages luxueux consacrés au vin, contribue à l'épanouissement de la vigne, mais assure aussi, c'est moins dit, une constitution solide et virile à des générations de chasseurs traditionalistes mangeurs de pigeons migrateurs. Il faisait grand jour et, d'après ce que je pus voir, le soleil allait atteindre son zénith, parmi de gros nuages qui montaient avec nonchalance de l'océan proche. D'ailleurs, ma montre, diligemment déposée sur une table de nuit, me confirma qu'il était plus de midi, raison pour laquelle mon estomac réclamait avec tant d'insistance d'être rassasié. J'étais, de ce point de vue, réglé sur une horloge atomique.

Je sortis donc de la chambre en salivant comme un chien de Pavlov, en proie à des visions gastronomiques, si bien que je poussai un cri de terreur en me heurtant dans l'obscurité du couloir à un robuste gaillard, probable clone de celui qui m'avait accueilli deux jours plus tôt, qui s'excusa de s'être trouvé sur mon chemin et me proposa aussitôt de me conduire jusqu'à la salle à manger. Après avoir foulé des tapis moelleux, des planchers luisants dont chacun de nos pas tirait une senteur d'encaustique, nous empruntâmes un escalier de pierre monumental vivement éclairé par un vaste puits de jour, et dont les murs étaient ornés de tableaux anciens que je pris soin de ne pas regarder. Mon ange gardien me précédait sans rien dire, bouchant ma vue de sa large carrure, se mouvant avec une souplesse que ne laissait pas soupçonner sa considérable carcasse.

On me fit pénétrer dans un salon encombré de guéridons, tables basses, lutrins, tous ornementés, sculptés, ciselés par des maîtres de l'ébénisterie et de la marqueterie. Au bas mot, c'étaient les défenses émincées d'au moins trois pachydermes qui se trouvaient plaquées sur les plateaux et les façades que je pouvais voir. Quant aux sièges, à peu près tous les genres se trouvaient exposés sur lesquels, paradoxe de l'abondance d'antiquités, on hésitait à s'asseoir, même passablement éreinté.

Merleau m'y invita pourtant, auprès d'une table basse sur quoi des nains eussent sans difficulté joué au ping-pong et où avait été disposé un buffet froid qui fit s'élever dans l'obscurité de mes viscères des plaintes dignes de faméliques prisonniers jetés dans des oubliettes immondes. Auprès de mon mentor se tenait l'orateur médiéval, qui lissait sa barbe en souriant et fixait sur moi ses ardentes prunelles. Quand j'eus fini de m'enfoncer dans le fauteuil abyssal qu'il m'avait indiqué, Merleau fit les présentations :

– William Cochard, notre Grand Synarque. Laurent…

– Notre petit Clamart, fit le barbu mystique, secoué par une rafale de couinements.

Merleau s'efforça de rire lui aussi, mais son teint arborait la nuance rosâtre d'une gêne évidente. Il fit grincer quelque ressort de son siège en bougeant malaisément.

– Voilà. J'aime quand l'atmosphère se détend. Buvons, voulez-vous ?

Il s'empara d'une bouteille de vin et en remplit trois verres.

– Lestang Pissegrain 63. On ne mégote pas avec les amis. Vous sentez-vous mieux ?

Je l'assurai que je ne m'étais jamais porté aussi bien et, joignant le geste à la parole, je me mis à flairer le vin avec gourmandise, imité par mes deux hôtes.

– Aloès et fraise des bois, commentai-je. Banane plantain, aussi. Il a dû beaucoup pleuvoir en juillet.

Ils plongèrent d'un même mouvement le nez dans leurs verres.

– J'ai dirigé dans le temps une petite société de négoce, près de Langon, mentis-je sans vergogne. Les maîtres de chai m'ont tout appris. Et, si je puis me permettre, ils m'ont surtout enseigné que les arômes jaillissent d'autant mieux que le goût est par ailleurs sollicité.

– Bien sûr ! comprit Merleau. Nous avons là un pâté de lièvre farci au foie gras qui devrait convenir. Et vous devez mourir de faim !

Je me confectionnai aussitôt, entre deux toasts encore tièdes, un petit sandwich dont la lente mastication me fit venir les larmes aux yeux. Les deux acolytes m'observaient d'un air amusé tout en vidant leurs verres à petites gorgées. Quand j'eus terminé cet en-cas, je décidai de passer sans tarder aux choses sérieuses, pour lesquelles, après tout, j'étais venu ici.

– Je voudrais d'abord que vous me pardonniez le petit accès de… confusion qui m'a pris l'autre jour, et qui a gravement perturbé votre conférence. J'ai enduré ces dernières années des épreuves terribles qui ont bien failli emporter ma raison et même ma vie, et m'ont laissé des cicatrices mentales qui parfois me tourmentent encore, comme vous avez pu vous en rendre compte. Et j'en suis d'autant plus désolé que j'ai été littéralement transporté par vos propos, monsieur Cochard. Je connaissais déjà un peu les enseignements de votre groupe, mais la force avec laquelle vous avez parlé m'a semblé quasi surnaturelle. Aussi, je vous le dis tout net, j'aimerais vivement être des vôtres, et, avant de rencontrer la sagesse des Moséhims, qui sont à l'univers pensant ce que l'homme est au roseau, au chêne, et à toutes les créatures du cosmos dont le zéphyr intersidéral couche les oreilles, j'aimerais contribuer au succès de votre… promesse, puisque c'est ainsi, je crois, que vous avez nommé le puissant vaisseau à propulsion neutronique qui fera la navette entre notre misérable Terre et Goliath, planète de l'absolue félicité.

Sans leur laisser le temps de réagir à ma profession de foi, je tirai de ma poche intérieure mon carnet de chèques, mais ne trouvai point mon stylo. Je me souvins brusquement qu'il m'avait servi à repousser les assauts de mes hallucinations. Merleau m'interrompit en posant une main sur mon bras.

– Je vous en prie. Vous parliez d'enseignement et de philosophie, et de bonheur. Restons pour le moment dans le domaine spirituel.

Il se tourna cérémonieusement vers Cochard :

– Cher Maître ?

Le gourou cosmique avait rivé son regard hypnotique sur mon front et me contemplait bouche ouverte, visiblement saisi de stupeur. Il sursauta légèrement quand Merleau se racla la gorge pour le tirer de son ébahissement.

– Monsieur Clamart, vous êtes un homme tout à fait… exceptionnel. C'est une chance pour nous tous de vous approcher. Je suis très impressionné par vos capacités géniocratiques et transsensorielles. Vous vous placez d'emblée dans l'itinéraire d'accès à notre phalange des Frères du Temps Lumineux. N'est-ce pas, chevalier ?

Cependant que Merleau hochait la tête d'un air pénétré sans doute de l'importance de son titre dans la hiérarchie de l'organisation, je ne pus empêcher la fierté de se répandre sous ma peau en milliers de doux picotements, multitude formicante et voluptueuse : c'est qu'on ne m'avait pas fait un tel compliment depuis longtemps, et, quoique je flairasse une adroite flagornerie de la part de ce Raspoutine cybernaute et de son écuyer, je n'en appréciai pas moins l'éloge qui venait d'être fait de ma trop modeste personne.

– Nous devons bientôt rencontrer nos amis canadiens et espagnols pour une cérémonie d'initiation, reprit Cochard. Vous feriez grand honneur à notre Ordre en vous joignant à nous. Après les trois arcanes noirs, vous pourrez apercevoir la première ellipse, celle qui porte de toute éternité la course parfaite de Goliath, tracée de la main même de Dieu.

– Seigneur tout-puissant, murmurai-je, à nouveau tenaillé par la faim devant les victuailles auxquelles nous n'avions presque pas touché.

La seule ellipse qui me préoccupait était celle qu'aurait dessinée ma main en portant une tranche de foie gras jusqu'à mes papilles surexcitées. Maîtrisant une fois encore mes bas instincts, je m'efforçai de pousser plus loin mon avantage, et brandis mon chéquier pour donner à mon propos plus d'authenticité :

– Et ce vaisseau neutronique ? Où en est son élaboration ?

Le gourou médiéval se laissa aller contre le dossier de son fauteuil, et coinça sa barbe entre ses mains jointes, la tête renversée en arrière.

– J'en ai conçu les plans il y a déjà dix ans, après que le Christ lui-même m'en eut fait la demande. Connaissez-vous *Star Runners*, le jeu que j'ai créé l'année dernière ? J'y ai intégré *Promess One*, notre vaisseau psychopropulsé. Je lui ai donné son apparence matérielle, car les yeux sont l'unique moyen dont dispose le commun des mortels pour entrevoir la réalité à laquelle seuls quelques élus peuvent accéder. Mais à vous, je n'ai pas besoin de préciser que ce vaisseau fonctionne à l'énergie psychique, la nôtre, mais aussi celle que contient, en suspension ionique, l'espace intersidéral, le vide cosmique, comme disent abusivement les savants matérialistes. Tout le problème, depuis peu résolu par l'intense travail de recherche auquel je me suis livré dans mon laboratoire de Berne, était de capter toute cette force pour vaincre le mur de la lumière, cette hyperbole mathématique qui nous empêche de franchir le seuil de vitesse des photons et de fuir sur l'asymptote de la grande ellipse. Comprenez-vous ce que j'essaie, certes grossièrement, de vous expliquer ?

– Vous me parlez de la courbc infinie. Autrement dit, de la droite spatiale ondulant dans les champs psychomagnétiques, improvisai-je.

Cochard me considéra d'un air ébahi :

– C'est stupéfiant !

Je me sentais prêt à enrichir les théories de cette bande d'illuminés d'un fort volume supplémentaire. En outre, je dois l'avouer, l'ahurissement admiratif qu'exprimaient les visages de ces deux gredins m'encouragea sur le moment à en rajouter : les occasions de briller en société, quoiqu'illusoires et fallacieuses, étaient trop rares pour que je boude mon plaisir.

– Je me sens sous le cône. Ni cercle, ni pyramide. J'entends les pharaons de la grande circonférence. J'en appelle au Grand Papyrus.

– Vous êtes un expert en ésotérisme égyptien ? me demanda Merleau en me servant un verre de vin.

– Un amateur seulement. J'ai lu quelques bricoles là-dessus. Je suis sûr que les Moséhims ont prêté leurs grandes roues aux constructeurs des pyramides. Il faudra que je pense à leur en parler quand je les verrai.

– Bientôt, fit Cochard d'un air sombre. Vous les

rencontrerez bientôt. Nous ne travaillons tous que dans ce but.

Il s'était mis à triturer son médaillon, qui jetait des éclats pâles et funèbres dans ma direction, puis sembla s'abîmer dans une méditation intense au sein d'un silence si total que je redoutai que mes viscères mal rassasiés, agités de nouveau d'ondoiements et de torsions confus, comme une foule affamée, ne se missent à protester plus bruyamment, si bien que j'épiais la moindre détonation assourdie d'un pétard de foire annonçant l'explosion de colère. C'est le moment que choisit le gourou cybernétique pour se mettre à psalmodier quelque invocation muette en remuant les lèvres.

La sourde stridulation d'un téléphone nous sauva de l'aphasie où nous étions en train de sombrer. Merleau tira de sa poche un petit téléphone qu'il colla aussitôt à son oreille et se détourna pour conférer à sa communication le caractère privé indispensable. Comme je l'avais déjà vu le faire, il usait pour parler dans cet appareil d'un langage minimaliste marmonné, dénué de toute affectivité, à la prosodie monocorde, qui me fit supposer qu'il s'adressait peut-être à une quelconque machine à commande vocale. Il me lança à un moment un regard lourd, et je redoutai que ce fût encore de moi qu'il s'entretenait avec un cyborg peu perfectionné, du même type que Cassignol, le tueur hispanisant, ou bien semblable aux agents de sécurité qui encadraient la foule des invités lors de la conférence. Je profitai de cet échange obscur, et de ce que, les yeux clos, renversé dans son fauteuil, Cochard ne semblait plus de ce monde, explorant sans doute les confins sensoriels de la galaxie, pour vider le verre de vin posé devant moi, et me confectionner un nouveau sandwich au foie gras. Ma multitude intérieure, au bord de l'émeute, fut instantanément rassérénée par l'arrivée providentielle de ce ravitaillement, et, pour ma part, je me sentis soudain ragaillardi, débarrassé enfin de l'espèce de torpeur qui voilait depuis mon réveil mon esprit si prompt à se troubler. Je me levai, même, et arpentai d'un pas résolu la vaste pièce où nous étions installés, sous le regard inquiet de Merleau. J'étais déterminé à tester pour de bon les réactions de ces crapules et, en attendant que cessât la communication mystérieuse, je feignis d'examiner le mobilier antique et raffiné qui emplissait la pièce, me penchant sur des frises finement ciselées, lorgnant de près des torsades patinées. Jetant à la dérobée un coup d'œil vers les deux autres, je m'aperçus que Cochard m'observait, lui aussi, d'un air grave, peut-être suspicieux, toujours caressant l'insigne cabalistique pendant à son cou.

Soudain, sa voix s'éleva dans la pièce et secoua le silence qui environnait les murmures de Merleau au téléphone.

– Puis-je vous poser une question indiscrète, cher monsieur Clamart ?

Je l'assurai qu'entre nous il ne saurait subsister nul secret et que de ce fait, le mot indiscrétion était à bannir de notre vocabulaire.

– Comment avez-vous connu notre organisation, ou du moins ses enseignements, de façon si précise ?

– Par la femme de mon ami Roland Dulac, l'architecte. Nous devisions des heures à propos des Moséhims et du salut qu'ils proposent à ceux qui sauront les rencontrer. J'espère que ce faisant elle n'a commis aucune forfaiture ? Quelle femme ! Vous la connaissez sûrement, n'est-ce pas ?

Merleau avait coupé sa communication et me considérait avec stupeur. Le gourou psychocosmique, lui, semblait chercher dans sa barbe à déloger quelque parasite piqueur. Un ange passa, dont j'aurais juré entendre le pesant battement d'ailes. Ces deux scélérats pouvaient-ils ignorer l'enlèvement de l'architecte ? Les *ninjas* qui l'avaient emmené n'avaient-ils pas été envoyés par eux ? Ou bien ignoraient-ils que je me trouvais sur place ? Toutes ces questions se bousculaient dans mon esprit en se piétinant. Je décidai de pousser plus avant le jeu de dupes, pour dangereux qu'il pût être.

– J'avoue être tombé sous le charme de Myriam… En tout bien tout honneur, évidemment. Ainsi que sous la coupe d'Élise, sa fille. Mon ami Roland ne connaissait pas sa chance d'être entouré de femmes si exceptionnelles, et je regrette amèrement de n'avoir plus l'occasion de les voir. Mais maintenant que je vais côtoyer les porteurs de votre grand projet, je pourrai sans doute les serrer dans mes bras de nouveau, n'est-ce pas ?

– Vous connaissez Myriam ? s'étonna Merleau. Depuis quand ne l'avez-vous pas vue ?

– Depuis sa séparation d'avec Roland, il y a un peu plus d'un an. Je crois savoir qu'il combattait farouchement les convictions de sa femme.

– C'est le moins qu'on puisse dire, fit Cochard.

– D'ailleurs… commençai-je, puis je me mordis littéralement la langue pour m'obliger à me taire.

La douleur que je ressentis de cette mortification m'arracha un gémissement dont les deux faux jetons feignirent de s'émouvoir. J'avais failli lâcher le nom du docteur Furde mais là encore, pouvaient-ils ignorer le triste sort qu'on lui avait fait ? Tout en sentant un peu de sang suinter de la morsure que je m'étais infligée, je pensai soudain à Edmonde, dont ils ne pouvaient ignorer l'existence et qu'ils avaient sûrement identifiée parmi les participants à la réunion malgré sa perruque blonde et son tailleur coûteux. Si bien que je n'eus plus qu'une envie : m'enfuir et prendre toutes les mesures que la sécurité de ma jeune camarade exigeait, et tâcher d'y voir clair dans l'imbroglio de cette affaire. En effet, à force de prêcher le faux pour savoir le vrai, je finirais tôt ou tard par me trahir, convaincu qu'on ne joue pas au plus fin avec deux paranoïaques de ce calibre sans y risquer son intégrité physique ou même sa vie. De plus, la configuration de mon psychisme, qui se plaisait parfois à ignorer les cloisons étanches, m'empêchait de jongler trop longtemps avec le principe de réalité, les faux-semblants et les mystifications.

– Quelque chose ne va pas ? s'enquit Merleau avec une sollicitude feinte.

– Non, improvisai-je. Un vertige… Une inquiétude, rien de méchant…

– Pouvons-nous savoir ?

– La crainte de n'être pas digne de votre confiance ni de votre quête. J'ai peur de n'avoir pas les qualités spirituelles requises pour me hisser à la hauteur de votre projet visionnaire.

Apparemment décontenancé, Merleau se tourna vers le chevalier du zodiaque qui continua de fixer imperturbablement le fond de son verre vide en se grattant la barbe.

– Votre modestie vous honore, fit-il enfin au bout d'un moment. Contrairement à ce que vous semblez croire, on devine en vous un homme d'honneur, de parole, et d'une grande qualité spirituelle. Vous n'avez pas encore rencontré le grand champ psychomagnétique des Moséhims, qui achèvera votre élévation, mais vous êtes très exactement dans la vibration.

Il se tut brusquement et me regarda avec une inquiétante intensité, les prunelles brillantes, dont il paraissait capable de dilater à volonté les pupilles, et je crus sentir sous mon front s'échauffer l'endroit sur lequel convergeait un rayonnement mystérieux.

– C'est pourquoi, reprit-il sur un ton solennel, je vous invite à notre grande connexion du taureau, qui aura lieu le 21 mars, et au cours de laquelle vous serez initié puis accueilli parmi nous.

Il me sembla que Merleau tressaillit en entendant ces paroles, mais il ne donna pas d'autre signe de son saisissement, en dehors d'une pâleur singulière et du geste un peu vif avec lequel il se servit un verre de vin.

Je me précipitai vers Cochard et lui serrai les mains, me confondant en remerciements et expressions diverses de mon infinie gratitude. Il reçut mon assaut de reconnaissance avec un sourire qu'on aurait pu croire sincère, en tout cas le premier que je le voyais faire depuis que je l'avais rencontré. Merleau, lui, ne se mêla pas à nos congratulations, et je sus à cet instant qu'un terrible piège était amorcé et que ses mâchoires ouvertes n'attendaient plus que mon pied imprudent pour me broyer la cheville et me retenir dans leurs dents d'acier pour un long supplice. Néanmoins, c'est le cœur léger que je pris congé des deux crapules, en leur exprimant toute mon espérance et ma foi, dont j'assurai le taciturne Merleau par une chaleureuse bourrade qui lui ramena aux joues quelques couleurs, avivées sans doute par le mépris et la haine que je lui inspirais.

18

« C’est le bordel, fit le capitaine Schmidt. On est mal. Je vais me retrouver de faction devant le ministère des Anciens Combattants, et vous standardiste au consulat d’Oulan-Bator. Si on ne réagit pas, on est mort. D’où elle sort cette salope ? Qu’on ne me dise pas qu’elle est là par hasard. Qu’est-ce qu’elle foutait à la conférence de l’ORL ? Hein ? Vous pouvez me le dire ? Chotard commence à se poser des questions : à la moindre embrouille, paranoïaque comme il est, il va refuser le marché, et toute l’opération va foirer. Le colonel va m’écorcher vif. »

Oulan-Bator. Les maxillaires de Cousin tressaillirent en entendant ce mot. Il considéra Schmidt d’un air soudain concentré. On ne savait pas s’il était indécis, ignorant ou inquiet. Il battit des paupières, plusieurs fois, très vite. Puis il tapota sous son bras l’étui de son arme.

– Faut s’en débarrasser, répondit-il. C’est comme les termites ou les rats. On sait pas d’où ça vient, mais faut les anéantir. Je connais des gens qui…

– Moi aussi, je connais des gens, qu’est-ce que vous croyez ? Pas des maquereaux ou des demi-sels qui feront n’importe quoi. On est dans la seringue, et en attendant de savoir qui pousse le piston, on va la jouer fine. Va falloir qu’elle parle. C’est pas un rat ou une colonie de termites qu'on a sur les bras. Mais une taupe. Et je sais comment on s'occupe de ce genre de bestioles. On va faire ça nous-mêmes. Ça me rappellera les commandos de marine.

Il se leva et marcha vers une armoire métallique, libéra de son trousseau, qui en comptait une bonne dizaine, une clef chromée et ouvrit les deux battants qui grondèrent sur leurs gonds. Contre la paroi du fond était accroché un arsenal d'armes de tous calibres. Le capitaine en choisit trois : un gros pistolet noir et deux rafaleurs compacts, ainsi que des chargeurs de rechange. Il tendit un rafaleur à Cousin, qui sembla hésiter à s'en saisir.

– Vous savez vous en servir ?

Le flic haussa les épaules d'un air offensé. Il engagea le chargeur, fit jouer la culasse.

– Prêt pour la guerre. À propos, on va où, et tuer qui ?

Schmidt prit deux grenades quadrillées, qu'il soupesa dans la paume de ses mains avec assurance, puis les glissa dans les poches de sa veste.

– Stratégie de la tension. On sème la peur, le trouble, la désolation. On tape fort. On montre qu'on a des couilles, comme vous le diriez si bien. On va se faire respecter… J'ignore encore de qui, mais eux, ils vont vite comprendre qu'on ne plaisante pas avec le capitaine Schmidt. Suivez-moi. On va se changer, on n'est pas habillé comme il faut pour sortir. On appellera Cassignol dans la voiture.

Ils arrivèrent un quart d'heure plus tard devant chez Edmonde, revêtus de treillis noirs pleins de poches. Ils se garèrent assez loin pour ne pas être repérés. Cousin ne quittait pas son arme des yeux. Il la retournait en tous sens comme un jouet qu'on lui aurait offert.

– On dirait Cassignol, dit le capitaine Schmidt au bout d'un moment.

– Ah oui ? Où ça ?

Cousin scruta le bout de la rue, surveilla les rétroviseurs.

– Non, vous, avec cette arme. Cessez de la tripoter ainsi, c'est indécent.

– Oui, bon, ça va, marmonna le flic en abandonnant l'engin sur ses genoux dans un équilibre instable. Je voulais juste me familiariser.

Il s'enfonça dans son siège, visage fermé, mâchoires vissées. Le capitaine alluma un petit cigare et rendit aussitôt irrespirable l'atmosphère confinée du véhicule. Cousin baissa sa vitre, cracha dans la rue. Ils ne disaient rien, ils ne voyaient plus grand-chose, parce que la nuit tombait et que les lampadaires produisaient plus d'ombre que de lumière.

Vers 20 heures, Edmonde sortit de chez elle. Silhouette légère, hâtive. Pantalon noir très près du corps, gros pull, petit sac à main. Elle repoussait tout le temps ses cheveux en arrière. Avant de monter dans sa voiture, elle jeta un coup d'œil alentour, puis démarra en trombe.

– Beau cul, mais elle se méfie, observa Cousin.

Schmidt soupira. Il prévint par téléphone Cassignol de se tenir prêt, de prévoir une tenue de combat réglementaire ainsi que l'armement adéquat, et d'emmener avec lui un chauffeur.

– Il va falloir s'arracher vite fait. Prenez un fourgon, un Espace, un truc dans ce genre, on a une livraison à prendre.

19

Je laissai le château sans un regard en arrière et refis vers Bordeaux le même trajet que trois jours plus tôt, en sens inverse, et sous un crachin qui donnait au paysage monotone du Médoc des allures incertaines de bout du monde. Parfois, au bord de la route, apparaissaient les silhouettes d'ouvriers agricoles caparaçonnés dans des cirés ou des ponchos luisants d'eau, courbés sur les pieds de vignes, orfèvres misérables affairés sur des joyaux qui produiraient à l'automne une plus-value conséquente dont ils ne connaîtraient aucun des bienfaits. À ce propos, entre Pauillac et Margaux, sur une route qui louvoyait entre les propriétés prestigieuses et les villages tristes, je croisai deux Jaguar et une Ferrari, qui me rassurèrent sur la prospérité des châtelains et leurs talents de gestionnaires.

Je rentrai en ville par les quartiers nord, après avoir traversé une riante zone d'entrepôts et longé, avec une inexplicable nostalgie dans l'âme, l'emplacement de l'ancienne cité Lumineuse, parangon d'architecture à loyers modérés, qu'on avait rasée quelques années plus tôt. Un peu plus loin commençaient les quais, où n'accostait plus aucun cargo mais où échouaient, le dimanche, des consommateurs sans but qui venaient tromper leur ennui dans les temples de la marchandise substitués aux anciens hangars. On y avait mis au rencard un vieux bateau de guerre, inutile, stupide et terne, miroir piqué dans lequel Bordeaux semblait vouloir contempler à jamais le condensé mort de son passé prestigieux, fondé sur le trafic d'esclaves et l'agressivité négociante. Mais je laissai derrière moi ces amères considérations pour pénétrer dans mon quartier par le cours Victor-Hugo. Le cœur me battit, comme à chaque fois, et je me hâtai d'aller remiser la voiture au garage pour pouvoir retrouver mon *sweet home* et ses odeurs confinées de moisissure et de sueur solitaire.

Dans le couloir d'entrée, je croisai l'inévitable Mme Gelos tirée par son hirsute créature. Je la saluai avec enthousiasme, sans qu'elle se donnât la peine de me répondre, presque heureux de la retrouver à sa place, de même que l'ampoule nue au plafond, et surtout la poussette de bébé Louis, songeant du coup que je devrais rendre une visite le plus tôt possible à la belle Betty, de sorte qu'à cette idée j'empoignai la rampe branlante de l'escalier avec une détermination renouvelée. Sur mon palier m'attendait pourtant une mauvaise surprise : la porte de mon appartement, dont on se rappelle sans doute qu'elle fut enfoncée par deux inspecteurs de police en mal d'action, avait été réparée, et résistait à présent à tous mes efforts pour l'ouvrir. On en avait profité pour en changer la serrure, comme le prouvait le barillet de cuivre étincelant qui s'opposait à ma volonté. Je redoutai immédiatement une expulsion motivée par le trouble que ma fuite rocambolesque avait causé à l'ordre public et imaginai mon pauvre mobilier déménagé et donné à quelque organisation caritative qui l'aurait sans difficulté fourgué à plus pauvre que moi. Mais surtout, l'estomac au fond de la gorge, je songeai à tous les objets personnels, à tous les souvenirs que j'avais entassés, bref, à ces témoins de mon histoire personnelle seuls capables de me prouver que j'avais été heureux, aisé, comblé, autant aimé qu'amoureux. Désemparé, je tournai en rond sur l'étroit palier, secouant tour à tour la rampe et la poignée de la porte que j'envisageai un instant d'enfoncer moi aussi, comme il m'était arrivé, autrefois, de le faire. Alors que, ravagé par le désespoir, je commençais à donner sans conviction quelques coups d'épaules dans le panneau, une voix familière me fit me retourner : Betty Tamba, son bébé dans le dos, agitait sous mon nez une paire de clés chromées en souriant :

– Essaye avec ça, mister Zap. C'est Ousmane qui a réparé ta porte pour pas que les voleurs pillent tout. La mère Gelos a voulu appeler les flics mais il l'a menacée de tuer son chien à coups de pied si elle continuait à l'emmerder.

Le petit Louis, collé contre le dos de sa mère, se dévissait le cou pour me regarder et me faire des risettes, et tendait vers moi la paume pâle de sa petite main. J'embrassai les joues rebondies, soudain ému de me trouver si près de la femme dont le parfum, de ses bras volatils, semblait vouloir m'attirer tout contre elle. N'eût été l'amitié qui me liait au couple, j'eusse bien tenté, en cette occasion comme en d'autres, de profiter de notre soudaine promiscuité pour sentir sur moi la chaleur de sa peau.

– Et moi ? murmura Betty au moment où je m'écartais de l'enfant. Ça mérite pas un bécot ?

Diable ! La maligne n'était pas insensible à mes frôlements et devait lire dans mes pensées, car à présent sa main dans mon cou me tirait vers elle. Nos bouches se trouvèrent, les seins de Betty se pressèrent doucement contre moi. À l'air gêné que je dus prendre, elle éclata de rire.

– T'inquiète pas pour Ousmane. Il se gêne pas non plus et c'est très bien comme ça. Depuis l'autre jour où t'as sauté par la fenêtre, pour moi t'es un héros de film. Même un peu dingo, faut le faire ! Tout le monde parlait d'une femme qui avait échappé aux flics en sautant dans la rue, comme ça, comme d'Artagnan. J'ai rien dit, bien sûr, mais avec Ousmane on s'est bien marré ! Et puis c'est juste un baiser d'amis, où est le mal ?

Je répliquai qu'il n'y avait aucun mal, au contraire, et j'émis le vœu que notre amitié devrait à l'avenir s'exprimer plus souvent avec cette sincérité. Mais bébé Louis, qui n'en avait pas perdu une miette, commença de protester, sans doute mû par quelque suspicion aux motivations œdipiennes, martelant de ses poings minuscules l'aimable dos de sa mère tout en couinant de façon plus aiguë et plus forte à chacune de ses inspirations, jusqu'à atteindre le niveau du hurlement convulsif, cependant que Betty m'accompagnait à l'intérieur de l'appartement et me précisait qu'elle s'était permis de faire un peu de ménage. Malgré les protestations rageuses du loupiot, je la pris derechef dans mes bras pour lui exprimer mon amitié et ma gratitude, puisqu'elle était demandeuse de ce genre d'hommage, mais elle me repoussa doucement, un sourire ironique aux lèvres.

– Il a faim, faut que j'y aille, s'excusa-t-elle. Sinon, il va rameuter tout le quartier. Une prochaine fois, peut-être.

Elle tourna les talons et je ne vis plus que le bébé affamé qui tendait le poing pour appuyer sa revendication, et, juste au-dessous, les fesses musclées de sa génitrice adorablement galbées par un blue-jean râpé qui ne laissait rien ignorer de leur enivrante symétrie.

Il me fallut un long moment pour me calmer et pour que cessât la douleur tendue au bas de mon ventre. Une douche presque froide, puis quelques exercices de flexions, pompes et petits sauts rendirent à mon baobab sa flaccidité coutumière de varech à marée basse, après quoi j'explorai mon univers intime avec la sérénité d'un grand voyageur retour d'antipodes dangereux qui, dans son infinie sagesse, sait bien où gisent ses vraies richesses. Je manipulai des souvenirs, humbles objets d'un temps révolu qui nouèrent peu à peu ma gorge, puis je tombai sur un album de photos de l'année 93, deux ans avant le cataclysme qui réduisit ma vie en un champ de ruines et je le feuilletai, tour à tour rêveur et bouleversé, au point que parfois les clichés s'animaient imperceptiblement : une poitrine se soulevait d'un souffle, un œil se mettait à briller d'un éclat vivant. Et la mer, sur certaines photos prises à la plage, ondoyait mine de rien sous une brise qui pouvait par ailleurs faire frémir le feuillage des arbres.

C'est au son de ma propre voix, qui recommandait à Amélie de se tenir près du rivage, que je fus tiré de ma troublante songerie, et je dus claquer violemment les pages de l'album, avec une douleur qui me traversa le corps à la façon d'un pal, pour réintégrer la morne réalité des choses présentes. Ma montre indiquait les 5 heures du soir et j'eus peine à la croire, si bien que j'allumai la radio pour qu'une journaliste, au terme d'un bulletin d'informations peu enthousiasmant, me confirmât que la planète tournait toujours à la même vitesse.

Rassuré, je saisis le téléphone et appelai Edmonde, qui décrocha dès la deuxième impulsion.

– Nom de Dieu ! Où étiez-vous passé ? J'ai bien cru qu'ils vous avaient enfermé chez les dingues pour le restant de vos jours, ou jeté dans un cul-de-basse-fosse, après votre numéro d'halluciné ! Vous avez semé un beau bordel parmi les autres illuminés ! Merde, qu'est-ce qui vous a pris ? Vous allez bien ?

– Je vais bien. Et j'ai progressé dans mes recherches. Je vous raconterai tout ça. On peut se voir ?

Un silence hésitant s'installa sur la ligne.

– Je n'avais pas eu de crise de ce genre depuis au moins trois ans. Le contexte, la tension, m'ont un peu fait perdre pied. Rassurez-vous, vous ne risquez pas de me voir ramper à la recherche de chiens sauvages qui auraient brusquement envahi ma savane mentale.

– Vous me foutez la trouille, vous vous rendez pas compte !

– Quand nous nous serons parlé, vous saurez vraiment de quoi vous devez avoir peur.

– Alors parlez-moi, allez-y. Je suis tout ouïe.

– Pas au téléphone. Je dois vous voir.

– Question de vie ou de mort, je parie ? Vous vous croyez dans un roman-feuilleton ?

– Non. Seulement un thriller dont vous pourriez être la victime.

– Monsieur joue sur les mots, je vois. D'accord. 20 h 30 à *La Treille Muscate*, place des Chartrons. C'est moi qui offre.

Elle raccrocha sans au revoir, avec cette habituelle rudesse qui me réjouit le cœur parce qu'elle témoignait de sa parfaite santé physique et mentale.

Je n'avais pas dîné au restaurant depuis de longues années, si j'exclus les gargotes de Saint-Michel où, par paresse et inconscience j'allais parfois absorber de viles nourritures trop longues à digérer ou trop promptes à s'évacuer, c'était selon, si bien qu'après avoir raccroché, je fus pris par les affres de l'indécision quant à la tenue que je devais porter pour sortir avec une femme. Non que ma garde-robe fût à ce point fournie qu'il me fallût des heures avant d'arrêter mon choix ; au contraire, réduite aux équipements triviaux d'un quotidien soucieux surtout de ne point attraper froid, elle était conçue pour aller dehors mais non pour sortir, si je puis me permettre ce distinguo sémantique. En dehors de la panoplie de manager anglo-saxon que j'avais revêtue pour me rendre dans le Médoc, et qui avait quelque peu souffert de mes égarements, je ne possédais rien dans la gamme intermédiaire qui eût pu faire de moi un homme moderne, à la fois désinvolte et soucieux de plaire. Je me morfondis pendant une heure en farfouillant parmi mes diverses tenues de survie usuelles, jusqu'à ce que je misse la main sur une chemise bleu ciel, une cravate rouge, et le veston qui tenait lieu de bleu de chauffe lorsque j'étais policier. Le tout passablement froissé, et sentant l'antimite. Je m'affairai pendant trois quarts d'heure sur mon fer à repasser et dissipai les effluves insecticides en vaporisant un peu de désodorisant domestique.

Lorsqu'elle s'assit en face de moi, après m'avoir pauvrement serré la main, Edmonde se mit à humer l'air où flottaient pourtant de tenaces senteurs de viandes grillées et de sauces en train de mijoter.

– Qu'est-ce qui pue donc tant ? s'étonna-t-elle. On se croirait dans des chiottes cinq minutes après. C'est pas comme ça, d'habitude, ici.

Je dilatai mes narines à l'affût des molécules « fleurs de la garrigue » qui émanaient de mes vêtements, pendant que ma camarade lorgnait d'un air suspicieux les autres clients attablés. De fait, quelque peu dégradées par leur oxydation probable, les dites molécules commençaient d'imiter les remugles qu'elles étaient censées combattre, et, au comble de la gêne, j'entrepris de m'éventer à l'aide de ma serviette en prétextant la chaleur étouffante du lieu. Edmonde me demanda ce qui me prenait puis se ravisa soudain.

– D'accord. De toute façon, on sent presque plus rien. Alors, ces branques du Retour Lumineux ? Qu'est-ce vous en avez pensé ?

– Question pour question : que faisiez-vous là-bas ? Comment avez-vous su que ce rassemblement avait lieu ?

– C'est vous qui me l'avez dit. Vous ne vous rappelez pas ?

Pour la deuxième fois, l'impudente me faisait croire que je lui avais parlé sans me souvenir de mes propos, et quoique j'eusse des doutes sur mon entière lucidité, et que parfois, il est vrai, mes paroles débordassent sans coup férir le cadre à géométrie variable de ma pensée, je trouvai qu'Edmonde jouait avec cynisme de mon handicap. C'est pourquoi je lui demandai, dans le but de lui montrer que je n'étais pas tout à fait dupe :

– Feriez-vous la course avec un paralytique en fauteuil roulant ?

– Si je suis sûre de gagner, oui, pourquoi pas ?

Elle posa sur moi son sombre regard de velours, mais j'étais déterminé à ne point m'en laisser compter par cette donzelle.

– Quelqu'un vous renseigne. Vous en savez beaucoup plus que vous ne voulez le dire. Je crois que je vais partir, et ne plus vous revoir.

Sur ces mots je me levai, non sans émettre encore quelques relents âcres de parfum sanitaire. Edmonde se pencha par-dessus la table, prit ma main et me pria d'une voix douce, un sourire de madone aux lèvres, de rester. Je résistai encore quelques secondes, mais la pression de ses doigts mettait sous tension des réseaux nerveux aux ramifications et terminaisons inattendues, si bien que je consentis à m'asseoir, en premier lieu pour dissimuler un émoi palpitant que je croyais visible de toute la salle, conformément à un fantasme mégalomane dont je n'arrive pas à me défaire.

– C'est à cause du docteur, fit-elle d'une voix soudain brisée par l'émotion.

Sa confidence fut interrompue par le patron, homme souriant et discret, qui vint nous apporter la carte en nous énumérant les nouveautés et le plat du jour, et nous proposa de prendre un apéritif. Pendant deux ou trois minutes, nous restâmes silencieux, absorbés dans les propositions succulentes du menu. La faim m'avait repris, sauvage, grondante, transformant mon estomac en une cornemuse catarrheuse et gutturale. Quand notre choix fut fait, nous pûmes constater que nous avions les mêmes goûts culinaires, ce qui présageait assez bien de la suite de la soirée, du moins je le crus sur le moment, sans doute distrait par une étymologie fantaisiste et tendancieuse. Qu'on ne compte pas sur moi pour relater en détail ce que nous nous apprêtions à savourer : il n'y a rien qui m'irrite tant que les conteurs qui nous narrent leurs agapes, et je dois avouer que je ne me rappelle plus rien de ce qu'on nous promettait, pour des raisons que je dirai bientôt.

– Vous m'en avez trop dit ou pas assez, dis-je banalement à Edmonde.

Elle baissa la tête et la releva, les yeux pleins de larmes, et je dus faire un effort surhumain pour retenir les miennes.

– J'aimais Simon, et sa mort m'a brisée, m'a lessivée. Voilà.

– Simon ?

– Oui, Simon Furde. Vous le connaissiez un peu, je crois ? fit-elle avec dureté.

– Je ne me rappelais pas son prénom. Pour moi, il restera à jamais le docteur Furde, celui qui pendant des années m'a empêché de me transformer en puzzle mental.

– Nous avons… Je l'ai… Bref, nous avons été amants quinze jours à peine après nous être rencontrés. On appelle ça un coup de foudre. C'était, je me rappelle, un soir vers 20 heures, après le départ de la dernière patiente, qui était venue faire, comme elle disait, une nouvelle déclaration de grossesse nerveuse. Elle voulait absolument obtenir de lui un certificat médical pour pouvoir être remboursée par la Sécurité Sociale. Simon était fatigué, je lui ai apporté un whisky, et il m'a invitée à en boire un avec lui. Et pendant que je remplissais mon verre, il a remarqué que ma main tremblait, il l'a saisie, m'a demandé les raisons de ma nervosité, et je lui ai fourré tout de go ma langue dans la bouche, et lui, il m'a… De fil en aiguille, on s'est retrouvé sur le divan du cabinet. Et ça a recommencé le lendemain, et ainsi, presque tous les jours, jusqu'à la veille de sa mort. Voilà. Vous savez tout. Voilà pourquoi je veux tellement en savoir plus sur ceux qui l'ont assassiné sous prétexte qu'il s'intéressait de trop près à eux.

Je demeurai pendant quelques instants pantelant de surprise, et vidai cul sec mon verre d'alcool. Je n'avais pas songé à une telle liaison et, pour tout dire, j'avais de la peine à imaginer mon thérapeute en train de bousculer sa secrétaire sur le divan même où mes semblables et moi lui dévidions le fil rompu de nos destins et de nos hantises. Cette idée me paraissait incongrue, indécente, et finalement assez excitante. Ainsi, je m'étais allongé à l'endroit même où Edmonde s'était, elle aussi, à sa manière, ouverte à lui ! J'eusse pu, si j'avais eu le flair paranoïaque, percevoir l'odorant écho de ses émois intimes ! De quelles fantaisies l'amour et le désir sont-ils capables : ce nain rondouillard et myope, car soyons francs, le docteur Furde n'avait rien d'un sex-symbol, avait séduit cette affriolante créature en se contentant de lui prendre la main, alors que moi qui, à quarante-six ans, puis attester d'un pouvoir de séduction intact, discrètement éclairé par des tempes grisonnantes, la face parcourue par les cicatrices de la vie qui tracent avec tact les chemins de traverse d'une nouvelle carte du Tendre, moi, dis-je, j'en étais à soupirer en vain après elle tel un collégien qu'on peut congédier d'un battement de cils ? C'était à n'y pas croire, et à rentrer dans les ordres pour me claquemurer au fond d'un monastère d'altitude et frotter mon membre inutile contre la muraille rugueuse et froide !

Glacé de dépit, je considérais la tristesse de ma belle inaccessible en cherchant quelque chose à dire qui pût au moins la blesser, quand on commença à nous tirer dessus.

Trois hommes, vêtus de combinaisons noires et affublés de passe-montagnes gris, mitraillaient la salle de restaurant à l'aide de pistolets rafaleurs de type Uzi ou Ingram, je ne sais trop (on me pardonnera peut-être de n'avoir pas eu la présence d'esprit ou la témérité d'aller me rendre compte de plus près), avec une application et un sang-froid déterminé qui dénotaient un indéniable professionnalisme. Edmonde et moi nous jetâmes au sol, rampant sous les tables, à l'instar des autres clients de l'établissement et nous hurlâmes tous, dans l'unanimité de la panique, comme si nous avions pu couvrir l'atroce vacarme des détonations, entrecoupé de temps à autre par l'éjection des chargeurs aussitôt remplacés et derechef vidés sur le bétail d'abattoir que nous étions devenus. Les tympans lacérés, mais le cerveau pour une fois à peu près opérationnel, je couvris Edmonde de mon corps convulsé par les rafales mais rendu soudain ardent par cette opportunité, et en profitai pour protéger de mes mains les parties les plus précieuses de son corps. Elle tenta bien de s'opposer à mes manœuvres protectrices, interprétant sans doute mal, à cause du stress terrible occasionné par la fusillade, le sens de mes gestes et la pureté de mes intentions, mais la violence extrême dans laquelle nous trouvions plongés, et même vautrés, recouverts à présent par des fragments de victuailles qui jaillissaient des assiettes et des plats, rendit sa résistance tout à fait vaine, si bien que lorsqu'éclata une grenade, qui finit de transformer les vestibules de mes oreilles internes en hall d'immeuble visité par des miliciens serbes, l'adorable créature, tout en poussant des petits cris de terreur, mais qu'il me plut alors d'entendre autrement, serra ma jambe droite dans le doux étau de ses cuisses entre les mâchoires duquel, je dois l'avouer, j'eusse aimé périr broyé.

Des ordres brefs, aboyés comme par des chiens infernaux, n'admettant aucune réplique, si jamais il se trouvait encore quelqu'un, à part nous, en mesure de se rebiffer, nous ordonnèrent de ne point bouger, ce que nous n'avions aucune envie de faire. Un épais nuage de poussière de plâtre nous environnait, dans une semi-obscurité d'ampoules éclatées et d'appliques arrachées aux murs qui pendaient en se balançant comme des quinquets dans la tourmente, si bien qu'il était impossible de distinguer rien des tueurs qui venaient de commettre ce carnage. D'ailleurs, j'eus sur le moment la lâcheté de préférer cette quasi-cécité au spectacle épouvantable que devait offrir le massacre perpétré par ces monstres. Je consacrai les dernières secondes qui me restaient sans doute à vivre avant qu'on ne nous assénât le coup de grâce à palper de mes doigts affolés de désespoir la chair palpitante et moite d'Edmonde, qui ne relâchait pas l'emprise de ses cuisses, de son ventre, autour de moi. Et j'eus la dérisoire satisfaction de croire que juste avant de périr elle aurait éprouvé la même ivresse physique que moi : sentir contre soi, presque soudé par l'ultime effroi, la dureté et la force d'un désir sans avenir.

De fait, lorsque je sentis dans ma nuque le rude contact d'un canon, accompagné du cliquetis de la culasse qu'on arme, j'avouai à ma bien-aimée l'amour échevelé et bestial, idéal et lubrique, que je lui portais, interrompu dans ma déclaration de la dernière chance par une voix étouffée :

– Ta gueule, enculé, ou je t'arrache la tête !

Aussitôt, je sentis le ventre d'Edmonde me quitter pour toujours, probablement, dans les vociférations des tueurs.

– Debout, pouffiasse !

Je n'osai relever la tête, d'ailleurs toujours menacée par ce qui devait rester dans le chargeur du pistolet, à savoir, au bas mot, une trentaine de cartouches, et ne pus qu'entendre les échos de la résistance qu'Edmonde opposait aux assassins. Ses capacités de récupération et de riposte me laissaient une fois de plus pantois, et surprirent sans doute les bourreaux qui s'étaient acharnés sur le petit restaurant.

– C'est ça, pédés, allez-y, tuez-moi avant que je vous coupe les burnes !

J'entendis encore le fracas d'une chaise ou d'une table renversée, qui témoignait de la vivacité de l'échauffourée, puis le claquement d'une gifle qui me fit me relever d'un bond, nonobstant l'arme qu'on braquait sur moi. Mais plus personne n'était là. Le commando s'était évanoui dans le brouillard terrifiant qu'il avait fait naître et je me retrouvai debout au sein d'un décor d'apocalypse, dans la fumée, la poussière, les odeurs mêlées de la poudre et de la viande brûlée, parmi lesquelles flottaient sournoisement les effluves d'intestins vidés par la mort ou la panique. Je résolus de ne point regarder au sol, où semblaient ramper des formes humaines se débattant dans l'agonie et la douleur. Néanmoins, jetant un coup d'œil à mes pieds, j'aperçus le petit sac à main de cuir rouge dont Edmonde ne se séparait jamais. Puis, l'esprit en charpie, les yeux brûlants de larmes et de poussière, m'emparant de ce trophée désolant, je pris la fuite, courant sans faire aucune halte pendant un temps incertain, dans une ville livrée à la nuit totale de mon désarroi, jusqu'à ce que, frappé à la face par un zéphyr plus frais, je m'arrêtasse, sur le pavage grossier des anciens docks, à seulement quelques mètres des eaux noires du fleuve.

Après un temps indéfini où je tâchai de reprendre un peu mes esprits, je regagnai mon havre la mort dans l'âme, épiant dans le lointain les sirènes des véhicules de secours qui convergeaient vers le petit restaurant martyr et j'imaginais les allées et venues des hommes dans les gravats et le sang qui s'affairaient à sauver un cas désespéré ou évacuaient des morts, les pauvres morts, si lourds de leurs grandes douleurs. La ville brillait lugubrement de lumières de deuil, semblable à un immense cimetière mexicain un jour de Toussaint, et c'est parmi des tombes et des mausolées que je cheminai, courbé comme un bœuf, titubant comme une vache folle.

Arrivé chez moi, je me jetai sur mon lit, en proie aux plus vifs tourments, stigmatisant ma lâcheté en me frappant les flancs à coups de poing. J'envisageai même, dans un moment de lucidité, étrangement, serein, de mettre fin à ma superfétatoire existence. Je passai en revue les différents moyens d'y parvenir, mais leur nombre impressionnant finit par me décourager d'en choisir un, tant je me sentais faible. Aussi, dans un élan masochiste, décidé à expier ma faute par la souffrance morale, entre toutes la plus raffinée, j'ouvris le sac à main d'Edmonde pour en examiner le contenu, dont chaque objet ne manquerait pas de m'écorcher tout vif, misérable pourceau que j'étais.

Hélas, au bout de quelques minutes de fouille, c'est l'excitation qui reprit le dessus : briquet, pièces de monnaie, stylo, nécessaire de maquillage, tout avait été tenu par elle, manipulé par ses doigts fébriles, jusqu'au bâton de rouge à lèvres qui avait pressé sa bouche comme jamais je n'avais osé le faire. En mettant mes mains dans ce sac, c'est sous sa jupe que j'avais l'impression de me hasarder, le cœur battant ; en faisant l'inventaire méticuleux de tous ces objets, j'avais l'impression de la surprendre nue sous sa douche et de m'en régaler la vue sans fin. J'étais loin de la mortification recherchée et je me laissais aller peu à peu dans une sorte de ravissement pervers, quand un petit carnet se trouva entre mes doigts. Il devait mesurer cinq centimètres de côté, couvert de plastique noir, et ses pages étaient vierges, à l'exception de deux.

Sur la première étaient inscrits mon nom et mon

adresse suivis de la mention : *contact n° 1, à poursuivre.* En regard, à l'encre rouge, on pouvait lire : *OPÉRATION COSMOS : M. Alexandre, 01 44 24 28 26, ligne directe.* Le doute commença d'immiscer en mon âme son acide puissant, dissolvant mon ardeur comme une vulgaire traînée de tartre. Je décrochai le téléphone et composai le numéro. Une voix d'homme, assez lasse, et bourrue, me répondit :

– J'écoute. Parlez.

– Monsieur Alexandre ?

– Qui le demande ? Identifiez-vous.

La voix ne trahissait aucune émotion particulière, et je crus encore parler à un robot équipé de parole artificielle.

– Je suis un ami d'Edmonde Cambournac. J'ai trouvé votre numéro dans...

– Qui êtes-vous ?

– Je m'appelle Henri Vallès, et je...

– Identifiez-vous, ou je devrai couper la communication.

– Edmonde vient d'être enlevée, sous mes yeux ! Ce fut un massacre ! Par un commando de trois hommes ! C'est pourquoi...

Le grossier personnage avait raccroché et je me retrouvai seul, la cervelle en ébullition, les oreilles vrillées par la tonalité. Je reposai le combiné et, pris d'une colère soudaine, je vidai sur le couvre-lit ce qui restait dans le sac et en fis un tri méticuleux, sans trouver rien d'autre qui pût m'aider davantage, à l'exception précieuse des clés de la maison d'Edmonde, sans doute, que j'enfouis au fond de ma poche, bien résolu à m'y rendre au plus vite.

Je me changeai en hâte, quittant mes vêtements couverts de poussière et sentant encore la poudre, pour enfiler une tenue plus adéquate à la perquisition clandestine que j'allais effectuer au domicile de celle que je devais bien considérer désormais comme une sorte d'agent aux ordres, une perfide espionne que j'aimais, ou que j'avais aimée, je ne savais plus, mais dont je devais tirer au clair les activités secrètes qui l'avaient conduite selon toute probabilité à se servir de moi, puis à être enlevée au cours d'une action de commando, un véritable acte de guerre, en plein Bordeaux, cette ville si douce et paisible où il ne devrait être autorisé que de mourir d'ennui.

Avant de partir, je passai voir Ousmane pour le remercier d'avoir réparé ma porte et sauvegardé mon capharnaüm intime du pillage. Quand il me vit sur son palier, il m'enlaça de ses bras puissants et me souleva presque du sol pour me transporter dans le salon.

– C'est Mister Zap ! cria-t-il à son épouse. Apporte la *cachaça* !

Betty répondit d'une voix suraiguë qu'il pouvait fort bien se charger de cette tâche lui-même, car elle était en train de faire prendre son bain à petit Louis, mais qu'elle en boirait bien un verre avec nous.

– Putain voilà les femmes maintenant. Tu peux rien leur demander. Je reviens.

Il disparut dans la cuisine et me laissa seul au milieu de la pièce, pauvrement meublée mais tendue de batiks chatoyants, surveillé par de somptueux masques de bois rouge dont les regards creux et les bouches ricanantes semblaient converger sur ma personne. Quand il revint, une bouteille et trois verres à la main, une poche de cacahuètes coincée sous le bras, Ousmane m'adressa un de ces sourires éclatants qui me faisaient toujours oublier ma misérable condition de désarroi mental et de solitude et me prouvaient que j'existais au moins pour lui, le seul homme qui m'eût jamais serré contre lui et embrassé dans les moments où le désespoir faisait ployer les faibles défenses de mon esprit déstructuré.

En attendant que Betty nous rejoigne, il me parla bricolage et serrurerie, il me raconta aussi les dernières mésaventures qui lui étaient arrivées pendant les nuits où il surveillait les entrepôts d'un hypermarché. Un chien-loup devenu fou, qui avait dévoré le mollet de son maître, un cadre de la société de gardiennage sans doute membre du Front National, et qui, depuis des mois qu'il le connaissait, s'était toujours débrouillé pour n'avoir pas à serrer la main de son subordonné africain.

– J'ai attendu un peu avant de taper sur le clebs. Putain j'avais une barre de fer à la main, et je sais pas ce qui m'a retenu de cogner à côté et de lui faire éclater sa cervelle de gros con, à l'autre.

– Le sens moral, supposai-je. Cet avantage que tu as sur cet hominien.

Ousmane me considéra d'un air perplexe, s'efforçant de discerner la part d'humour dans ce que j'avais dit.

– On va le dire comme ça, décida-t-il au bout de quelques secondes.

Il commença de remplir les verres d'alcool brésilien et éventra la poche d'arachides salées. Probablement attirée par les senteurs apéritives, Betty sortit de la salle de bains, bébé Louis dans les bras, qui, dès qu'il me vit, se mit à pleurer en fixant sur moi ses grands yeux noirs et secs en agitant dans ma direction une main fébrile comme s'il avait pu m'effacer de son champ de vision. Je n'en pris pas ombrage, me contentant de sourire niaisement au bambin qui, assis sur le tapis, presque à mes pieds, s'entêtait à me poursuivre de sa jalousie rancunière, plusieurs jours après l'amicale étreinte qui nous avait réunis, sa mère et moi.

– Qu'est-ce qu'il a ce môme ? demandait Ousmane. Il t'en veut, ou quoi ?

Je commençai à redouter que notre secret furtif ne fût trahi par les gesticulations accusatrices de l'enfant, et je lus la même inquiétude dans le regard de son appétissante maman.

Heureusement, la *cachaça* est une boisson d'homme. Si bien qu'au bout de deux petits verres, sirotés en écoutant une musique de circonstance, nous riions comme des baleines en disant du mal de la mère Gelos et de son chien, et que Betty ne put réprimer un fou rire quand je me mis à évoquer les épouvantables circonstances de l'attentat. Je dus la rappeler à un peu de raison, lui faisant valoir l'horreur de la scène, et Ousmane stigmatisa la frivolité de son épouse et la menaça, pour le moment où ils seraient couchés, de mesures de rétorsion terribles qui, d'après les allusions qu'il fit, devaient se traduire par une sorte d'embargo sexuel.

La menace fut efficace car Betty, après avoir écouté avec terreur la résolution quasi onusienne de son mari, cessa de pouffer et de se tordre pour étouffer ses derniers spasmes sous une bonne gorgée de tord-boyaux bahianais. Sur quoi, écartant doucement le petit Louis qui s'accrochait à mes pantalons, je me levai pour prendre congé de mes hôtes. Au juste, durant quelques instants, je ne sus si c'était moi qui me levais ou la pièce qui s'effondrait dans un tourbillon d'une accablante lenteur. Les masques rituels s'animaient de regards rougeoyants et à leurs bouches luisantes des dents jaunâtres s'aiguisaient dans un sinistre claquement de mâchoires. À mes pieds, le bébé rampait d'un air sournois et c'est à grand-peine, rattaché vaguement au réel par les voix inquiètes de ses parents, que je m'empêchai de le repousser d'un coup de pied.

– Oh, Zappeur, tu vas bien ? T'as bu trop d'eau de feu, ou quoi ?

C'était Betty qui s'enquérait ainsi de mon état, son visage adorable tout contre le mien. J'étais allongé sur le tapis, et bébé Louis pleurait non loin de là. Elle posa au coin de ma bouche un petit baiser, juste avant que le pas d'Ousmane ne fasse vibrer le plancher. Il me colla une serviette mouillée sur le front et me tapota les joues.

– Tu prends toujours tes cachets contre les hallus ? me demanda-t-il. Ça a dû faire un putain de mélange. T'es tombé comme un arbre, ça a fait peur au gosse.

Je tâchai de me redresser et de les rassurer. Oui, j'allais mieux. J'avais été pris de vertige, l'estomac soudain creux. J'essayai de sourire, et ce fut sans doute convaincant car ils me firent tous deux à leur tour de beaux sourires humains, de ceux qui font se relever et danser les moribonds.

Une fois dans la rue, je pris pied dans une réalité flottante et sombre, une nuit confuse parcourue de lumières crues et de bruits violents parmi lesquels je croisais des silhouettes grotesques de passants ondulant comme des ombres sur un drapeau noir troué de lueurs. Les immeubles s'élevaient au-dessus de moi à des hauteurs démesurées, les trottoirs que je devais descendre me semblaient des degrés de pyramides. Le sol était tour à tour mou, menaçant de m'absorber, ou si dur que mes talons heurtaient douloureusement à chaque pas. Un clochard dut deviner en moi une ébriété cousine de la sienne et, s'étant levé de son accroupissement, me prit par le cou, sa bouteille à la main, pour m'inviter à en partager le vil contenu. Je déclinai l'offre avec toute la civilité que je pus, mais comme l'homme s'accrochait, et pesait sur mes épaules de toute sa masse titubante, me soufflant son haleine fétide en plein nez, je m'en débarrassai en lui assénant un rude coup de coude au plexus qui le statufia sur le champ, haletant, courbé en deux sur la nausée qui débordait de lui. Je regrettai aussitôt ce geste indigne et violent à l'égard d'un bougre au comble du malheur et de la misère : je me retournai vers l'homme toujours plié au-dessus de son vomi, et redoutai de le voir s'affaisser. Il se redressa bientôt, hagard mais sans doute dessoûlé, et je repris mon chemin, pressé de me retrouver chez Edmonde, de humer dans l'air les effluves fossiles de son parfum, et, surtout, de percer à jour le mystère qui l'entourait.

Au fur et à mesure du trajet, s'estompèrent les effets conjugués de l'eau-de-vie tropicale et de mes dispositions à l'hallucination sauvage, si bien qu'en entrant dans la rue où résidait cette Mata Hari, je marchais à peu près droit et confondais moins les autos garées avec des pachydermes assoupis. Mon cœur battait fort, preuve tangible de ce que j'étais vivant et concret, mais ce muscle vital tressautait par instants d'indignation et de colère à l'idée que ma supposée complice m'avait roulé dans la farine telle une vulgaire escalope de veau.

Sur place, je fis le tour des quatre pièces qui constituaient cette échoppe, habitat traditionnel de la ville, et n'y décelai aucune présence hostile, même si, j'en étais persuadé, les lieux devaient être truffés de micros dont l'employé aux écoutes d'une officine quelconque devait être en train d'épier les émissions. Si bien qu'à son adresse, mais aussi pour me tenir compagnie dans ce silence pesant, je me mis en devoir d'énumérer les pires injures que je connaissais, m'attaquant tout particulièrement à sa fierté de mâle et à la vertu de sa mère. J'entrepris de fouiller méthodiquement tous les meubles, placards, tiroirs, boîtes et recoins que comptait le logis et qui auraient pu receler quelque document, la moindre bribe de secret.

Allez savoir pourquoi je commençai mes recherches par la penderie, et plongeai avec ravissement mes mains dans les étoffes qui couvraient d'ordinaire la peau de celle que je persistais à désirer dans un tourbillon vertigineux de rut bestial et d'amour idéal. Je pétris des dentelles de superficie réduite, des triangles de coton pudiques tenus par des cordons en quoi j'eusse aimé être métamorphosé. Je humai cette géométrie, dans l'espace de laquelle j'eusse voulu dresser ma diagonale, pour y flairer les senteurs fossiles de son intimité et fus transporté bien près de l'extase quand je distinguai, au creux d'une minuscule cotonnade imprimée de coccinelles, sous la forme d'un pli du tissu qu'un repassage hâtif n'avait point aboli, l'empreinte chérie du sillon intime. Je dus m'asseoir pour reprendre mon souffle. Puisque ma recherche n'aboutissait à rien dans ce secteur, je m'arrachai à cette armoire d'ailleurs branlante pour aller fureter ailleurs.

Ailleurs, ce fut pareil, ou presque. Tout m'évoquait la présence d'Edmonde, et les objets qu'elle avait tenus, les pas qu'elle avait faits et dans lesquels je mettais les miens, me jetaient dans un gouffre de solitude et installaient au bas de mon ventre la palpitation permanente d'un désir immodéré. Je continuai néanmoins mes recherches, quoique littéralement possédé par les évocations lascives et extravagantes que produisait mon cerveau et qui me faisaient voir l'affriolante disparue aux quatre coins de la maison, dans le plus simple appareil, inventant aux accessoires électroménagers les usages les plus inattendus.

C'est au fond d'une petite valise d'osier que mes visions voluptueuses se froissèrent comme autant de pages arrachées à un conte libertin.

S'était trouvé sous ma main fébrile un bout de papier à l'en-tête de l'administration pénitentiaire, en l'occurrence le centre de détention de Muret, Haute-Garonne, qui officialisait la levée d'écrou de la dénommée Émilie Casabonne, le 7 avril 2004. La photocopie d'une carte d'identité, établie au même nom, dont la photo montrait un beau visage grave au regard noir, fit cesser pendant une bonne minute mon cœur de battre, bien que le doute, puis une intuition tenace, se fussent installés depuis un moment dans mon esprit : Edmonde Cambournac, étudiante en lettres, et accessoirement secrétaire et maîtresse du docteur Furde, ne faisait qu'une avec la détenue Émilie Casabonne, dont je renonçai à apprendre par cœur le numéro d'écrou.

Cette révélation, outre la stupeur qu'elle me causa, m'obligea à quelques révisions déchirantes : Edmonde – qui pour moi, même au fond de l'enfer où elle pourrait m'entraîner, révélant ainsi sa vraie nature de succube, se prénommerait toujours ainsi – n'était qu'une vile manipulatrice, sans doute manipulée elle-même, une créature vénale, une dissimulatrice appointée par je ne sais quel groupe clandestin et, fou que j'étais, à plus d'un titre, j'avais succombé au charme de ce reptile originel dont le venin sournois s'était répandu dans tout mon être et travaillait à ma perte. Le mal était en moi, je devenais mon pire ennemi.

Je ne sais quelle fureur s'empara de moi. Je suis peu sujet aux crises paroxystiques, doué d'une nature plutôt placide et n'usant de la violence qu'en de rares et extrêmes circonstances. Toujours est-il que je ne laissai pas un tiroir, un placard dans l'ordre impeccable qui y régnait jusque-là, pas un vêtement sur son cintre ou sagement plié sur quelque étagère. J'avais pratiqué de la sorte, du temps que j'étais policier, pour impressionner receleurs et trafiquants de bas étage, tout ce menu fretin, cette délinquance affligeante autant qu'affligée que l'inspecteur de base doit côtoyer dans l'exercice de ses fonctions. J'y prenais même un vif plaisir lorsqu'il arrivait que de vulgaires maquereaux, en outre monte-en-l'air multirécidivistes, s'indignassent soudain du bon ordre bouleversé d'une commode ou du rangement d'une armoire mis à mal, comme s'ils en avaient personnellement la charge, alors qu'ils rudoyaient sans vergogne leur compagne pour le moindre manquement aux tâches ménagères. Je les invitais alors à faire un peu de ménage, quelques mois ou années plus tard, quand la justice leur rendrait enfin leur liberté. Mais ce soir-là, je fus sans doute possédé par une force obscure et puissante, comme si j'avais hébergé un être maléfique, suite à ma coupable passion pour Edmonde. Je crois même que j'émis quelques cris, et proférai quelques insultes d'une voix qui n'était plus tout à fait la mienne. *ÇA* parlait en moi, aurait dit le docteur Furde, et je fus tiré de ma fureur seconde par un chapelet de jurons que je crus prononcés par quelqu'un d'autre qui se serait trouvé avec moi dans la pièce.

Quand enfin je recouvrai mon calme habituel, je me tenais debout, haletant et suant, au milieu d'un chaos qui me surprit et m'affola quelque peu. Je contemplais ce désastre, l'âme déjà mordue par les dents acérées de la culpabilité, quand je rencontrai, à l'autre bout du salon, l'encadrement profond d'un miroir dont l'image me fit tressaillir et m'ôta toute capacité de réfléchir : un homme s'affairait à ramasser vêtements et papiers, et je fus sur l'instant prêt à bondir sus, empêché dans mon élan vengeur par un détail troublant : l'individu portait les mêmes vêtements que moi, son crâne arborait la même calvitie, et quand je m'approchai pour tirer au clair ces similitudes, je dus constater que son visage grimaçant d'angoisse et d'effort était le mien. Je le regardai faire, pendant quelques minutes qui me ramenèrent au temps où l'on devait m'attacher sur mon lit pour m'interdire d'en fuir les cauchemars en sautant par la fenêtre dont les grilles m'occasionnaient à chaque tentative d'envol de cruelles blessures. Ce n'est que lorsque j'eus retrouvé assez de force mentale pour lui demander si par hasard il voulait que je l'aide, que l'apparition s'évanouit en laissant derrière elle la même pagaille dans quoi je piétinais.

Finalement, au comble de la confusion et du chagrin, car la forfaiture d'Edmonde me ravageait le cœur, je résolus de quitter les lieux, sans doute à jamais, d'où, d'ailleurs, la présence quasi surnaturelle de la traîtresse semblait s'être évaporée. J'empochai l'attestation de levée d'écrou et la carte d'identité qu'on y avait agrafée, preuve irréfutable de l'imposture, et m'enfuis, penaud et sombre, dans la nuit lugubre.

20

Il me semble que je dormis pendant trois jours. Ou plutôt que je demeurai plongé, au sein d'un crépuscule permanent, dans une léthargie profonde proche de l'hibernation de l'ours pyrénéen. J'allai sans doute satisfaire en somnambule quelques besoins naturels, car je ne retrouvai mon grabat souillé d'aucun immondice.

Je crois que mes fantômes vinrent me tenir compagnie et que je saisis dans mon sommeil leurs mains gelées et que je pris contre moi leurs corps glacés pour les réchauffer de ce qui me restait d'énergie vitale. Peut-être leur parlai-je, du fond des limbes où j'étais accablé. Je ne garde aucun souvenir précis de ces dialogues de morts.

Ce sont d'autres voix, plus rudes et plus réelles, hélas, qui me ramenèrent du côté des vivants. Je résistai quelques instants à l'envie d'ouvrir les yeux et de revenir dans une existence qui désormais ne m'apportait plus rien, puisque tout ce à quoi j'essayais de m'accrocher se pulvérisait entre mes doigts. Je n'étais plus capable que de me laisser abuser par les illusions et les artefacts qu'on dressait autour de moi (ou que mon propre esprit se plaisait à construire), ou bien de sombrer dans le néant chaotique de la mort.

Une lumière violente vint pourtant déchirer la nuit

bienheureuse dans quoi je sombrais doucement et une série de gifles ranima les terminaisons nerveuses de mon masque mortuaire. Puis un flot d'eau glacée me fit bondir et pousser un cri de désarroi et de colère.

J'aperçus alors au-dessus de moi une mine patibulaire, congestionnée par l'effort fourni pour maîtriser l'agitation convulsive qui s'était emparée de mon corps. Je trouvai assez de force pour bondir sur mon agresseur et parvins à le renverser, grâce à l'effet de surprise qui commande souvent l'issue des batailles, puis, à califourchon sur lui, j'enfonçai mes pouces dans ses orbites, espérant vivement voir éclater les globes oculaires pour en éteindre définitivement l'éclat dément qui m'avait terrifié quelques secondes plus tôt.

Mais, soit que mes trois jours de confusion morphique m'eussent affaibli, ou que mes prédispositions aux actes barbares manquassent de conviction, je sentis mes mains faiblir, mes doigts déraper et, surtout, un coup violent porté derrière ma nuque fit éclater dans mon cerveau une pyrotechnie digne des meilleurs artificiers mais douloureuse, qui me jeta sur le flanc, un objet dur et long calé dans une narine.

– *Puta de tu madre !* hurla le tueur, les yeux rougis et larmoyants par ma vaine tentative de les réduire en bouillie.

– Il arrête, oui, de faire le con ? clama une voix hors de mon champ de vision qui pour l'instant n'était occupé que par le barillet noir d'un revolver de fort calibre.

Dans mon cerveau, où la douleur des coups reçus produisait encore quelques fusées éclairantes, la lumière, quoiqu'intermittente, me permit de comprendre à qui j'avais affaire : l'affligeant Cassignol, contrôlé de justesse par Cousin, son maître-chien, s'apprêtait à fouiller mes sinus du canon de son arme en m'insultant dans la langue de Cervantès. Une claque bruyante assénée sur le haut de ce crâne obtus tordit son visage d'une expression craintive et lui fit lâcher prise, et la brute s'éloigna vers le fond de la pièce en se frictionnant l'occiput.

– Putain qu'est-ce que tu fous ? Ça fait deux jours qu'on essaie de te joindre ! T'as décroché ton téléphone, bougre de con ?

Disant ces mots, il replaça sur sa fourche le combiné que j'avais par réflexe décroché pour me couper du genre humain et de ce monde où, décidément, j'étais convaincu de n'avoir pas ma place.

– Est-ce que tu peux m'expliquer ce bordel ? me demanda-t-il en brandissant devant moi la première page de *Sud-Ouest*.

Fusillade à blanc dans un restaurant bordelais : une femme est enlevée, son compagnon prend la fuite.

Je m'emparai du journal et me reportai à la page où l'information était développée :

> *Mercredi soir, vers 21 heures, le restaurant La Treille Muscate, place des Chartrons, a été victime d'une agression qui a semé la panique parmi la quinzaine de clients attablés : un commando de trois individus a ouvert le feu dans la petite salle, vidant plusieurs chargeurs d'armes automatiques, avant de lancer une grenade qui n'a causé que des dégâts insignifiants. Mais quelle ne fut pas la stupeur et le soulagement des consommateurs terrorisés par cet acte de violence quand ils s'aperçurent qu'ils étaient sains et saufs, si l'on excepte quelques blessures sans gravité occasionnées par des chutes et des bousculades. D'importants moyens de secours furent dépêchés sur les lieux et les enquêteurs du SRPJ constatèrent avec étonnement que la plupart des munitions utilisées étaient en fait des cartouches à blanc, conçues pour l'entraînement,*

donc totalement inoffensives, et que la grenade lancée n'était chargée que de plâtre.

On s'interroge sur les causes de cet attentat fort heureusement plus spectaculaire que meurtrier, d'autant plus que tous les témoins ont vu une jeune femme emmenée par les assaillants, pendant que son compagnon, un individu d'âge mûr, prenait la fuite peu après. Toute la journée d'hier a été consacrée à la collecte des témoignages et aux vérifications d'usage sans que l'enquête ait, semble-t-il, progressé sur cette mystérieuse affaire. À suivre, donc.

– Alors ? fit Cousin, à quoi tu joues ? On te confie une mission confidentielle et toi tu sèmes le boxon dans toute la putain de ville ? Et puis qui c'est cette greluche ?

J'étais trop abasourdi pour lui répondre. Les événements s'accéléraient, dérapaient, s'entrechoquaient, au point que j'avais la sensation de me trouver, les yeux bandés, au volant d'une auto sans frein dans une compétition de stock-car.

– *Responde a la pregunta*, menaça Cassignol.

– Calme, ordonna Cousin. Viens pas tout compliquer. Et toi, relève-toi, me dit-il. Au moins, t'auras la tête au-dessus du cul.

Je m'aperçus alors que, sidéré par les révélations de l'article, je m'étais de nouveau allongé sur le dos, dans la position peu glorieuse à laquelle Cassignol m'avait réduit. Je me remis debout, aussitôt pris d'un vertige qui m'obligea à prendre appui contre le dossier de mon fauteuil préféré. À peine avais-je repris l'habitude de la verticalité, que le capitaine Schmidt fit son entrée, toujours silencieux, tel un fauve en quête d'une proie, et qu'immédiatement Cassignol venait se poster à son côté, une main ostensiblement posée sur la crosse de son arme rangée dans un étui d'aisselle.

Le capitaine était entièrement vêtu de noir, son cou épais engoncé dans le col roulé d'un pull-over. Il me considéra avec l'habituel mépris qu'il arborait à mon égard puis, sans me quitter des yeux, demanda à Cousin :

– Qu'est-ce qui se passe ? Qu'est-ce qu'il a encore ?

– Il ne veut pas nous dire qui est la fille que les autres ont enlevée l'autre soir.

– Qu'est-ce que ça peut faire, puisqu'on sait où elle est ?

Cousin considéra son chef d'un air interloqué. Je profitai de ce moment de flottement pour bondir vers le capitaine, stoppé net par l'imposante carrure de Cassignol, lequel émit un grondement de chien de garde. Edmonde était en vie. Mon cœur s'était remis à battre. Le brouillard funèbre qui m'avait environné pendant ces journées d'hébétude se dissipait enfin.

– Vous savez qui la détient ? Vite ! l'endroit, les coupables ! Allons-y tout de suite !

Schmidt montra ses dents en guise de sourire puis sa face recouvra instantanément sa fixité coutumière.

– Dites-nous d'abord comment s'est déroulée votre prise de contact avec l'ORL. Nous avons constaté que le compte avait été débité de 20 000 euros. Vous voyez, ils n'ont pas perdu de temps pour profiter de votre générosité.

Je lui fis le récit des deux journées que j'avais passées au château, en me gardant de mentionner l'épisode hallucinatoire dont j'avais été victime, et je l'assurai que les dirigeants de la secte avaient en moi une confiance absolue.

– J'ai pu parler avec Cochard, leur chef, et j'ai fait

la connaissance d'un certain Merleau, qui m'a fait une drôle d'impression.

– Merleau ? s'exclamèrent les duettistes en chœur. Merleau était là ?

Comme je m'étonnais de leur surprise, ils se confondirent en gestes et en marmonnements de dénégation.

– Non, rien, précisa Schmidt, visiblement embarrassé. C'est un de leurs chefs les plus secrets. On ne le voit en public que rarement, il... je...

– Il a pourtant participé à une espèce de conférence pendant près de deux heures. Il n'a pas l'air d'être si clandestin que vous le dites. Je ne vois pas, sinon, pourquoi il aurait parlé si longuement avec moi le lendemain.

Mes deux interlocuteurs demeuraient cois, manifestement gênés par le tour que prenait notre conversation. À l'évidence, ils connaissaient Merleau, ou savaient précisément qui il était, et je devrais tenir compte de ce paramètre lors de mes prochains contacts avec lui. Je chassai néanmoins ces questions et ces doutes et revins à ce qui me tenait à cœur : le sort d'Edmonde.

– Edmonde est entre leurs mains, n'est-ce pas ?

– C'est probable, fit le capitaine Schmidt. Nous ne savons pas pour quelles raisons ils l'ont enlevée, elle n'était que la secrétaire du docteur Furde, et, à moins qu'ils redoutent qu'elle en sache trop sur les recherches que son patron avait entreprises sur eux, nous ne nous expliquons pas les risques insensés qu'ils ont pris l'autre soir en simulant cette attaque.

Il s'interrompit brusquement, et se tourna vers Cousin.

– À moins qu'ils en aient besoin pour une de leurs cérémonies, laissa-t-il tomber d'une voix d'outre-tombe.

Persuadé que le pire dans cette affaire était à venir, je l'invitai à préciser sa pensée.

– On approche de l'équinoxe. Tu vois ce que c'est l'équinoxe ? T'arrives encore à distinguer la nuit du jour ?

– Ça va, fit Schmidt. Allons au fait, et arrêtez vos conneries.

– Eh bien ça tombe exactement samedi prochain. Or, on sait que c'est l'occasion pour eux de se livrer à des rituels plutôt dégueulasses sur la personne de jeunes filles. Des plaintes ont été déposées l'an dernier en Espagne pour des sévices sexuels et autres commis sur certaines adeptes moins convaincues que d'autres. Et rappelez-vous que d'après le légiste, la mort de la jeune Dulac remonterait à la fin septembre.

Le silence qui suivit ces mots était celui qui scelle les tombeaux. Je m'assis lourdement sur le lit et laissai défiler dans mon esprit les images d'Edmonde livrée à ces tortionnaires, et son visage se superposa avec celui, gonflé par la décomposition, d'Élise Dulac.

– Vous avez dit savoir où elle était détenue ? parvins-je à dire malgré le nœud mortel qui me serrait la gorge.

– Pas vraiment. Probablement dans la région bordelaise, puisqu'ils ont l'air d'avoir installé leur base dans le coin. Ce dont on est sûr, c'est qu'ils ont quitté le château. Ils l'avaient seulement loué pour le week-end.

Quelque chose me gênait dans l'attitude nouvelle du capitaine, qui avait abandonné le mépris avec lequel il me traitait d'habitude au profit d'une civilité de bon aloi. Ces braves gens semblaient compter sur moi plus que jamais, raison pour laquelle ils avaient choisi de me ménager.

– Vous semblez savoir beaucoup plus de choses que vous n'en laissez paraître, dis-je en m'efforçant de prendre l'air finaud. Finalement, à quoi vous sert mon aide ?

– Je vous l'ai déjà expliqué en vous confiant la mission : le service ne peut pas se permettre d'intervenir en tant que tel dans cette affaire. Nous sommes obligés de rester à la marge.

– De toute manière, je ne peux plus reculer. Edmonde est en danger, et je me dois de tout faire pour la tirer de leurs pattes.

– Voilà qui est bien raisonné, fit le capitaine avec cette grimace de carnassier qui lui tenait lieu de sourire. Vous n'avez plus qu'à attendre que l'ORL vous contacte, et à vous rendre à l'endroit qu'on vous indiquera. Sur ce, je crois que nous allons prendre congé, car d'autres tâches nous appellent.

D'un signe de tête, il fit signe à Cousin et Cassignol de le précéder pour sortir. Le primitif bondit sur le palier, les sens en alerte, la main glissée sous son blouson sur la crosse de son arme, comme si l'on pouvait attenter à la vie de ses supérieurs à tout moment, puis leur équipage incongru disparut sans bruit et me laissa seul avec mes questions et mes misères, dans un silence absolument vide.

Attendre. Horrible supplice infligé à un homme qui pourtant en avait subi d'autres, et qui devrait endurer encore d'autres sévices aux raffinements inédits. Cinq jours me séparaient du samedi d'équinoxe, moment probable de mon admission parmi les dignitaires de la secte. Cinq jours ne sont rien dans une vie. Cailloux sur le long chemin tortueux de l'existence. Mais à partir du moment où les trois policiers eurent refermé derrière eux la porte, chaque minute passa sur moi, en moi, comme un acide versé au goutte à goutte, ou injecté dans mes veines en brûlantes doses infinitésimales. On parle de tuer le temps, dans ces circonstances. La langue possède toujours dans son sac à malice quelque tour chargé d'édulcorer la réalité ou d'enjoliver les souffrances des heures sombres. Mais c'est le temps qui faillit me tuer, me dissoudre, me pulvériser, par les imperceptibles coups de boutoir de ses pulsations de quartz.

Je relus, pour la première fois, la documentation de l'Ordre du Retour Lumineux, ainsi que les rapports de police qui l'accompagnaient, jusqu'à ce que le sommeil vînt mêler au réel tangible et peu enthousiasmant dans quoi j'errais des fragments fantasmatiques que mon inconscient, sinistre farceur, poussait vers la surface comme des bulles de gaz toxique. C'est ainsi que je me mis à dialoguer avec un Moséhim, hélas aussi asexué que sur les illustrations naïves des brochures, mais pourvu d'un charme, d'une grâce, de courbes changeantes qui lui donnaient tour à tour les volumes affolants d'une vénus callipyge, ou ceux, plus incertains, d'un hermaphrodite qui murmurait, d'une voix tantôt grave, tantôt plus douce, mais dans laquelle je reconnaissais toujours les inflexions d'Edmonde, des invitations lascives à suivre sur sa planète ses manières ondulantes et ambiguës. Je vis passer devant ma fenêtre, mais j'en suis moins sûr car ma mémoire a souvent du mal à conserver de ces moments de flottement psychique des souvenirs très précis, deux ou trois petits vaisseaux interstellaires, bardés de clignotants et de gyrophares, qui filaient silencieusement entre les immeubles et disparaissaient derrière les cheminées.

C'est sans doute cette vision qui me jeta hors de mon lit et m'obligea à réagir, persuadé que l'invasion était imminente et qu'il fallait en prévenir l'espèce humaine. D'ailleurs, la faim tordait mon estomac de crampes et me fit reprendre conscience. Mais comme mes vivres se trouvaient épuisés, à l'exception de trois œufs alignés dans le réfrigérateur dont je redoutai sur le moment qu'ils n'éclosent brusquement pour donner naissance à quelque *alien*, je décidai de dîner dehors et me préparai en conséquence.

J'avais de l'argent. Il était absurde que cette manne ne servît qu'à graisser la patte des chefs de la secte et, malgré la fusillade virtuelle qui avait interrompu mon tête-à-tête gastronomique avec Edmonde, j'avais repris goût aux facilités qu'offrent les restaurants, à savoir manger en principe mieux que chez soi sans avoir à se lever de table ni la débarrasser l'affaire faite. C'est pourquoi je me dirigeai vers le quartier Saint-Pierre, où pullulent les gargotes les plus diverses à des tarifs eux aussi très variés, espérant trouver les clés de quelque paradis gastrolâtre.

L'embarras du choix n'est pas, pour ce qui me concerne, une de ces expressions toutes faites vidées de leur sens par un usage intempestif aussi bien que vulgaire. Pendant une heure, j'arpentai les rues étroites du vieux Bordeaux, louvoyant parmi des passants arrachés à la fascination de leur téléviseur par la douceur de cette soirée printanière et qui comme moi étudiaient attentivement les cartes aux promesses alléchantes, rédigées dans une langue parfois absconse ou précieuse qui ne peut abuser le consommateur sachant qu'il ne suffit pas de savoir écrire la cuisine pour la faire bien. Au bout d'une heure, donc, impatient aussi bien que lassé par cette littérature culinaire, je résolus d'entrer dans un établissement exotique dont la carte restait pour l'essentiel énigmatique, Les Trois Anciens du Bengale.

Un serveur à la peau cuivrée me fit asseoir à une table installée près d'une fenêtre, dans une salle aux trois quarts vide. Il me présenta une carte richement calligraphiée, ornée de représentations des divinités hindoues, et m'en commenta les mystères et les charmes avec un accent qui me fit bien sûr penser aux domestiques, tour à tour dévoués et traîtres à leur *sahib*, qu'avaient mis en scène les films hollywoodiens avec le racisme patelin qui a fait leur succès mondial. J'optai finalement pour des plats un peu *hot*, malgré les mises en garde de mon guide gastronomique, dont un rosé de Tavel, je l'espérais du moins, saurait maîtriser les incendies prévisibles.

Une demi-heure plus tard, je pourléchais mes babines à vif d'une langue écorchée par les épices et remplissais mon estomac creusé d'ulcères d'un rosé qui commençait à m'étourdir passablement, et me plongeait peu à peu dans l'apathie bienheureuse d'une combustion lente. La deuxième bouteille fut à peu près aussi efficace pour vaincre l'incendie de garrigue que j'étais devenu qu'un Canadair larguant de l'essence sur l'Estérel en flammes. N'eussent été les parfums, les bouquets, et les saveurs mêlées qui me parvenaient à travers le rideau cramoisi du sinistre, évoquant les mystères millénaires d'un orient probablement trop subtil pour mes muqueuses, je me serais sans doute liquéfié sur ma chaise, organisme convulsif suant du napalm, cocktail Molotov manipulé par un adepte fou de la secte de Shiva.

À bout de souffle, les cordes vocales éraillées transformées en câbles incandescents, je payai ma note au serveur qui me demanda avec une pointe d'ironie aiguisée comme un piment doux si le repas m'avait plu. Je lui soufflai la nuée ardente d'un « oui » qui m'arracha une quinte de toux dont quelques dîneurs durent s'inquiéter, car j'aperçus parmi mes larmes leurs visages tournés vers moi dans un silence de gestes suspendus.

Je décidai de rentrer chez moi par les quais, persuadé que le petit vent frais qui court toujours sur la Garonne m'aiderait à recouvrer une température corporelle normale, et de fait, dès que je débouchai sur la place de la Bourse, je sentis littéralement le mercure de mon thermomètre interne s'éloigner des parages de la fusion sidérurgique. Me refroidissant, je longeai des immeubles moins prestigieux, plongés dans l'obscurité de leur grisaille souillée par la pollution, dépassé par des bolides nocturnes et vrombissants qui fonçaient vers le sud et ne l'atteindraient jamais. Un bar bruyant jeta bientôt sous mes pieds ses lueurs chaudes et sa rumeur. Mu par une impulsion dont aujourd'hui encore j'ai du mal à expliquer les motivations, je poussai la porte de verre et entrai dans l'estaminet.

Il n'était pas très tard mais déjà des oiseaux de nuit de tous âges et des deux sexes, reconnaissables à cet éclat un peu terne de l'œil et à cette silhouette aux contours imprécis que l'obscurité semble toujours sur le point d'avaler pour les rendre à l'invisibilité qui est leur lot en plein jour, quelques *Nosferatu* de comptoir occupaient leurs perchoirs, accoudés à une barre de cuivre, et considéraient avec de lourds clignements de paupières, à la façon des hiboux, tout ce qui se mouvait dans leur champ de vision. Je m'approchai du bar, sous la lumière mordorée d'un gros abat-jour vert, et, mes muqueuses ne s'étant pas encore remises tout à fait des ravages indiens, je commandai à un serveur maussade un whisky *on the rocks*, et il me fut servi aussitôt deux énormes blocs de glace arrosés d'un nuage d'alcool, si je puis me permettre cette image hardie. De sorte que je me mis à sucer les glaçons parfumés au *single malt*, les laissant fondre au contact de mes incendies internes, et les recrachant parfois pour en éprouver les bienfaits.

Ai-je précisé qu'on se parlait peu dans cet établissement ? À cause peut-être de la musique techno qui faisait vibrer les cloisons et les plexus tout en saturant les tympans de soupe électronique ? Toujours est-il que ce qui se cachait au cœur de ce vacarme, comme un banni parmi la foule, c'était le terrifiant silence des solitudes impénétrables. Même appariés, les gens qui m'entouraient semblaient mettre un point d'honneur à s'ignorer, et l'on eût pu croire qu'ils étaient tous dans l'attente de quelque événement extraordinaire. Aussi, quand une voix de femme retentit à mon oreille, alors que je recrachais avec application un morceau de banquise, je ne pus que sursauter.

– Ils sont pas bons ? C'est sûrement à cause de l'eau. On est tout près de la Garonne.

Une jolie brune au regard luisant, que je n'avais pas remarquée en arrivant, les cheveux ramenés au sommet de la tête en un chignon hâtif, me souriait avec ironie, et approchait du mien son verre rempli d'un jus de fruits. Sa bouche écarlate luisait sous la triste lumière censée réchauffer l'atmosphère du lieu en y façonnant des halos d'intimité, et elle dardait souvent entre ses dents, petites et bien rangées, une langue dont les vives apparitions commencèrent à attirer toute mon attention. Je cherchais quelque chose à lui dire qui pût dissimuler ma fascination pour cet organe perfide et voluptueux, quelque parole enjouée susceptible de la faire rire, ou de lui prouver qu'elle était en présence d'un homme d'esprit dont le libertinage n'était pas la seule préoccupation, quand elle reprit la parole :

– C'est bien, ici, non ? Moi j'aime bien.

Que répondre ? Elle parcourait la salle peuplée

d'ennui, écrasée de musique, avec une satisfaction évidente.

– Personne ne vous regarde, dans ce genre d'endroit, mais on se sent guetté par l'ennui, finis-je par dire. Heureusement que vous êtes là pour le tromper.

Elle me considéra d'un air perplexe, hésitant entre le lard et le cochon.

– Merde, vous savez parler comme il faut, vous alors. Vous êtes un intello, ou quoi ? Un écrivain ? Y en a des écrivains qui viennent ici, des fois. Des pas connus, hein, qu'ont jamais fait de vrais livres, ou alors des trucs photocopiés qu'ils vendent à leurs copains, mais ils te disent qu'ils écrivent la nuit et qu'ils viennent ici pour trouver l'inspiration, pour rencontrer des personnages. Tiens, l'autre jour, un type qui écrit des articles dans Sud-Ouest, un qui zone dans le quartier à faire l'artiste : eh ben il était déchiré comme un papier journal, et le voilà qui me raconte sa vie de con avec sa femme qui dort pendant qu'il écrit toute la nuit et qui lui cause plus, et son fils qui se drogue, et le roman qu'il est en train de faire sur un type qui a une vie de famille dégueulasse, une femme qui tire la gueule et un fils qui shoote de l'héro. « Tiens, je lui dis, c'est un peu ta vie, ça. Ce merdier. » Il m'a regardée comme si je lui avais donné les chiffres du Loto. « T'es vachement psychologue, il m'a dit. C'est rare, de rencontrer de gens qui pigent les autres comme ça. » J'ai cru qu'il me chambrait, vu qu'il venait de me raconter tout, mais non, ce con, il était sincère ! Après, il s'est mis à pleurnicher sur sa solitude et ses malheurs, et même sur la thune qui suffit pas à rendre heureux, style la baraque immense dans un quartier rupin qui pue la javel et le moisi et où tu te sens comme dans un grand tombeau et tout, le ski l'hiver et la neige qui glisse trop, et l'été où il s'emmerde au soleil ! Il chialait presque ! Il m'a dit qu'il allait me mettre dans son roman, et sur le coup j'ai mal compris, j'ai cru à l'allusion, mais non, sérieux, genre un évêque devant une fausse couche ! Il m'a pris la tête pendant deux plombes, ce bouffon.

– Peut-être avait-il… comment dire… des vues sur vous ?

Elle vida son verre et approcha son visage tout contre le mien de sorte que je pus sentir son haleine chargée d'alcool : ce que j'avais pris pour un inoffensif jus de fruits se révélait être un cocktail exotique particulièrement sournois.

– Entre nous, Docteur, vous avez tout compris : il voulait me caser son gros stylo, l'écrivain. Ça se voyait comme les deux orphelines dans un string !

Elle pouffa et ses prunelles s'allumèrent soudain, deux lampes de chevet sur un lit en désordre, cependant que ses joues se coloraient du rose délicat des nuisettes affriolantes. La gouaille dont fleurissait soudain son langage montrait assez que l'alcool, ainsi, probablement, que le magnétisme animal émanant de ma modeste mais vibrante personne, faisaient s'écarter les voiles de la pudeur et pulvérisaient des défenses, il est vrai, assez peu farouches. Elle posait sa main sur mon bras, laissait rouler son visage sur mon épaule, aventura sa bouche dans mon cou.

– Tu me plais, murmura-t-elle.

Sa voix avait pris les inflexions de celle d'Edmonde et son visage même, adouci par le regard de chevreuil traqué de la perfide disparue, se confondait à présent avec les souvenirs les plus vifs que j'en gardais. Aussi, quand elle m'informa qu'elle occupait dans le quartier un studio sous les toits dont elle aimerait me faire visiter les vingt-cinq mètres carrés, je la laissai me prendre par le bras et m'entraîner dehors et palper d'une main résolue, dès que nous fûmes sur le trottoir, la réalité de mon désir.

Dix minutes plus tard, nous étions vautrés sur un lit occupant le quart de la surface habitable et, si la bouche de celle que je crus être Edmonde se dérobait étrangement à mes baisers, son corps s'offrait sans retenue à mes caresses, autorisant toutes les effractions vestimentaires dont depuis longtemps je rêvais. Ses mains me parcouraient, déchiraient ma chemise, écorchaient ma peau brûlante de leurs ongles longs, et je grognais le prénom adoré, Edmonde, Edmonde, fleur de la nuit, rossignol envolé, chimère enfin tenue, vaisseau fantôme bercé par les chants alizés.

– Appelle-moi comme tu veux, fit-elle en riant.

– Émilie ? hasardai-je.

Et je sentis les prémisses d'un reflux sanguin, tout mon corps crispé soudain par le syndrome de l'escargot inquiet. De fait, l'objet de ma concupiscence se dégagea de mon étreinte et se trouva debout sans que je pusse rien faire pour la retenir entre mes bras.

– J'ai soif, fit-elle. Je t'offre un verre.

Elle m'offrit mieux, car elle se débarrassa en quelques gestes rapides de tous ses vêtements et passa derrière le petit comptoir d'un coin cuisine, où elle manipula verres et bouteilles sans me quitter des yeux. J'en profitai pour me dévêtir, trop content de libérer la palpitante oppression qui m'avait repris instantanément du carcan des tissus, boutons et élastiques et qui font de nous, habituellement, des primates acceptables par les normes sociales. Elle revint vers le lit, deux gros verres remplis d'un alcool blanc à la main, et nous trinquâmes joyeusement. J'avalai cette eau de feu avec entrain, hésitant à expédier mon verre contre un mur pour l'y fracasser car mon exaltation, à la pensée de posséder enfin Edmonde était grande (on l'aura compris, victime d'une de ces terribles échappées dans les univers fantasmatiques que mon esprit malade élaborait trop souvent, j'étais persuadé que cette jeune femme *était* Edmonde, ne pouvait être personne d'autre).

Heureusement, mon hôtesse retint mon bras et, récupérant prudemment les verres vides, se leva pour les aller poser sur le comptoir. En se baissant pour ramasser sa culotte et la jeter sur une chaise, elle me présenta, dans une pose pleine de lubricité, les appâts dont j'avais déjà exploré du bout des doigts la ténébreuse blessure. Et aussitôt, une révélation m'arracha un cri, car s'effondrait autour de moi l'édifice imaginaire que mon âme malade, aidée par le poison de l'alcool, avait élevé pour m'abuser.

– Mais je vous reconnais !

– Pardon ?

– On s'est rencontré à l'*Hôtel de Saigon*, vous êtes l'amie d'un certain Beaux-Zyeux. Vous ne vous rappelez pas ?

– C'est vous qui m'avez sauvé la vie, c'est ça ? Pendant cette bagarre ?

J'acquiesçai avec modestie d'un hochement de tête, me gardant bien de rappeler que pour apaiser sa fureur j'avais dû la rudoyer quelque peu.

Elle bondit aussitôt dans le lit pour me témoigner sa reconnaissance, et, quoique dégrisé, et vaguement déçu de n'être point chevauché par Edmonde, car cette amazone m'avait enfourché et me montait à cru sans que j'eusse eu le temps de lui faire quelque politesse, je me laissai guider dans un galop effréné que je conclus, un peu vite à mon goût, par une ruade qui faillit la jeter au bas du lit.

Quand mon cœur eut recouvré un rythme plus serein, je méditai, ma cavalière fumant à mes côtés une énorme cigarette d'herbe folle, sur les rares occasions qui s'étaient présentées à moi, ces dernières années, d'assouvir ce désir proprement bestial qui souvent me tourmentait : j'avais eu recours deux ou trois fois à des professionnelles croisées près des abattoirs, dont une, élégamment surnommée La Tranche, m'avait révélé ses plantureuses facettes dans un fourgon aménagé en triste boudoir qu'elle garait non loin du Marché d'Intérêt National, dans un va-et-vient permanent de poids lourds dont les chauffeurs saluaient en passant le camping-car licencieux par de grands coups de klaxon. Bien sûr, chaque tentative m'avait déçu, puis plongé dans des maelströms de culpabilité, car je songeais aussitôt à tout mon bonheur passé, aux joies secrètes qu'avec ma femme nous avions partagées et qui avaient abouti, en deux apothéoses, à la conception de notre fille, chair adorée de notre plaisir. Alors, au comble du désespoir je l'appelais sans fin, au cœur de nuits totales, pour qu'elle consentît à pardonner mes errances, et à considérer avec charité l'état d'humanité précaire à quoi j'étais réduit. Je ne crois pas en Dieu, encore moins aux dialogues avec les morts, mais l'espèce de brouillon mental qu'était devenu mon psychisme m'autorisait parfois, terrifiante faveur, à me consoler dans l'illusion que mon épouse était à côté de moi, et me parlait, et me comprenait, sa main froide dans la mienne.

J'en étais là de mes funèbres cogitations, et je crois même que je m'étais assoupi, quand, dans la chiche clarté de la lampe de chevet, j'aperçus ma cavalière tout habillée qui cherchait par terre quelque chose que je ne voyais pas. Elle dut sentir sur elle mon regard étonné, car elle sursauta comme si un insecte l'avait piquée.

– C'est 150 euros, fit-elle aussitôt, d'une voix atone, que tout sentiment, ou toute sensualité avait déserté.

Je m'étonnai d'une telle transaction, et fis valoir que notre rencontre échappait complètement à toute forme de vénalité puisque le hasard, et non quelque négociation tarifée, malgré la profession qu'elle exerçait, nous avait jetés dans les bras l'un de l'autre. En outre, il me semblait que l'enthousiasme avec lequel elle m'avait étreint était motivé par une gratitude, pour service rendu, que je n'avais pas sollicitée.

– Le hasard ? s'esclaffa l'hétaïre. Putain, je crois que je rêve. Et pour ce qui est de la gratitude, tu te prends pour le Zorro des claques ? C'est pas toi qu'on appelle le *Spiderman* des boxons ?

Elle riait méchamment, se tapant avec distinction sur les cuisses, et je jugeai préférable de mettre fin à cette crucifixion païenne en lui remettant la somme qu'elle réclamait avant de quitter, le cœur plein d'amertume, la mansarde où je m'étais égaré.

Le vent du nord, qui rôdait le long des quais, se fit un plaisir de me raccompagner, me poussant rudement dans le dos de sa grande main glacée. Je marchai d'un pas vif jusqu'à mon repaire, remâchant mon infortune, ignorant les ombres qui erraient sur le cours Victor-Hugo, et je me sentais en phase de recroquevillement mental et physique, comme une tortue géante en quête de carapace.

C'est dans cet état de nudité métaphysique que je pénétrai dans le couloir de mon immeuble et que je commençai de gravir les premières marches de l'escalier en me hissant péniblement à l'aide de la rampe.

Au-dessus de moi je crus entendre chuchoter, et il me sembla percevoir le grincement d'une porte. Je n'y prêtai point attention car, considérant que la journée avait été assez riche en événements, je n'aspirais qu'au sommeil, lourd et profond, qui sait si bien effacer, par sa mort réversible, les tourments de la vie.

La cage d'escalier fut plongée dans l'obscurité totale par une minuterie toujours facétieuse et réglée par les propriétaires de telle sorte qu'il fallait posséder les capacités athlétiques (ainsi que la pharmacopée illégale) d'un champion olympique pour être en mesure de regagner ses pénates, la nuit, sans se trouver brusquement assailli de ténèbres. C'est à cet instant précis que je fus percuté violemment par un être vivant (j'entendis son souffle rauque, je sentis les relents de sa sueur) qui me jeta au bas des marches que j'avais péniblement montées et m'entraîna sur le carrelage glacial du rez-de-chaussée dans une étreinte désordonnée d'où, on s'en doute, toute sensualité était bannie.

– Putain ce bâtard, qui c'est ? vociféra l'inconnu.

La lumière revint et je me trouvai littéralement nez à nez avec une face obscure où se tordaient les traits grossiers de la vilenie et du meurtre. D'un maître coup de tête, je l'envoyai dinguer à l'autre bout du couloir, où il heurta les containers à ordures en poussant un cri. J'allais marcher sur lui, pour lui faire payer la frayeur qu'il m'avait causée et lui faire ravaler ses injures et ses coups, quand un deuxième larron surgit d'un coin sombre et me faucha sans pitié d'un efficace balayage de la jambe qui me jeta au sol, face contre terre, son poing logé dans ma nuque prêt à me broyer les cervicales.

– Fais-nous plus chier, enculé de ta mère. Oh, Ducon, on décroche. Tu feras les poubelles plus tard.

Leurs pas se précipitèrent dans le corridor, la lumière s'éteignit, la porte donnant sur la rue claqua. Je me redressai avec prudence, persuadé qu'en cas de malheur la naïve sagesse des dictons se vérifie toujours et qu'un troisième agresseur risquait fort de me tomber dessus. Comme nul ne se décidait à m'estourbir pour le compte, je repris mon ascension des marches glissantes, non sans avoir rétabli l'éclairage parcimonieux qui ne faisait qu'accentuer l'aspect de coupe-gorge de l'endroit.

Quand enfin je parvins dans mon appartement dont la porte avait été soigneusement refermée à double tour, je hasardai mes pas au sein d'un chaos assez analogue à celui qui règne souvent dans mon âme torturée : pas un meuble, pas un objet qui n'eût été retourné, vidé, jeté au sol, jusqu'à ma modeste batterie de cuisine qu'on avait dispersée un peu partout, constat qui me fit craindre un instant qu'on eût fait main basse sur mon four à micro-ondes, qui semblait avoir disparu dans la tourmente. Mais un sursaut de lucidité, appuyé sur les années d'expérience accumulées du temps que j'étais policier, me fit valoir qu'il est rare que des monte-en-l'air, déterminés comme ceux que j'avais croisés dans l'escalier, se donnent tant de peine pour ravir un objet si banal et bon marché. En outre, les mésaventures que je vivais depuis quelque temps faisaient pièce de cette hypothèse : cette visite nocturne entretenait des liens certes énigmatiques, mais réels, avec l'affaire dans laquelle je m'étais engagé.

Je résolus de faire un peu de rangement car, je le sentais, mon équilibre psychique ne résisterait pas longtemps dans ce décor bouleversé. Je commençai par entasser ma maigre garde-robe dans les tiroirs et la penderie où elle séjournait de coutume, négligeant de remettre au pli des vêtements qui, depuis que je vivais seul, ignoraient l'ardente contrainte du fer à repasser. J'en finissais avec les pull-overs quand j'entendis derrière moi une exclamation stupéfaite :

– T'as reçu la visite d'un putain d'ouragan et t'as pas voulu le laisser repartir, c'est ça ?

Betty se tenait appuyée au chambranle de la porte et roulait sur mon désarroi des yeux effarés.

– On a entendu du bruit mais on n'a pas pu venir, bébé Louis a de la fièvre, et on attendait qu'il s'endorme. Du coup, Ousmane s'est endormi avec lui. Qu'est-ce qui s'est passé ?

Je lui fis un récit succinct de ma fâcheuse rencontre dans l'escalier, en passant sous silence les sombres machinations que je sentais se tramer autour de moi. Betty me sourit d'un air narquois.

– Tu nous racontes ce que tu veux, hein… mais t'as l'air d'avoir bien des ennuis, en ce moment. Le nègre est jovial, mais faudrait pas le croire naïf.

Je me récriai devant une telle interprétation de mon attitude, qui n'était dictée que par le souci de la protéger, elle et sa petite famille, de représailles sauvages. Aussi inventai-je une histoire d'ancien compagnon d'internement psychiatrique qui me harcelait depuis que nous nous étions retrouvés par hasard dans une pharmacie, mais qui ne tarderait pas, après la plainte que je déposerais sans tarder contre lui, à réintégrer un service capable de conjurer son délire paranoïaque.

– C'est une véritable histoire de fous, conclut la belle enfant avec une ambiguïté qui ne m'échappa point. Allez. Je vais te donner un coup de main. Par quoi on commence ?

– Par le lit, souffla mon cœur sans que je pusse censurer ses propos.

Betty pouffa de ce petit rire que je lui connaissais bien et qui mettait le feu à mes sens.

– Ben voyons, fit-elle en s'approchant du matelas jeté au sol dans un désordre indécent de draps et de couvertures.

Nous nous affairâmes autour de mon grabat, tirant et bordant avec application, sans oser nous regarder.

– Au moins, tu pourras faire de beaux rêves, dit-elle quand nous eûmes fini en tapotant l'oreiller d'un geste dans lequel je voulus voir une discrète invitation à le partager bientôt.

Je la remerciai chaleureusement, l'enlaçant d'aussi près que je pus, et je lui recommandai, dans un élan de magnanimité, d'aller rejoindre sans tarder le petit Louis tout plein de fièvre.

Le lendemain matin, après une nuit agitée passée entre ses bras et ses cuisses, je cherchai près de moi la présence moite et parfumée de Betty, mais ma main ne rencontra que le drap, froid et froissé, et il me fallut quelques minutes pour m'ôter de l'esprit que la belle allait revenir incessamment, souriante et nue, porteuse de café brûlant et de viennoiserie sortie du four. Je résolus de m'inscrire à nouveau dans la morne réalité de ma solitude et me levai péniblement, précédé par la tête chercheuse de mon engin turgescent qui me renseigna bien vite, thermomètre de chair, sur la fraîcheur d'une aube sans chauffage. Cependant que ma station météo personnelle repliait ses capteurs, j'allumai le gros poêle à gaz au-dessus duquel je demeurai quelques instants à contempler le chambardement qu'avaient semé dans la pièce mes deux visiteurs nocturnes.

Je parvins à faire un peu de café que je bus en l'accompagnant de biscuits dont j'ignorais l'existence, providentiellement jetés au sol sous mes yeux, parmi l'éparpillement des couverts, livres et bibelots divers. Quoique réduits en menus morceaux, ils calmèrent les grondements quémandeurs de mon estomac, qui avait de plus en plus tendance, ces temps derniers, à se comporter à la façon d'un animal autonome que j'aurais porté en moi, sorte d'*alien* revendicateur et capricieux, absorbant ou rejetant ce que je lui proposais et donnant de la voix aux heures les plus improbables. Je réfléchis quelque temps à ce phénomène nouveau et me demandai si, après que mon esprit eut pris l'habitude des scissions, dédoublements, et autres morcellements qui l'apparentaient à une assemblée de trotskistes, le reste de ma personne n'allait pas suivre ce triste modèle organisationnel, chaque viscère réclamant son autonomie au nom de la spécificité physiologique. Je regrettai même de ne point posséder un stéthoscope qui m'eût, comme on dit, replacé à l'écoute de la base, et m'aurait ainsi permis d'étouffer dans l'œuf toute tentative de sécession.

Il me fallut la matinée pour remettre de l'ordre dans l'appartement, tâche que j'accomplis en m'interrogeant vainement sur les raisons de ce cambriolage puisque, apparemment, on n'avait rien dérobé. Après quoi, mon gardemanger étant vide, je me rendis au marché de la place Saint-Michel, ce qui me fit savoir qu'on était samedi, déjà. Comment avait passé le temps ? Combien de jours depuis le début de cette aventure, jalonnée de rebondissements tragiques ? Depuis quand Edmonde avait-elle été ravie à mon affection, sinon à mon désir ? J'entrepris un rapide calcul, mais ne parvins qu'à la décevante conclusion que mes repères temporels étaient toujours aussi flous, ce qui confirma que ma vie, depuis quelques années, n'était qu'une succession de moments effrayants et de tunnels obscurs seulement balisés par mes séances de thérapie chez le docteur Furde. Maintenant que cet amer m'avait été retiré, comment parviendrais-je à me situer sur l'océan de solitude où je dérivais ?

Quand j'ouvris machinalement ma boîte aux lettres, mon cœur s'arrêta quand mes yeux tombèrent sur une enveloppe blanche sur laquelle figurait mon nom, écrit à la main. Je l'ouvris en tremblant, et pus lire :

> *Les astres arrangent depuis des millions d'années le destin de notre monde, et conjointement seront de nouveau à l'affût de nos demandes dimanche matin. Une fois dans l'année, les ondes cosmiques de Goliath, reprises en écho par l'apparent hasard des cieux, parviennent jusqu'à nous. Pendant treize heures, nous pourrons ensemble en capter dans notre moi le plus intime les vibrations prometteuses. Nous vous appellerons très bientôt pour notre rendez-vous.*

Nulle signature ne paraphait cette invitation. J'eus beau la retourner en tous sens, rien ne permettait d'en deviner la provenance : l'Ordre du Retour Lumineux s'y connaissait pour entretenir une atmosphère mystérieuse. De plus, ce pli énigmatique, vierge de toute adresse et de tout cachet postal, avait été apporté directement là. J'eus soudain l'impression d'être épié, cerné, manipulé par des puissances obscures qui s'emparaient peu à peu de mes jours, et peut-être de cette proie facile qu'était mon âme. Je me mis en marche vers la place Saint-Michel comme un automate, l'esprit assombri, la vision floue, et je parvins au pied de la flèche, où se dressaient les éventaires du marché, le cœur au fond de la bouche, littéralement étouffé par l'angoisse, presque en proie au mal de mer. J'avisai l'enseigne pimpante de Chez Pepito, qui vantait les mérites d'une bière alsacienne et, tâchant de reprendre mon souffle, je poussai la porte vitrée en quête d'un remontant quelconque. Sept ou huit clients, d'âges et de corpulences variées, étaient accoudés au comptoir, et trois autres, assis au fond de la salle, discutaient âprement de pronostics hippiques. Quand l'opulente Carmen m'aperçut, elle s'approcha en roulant des épaules et des seins de cette façon résolue qui pouvait passer pour menaçante auprès de qui ne la connaissait pas.

– Oh, Riton. T'es tout pâle. Qu'est-ce qui t'arrive ?

Comme elle avait beuglé sa sollicitude, quatre visages aux yeux luisants se tournèrent vers moi et me toisèrent avec la curiosité qu'on réserve d'habitude aux extraterrestres tout frais débarqués d'une lointaine galaxie.

– J'ai juste envie de vomir, répondis-je en fixant les faces interloquées qui continuaient de me jauger. Ça tangue un peu.

Comme je l'avais escompté, les quatre buveurs détournèrent les yeux, sans doute écœurés par l'imminence de la menace, et j'en vis même un qui prit son verre contre son giron pour le mettre peut-être à l'abri d'éclaboussures toujours possibles.

– Et c'est pour ça que tu viens ? Y a pas marqué dégueuloir, devant la porte ! s'irrita Carmen.

– Je plaisantais, m'empressai-je de démentir. J'ai mal dormi, c'est tout. Servez-moi un verre de votre cognac espagnol, vous serez bien aimable.

L'infâme tord-boyaux faillit bien me retourner l'estomac comme un sac, en même temps qu'une onde de chaleur me parcourait le corps et me requinquait quelque peu. J'aperçus Carmen tout auréolée de lumière à l'autre extrémité du comptoir : elle m'observait du coin de l'œil tout en resservant l'un des poivrots avachi devant elle. Je laissai se dissiper cette vision de madone des apéritifs avant de sortir, et je crus sentir dans ma nuque, quand je poussai la porte, le soupir de soulagement collectif qui saluait mon départ.

Quand je pris pied, encore un peu étourdi, sur le palier de mon appartement, le téléphone sonnait, comme un glas, et c'était pour moi.

21

Bon, ça continue. Et franchement, je ne sais pas où ça va s'arrêter. Victime d'une attaque terroriste. Kidnappée par un commando de *ninjas*, et pas des tortues, plutôt des tordus, si vous voulez me croire. Très speed et brutaux, je les ai trouvés. J'ai eu beau leur sortir le grand jeu, me déguiser en *Calamity Jane* de banlieue, leur sauter à la gorge, maudire leurs putains de mères, les traiter de trous du cul, ça leur a fait autant d'effet qu'une mouche qui essaie de casser un pare-brise à coups de boule. D'habitude, je me fais respecter comme ça. La plupart des mecs aiment pas qu'on résiste trop. Ça les décourage. Ça leur coupe leurs petits moyens, à ces nains mentaux, et ils s'en vont, écœurés, en te couvrant d'injures, parce qu'il faut bien qu'ils te crachent quelque chose à la gueule, mais tu leur as rien donné. Seulement là, ils n'ont rien dit, ils m'ont collé un flingue entre les yeux, ils m'ont balancé une beigne qui a bien failli me faire perdre ma culotte cul-croisé de playmate, et ils m'ont traînée par les cheveux jusque sur le trottoir avant de me balancer dans le coffre de leur voiture.

En plus, je laissais derrière moi un restaurant tchétchène dans lequel Poutine serait venu chercher des mecs dans les chiottes. Vous avez dû voir ça à la télé. Tout en finesse. Total grabuge. Eh bien j'étais au milieu, et j'ai pas vu les caméras. La guerre. Ça flinguait de partout, ça gueulait là-dedans comme des vaches saines à l'abattoir trucidées pour l'exemple. Ce pauvre Vallès a bien essayé de me protéger, cul et nichons en priorité, comme d'habitude, mais question garde du corps, je me serais sentie plus en sécurité en chemise de nuit.

Je ne sais pas ce qu'il avait de si important à me dire que je ne sache déjà. La dernière fois que je l'avais vu, il se battait avec une tapisserie qu'il déchirait à coups de stylo, et il a semé un beau bordel dans l'assemblée très chic des heureux adeptes et donateurs de l'ORL. C'était tout de même très impressionnant, de le voir déménager de la sorte. Je n'avais jamais vu de dingo en grande crise, et j'ai été servie. Il a fallu cinq balèzes de la sécurité pour le maîtriser. Ils l'ont embarqué je ne sais où et il a disparu pendant trois jours. Ils ont dû le garder pour le cuisiner, et dès qu'il m'a appelée, j'ai accepté de le voir pour savoir au juste quelles conneries il avait bien pu leur dire. En gros, il était parfaitement capable de tout compromettre en leur lâchant le morceau. Et le pognon, tant qu'à faire. Même si je suis persuadée, bien qu'on ne me dise pas tout, que les cintrés de la secte sont moins crétins (tiens, je donne dans l'anagramme, je progresse…) qu'on veut bien le croire et qu'ils ont flairé depuis un moment qu'on cherche à les baiser. M'est avis qu'ils jouent au plus fin, et que les superagents spéciaux, qui m'obligent à travailler pour le gouvernement, enfin je crois, sont un peu lourds pour gagner à ce jeu. Mais bon. Si ma vie n'en dépendait pas, je les aurais envoyés se faire dorer sur tranche depuis un bout de temps.

Parce que je peux bien le dire, maintenant que Vallès

est allé tout foutre en l'air chez moi et a découvert ma véritable identité : je suis une sorte de supplétive, ou d'auxiliaire de l'État, comme ils disent. Voyez un peu la promotion sociale : de taularde, dealeuse, pute et presque toxico, oui, presque, j'insiste, je deviens quasiment flic dans un groupe d'élite. J'ai pas encore compris pourquoi ils n'avaient pas créé un emploi-jeune pour ce job. C'est très à la mode, en ce moment, avec tous ces chouettes nouveaux métiers qui consistent le plus souvent à se farcir le merdier sans que ça coûte trop cher au budget de la nation. Adjointe spéciale aux coups foireux. Je vois bien ça sur un CV. Ça en jetterait, non ?

Bien sûr, pendant ce temps, impossible de savoir ce que foutait Vallès, ni ce que les autres bouffons faisaient de lui, sans attirer l'attention. Pas bouger. On est resté devant le téléphone sans oser respirer. Et moi, je pensais à Elsa qui me faisait des dessins dans son foyer d'accueil. Ce branque tenait mon bonheur entre ses putains de mains tremblantes. Il pouvait tout foutre en l'air à tout moment. Va faire désamorcer une bombe hyperchaude, cinquante secondes avant la fin du compte à rebours, par un parkinsonien aveugle. Mieux vaut faire confiance dans ces cas-là à la bombe, d'après moi.

Donc, je me suis précipitée dare-dare au rendez-vous, dans un petit restau des Chartrons où, m'avait-il dit, on clappe bien pour pas cher. J'ai pas pu vérifier, vu qu'on nous a servi du pruneau maousse à l'apéro. Je l'imaginais déjà en train de se demander comment il allait se saper pour me séduire, à tourner en rond dans sa turne devant ses fringues sinistrées. Ce con est raide amoureux de moi. Peut-être plus raide qu'amoureux, vu qu'il a l'air assez turgescent, ce pauvre mec. Ça fait drôle d'inspirer comme ça des sentiments, mais il y a des hommages dont je me passe assez facilement. Des fois, j'ai un peu pitié de lui à cause de sa tronche en vrac qui lui fait croire tous les mensonges que je lui raconte et qu'on fabrique autour de lui. Mais dès que je le vois se pointer, comme l'autre soir, attifé minable, collection automne-hiver 75, parfumé au désodorisant pour toilettes, j'ai envie de lui faire mal. Mille excuses, mais je ne suis pas psy. C'était le métier de Furde, ça, laisser causer les malheureux qui avaient coulé une bielle et leur faire croire qu'avec un petit échange standard ils n'entendraient plus claquer les pistons. Moi, j'ai assez de mon boxon personnel sans aller pleurnicher sur celui des autres. C'est pour ça que lorsque l'autre, là, un capitaine, Schmidt est venu me sortir de ma taule, j'ai pas hésité longtemps. Il m'a prévenu qu'il y aurait sans doute de la vaisselle cassée. « Je m'en branle, je lui ai dit en ces termes, histoire de lui montrer que je n'étais pas une mijaurée, tant que je suis pas dans la pile d'assiettes. » Ça l'a fait sourire. « De toute façon, c'est ça ou rien. T'es même pas sûre d'avoir un droit de visite pour ta môme. Alors tu vois… »

C'était tout vu.

Après, ils m'ont laissée huit jours avec Elsa, dans une sorte de village de vacances dans les Pyrénées. J'ai pu reprendre goût à tout ça, si jamais je l'avais perdu. Comme quand tu retouches à la dope après des années. Tu retombes grave. Puis ils sont revenus, un dimanche soir. Terminé. J'ai failli crever. J'ai failli tuer un des types. Ils me l'ont sorti des mains au moment où j'allais lui planter un couteau à viande dans le bas-ventre. La petite a fait un malaise. Elle s'est effondrée sans bruit, lentement, comme un foulard qui tombe. « Regarde, a fait le colonel. Regarde le mal que tu lui fais, connasse. »

Ils m'ont emmenée dans une sorte de base, près de Grenoble. Trois mois à faire du sport, à manier des armes, à apprendre un peu à me battre. Je savais faire, bien sûr, j'avais sauvé mon cul bien des fois grâce à des coups de vice que des garçons, parfois ceux-là mêmes qui en voulaient à ma petite vertu, m'avaient appris. Mais là, il y avait des règles, de la tactique, pas seulement de l'instinct. Vachement utile. Le moniteur était impressionné par mes progrès.

Ils me laissaient avec ma petite deux jours par quinzaine. Enculés. Ils me tenaient par le cœur, et ils me l'auraient arraché si je n'avais pas obéi.

Bref.

Ils m'ont balancée à l'arrière de leur monospace et je me suis retrouvée à plat ventre, le canon d'une arme enfoncée dans la nuque. Impossible de bouger, de voir leurs gueules, de toute façon ils portaient des cagoules. Ils ne disaient rien, ils s'adressaient seulement des consignes sous forme de grognements, et j'ai eu l'impression d'avoir été enlevée par une tribu de singes guerriers, d'australopithèques qui seraient passés directement de la massue aux armes automatiques. On a roulé pendant une dizaine de minutes peut-être. Celui qui maintenait le canon de son flingue contre ma nuque ne connaissait ni crampes ni fatigue, parce que sa pression ne se relâchait pas : un quart d'heure de plus, et mes vertèbres cervicales auraient été remplacées par le morceau de métal que ce fils de pute s'appliquait à m'incruster dans la chair.

Et puis la voiture s'est arrêtée brusquement et des cris ont retenti, dedans, dehors. « Laissez tomber, a fait une voix que j'ai reconnue pour être celle de ce fumier de capitaine Schmidt, pas la peine de se faire trouer sur place, on les baisera plus tard. » Il ne manquait plus que la diligence soit attaquée par des Indiens, c'était maintenant complet. Et les Indiens gueulaient là dehors, vachement menaçants, et j'imaginais qu'ils avaient une méchante puissance de feu à leur disposition. J'ai entendu tout près de moi le déclic d'un cran de sûreté qu'on ôtait, et vu l'espèce de crispation qui m'a prise au bas du ventre, j'ai compris que je n'allais pas garder longtemps le contrôle de mes fonctions naturelles. Si j'avais pu, je me serais planquée sous la moquette du coffre, vu le massacre qui allait se produire. « Calme ! a hurlé le chef. Putain, le premier qui touche seulement à son flingue je le tue moi-même ! » Ma nuque a été soulagée tout d'un coup de ce qui pesait dessus et aussitôt le hayon a été ouvert. On m'a soulevée comme un vulgaire sac de voyage et je me suis retrouvée à quatre pattes, au ras du pot d'échappement qui pétouillait sa pollution tranquille, mais sans plomb… Il était bien le seul dans les parages à s'interdire l'usage de ce métal lourd, et je ne sais pas si c'est à cause de ça, mais j'ai vomi le dîner qu'on ne m'avait pas laissé le temps de prendre.

– Voilà qu'elle gerbe, cette truie ! Faut la conduire à l'étable ! a fait un type au-dessus de moi.

– Je me demande si je vais pas y coucher, moi. Quand je vois la bête, j'ai des idées cochonnes !

Ils ont rigolé comme des hyènes. Je ne voyais que leurs pieds, chaussés de rangers noires. Ils étaient quatre, ils avaient des voix jeunes, sauf un, qui devait être le chef, parce que ce genre de gus a besoin d'un chef qui le fasse avancer à coups de lattes dans l'oignon. Ça aime ramper dans la boue sous les insultes, en prendre plein la gueule en disant merci sergent, pardon mon capitaine, à vos ordres mon colonel. Encore, fais-moi saigner la bite, caporal ! Je les ai vus à l'œuvre.

Pour eux, c'était ça ou ils auraient viré souteneur ou trafiquant de dope, ou violeur en série. Rien que des grosses taches avec du vent mauvais dans le clocher.

– C'est pas tout ça, les tarlouzes, a fait l'un d'eux. Vous nous filez vos pétoires et on s'arrache ! Vous leur direz que vous avez été attaqués par des extraterrestres avec des lasers paralysants !

Rigolade à nouveau. J'aime la bonne humeur. Ils avaient dû se lire un *best-of* des blagues Carambar avant de venir. Il y a eu un bruit de quincaillerie confisquée, j'ai juste eu le temps de m'essuyer la bouche et on m'a portée dans une autre bagnole du même genre que la diligence, sauf qu'on m'a autorisée à m'asseoir sur le siège arrière, sous le regard de cyclope d'un fusil à pompe.

Ils avaient relevé leurs cagoules, sans souci d'être reconnus, et j'ai pu constater qu'en effet j'avais affaire à trois types d'à peu près mon âge, commandés par un grand échalas au visage osseux, le front et le pourtour des yeux marqués de rides profondes qui pouvaient lui donner dans les cinquante ans. Comme il ne me lâchait pas des yeux, et que nul ne pipait mot là-dedans, je me suis permise de rompre un peu le silence :

– C'est quoi ce cirque ?

– Ta gueule. C'est fini pour toi, a fait le chef.

Mon cœur a cessé de battre. J'ai essayé de continuer à respirer, mais là aussi c'était bloqué. J'ai pensé à Elsa. J'ai distinctement entendu sa voix. Et bizarrement, j'ai songé à ce dingo de Vallès, qui disait entendre parler près de lui sa gamine et sa femme mortes. J'ai eu mal partout, comme après un viol collectif ou pendant une crise de manque. Je me suis soudain demandé où ils allaient m'enterrer.

– Pas de panique. On n'est pas des tueurs. Tu es

retirée de l'affaire. On te planque pendant quelques jours, le temps que ça se termine. On te protège. Après, tu dégages. Tu vas te faire mettre, où tu veux et par qui tu veux, on s'en tape.

On était sorti de Bordeaux depuis un moment, on traversait une banlieue aux rues étroites et nombreuses. Un labyrinthe au fond duquel j'allais mourir, c'est à quoi j'ai pensé. J'ai réussi à articuler encore une question :

– On m'a fait des promesses. Pour ma fille, ma vie d'après.

Le type m'a regardée d'un air pensif pendant un moment, sans dire un mot, puis il a haussé les épaules.

– Je ne sais pas. On ne m'a rien dit.

La voiture s'est garée le long d'un trottoir, un des hommes est venu m'ouvrir la portière. Il ne tenait pas d'arme, il ne me menaçait pas.

– C'est ici, a dit l'officier en me montrant une petite maison. Vous allez rester là sans vous montrer. Deux de mes hommes resteront avec vous en permanence. Vous ne risquez rien.

J'ai noté le vouvoiement, le ton plus affable. J'ai reluqué deux des commandos, qui ne riaient plus et gardaient un visage impassible, attendant visiblement les ordres, et je me suis arrêtée net au milieu du trottoir. Je voyais bien le film, mais il me manquait les sous-titres.

– C'est votre étable, c'est ça ? Je risque vraiment rien, avec vos cow-boys ? Vous rigolez. flinguez-moi sur place.

– Ah, tout à l'heure ? Ils plaisantaient. Le stress d'une opération risquée. Tension, décompression. Ces hommes sont des soldats d'élite. Ils répondront de votre sûreté et de votre intégrité physique sur leur vie, parole d'officier.

Avec ça, je pouvais y aller les yeux fermés. Autant

sauter du haut d'une falaise, poursuivie par un incendie, un jour de tempête. Mais je n'avais plus le choix. Quand j'ai entendu le verrou claquer dans mon dos, un peu plus tard, ça m'a rappelé de vaches souvenirs et je me suis mise à pleurer.

22

Trois jours plus tard, conformément aux instructions qui m'avaient été données, je descendis en gare de Bayonne du TGV 2231 à bord duquel un siège en première classe m'avait été réservé. J'avais mis à profit ces longues journées d'attente pour tâcher de dénouer quelque peu l'imbroglio dans lequel je me sentais pris, appelant plusieurs fois, par le numéro que j'avais trouvé dans le sac d'Edmonde, le mystérieux M. Alexandre, qui se contenta de me demander mon code d'identification d'une voix monocorde, dénuée de toute vibration humaine, demeurant absolument de marbre même sous les pires injures dont j'eus le temps de l'agonir avant que la communication fût coupée. Si bien que je me persuadai d'avoir insulté un répondeur, voire un robot, ce qui ne fit qu'exacerber ma frustration et ma colère. J'étais allé aussi, frémissant d'émotion, traîner du côté de chez ma chère usurpatrice, et trouvai même le courage d'entrer dans la maison vide pour y chercher le parfum fossile de sa personne, à la place de quoi je ne sentis que les effluves poussiéreux d'un intérieur désert et froid.

Comme convenu, deux hommes m'attendaient, impeccablement vêtus de costumes sombres tout à fait identiques à ceux que portaient les aimables agents de sécurité lors du séminaire médocain. Ils me virent avant que je soupçonne leur présence, affirmant qu'ils m'avaient reconnu, puis me firent monter à bord d'une grosse Mercedes à quoi ils firent emprunter bientôt les petites routes sinueuses qu'on trouve dès qu'on sort de l'agglomération basque. À la question que je leur posai pour savoir si nous avions beaucoup de route à faire, l'un d'eux répondit d'une voix éraillée, dont le timbre sonna étrangement à mes oreilles, que nous étions presque arrivés. De fait, le chauffeur, qui gardait scrupuleusement le silence, tourna dans un chemin de terre et serra le frein à main dès que nous eûmes atteint la bordure d'un champ où se dressaient ces meules brunes de fougères que le paysan d'Euskadi a coutume d'ériger à l'automne.

– Il faut que vous mettiez ça, fit la voix éraillée. Comme les autres.

On me tendait une cagoule noire, assez semblable à celle qui dissimule le visage des insurgés du Chiapas, à laquelle, bien sûr, manquaient les ouvertures permettant de voir sans être reconnu. Je tâchai de résister, arguant du fait qu'à l'instar des espaces intersidéraux que nous allions explorer mentalement, la transparence s'imposait plutôt que l'obscurité.

– Justement, dit alors le chauffeur. Dans l'espace, il fait nuit.

Je ne trouvai rien à opposer à l'énoncé de cette vérité tangible, et me soumis de mauvaise grâce à cette sombre précaution. Quand l'auto reprit sa route, j'essayai d'abord de compter les virages, mais leur nombre, la nuit oppressante où je me trouvais plongé ainsi que la vigueur avec laquelle le chauffeur les négociait, commencèrent de me brasser l'estomac, et je crus bien que la cagoule qui m'affublait allait se transformer sans coup férir en un immonde masque de nausée. Fort heureusement, mon malaise cessa en même temps que le ronronnement du moteur et mes yeux furent enfin libres d'embrasser le vert panorama d'une bucolique vallée. Quelques bancs de brume traînaient encore à l'orée de bosquets où s'allumaient à peine les premières lueurs absinthe d'un printemps timide. La douceur primitive de ce panorama adoucit mon âme et apaisa tout à fait le mal du voyage qui m'avait bouleversé les entrailles.

On s'était arrêté en contrebas d'une énorme ferme comme on en compte des centaines en pays labourdin, et je remarquai aussitôt les antennes paraboliques dont elle était surmontée. J'admirai le paysage, exprimant avec enthousiasme le désir de venir ici vivre le reste de mon âge, puis mes deux compagnons me poussèrent doucement sur un chemin qui rejoignait le bâtiment, d'allure plus imposante à chaque pas qui m'en rapprochait, et nous entrâmes de plain-pied dans une vaste salle assez sombre, meublée de fauteuils disposés en cercle et chichement éclairée d'appliques dispensant une lumière bleue qui adoucissait les contours et abolissait les ombres. Nous gravîmes ensuite un escalier de bois, grinçant comme il se doit, et parvînmes dans une pièce ouverte sur la vallée par une vaste baie vitrée. Là se tenaient, un verre à la main et devisant sourdement, une vingtaine de personnes du sein desquelles jaillit William Cochard, le gourou de la secte, qui me serra vigoureusement la main avec une chaleur à laquelle le chèque que je lui avais remis ne devait pas être étranger. Il se répandit en formules de bienvenue et d'amitié auxquelles je ne sus répondre qu'en bredouillant, le félicitant du choix qu'il avait fait de cette splendide demeure.

– ILS n'aiment notre Terre qu'en ses endroits les plus beaux et les plus secrets, expliqua-t-il.

J'imaginai aussitôt les Moséhims, leur sexe sous le bras, batifolant dans la campagne basque à la saison du rut, mais je fus tiré de ma rêverie quand le grand Synarque se tourna vers les autres qui me dévisageaient comme si je portais sur la figure quelque marque incongrue, au point que je passai sur mes joues une main hâtive pour m'assurer que je n'avais pas oublié d'ôter ma cagoule, et s'adressa à eux, d'une voix pleine de solennité :

– Chers amis, il faut que je vous présente… (il hésita, son front rosit de confusion) euh… Laurent Clamart, un nouveau donateur d'une rare générosité. Plus tard, nous l'initierons aux arcanes périphériques de notre espérance mais pour l'instant, je vous demande de lui faire le meilleur des accueils et de le considérer en véritable ami.

Des applaudissements claquèrent, que je reçus avec un plaisir d'autant plus vif que je crus remarquer la ferveur particulière dont faisaient preuve les femmes présentes – une dizaine, point laides dans l'ensemble – qui me souriaient avec des airs enjôleurs. On me tendit une flûte, qu'on remplit d'un champagne parfait, pour autant que mes connaissances œnologiques pussent en juger, et un plateau couvert de petits fours me fut présenté. On me félicita, on m'honora, à commencer par Philippe Merleau, qui, l'air sombre, vint néanmoins faire tinter le cristal de sa coupe contre la mienne.

– Vous verrez. Vous n'en reviendrez pas. Ce que vous allez vivre, peu d'humains l'ont connu, et leur vie en a été bouleversée à tout jamais. On n'a plus, de nos jours, l'occasion d'expériences spirituelles et psychiques de cette intensité. Par le passé, peut-être, certains maîtres alchimistes ont-ils franchi ces portes de diamant… Mais ils ne possédaient pas les clés cosmiques qui nous ont été révélées.

Une assez belle femme brune, âgée peut-être d'une quarantaine d'années, me souriait avec insistance, m'adressant des toasts muets, le regard rendu flou par l'usage immodéré du champagne, et je devais produire un effort surhumain pour garder mon attention sur les propos de Merleau.

– Qui dit clé dit serrure, fis-je au milieu du silence méditatif dans lequel mon interlocuteur s'était abîmé. J'espère avoir l'occasion d'y glisser un œil, même si je ne prétends pas à la découverte de tous vos secrets.

Disant cela, je coulai un regard enjôleur à la brune créature qui me répondit en vidant sa coupe d'un mouvement du buste qui fit vibrer les rondeurs de sa gorge de façon assez bouleversante.

– Bien sûr, continuait Merleau. On ne pourrait mieux dire : les serrures sont cosmiques, leur profondeur se mesure en années-lumière, le jeu de leurs mécanismes obéit aux lois de la physique quantique associées à la mathématique fractale, aux théories du chaos. D'où le pouvoir que nous avons de les ouvrir, car nous sommes la clé ! Parvenir à mettre en résonance la micro-électricité cérébrale avec les ondes majeures qui parcourent l'univers, c'est ouvrir non seulement à la perception des mondes antinomiques, mais aussi se placer en position de les parcourir et les habiter. C'est cela que nous ont appris les Moséhims, après de vaines tentatives au cours de la dérisoire histoire humaine qui sont restées sans écho chez des hommes trop aliénés par le matérialisme. Autant attendre de cloportes qu'ils soient émus par Mozart…

Je subis pendant plus d'une heure, à mon corps

défendant, les errances extraterrestres, supra-sensorielles et exaltées de Merleau, débitées d'une voix grave, presque monocorde, cependant que des mains aussi attentionnées qu'inconscientes remplissaient régulièrement ma coupe de bulles perfides.

Quand je parvins à m'ébrouer un peu, prétextant la satisfaction urgente d'un besoin naturel, je m'aperçus qu'une sournoise obscurité commençait à se tapir dans les recoins de la pièce, d'ailleurs désertée par la plupart des adeptes. Mon mentor, que ma demande incongrue avait interrompu au milieu d'un développement galactique, m'indiqua l'endroit que je réclamais de fort mauvaise grâce. Je me confondis en excuses et m'éloignai vivement, plié en deux, les mains crispées sur ma vessie, pour que mon évasion parût plus vraisemblable.

Les toilettes – pardon d'évoquer cet endroit peu romanesque, mais il fallait bien que j'y pénétrasse pour échapper de façon crédible à mon volubile interlocuteur – étaient un réduit évidemment obscur et, d'après ce que me dirent mes mains à la recherche d'un interrupteur, carrelé à hauteur d'homme, où flottait un parfum de violette plutôt entêtant. Pendant le court moment que j'y passai, cherchant toujours comment allumer la lumière, l'obscurité s'illumina violemment, et je pus voir s'animer un ballet merveilleux de planètes sur fond de nuages d'étoiles. Un vaisseau fabuleux, d'apparence gigantesque, tout illuminé de feux de navigation multicolores, traversa même mon champ de vision. Je fus pris soudain d'une terreur qui me jeta en arrière, et je me reçus lourdement sur le siège émaillé, heurtant de la tête une tuyauterie qui rendit un son creux. Je résolus de ne point rester plus longtemps dans ce lieu maudit : j'en profitai pour faire ce dont j'avais prétendu avoir besoin, maîtrisant à grand-peine la miction de mes doigts tremblants, et sortis sans tarder de ce cagibi malodorant et ensorcelé.

Après avoir cherché quelques minutes mon chemin dans un dédale de couloirs et d'escaliers aussi étroits que mal éclairés, flanqués de portes qui résistèrent toutes à mes tentatives pour les ouvrir, je revins dans la salle où quelques instants plus tôt le champagne, ainsi que la logorrhée de Merleau coulaient à flots. L'un des deux gaillards qui m'avaient pris en charge à la gare, celui dont la voix éraillée continuait de susciter en moi de troubles échos, fit vibrer de nouveau ses polypes laryngés pour m'informer de ce qu'on m'attendait en bas.

Il eût pu dire au sous-sol, car c'est au-dessous de la maison que je fus poussé avec autant de déférence que de fermeté. L'endroit où je débouchai était une vaste grotte, dont le rocher, s'élevant en une imposante muraille, brillait d'éclats minéraux sur au moins deux côtés de la vaste caverne. On avait dressé en son centre une manière d'autel, en réalité une solide table rustique recouverte d'un drap violet autour de quoi s'étaient assemblées la trentaine de personnes que j'avais dénombrées lors du cocktail, mais qu'il me fut impossible de distinguer les unes des autres – j'eusse aimé en cet instant exprimer ma sympathie à l'agréable brune que j'avais remarquée – car elles étaient revêtues d'immenses capes noires dont les capuchons coiffaient largement leurs têtes et enveloppaient leurs corps désormais fondus dans l'uniformité. L'un de ces mystérieux pénitents s'approcha de moi d'un pas vif et c'est au dernier moment que je pus identifier Cochard. Son costume s'ornait de l'emblème de la secte brodé de fils dorés et un médaillon semblable à celui que j'avais trouvé chez Élise Dulac pendait sur sa poitrine.

Il me tendit une cape avec des gestes empreints d'une rituelle lenteur.

– Soyez des nôtres, puisque vos mérites l'exigent. Drapez-vous de l'étoffe des grands voyageurs.

J'endossai la cape qui, aussitôt sur mes épaules, devint lourde comme une cote de maille. Je fus invité à prendre place dans le cercle que les adeptes formaient et la grotte fut plongée soudain dans le noir complet. La voix de Cochard s'éleva, amplifiée par une puissante sonorisation :

– Visiteurs séculaires ! Antiques explorateurs de nos misérables contrées ! Âmes plus brûlantes que le feu central, qui chevauchez la lumière et qui domptez le temps ! Venez parmi nous !

Une lueur bleuâtre se matérialisa au-dessus de l'autel, d'abord vaporeuse, tremblotante, puis elle prit la forme d'un œuf de belle taille, scintillant comme une boule sur un arbre de Noël, parcourue d'éclairs ralentis de toutes les couleurs.

– Le voilà ! glapit la voix d'une femme.

Je cherchai qui avait bien pu parler, peut-être la chaleureuse brune qui m'avait témoigné tant d'intérêt, mais ne pus rien voir que l'ouverture vide des capuches immenses toutes tournées vers l'apparition. J'avais déjà vu ce genre de phénomène dans une exposition scientifique, et c'était vieux comme un roman de Jules Verne : un très ordinaire et très médiocre hologramme hésitait devant nous, et semblait émerveiller ceux qui ignoraient tout de cette technologie déjà ancienne. J'eus envie d'affranchir les naïfs en leur exposant succinctement les principes présidant à cette vision banale autant que décorative.

– À toi, frère ! fit la voix du gourou. Laisse infuser ta vie !

Je m'attendais à ce que de l'œuf sortît une créature bariolée qui aurait entrepris sous les yeux tout ébaubis de l'assistance une danse aérienne et chamarrée, mais je sentis que quelqu'un me poussait aux épaules vers le mirage électronique. Dès que j'en fus au contact, la forme ovoïde s'allongea vivement en volutes qui soufflèrent sur ma figure un petit air frais, puis se ramassa en une silhouette d'apparence humaine, nue, asexuée, le visage figé par un sourire innocent. Je sentis autour de moi l'unanimité d'un mouvement accompagné d'un bruit d'étoffe froissée : les autres participants à ce qu'il faut bien appeler une cérémonie s'étaient agenouillés, et brandissaient tous des épées jetant mille rayons lumineux qui venaient se réunir en faisceau phosphorescent au-dessus de ma tête. L'hologramme approcha sa face de la mienne, et je ne pus réprimer un mouvement de recul : il tendait vers moi sa bouche virtuelle. J'avoue que sans aucune certitude sur le sexe de cette chose, je répugnai à répondre à ses impalpables avances, mes mains traversant cette brume chamarrée. Une sorte de prière, proférée dans une langue indistincte par les adorateurs de l'illusion, commençait à s'élever dans la grotte. Leurs épées immobiles, toujours tendues, continuaient de faire converger leurs rayons au-dessus de l'improbable couple que je formais avec l'ectoplasme qui, soudain, se mit à bourdonner imperceptiblement avec une régularité qui me fit penser à l'activité rafraîchissante d'un climatiseur au plus chaud de l'été. La température des lieux n'exigeant nullement le recours à un tel auxiliaire, je redoutai d'attraper froid, car je sentais courir dans mon dos, tel un troupeau de rennes au cœur des plaines lapones, un frisson glacé.

– Écoute bien, chevalier ! Écoute les voix surgies pour toi du fond de l'univers !

Le bourdonnement électronique s'intensifia aussitôt, mêlé de voix confuses qui fredonnaient des mélopées censées évoquer je ne sais quels espaces intersidéraux, ou bien encore les gouffres absolus dans lesquels la matière et le temps s'abîmaient continûment comme les eaux usées produites par tous les dieux des mythologies passées et présentes s'écoulant dans la bonde d'un incommensurable lavabo cosmique. Des voix grondaient dans cette astronomique tuyauterie, tour à tour menaçantes et charmeuses, s'exprimant dans le même idiome abscons que marmonnaient un peu plus tôt les adeptes, à quoi répondaient des rires ou des pleurs d'enfants, des gémissements de plaisir et même, à ma grande surprise, des cris d'animaux. Malgré ma méfiance, je me sentais peu à peu entraîné, à mon corps défendant, au cœur d'un maelström mauve et pétillant, dont chaque bulle s'animait, minuscule écran sphérique, d'images que je n'avais pas le temps de percevoir, mais que je sentais venir se loger mollement dans les recoins les plus vacants de mon cerveau.

Ma chute fut interrompue par l'arrivée dans mon champ de vision, entre l'hologramme et moi, d'une silhouette encapuchonnée en quoi, dès qu'elle releva la tête, je reconnus l'aimable jeune femme qui m'avait aguiché un peu plus tôt. Elle découvrit sa tête et tendit vers moi des lèvres entrouvertes, sensiblement plus attirantes que les appâts immatériels qui s'étaient virtuellement offerts à moi. Je pris cette bouche avec passion, insoucieux de l'assistance que j'entendis murmurer son approbation, cependant qu'augmentait le volume des voix cosmiques, et je sentis bientôt une main agile s'immiscer au bas de mon ventre pour se saisir en douceur de ma fusée déjà dressée sur son pas de tir.

La belle inconnue s'était débarrassée de ses vêtements, et comme elle ne gardait sur elle que sa cape noire, j'eus l'impression de sentir onduler contre moi quelque fabuleuse créature volante et supersonique comme on en rencontre dans les *comics* : elle me coucha sur l'autel, m'introduisant d'un même coup de rein dans sa galaxie secrète, et il me sembla qu'une force à la fois tellurique et spatiale m'arrachait à l'attraction terrestre. Parce que le souvenir que j'en garde reste incandescent et confus, je ne donnerai pas les détails du combat littéralement extraterrestre que nous nous livrâmes, tour à tour vautrés l'un sur l'autre dans des poses qui devaient parfois faire ressembler l'être que nous nous efforcions de constituer à un monstre venu d'ailleurs, sauvage et polymorphe, tâchant de repeupler à lui seul sa planète dévastée par des bombardements d'antimatière.

Ce que je me rappelle, c'est l'hologramme tournant autour de notre étreinte, immisçant entre nous le rideau flottant de son corps moiré, hasardant contre nos visages la forme inachevée d'une figure souriant avec bienveillance, ou bien nous traversant, lentement, avec un ronronnement de chat heureux. Et par moments, j'entendais autour de nous les psaumes des zélotes scandés par des voix toujours plus fortes dans un crescendo qui s'exaspérait en même temps que nos sens enflammés.

Ce que je sais avec une terrifiante certitude, c'est que je retombai durement de cet envol voluptueux au moment où je vis des mains saisir un bras de ma partenaire, et sur sa peau briller violemment l'éclat d'une lame de couteau. Je bondis d'instinct pour me retirer, mais plusieurs personnages cagoulés m'en empêchèrent en me maintenant solidement collé à celle que je voulais fuir à tout prix, ne fût-ce que pour me trouver en position de lui venir en aide, si bien que je restai prisonnier de la sacrifiée pendant que son sang s'écoulait hors de la plaie béante, recueilli dans une vaste coupe de verre. Néanmoins, comme le feu qui me tenait ne s'était point tout à fait éteint, et quoique la femme, le visage tourné vers les saigneurs, ne donnât plus le moindre signe de plaisir ou de vie, un spasme me secoua, que je ne pus m'empêcher d'accompagner d'un gémissement explicite. Aussitôt, je fus violemment tiré en arrière et l'on recouvrit la femme de sa cape, dont ne dépassèrent plus que son visage blafard et son bras livré aux sacrificateurs.

Avait-elle cessé de vivre, ou n'était-elle qu'évanouie, affaiblie par la saignée ? Je ne voyais plus que l'infâme réceptacle s'emplissant peu à peu de son fluide écarlate et je sentais autour de moi flotter en vibrant les adeptes dont les imprécations confinaient à présent au cri, et tourner lentement l'ensemble de cette scène d'épouvante, paralysé, les membres gourds et l'âme ankylosée comme si je m'éveillais d'une cure de sommeil de trois mois, incapable de réagir pour faire cesser ce rituel barbare.

– Frère, as-tu senti ta semence fuser dans le nouveau cosmos ? Elle va revivre sur Goliath. Tu es devenu un père planétaire.

La face de Cochard, noircie par l'ombre dévorante de sa capuche, apparut à quelques centimètres de moi, et je sursautai en poussant un cri de surprise.

– Laisse-toi aller à l'infinie sérénité. Tu ne risques plus rien désormais. Entends les voix diluées dans l'éther sans écho.

L'obscurité se fit et l'hologramme s'avança vers moi, lumineux, d'une démarche souple de danseur. Aussitôt, l'immatérielle créature m'enlaça et je pus voir son regard briller d'un éclat nouveau, presque vivant, et ses lèvres s'entrouvrir, prononçant des paroles apaisantes. C'était la voix de ma femme, j'en fus assuré quand le visage qui prenait forme devant moi devint aussi le sien. Je tentai de le toucher, je voulais sentir sous mes doigts cette présence chaude qui m'avait apporté tant de félicité, trop heureux que cette chance me fût offerte encore une fois, persuadé que la mort venait d'être vaincue au terme de cette cérémonie. À cet instant, rien ni personne n'aurait pu me faire douter que cette assemblée mystérieuse était en mesure de récupérer les âmes des défunts et de les faire se matérialiser à nouveau avec l'aide d'entités extraterrestres. Mais je ne rencontrai que le vide ondulant qui allumait la peau de mes mains de petites étincelles bleues et, terrassé par le désespoir, je sombrai dans l'inconscience.

Plus tard – combien d'heures, de jours, s'étaient-ils écoulés depuis l'expérience que j'avais vécue ? – je me retrouvai, comblé et reposé, en compagnie de mon épouse et de ma fille au bord d'un océan turquoise, dans le doux vacarme des vagues. Je pouvais les toucher, les embrasser, les cajoler. Le bonheur était là, il ne m'avait jamais quitté, j'avais eu peur pour rien, peut-être d'un cauchemar dont les images, en persistant un peu à mon réveil, m'avaient effrayé. J'avais cette sensation qu'on éprouve parfois d'avoir déjà vécu très exactement ce moment, en étant capable d'en prévoir la suite : le mal de l'âme dont je suis atteint me joue plus souvent qu'à d'autres ce mauvais tour, lorsque je ne sais plus si je revis mes souvenirs ou si mes rêves s'infiltrent dans la réalité pour la rendre encore plus difficile à interpréter. Toujours est-il que nous nous baignions, dégustions des glaces, laissions le soleil et le vent tiède se disputer nos épidermes. La plage était déserte, nous somnolions parfois sous un soleil rafraîchi par la brise marine. Amélie, notre enfant, jouait un peu plus loin, s'efforçant de garder prisonnières, dans le but d'en faire l'élevage, des puces de sable qu'elle capturait avec une dextérité peu commune sur toute la côte atlantique. Je gardais dans la mienne la main de la femme de ma vie, durée abolie, temps suspendu.

C'est le cri de la petite qui nous arracha à la paix de ce moment. Ma femme fut la première debout et courut vers la mer, où j'aperçus les silhouettes de trois hommes qui tenaient l'enfant par les cheveux et la battaient en riant. Ils portaient des masques évoquant les trognes grotesques des dessins animés, arboraient des tenues de camouflage ; au moment où elle arrivait sur eux, je vis Catherine bondir en arrière, frappée au ventre, puis s'effondrer en hurlant. Je vis son regard renversé fixé sur moi et j'essayai de me lever, mais j'en fus empêché par d'invisibles sangles qui me tenaient cloué au sol. Je criai, mais ma voix n'était qu'un gémissement inaudible couvert par le fracas des vagues plus hautes, crêtées d'écume, qui s'écrasaient avec violence sur le sable. Quand, au bout d'un temps infini, je pus me redresser, les trois tortionnaires avaient disparu et je crus encore à un mauvais rêve. Je m'approchai de mes deux amours qui semblaient dormir l'une à côté de l'autre, leurs pieds nus effleurés par de petits paquets d'écume. Mais quand je voulus les prendre dans mes bras, leurs corps de toutes parts s'ouvrirent de plaies béantes pour répandre du sang en nappes géantes qui bientôt teintèrent la mer d'écarlate.

C'est l'eau froide, baignant mes pieds, qui me réveilla. J'étais allongé sur le dos, sous un soleil déclinant déjà, et je me relevai vivement malgré la migraine qui semblait sur le point de découper mon cerveau en lamelles pour le confier à l'examen de chercheurs. La mer était d'un bleu métallique et je n'y décelai aucune nuance de rouge. En revanche, le veston et la chemise dont j'étais revêtu étaient souillés de larges traces brunes, croûteuses, qui ne laissèrent aucun doute quant à leur nature : c'était du sang, abondant et terrifiant comme en mes pires cauchemars.

Étrangement, regardant vers l'ouest, puisque la côte atlantique, qui attire chaque été des millions de touristes, n'offre guère d'autre panorama, je songeai à l'Amérique et aux tueurs sauvages parcourant ses fabuleux espaces, si bien que je me jetai à l'eau, mu par l'envie irrépressible de me joindre à eux. Hélas, alourdi de fatigue ou lesté par les doutes sur ce que j'avais vécu, ou fait, ou rêvé, je ne pus franchir les rouleaux pourtant modestes qui me barraient la route ; le vieil océan, dans sa grande bonté, ne voulut pas de moi et me rejeta sur le rivage, grelottant et geignant, la bouche et les sinus tapissés de sable et de sel, aussi seul que le dernier homme sur Terre.

23

Dois-je préciser qu'en ce moment d'abyssal désarroi j'aurais avec plaisir mis fin à mes tristes jours par tout moyen qui eût efficacement pulvérisé l'amas chaotique qui me tenait lieu de cervelle ? Arme à feu, explosif, poison violent, n'importe quel procédé susceptible d'interrompre ma chute dans le vide avec la brutalité sans rebond d'une dalle de béton eût été le bienvenu. La mer m'avait rejeté car, baudruche déjà corrompue je flottais trop et, par malheur, chacun sait que les eaux ne sont hantées, sous nos latitudes, d'aucun prédateur capable de se régaler en trois coups de mâchoires de ma carcasse dérisoire.

On avait massacré sous mes yeux ma femme et mon enfant sans que je puisse rien faire, et leur sang m'avait inondé, que je n'avais su contenir. Et à présent où étaient-elles ? Où avaient disparu leurs assassins ? Comment avaient-elles pu renaître et mourir encore ? Qu'en était-il de ce souvenir obsédant qui surnageait dans mon esprit, et où je me revoyais couvert de sang, le même sans doute qui souillait encore mes vêtements, copulant bestialement avec une femme que je savais déjà morte ? Étais-je donc un meurtrier ? Les questions se mêlaient comme un nœud de serpents mortels mordant mon âme pour y propager leur venin. Je revoyais le visage de Cochard tout contre le mien, je ressentais encore à mon sexe la brûlure de trop de débauche, et la tiédeur du sang giclant sur moi et je ne savais plus si tout cela m'était advenu ou ne résultait que d'hallucinations hurlantes de vérité.

Je résolus ainsi de me jeter sous les roues du premier camion que je rencontrerais. Concentrant ce qui me restait d'attention sur les moyens d'en finir pour de bon et d'éviter de ne me faire broyer que les membres inférieurs ou le bassin, ce qui, avec les prodiges dont la médecine s'enorgueillit à juste titre, m'aurait condamné à demeurer impotent sur un fauteuil roulant pour le reste de mes jours, équipé d'un anus artificiel et d'une sonde urinaire et souffrant, malgré l'amputation, de démangeaisons sous la plante des pieds, je titubai sur le sable mou jonché de détritus variés jetés là par les courants. Je gravis la courte pente des dunes qui bordaient le littoral et trébuchai parmi les oyats en maudissant le sort qui s'acharnait sur moi avec cet entêtement pervers qui fait les grands criminels.

Je parvins bientôt à proximité de maisons basses, installées sous des pins, et la vue de leurs fenêtres éclairées, par lesquelles j'aperçus des fragments d'intimité familiale, lampes, lustres, lueurs bleutées de téléviseurs et même, à un moment, la silhouette d'une femme affairée sans doute à la confection du dîner. Ce kaléidoscope familial me bouleversa jusqu'aux larmes, de sorte que je m'effondrai sur la pelouse rase entourant l'un de ces pavillons pour pleurer tout mon saoul sur l'extrême misère où j'étais réduit. À travers le rideau de larmes qui troublait ma vue, j'entrevis une lumière qui s'allumait, sur quoi se découpa l'ombre d'un homme.

– C'est sûrement un chien, l'entendis-je dire. Allez ! casse-toi !

Aussitôt, quelque chose de dur me heurta dans le dos, et je poussai un hurlement de désespoir et de douleur.

– Fais attention, Gérard, fit la voix d'une femme. Ça crie bizarrement. Je vais te chercher le fusil.

Ce mot suscita en moi, l'espace de quelques secondes, un espoir insensé : si ce brave homme était bon tireur, il allait mettre fin à mon calvaire. Aussi décidai-je de ne point le détromper et rampai-je vers lui en grondant pour rendre ma présence plus menaçante et son coup plus sûr.

– Je t'ai pris du douze, dit la femme.

J'entendis le cliquetis de l'arme qu'il chargeait, et fermai les yeux sans pouvoir penser à rien d'autre qu'à l'aiguille de pin qui fouillait en le meurtrissant le creux de ma narine droite.

– Oh mais non, c'est pas un chien, c'est un type ! s'écria la maîtresse de logis. Tire pas encore ! Eh, vous, qu'est-ce que vous foutez sur cette pelouse ?

Comme, apparemment, cette question m'était adressée, je me mis à genoux pour implorer qu'on abrégeât mes souffrances.

– Tuez-moi, dis-je à ce couple de paisibles citoyens. Vous ferez œuvre de charité.

L'homme avait baissé son arme et me considérait avec plus de curiosité que de méfiance.

– D'où vous sortez ?

– Mon bateau a coulé au large, et j'ai regagné la côte à la nage, improvisai-je, perdant soudain de vue l'objectif funeste que je m'étais fixé. J'ai tâché de sauver un de mes compagnons, mais une vague plus grosse que les autres a eu raison de sa résistance.

– Quel bateau ? Qu'est-ce que vous racontez ?

– On poursuivait un banc d'anchois quand le mauvais temps nous a fait chavirer. Mon navire s'appelait le Maïtena, du port de Saint-Jean-de-Luz.

Le couple me regardait avec stupeur. La femme cacha son visage entre ses mains en apercevant, ayant orienté vers moi la lanterne qui éclairait le seuil, le sang qui maculait mes vêtements. On comprendra sans peine que je ne pouvais dire à ces gens, tout de go, que j'avais été abandonné sur une plage par les adeptes d'une secte après une rencontre avec un extraterrestre virtuel, ni que j'avais vu mourir pour la deuxième fois ma fille et ma femme, mortes et enterrées depuis des années, encore moins que je m'étais sans doute rendu complice du meurtre d'une femme. Il me semblait à la fois incongru et indécent, foulant leur gazon à la nuit tombée, de leur faire un tel récit, où le doute le disputait à la confusion : le mensonge, quoiqu'il m'en coûtât, me semblait la seule façon d'épargner une sensibilité que je sentais à fleur de peau.

On me fit rentrer pour que je ne prisse point froid, et parce que je devais avoir faim. Ce geste de solidarité humaine m'alla droit au cœur et c'est les larmes aux yeux que je m'attablai après que mon hôtesse, qui répondait au doux prénom de Francine, m'eut offert de prendre une douche et d'enfiler des vêtements propres.

– Non, manger d'abord, soufflai-je, outrant un peu mon jeu dans le registre tragique. N'importe quoi. Un bout de pain, de l'eau.

Quelques minutes plus tard, j'attaquais ma deuxième assiette de garbure, m'ébouillantant le palais entre deux remerciements plaintifs.

– Mais à propos, dit Gérard en me servant une tranche de rôti, il faudrait appeler la gendarmerie, et puis le port de Saint-Jean-de-Luz, non ?

– Nous avons donné l'alerte vers 16 heures, m'empressai-je de répliquer. Et au moment de couler, le capitaine a envoyé un dernier message de détresse. Si vous le voulez bien, j'avertirai les autorités de ce que je suis sain et sauf un peu plus tard… C'est tellement secondaire… Je pense surtout à mes compagnons que la mer a ravis…

D'épuisement, mais aussi parce que je me laissais prendre par l'émotion de mon rôle, je fondis en larmes. Francine me resservit un verre de vin en me tapotant amicalement le bras. Je levai les yeux vers les siens, qui étaient d'un bleu profond, et constatai la finesse de ses traits, la douceur de son regard.

– Vous êtes bien bonne, lui dis-je.

Elle sourit pensivement, battit des paupières, fut sur le point de dire quelque chose, puis se tut.

– N'empêche… fit son mari soudain. On n'a pas eu de vent, nous autres. Quand il y a de la tempête en mer, on est aux premières loges, ici. Et puis vous étiez tout près de la côte… Comment se fait-il… j'ai navigué un peu, vous savez.

Ses paroles, son regard s'étaient alourdis brusquement de suspicion. Le fourbe ne tarderait pas à percer à jour ma mystification, et il me sembla même qu'il jetait un coup d'œil au fusil qu'il avait posé sur le buffet, imprudemment chargé. Sa charmante épouse ne devinait rien, et commença de desservir la table en me demandant si je prendrais un café.

– Non, ça va pas être la peine, je crois, fit l'homme avant que je pusse répondre.

La rapidité avec laquelle je me jetai sur l'arme, avant même de l'avoir tout à fait décidé, m'étonne encore aujourd'hui. Dès que je l'eus en main, je tirai un coup de feu dans le téléviseur, et l'animateur, les participants d'un jeu, ainsi que le public béat qui y assistait ne furent plus qu'une gerbe d'étincelles environnées d'une fumée âcre. Le dénommé Gérard bondit sur ses pieds et leva aussitôt ses mains en l'air.

– Où sont les toilettes ? lui demandai-je tout de go. Ne vous trompez pas.

Il dut se méprendre sur ma demande, car son visage exprima soudain un mélange instable de terreur et de stupéfaction.

– La porte verte, derrière vous, hasarda-t-il.

Je reculai vers le lieu d'aisance et m'enquis à tâtons de son système de fermeture : par chance, une simple clé garantissait l'intimité de l'officiant, et je m'en emparai.

– Entrez là-dedans, ordonnai-je.

Gérard se raidit, puis se mit en marche en s'efforçant de garder un peu de dignité. Comme sa femme se disposait à l'accompagner, je l'en empêchai d'un geste brusque et d'une parole cinglante :

– Vous y allez à deux, d'habitude ?

– Ne nous faites pas de mal, implora l'homme. Vous voulez de l'argent ?

– Allez vous asseoir sur le seul trône que vous connaîtrez jamais, lui dis-je. Je n'ai l'intention de faire de mal à personne, à condition que tout se passe bien.

La femme gardait son regard bleu et calme sur moi, et j'en ressentis sur ma peau le contact soyeux. Finalement, son époux se résolut à entrer dans le réduit, où je l'enfermai aussitôt.

– Tout va très bien se passer, la rassurai-je. Prenez les clés de votre voiture.

– Je vous en supplie. Je ferai tout ce que vous voudrez, mais ne nous tuez pas.

Avais-je décidément l'air d'un tueur psychopathe, pour inspirer tant de peur ? Portais-je donc les stigmates des crimes dont l'empreinte s'inscrivait dans maints recoins de ma mémoire bouleversée ? Je jetai dans un miroir accroché près de moi un coup d'œil à l'image repoussante que je donnais à voir, et tressaillis d'effroi : oui, j'étais devenu en quelques heures, en quelques jours peut-être, car j'avais totalement perdu la notion du temps, cet être abject au regard torve, au teint cireux, à la bouche tordue d'un rictus de haine qui me contemplait présentement dans la glace, et j'eus du mal à me reconnaître dans ce Mr. Hyde secret dont les prunelles flambaient comme l'enfer.

C'est sans doute la raison pour laquelle Francine ne tarda guère à mettre la main sur ses clés, puis à faire gronder le moteur d'une puissante berline. Sous la menace de mon arme et de la mine féroce que j'arborais désormais, je lui intimai l'ordre de rouler en direction de la nationale 10, puisqu'on m'avait abandonné sur une plage au nord de la bonne ville de Bayonne, capitale de la charcuterie l'hiver, de la viande saoule l'été. Quand nous nous fûmes éloignés de quelques centaines de mètres de son domicile, je l'obligeai à s'arrêter, puis la priai de rejoindre son époux probablement en proie aux pires angoisses, et la remerciai pour le prêt de son véhicule ainsi que pour la douceur de son caractère et de sa figure, que je n'oublierais pas, l'assurai-je, de sitôt. Peu sensible à cet assaut de civilité aussi tardif que sincère, elle s'enfuit en courant sans prononcer la moindre parole qui eût peut-être hâté ma réconciliation avec le genre humain.

Amer, et l'esprit parcouru de visions sanglantes et désespérées, je mis le cap au nord, déterminé à faire payer le prix fort à ceux qui m'avaient plongé dans ce cauchemar.

24

Je fis la route en proie aux souvenirs hideux qui occupaient en vainqueurs le territoire dévasté de mon esprit et y inscrivaient les stigmates profonds d'une culpabilité que je tenais pour certaine. La solitude et l'obscurité du trajet transformèrent même le pare-brise en un écran d'horreur sur lequel se projetaient les images précises du meurtre auquel j'avais participé sur la personne de cette inconnue, et je me revis aussi en train de martyriser la jeune Élise Dulac entre deux accès de débauche, de sorte qu'approchant de Bordeaux je fus absolument persuadé que je l'avais tuée également et que l'enquête initiée par Schmidt et Cousin n'était qu'une machination dans les labyrinthes de laquelle je me poursuivais moi-même.

En d'autres circonstances, j'eusse pu m'enthousiasmer du vertige métaphysique, voire psychanalytique, d'une telle mise en abîme, mais pour l'heure, éreinté par tant de frayeurs et de remords, je dus m'arrêter sur une aire de service dont les éclairages, ainsi que les quelques silhouettes tangibles s'y déplaçant parfois, ramenèrent en moi un peu de calme et me permirent, le temps que je m'endorme, d'éprouver à nouveau l'existence d'une réalité plus paisible et prosaïque.

Le lendemain matin, si le soleil me réveilla en appuyant

lourdement sur mes paupières de ses rayons rosâtres, il n'éclaira guère d'un jour nouveau ma déplorable situation : coupable de meurtre, et de ce fait sans doute activement recherché par toutes les polices, je n'avais plus d'argent ni de papiers, que j'avais laissés derrière moi dans l'antre de la secte, et il était probable que mon domicile faisait l'objet d'une surveillance implacable dont les mailles ne me laisseraient point passer cette fois-ci. Quand j'aurai ajouté à ce sombre tableau que j'étais affamé et que mon estomac se tordait de crampes et se repliait parfois sur lui-même, prêt à s'auto-digérer faute de mieux, on aura une idée très précise des dramatiques extrémités où j'étais acculé.

Je hasardai néanmoins une reconnaissance jusqu'à la station-service pour au moins m'y renseigner sur le jour qu'on était, et je fus stupéfait de constater que la secte m'avait retenu plus de soixante-douze heures, au cours desquelles je m'étais rendu coupable d'abominations dans un état que je me plus à qualifier de second dans le vain espoir d'en atténuer l'horreur.

Derrière la caisse s'inscrivait la carcasse dégingandée d'un employé au regard farouche, pour l'instant affairé sur le cadran d'un poste de radio dans le but probable d'échapper aux journaux du matin qui, unanimement, déclinaient nouvelles et commentaires laissant peu d'espoir quant à une amélioration de la situation mondiale. Seuls les chroniqueurs économiques, d'une station à l'autre, faisaient part de leur enthousiasme, un peu à la façon de bouchers qui auraient cherché à rassurer une vache au seuil d'un abattoir en lui faisant miroiter un radieux avenir de grillade ou steak haché. Comme n'importe lequel de ces faméliques ressortissants du tiers-monde dont les journalistes énonçaient tour à tour les massacres ou les révoltes, j'avais faim, et comme eux, j'étais prêt à tout pour me nourrir, bavant presque devant les étalages de sandwiches et autres gâteaux emballés sous vide. M'assurant que le caissier continuait son slalom radiophonique, je glissai deux morceaux de choix sous ma chemise, et je dus maîtriser les frissons occasionnés par leur contact glacial sur ma peau. Après quoi, profitant de l'arrivée simultanée de deux clients, je pus sans encombre rejoindre la voiture et y dévorer, des larmes dans les yeux, ces échantillons de gastronomie industrielle.

Je retrouvai cette bonne ville de Bordeaux dans l'état où je l'avais quittée, pluvieuse et encombrée d'autos pleines de travailleurs se rendant sur les lieux de leur esclavage salarié, avec pourtant la sensation tenace d'en être parti depuis des mois. Un passage rapide devant chez moi ne me permit pas de déceler le moindre véhicule en faction, évidente preuve qu'on avait cette fois-ci fait appel à des limiers plus discrets, et que la détermination à se saisir de ma personne s'était considérablement affermie. Je m'éloignai donc du centre-ville, chassé de ces rues familières autant par la prudence que le désarroi, et menacé en outre par la panne sèche, comme m'en avertissait le voyant de la jauge d'essence qui refusait désormais de s'éteindre. Je n'avais nulle part où aller, nul ami chez qui me réfugier, et je commençais à me laisser gagner par un désespoir poisseux. C'est en attendant à un feu rouge, regardant traverser la chaussée un Africain en boubou porteur d'un grand sac où devaient s'entasser les babioles qu'il essaierait de vendre pendant la journée, que je pensai à Ousmane. Évidemment : que n'y avais-je songé plus tôt ? Si j'en croyais l'horloge de bord, il devait être encore au travail, et je pourrais l'y intercepter. Je me dirigeai vers le nord de la ville pour y rallier une riante zone d'entrepôts, située dans le célèbre quartier de Bacalan, dont mon camarade était chargé d'assurer le gardiennage la nuit.

Je suppose que ma conduite fut souple, donc économe, car j'arrivai devant les hangars de la SOCAVO sans devoir abandonner mon véhicule d'emprunt, et suffisamment véloce, car je trouvai Ousmane à son arrêt de bus en compagnie d'un de ses collègues de travail. Quand il m'aperçut, il sembla frappé d'un choc électrique qui le raidit tout entier, et traversa la rue pour me rejoindre.

– Merde, Henri, qu'est-ce que t'as foutu ? Où t'étais passé ?

Il me serra dans ses bras puissants et me secoua comme si ce geste avait dû me remettre les idées en place.

– Pendant deux jours, la maison a grouillé de flics, m'informa-t-il. Ils ont tout foutu en l'air chez toi, puis chez nous, ces emmanchés. Bébé Louis arrête pas de piauler depuis. Ils en avaient après toi, ils disaient que t'étais un tueur, genre psychopathe. Nous, on leur a dit que c'était pas possible, que t'étais bien un peu dingo, mais brave mec, vraiment inoffensif, que même les mouches avaient pas peur de toi, mais ils nous ont pas cru… Parole de nègres… On fait pas le poids, devant les bourres. Ils en ont profité pour contrôler nos papiers, on a vu le moment où ces cons-là nous foutaient dans un charter. Et puis y avait la mère Gelos, cette tanche, qui leur répétait que tu lui foutais la trouille et à son clebs aussi, qu'elle avait peur que tu la violes. Tu vois un peu où ça va se loger ?

Pendant que nous attendions l'autobus, parmi d'autres travailleurs nocturnes que le sommeil gagnait déjà, dodelinant de la tête ou l'œil hagard, qui debout, appuyés lourdement contre les cloisons vitrées de l'abri, qui assis, serrés les uns contre les autres sur un petit banc de plastique, Ousmane continua de me faire par le menu le récit des deux folles journées que Betty et lui avaient vécues. Je m'en voulus des désagréments que mes errances leur avaient occasionnés et le priai humblement de bien vouloir me pardonner. Il repoussa d'une bourrade mes excuses, et me demanda à voix basse ce que j'avais bien pu faire pendant ces trois jours.

Je fus bien embarrassé pour lui répondre, partagé entre la franchise qu'on devait à un ami et la cruauté de l'ignoble aveu que j'avais à lui faire. Heureusement, un autobus présenta son mufle grondant et le hurlement strident de ses freins, ainsi que notre installation sur des sièges fraîchement tailladés au cutter, me permirent de différer un peu mes explications.

Il réitéra sa question, et je répondis d'un air abattu, d'une voix caverneuse, que je ne pouvais rien lui dire, que tout cela était trop grave et que je ne voulais pas lui créer davantage d'ennuis.

– Des ennuis, j'en aurai, dit-il. Je suis en train de protéger la fuite d'un assassin. Recel de malfaiteur, ça s'appelle, non ?

La brutalité de ses propos me fit bondir de mon siège, et je le pris par le revers de sa parka :

– Je n'ai tué personne ! m'écriai-je. Ils ont essayé de…

Mon indignation avait tiré de leur somnolence les travailleurs qui nous entouraient, et leurs regards chassieux convergeaient sur nous, lourds de reproches et de menaces d'identification devant d'éventuels portraits robots. L'autobus était plein, soudain, de futurs témoins à charge. Incapable de dire un mot de plus, je m'effondrai en larmes, et je sentis dans mes cheveux hésiter la main d'Ousmane.

– Putain, je disais ça pour plaisanter, enfin, je… Je voulais pas te faire de peine !

– Je ne peux pas avoir fait tout ce dont je me souviens, articulai-je.

– Je comprends pas. De quoi tu te souviens ?

Il me parlait bas, penché vers moi, comme à un enfant. Et il me souriait. Je repris mon souffle pour tenter de lui expliquer ce que je ressentais, mais il m'interrompit.

– Laisse tomber. Je connais quelqu'un à qui tu pourras raconter tout ça. Un sage de chez nous, qui fait beaucoup de bien autour de lui. Calme-toi.

Une heure plus tard, dans un immeuble d'une banlieue de la rive droite, nous pénétrions dans un appartement où flottait un petit parfum de savonnette, accueillis par une grande et belle jeune fille aux cheveux tissés de tresses fines et nombreuses, à qui Ousmane demanda si sa mère était là.

Elle me dévisagea avec une curiosité légitime avant de lui répondre :

– Bien sûr, qu'elle est là. Tu sais bien.

– Maman ! c'est Ousmane ! cria-t-elle avant de claquer derrière elle la porte d'une chambre.

Apparut presque aussitôt une femme en tee-shirt et pantalon de survêtement qui s'essuyait la tête énergiquement. Quand elle m'aperçut, entre deux pans de sa serviette, elle eut un moment d'arrêt dont elle profita pour interroger mon ami du regard.

– Je te présente Lydie. La femme de mon cousin Babacar.

Lydie me serra la main sans cesser de se frictionner le cuir chevelu. Puis aussitôt s'engagea, dans une langue qui me transporta sur les rives d'un fleuve puissant parcouru de pirogues, ou sous les frondaisons d'un baobab centenaire, une conversation rapide dont, à l'évidence, j'étais l'objet controversé. Pendant que le débat, ou la négociation, faisait rage et que je tâchais d'adopter une attitude détachée, laissant errer mon regard sur les fleurs de la tapisserie, abeille timide ayant perdu le chemin de sa ruche sous l'effet d'insecticides sournois, la jeune fille qui nous avait accueillis sortit de sa chambre, un petit sac à dos sur l'épaule et un classeur sous le bras, et quitta l'appartement en annonçant à sa mère qu'elle ne rentrerait pas déjeuner à midi, à quoi la génitrice réagit en haussant les épaules.

Puis Lydie se tourna vers moi et me toisa en hochant la tête.

– Tu vas pouvoir rester quelques jours. Je ne ferme pas ma porte à celui qu'on pourchasse. La chambre de mon fils Michel est libre, tu pourras dormir tranquille, t'as l'air d'en avoir besoin.

Je la remerciai chaleureusement, tout en m'inquiétant de la charge financière que mon hébergement allait représenter pour un foyer qui me semblait si modeste. J'enrageais à l'idée de posséder sur un compte en banque plusieurs dizaines de milliers de francs, paiement clandestin de ma regrettable collaboration avec les services spéciaux, dont je ne pouvais plus rien faire, puisque chéquier et carte bleue étaient restés en possession de Cochard et de ses zélotes.

– T'inquiète pas pour ça, intervint Ousmane. On pourvoira. J'irai récupérer ton chéquier chez toi. J'ai les clés.

Il consulta sa montre et déclara qu'il devait partir car Betty risquait de s'inquiéter. Il lui passa un coup de fil pour s'excuser de son retard et, au ton radouci qu'il prit soudain pour parler, il me fut facile de deviner que la belle enfant goûtait fort peu cette entorse au règlement.

– Elle râle, mais je pouvais rien lui dire au téléphone. Si ça se trouve, les flics l'ont mis sur écoute. Cette vieille truie de Gelos leur a dit qu'on était copains, ils ont dû gamberger là-dessus.

Il me serra dans ses bras et recommanda à Lydie de bien prendre soin de moi, puis il sortit précipitamment en refermant doucement la porte derrière lui. Quand il ne fut plus là, je me sentis soudain seul au monde, malgré la solidarité internationale qui s'organisait pour me venir en aide. Lydie dut le comprendre, car pour la première fois depuis mon arrivée, elle me sourit et me proposa de prendre une douche et de changer de vêtements, m'assurant qu'elle avait de quoi m'habiller.

Un quart d'heure plus tard, débarrassé des miasmes et des souillures qui me collaient à la peau, je sentis frémir en moi, quoiqu'encore faiblement, un homme neuf. Debout devant le miroir de la petite salle de bains, j'eus un instant d'angoisse en constatant la prolifération des personnalités qui se disputaient mon enveloppe charnelle et je dus fournir un effort intense pour me reconnaître dans le visage vieilli, aux traits tirés et à la bouche amère, qui me faisait face en singeant les grimaces auxquelles je m'essayais pour assouplir le masque de carton emprisonnant ma figure.

Les vêtements (un blue-jean délavé et un pull à col roulé) semblaient avoir été taillés pour moi sur mesure et je me sentis plus digne quand je me présentai à Lydie, en train de passer, dans une petite salle de séjour impeccable, au mobilier modeste mais luisant de propreté, un aspirateur bruyant dont le moteur, sans aucun doute récupéré sur un de ces odieux bolides du

Paris-Dakar, dégageait une odeur piquante de métal surchauffé et de fils électriques brûlés. Elle arrêta l'engin et exprima sa satisfaction de me voir si chic, tout en pinçant de ses doigts fins la laine de mon pull à certains endroits stratégiques comme pour l'ajuster mieux. Ensuite, elle me proposa, si je le voulais, de m'installer sur le canapé, en attendant qu'elle préparât ma chambre.

Je me laissai tomber sur une banquette molle qui émit sous mon poids un gémissement de ressorts, ainsi qu'un souffle fatigué. La femme reprit son ménage, m'obligeant à lever les pieds pour aller sous le canapé traquer des troupeaux d'acariens, qui ne devaient pas en mener large, vu l'acharnement avec lequel ils étaient délogés. Et c'est au vacarme de l'infernale machine que je m'endormis, quelques minutes plus tard, l'esprit vide et béant comme l'espace interstellaire qu'épiaient sans relâche les illuminés de la secte.

Un battement d'ailes, suivi d'un juron émis d'une voix forte et enrouée, me tira du sommeil abyssal où j'avais sombré, de sorte que dans le rêve qui se forma aussitôt, j'assistai au rude atterrissage d'un ange hirsute et sale à qui je demandai, pendant qu'il lissait tant bien que mal ses plumes célestes, s'il n'avait pas croisé en venant un vaisseau phosphorescent plein de Moséhims en croisière.

– Nique ta grosse mère ! répondit le maroufle.

J'ouvris les yeux et rencontrai aussitôt le regard rond et jaune, tout empreint de démoniaques projets, de la créature surnaturelle.

– Quoi ? fit-elle avec emphase. Quoââââ ?

Il était gris, je distinguais parfaitement ses serres noires serrées autour d'un trapèze, et il se balançait en inclinant la tête pour ne point me perdre de vue.

Frappé qu'une telle métamorphose eût opéré aussi vite sur un séraphin, je me dressai sur mon séant et fis face à la chose d'un autre monde.

– Samantha ! reviens ! couina ce que j'identifiai enfin, à mon grand soulagement, comme étant un perroquet en train d'escalader, et des pattes et du bec, conformément aux us et coutumes de ces volatiles, les montants de son escarpolette.

Quand il se fut enfin hissé au sommet de son perchoir, il fouilla dans ses plumes grises à la recherche de quelque parasite, puis fienta d'abondance, avant de proclamer d'une voix virile qui me fit douter un instant que le même oiseau pût à ce point changer de timbre :

– La jeunesse emmerde Nicolas Sarkozy !

– Coco ? fis-je, pour encourager de si bonnes dispositions.

– Coco ? imita la bestiole. *My name is Bond, James Bond.*

– Salut, James.

Il battit des ailes, gonfla son plumage, et se gratta la tête. Après quoi il contrefit un rot monstrueux et piocha dans la boîte où s'entassaient des graines de tournesol. Son repas terminé, il tourna la tête et l'enfouit dans ses plumes, bien décidé, apparemment, à faire un petit somme. Je tapai dans mes mains, je soufflai sur lui, dévoilant sous le gris qui l'habillait des nuances rouges ou jaunes tout à fait charmantes, mais il se contenta de réagir à mes provocations en ouvrant un œil fixe, à la pupille dilatée par la colère, qui me dissuada de continuer mes enfantillages.

Je laissai là le perroquet endormi, rêvant sans doute de la forêt tropicale d'où il avait été arraché, et m'aperçus, le silence revenu, que j'étais seul dans l'appartement, ce que me confirma un mot griffonné par Lydie, m'apprenant qu'elle était partie travailler, qu'elle n'avait pas osé me réveiller, mais que ma chambre (au fond du couloir à gauche) était prête. Elle ajoutait en post-scriptum que je trouverais de quoi me nourrir dans les placards de la cuisine et dans le réfrigérateur. J'allai donc jeter un coup d'œil dans ce qui abriterait mes cauchemars pendant quelques nuits, et pénétrai dans une chambre d'adolescent aux murs couverts de posters sur lesquels figuraient des chanteurs en action, et d'affiches de films policiers américains où prédominaient assez nettement des musculatures anabolisées prolongées par des armes à feu de calibres impressionnants. Le lit, que Lydie avait eu la gentillesse de laisser entrouvert, le drap de dessus replié en triangle, m'attira comme un charme puissant mais je résistai à l'envie de m'y allonger, de peur que mes songes terrifiants reprissent le contrôle de mon cortex ; j'étais en outre résolu à profiter du calme pour réfléchir encore à ma situation et aux dangers qui, à coup sûr, me guettaient plus que jamais.

La première décision que je pris fut de reconstituer les forces que j'avais perdues pendant mon hallucinant séjour chez les guetteurs de cosmos : faute d'esprit bien affermi, j'avais au moins besoin d'un corps sain, purgé de ses humeurs vénéneuses et résidus psychotropes, car j'étais à présent persuadé qu'on avait ajouté au champagne dont on m'avait régalé de sournoises doses d'alcaloïdes, narcotiques et autres poudres illicites : non que la chimie cafouilleuse de mon encéphale eût besoin de ces tristes artifices pour amoindrir mon jugement ou tromper mes sens, mais la précision des visions, ainsi que leur empreinte durable et rémanente dans ma mémoire ne laissaient guère de doute quant aux manipulations dont mes neurotransmetteurs avaient été l'objet. Ce cher Docteur Furde, en son temps, m'avait expliqué en détail l'effet d'une multitude de produits et mis en garde contre les ravages et les souffrances qu'ils occasionneraient sur une configuration psychique aussi fragile que la mienne.

Je passai donc la journée à méditer sur ma condition nouvelle de gibier traqué et de tueur psychopathe probable, passant du canapé où, avachi, je somnolai en m'efforçant (à quoi je parvins à peu près, signe que j'allais mieux) de maintenir dans leur trou du diable les visions qui me persécutaient, à la fenêtre par laquelle j'observai le morne décor de cette banlieue déshéritée : la dépression océanique qui balayait, dans un puissant flux d'ouest, l'ensemble du pays, fit peser sur ce qu'il faut bien qualifier de paysage, fût-il urbain et façonné de béton et de macadam par la main lourde des urbanistes, le couvercle unanimement gris d'un ciel déversant avec opiniâtreté des mètres cubes de spleen clapotant.

Edmonde l'usurpatrice, enlevée lors d'une fausse fusillade, et les trois mousquetaires sinistres arborant, lors de leurs apparitions épisodiques, des mines de comploteurs tout droit sorties d'un petit film d'espionnage, dont je me demandais s'ils étaient au service du gentil roi ou de quelque immonde cardinal, sans parler de cette secte démentielle et criminelle autour de quoi tout gravitait et dont la fréquentation me jetait aussitôt dans les flots douteux du délire et de l'hallucination, tous ces éléments ne faisaient qu'aiguiser ma suspicion, pour ne pas dire ma paranoïa, et je me sentis pris dans une nasse dont j'avais moi-même tissé le maillage de fer : que me voulait-on au juste ? Me détruire plus que je ne l'étais déjà ? Éprouver ma capacité à discerner le vrai du faux, le réel de l'imaginaire ? Établir, par des méthodes expérimentales et perverses, un diagnostic de mon état ?

Au prétexte de me faire mener une enquête sur le meurtre de la jeune Élise Dulac, ignominie que j'avais le sentiment très précis, parfois, d'avoir commise moi-même, dans quelle machination m'avait-on entraîné, jusqu'à l'assassinat dans lequel je m'étais gravement compromis sous l'emprise de drogues ?

Pendant un long instant, je déplorai que l'appartement de mes hôtes ne fût situé qu'au quatrième étage, car je ne concevais plus d'autre issue que d'en finir avec ma dérisoire existence. Mais une fois de plus, la perspective d'être réduit à l'état d'organisme assisté de branchements palliatifs ou même de roues, quand bien même elles seraient dotées d'un moteur électrique et de tout le confort sanitaire susceptible de subvenir à mes besoins aussi naturels qu'incontrôlés, me fit reculer devant le seul acte raisonnable que je me sentais la force d'accomplir.

C'est vers midi, alors que mon estomac commençait d'émettre des signaux de détresse intempestifs et confus, que le téléphone sonna, comme en écho. Au bout de la ligne, je reconnus avec bonheur la voix de la belle Betty :

– Oh, Mister Zap, c'est chaud par ici. Y a encore des flics plein l'immeuble, ils foutent tout en l'air pour trouver des traces de toi. Z'ont débarqué ce matin avant qu'Ousmane revienne du travail, et ils ont même fouillé le petit lit de bébé Louis. Putain, ces mecs c'est des féroces. Ils doivent penser que t'es planqué entre le mur et la tapisserie, ou entre les lattes du plancher ! Bref. On fait face, mais on s'inquiète. Ça se passe bien, là-bas ?

Je la rassurai sur ce point : tout se passait pour le

mieux, je vivais une sorte de prélude à la mélodie du bonheur. Pour me remettre un peu de baume au cœur, j'essayai d'imaginer le corps nerveux de mon interlocutrice se pressant contre moi, mais aucune image réconfortante ne put se former. Au contraire, des lambeaux de souvenirs sordides remontèrent à la surface de mon esprit pour y flotter comme les débris d'un naufrage. J'en fus accablé, incapable de prononcer un seul mot de plus. Soudain, le bruit de la pluie qui tombait toujours à verse s'amplifia et envahit tout l'espace sonore, au point que je crus qu'il pleuvait dans l'appartement : je levai les yeux au plafond pour vérifier qu'aucune brèche ne s'était ouverte brusquement, mais ne vis que la sotte platitude plâtrée, relevée seulement d'une auréole jaunâtre d'humidité.

– Henri ? t'es là ?

Je n'en savais plus rien. Là ou autre part, dans quelle énième dimension étais-je en train de dériver ?

– Dis, Henri, tu… T'es un assassin ? T'as pas vraiment tué une fille, comme ils disent, non ?

– Non, pas vraiment, parvins-je à répondre. Pas comme tu crois.

Je raccrochai aussitôt, le cœur lacéré par les lames cruelles des paroles pleines de doute que je venais d'entendre.

25

Cassignol contemplait devant lui les pièces détachées de son pistolet Uzi étalées sur une table, tout en écouvillonnant le canon, dans lequel il jetait parfois un coup d'œil satisfait, comme pour vérifier que le rainurage de l'acier était bien conforme aux instructions du fabricant. Il ne levait jamais les yeux sur l'agitation qui l'environnait, peuplée d'éclats de voix, de sonneries de téléphones, de claquements de portes, parcourue d'allées et venues et de gestes véhéments.

Une demi-douzaine d'hommes s'affairaient, les uns en bras de chemise, cravate dénouée, d'autres en treillis kaki, tous armés, sous la férule nerveuse du capitaine Schmidt qui arpentait la pièce, un téléphone mobile à l'oreille.

– Il me faut un détachement du 5e Choc, cinq ou six hommes, pas plus. Dites-leur bien, bordel. Le colonel a donné son accord, mais il ne veut pas se mouiller tout seul. Non, le cabinet du ministre doit être tenu à l'écart de tout ça. C'est à l'état-major de prendre la décision. Rappelez-leur qu'on a été attaqué en pleine ville par un commando. C'est la guerre, putain. Ils peuvent comprendre ça, dans leurs bureaux ? Un service étranger est en place ici, ils se permettent des actions armées sur notre territoire, et ils nous humilient.

Non, je ne sais pas pourquoi ils l'ont enlevée. Cette connasse ne sait rien. C'est juste un pion. On la jette comme un kleenex après une branlette. Non… C'est le fait qu'ils se soient permis cette opération qui est inquiétant. Ils savent tout, ils nous suivent à la trace, ils ont accès à toutes nos informations. Je suis sûr que ça vient de Paris. On cherche à nous doubler. Oui… Si je le trouve, je l'éventre. Et puis dites-leur aussi ça : on a perdu le suspect depuis trois jours. C'est pas la première fois mais ce coup-ci on devait le récupérer pour de bon pour le livrer à la police, et les gens de l'ORL ont fait semblant de ne pas comprendre. Il est mûr. Il doit être persuadé d'avoir trucidé deux femmes, il avouera sans difficulté les meurtres. Bien sûr, que je vais le leur expliquer. Ils connaissent le marché. Vallès contre le matos, et pas de scandale. Sauf qu'à présent la Brigade criminelle a été saisie, et qu'ils foutent toute la ville sens dessus dessous pour le retrouver. Question discrétion, c'est râpé. C'est pour ça que j'ai besoin de renforcer mon équipe. D'accord… Si je n'ai pas de réponse à 17 heures, j'en informe le colonel Deyspaille et on décroche. Les politiques se démerderont pour étouffer le scandale.

Il coupa la communication et se tourna vers Cousin.

– Qu'est-ce que ça donne ?

– Rien. Les blacks ne savent rien, et rien n'y fait, même pas les menaces d'expulsion. En plus, on aura les gauchistes et les cocos sur le cul, si les flics mettent leur menace à exécution. Ousmane Tamba est très actif dans les comités d'aide aux sans-papiers. Il connaît du monde, le con.

– Une expulsion ? C'est tout ce qu'ils ont trouvé ? Et son lardon ? Ils peuvent pas trouver quelque chose pour le lui prendre, une histoire de mauvais traitements, un truc dans ce genre ? Et sa femme ? Si on faisait du mal à sa femme ?

Les yeux de Cousin brillèrent d'un éclat malsain : une flaque de boue sous un soleil d'hiver.

– Je vais creuser ça, dit-il. C'est une idée. Et puis elle est gironde, la négresse. J'irais bien lui jouer les missionnaires… Un coup de sabre, un coup de goupillon. Hein, Cassignol ? Ça te dirait pas, d'aller lui grimper au boubou ? On se refait l'empire colonial à tous les deux, histoire de les faire craquer un peu ?

Cassignol finissait de remonter la crosse de son arme et, la brandissant au-dessus de lui, fit jouer frénétiquement la culasse.

– Quand on veut. Le gus bosse la nuit, on peut faire ça ce soir, c'est la pleine lune. On se la fait façon loups-garous. On pourrait emmener le toubib avec nous, ça lui ferait prendre l'air.

Le capitaine Schmidt jeta autour de lui un regard gêné. Personne, parmi les autres agents présents dans la pièce, ne semblait avoir entendu la plaisanterie de Cassignol.

– Vous ne parlez pas de lui. Domaine réservé. Secret-défense.

– Tout de même, cette expérience… C'est un peu limite, non ?

La figure de Schmidt se tordit étrangement : il sourit.

– Vous êtes en train de fantasmer sur la façon de faire parler des comparses, et vous agitez déjà votre bite comme une arme suprême, comme au bon vieux temps de la bataille d'Alger. Je vous imagine bien faire ça dans une baignoire d'eau chaude, en pédalant pour alimenter un générateur, tant qu'on y est… C'est grotesque, et dégueulasse. Ce que le service expérimente avec ce spécimen, c'est une technique de mise sous tension psychique inédite : comment fragiliser un individu au point qu'il donnerait au bourreau ses propres enfants, sans transpirer à lui donner des coups, sans le violer, sans le transformer en grabataire incontinent. Les paras qui tombent à bras raccourcis sur un suspect, les techniques de la Gestapo, tout cela appartient aux barbaries du siècle dernier. Vous avez entendu parler des mondes virtuels ? de leur puissance de suggestion ? Savez-vous qu'on peut ne pas en revenir, et qu'avec l'aide de produits adéquats on gagne un temps précieux pour affaiblir un individu et obtenir tous les renseignements qu'on veut ? Terminé, le temps du sérum de vérité ! Terminé, le temps des héros qui résistaient jusqu'à la mort aux interrogatoires de brutes stupides. On va leur ôter jusqu'au prestige du martyre. Plus de corvées de bois, ou de cadavres balancés en pleine nuit dans une décharge. On pourra les relâcher, avec toutes leurs dents, les couilles en place ou la chatte fraîche. Ils pourront toujours réclamer un certificat médical pour obtenir un arrêt de travail et porter plainte devant une cour des droits de l'homme : y aura rien à constater. Bien nourris, bien propres. Ils seront devenus fous, ou tellement dépressifs qu'ils se foutront eux-mêmes en l'air. Ils n'auront pas même été capables de se rappeler ce qu'ils ont dit ou fait. Plus de procès, ni devant la justice, ni devant l'Histoire !

Le silence s'était fait dans la pièce. Cousin resta bouche bée devant tant d'éloquence. Cassignol sourit d'un air goguenard. Il émit un petit sifflement.

– Quel talent ! Vous pourriez enseigner à l'École Militaire. Toutes ces tapettes de Saint-Cyr auraient besoin de profs dans votre genre, qui savent comment on fait morfler l'ennemi.

– Vous êtes un marrant, Cassignol. Le colonel Deyspaille ne m'avait pas vanté la qualité de votre humour. Je ne regrette pas qu'il ait insisté pour que vous fassiez partie de l'équipe, car ça me distrait un peu. Attention cependant à ce que je ne vous botte pas le cul, un de ces jours.

– Vous inquiétez pas, mon capitaine. Pendant les stages de combat, j'ai appris à égorger sans me tacher et à marcher à reculons en territoire hostile. Vous n'aurez à prendre en défaut ni ma vigilance, ni ma loyauté.

Un insecte imprudent, aventuré dans le champ électromagnétique tendu entre les deux hommes, aurait grillé instantanément. Cousin se frotta les mains d'un air embarrassé.

– Toi aussi, tu sais causer, mon con, fit-il à Cassignol. T'as pris des cours accélérés ?

L'expert en armements et explosifs lui adressa un sourire à l'émail irréprochable.

– Faut bien rire un peu, avec tous les ennuis qu'on a. Je vous paie à bouffer, pour me faire pardonner. Mon capitaine, je peux me permettre ?

Schmidt haussa les épaules.

– C'est votre pognon, après tout.

Il alla décrocher son veston du portemanteau et se tourna vers les hommes :

– C'est l'heure, non ? Si on y allait ?

26

Il est inutile que je conte par le menu ce que je fis, ou ne fis pas, car je dus rester dans un état d'hébétude submergé de visions odieuses et terrifiantes qui me clouèrent au fond du canapé, devant la télévision allumée dont les personnages vinrent, il me semble, me faire partager leurs tourments. Je crois me souvenir en effet qu'une certaine Samantha agita son impeccable brushing sous mon nez en m'expliquant les problèmes que lui posait sa liaison avec Ted, et que peu après un brun ténébreux du nom de Brian me demanda ce que j'avais dit à sa fiancée Sharon pour qu'elle ne veuille plus de lui dans son lit. Je ne sais plus ce que je leur dis, moi-même trop préoccupé par la sombre intrigue qui me broyait lentement, mais ils durent être satisfaits car lorsque je fus éveillé par la sonnerie de la porte d'entrée, j'étais seul dans la pièce, et le poste était éteint.

Un grand échalas, noir comme la nuit, dont à la faveur de la pénombre régnant sur le palier je ne vis que le blanc des yeux et l'alignement immaculé du sourire, se dressait à près de deux mètres de hauteur et me demanda si j'étais bien Henri Vallès, l'ami d'Ousmane. Comprenant qu'il s'agissait là du sage dont m'avait parlé mon ami, je le fis entrer, bien décidé à ne me dérober à aucune expérience nouvelle, puisque les événements semblaient me cantonner au rôle peu enviable de cobaye polyvalent. Aussitôt parvenu au centre de la pièce, l'homme se retourna avec vivacité et me serra la main d'un air cérémonieux, s'inclinant presque devant moi.

– Auguste n'Goye. Alors comme ça, il paraît que t'as des grillons dans la calebasse ? commença-t-il.

– Si on veut, répondis-je, quelque peu interdit devant cette entrée en matière.

– Et même si on veut pas, hein ?

Il éclata d'un rire homérique qui réveilla en sursaut le perroquet James.

– Ô que ma quille éclate ! Ô que j'aille à la mer ! grinça l'oiseau en battant des ailes.

Auguste s'approcha de l'animal et lui parla dans un dialecte africain. Les pupilles de James se dilatèrent jusqu'à ce que l'iris d'or disparaisse, puis il s'ébroua en émettant un grondement sourd.

– Jamais ! déclara-t-il d'un ton catégorique.

Ébouriffant ses plumes, il regarda s'éloigner l'homme, qui riait en silence.

– Je connais ces bestioles, fit Auguste. Je sais ce qu'elles pensent.

Je lui avouai que j'étais persuadé personnellement de leur indécrottable stupidité, mais que mes connaissances en zoologie étant à peu près nulles, j'étais prêt à examiner toutes les hypothèses concernant les perroquets gris.

– Souvent, les djinnas parlent par leur bec crochu, expliqua Auguste.

– M'est avis qu'il a passé une partie de son enfance au bord d'un fleuve, et qu'il a vu passer des pirogues, supposai-je. Ce qui expliquerait les propos obscurs qu'il a tenus.

– Mais non, répliqua Auguste. Il a récité un vers du *Bateau ivre* d'Arthur Rimbaud. Asseyez-vous ici, me dit-il soudain, sautant, si je puis oser cette boutade, du coq à l'âne.

Il m'indiqua un endroit précis de la moquette, sur quoi je pris place, installé en tailleur dans la position en principe la plus propice à la méditation. Auguste, lui, s'accroupit et demeura assis sur ses talons, puis renversa par terre le contenu d'un petit sac de toile qu'il avait extirpé des profondeurs de son manteau. Il disposa en arc de cercle, entre nous, avec beaucoup de soin, une série de galets luisants, polis par l'usage ou par les ans, des dents, petites et blanches, dont je me demandai à qui il les avait prises, ainsi que la dépouille verdâtre et sèche d'un petit lézard et quatre cailloux blancs, façonnés comme des osselets, qui me rappelèrent les parties acharnées que je disputais à l'école contre des gaillards qui trichaient mieux que moi.

Après quoi il sortit de sa poche de quoi confectionner des cigarettes, qu'il commença de rouler avec des gestes précis, y mêlant en quantités notables des particules de résine de cannabis, produit que j'avais eu souvent à saisir, du temps que j'étais chez les argousins, en vertu de la lutte implacable que mènent les forces de l'ordre contre la corruption galopante de la société en général, et de la jeunesse déjà gâtée par de brillantes perspectives d'avenir, en particulier.

– Ça va t'aider, expliqua-t-il. Va chercher les offrandes, ajouta-t-il en allumant le joint.

– Les offrandes ? dis-je, interloqué.

– Oui, dans la cuisine. N'importe quoi. Sinon rien n'est possible.

Je me précipitai pour lui rapporter presque aussitôt une pomme et une orange qu'il plaça de part et d'autre de la ligne courbe d'objets. Il m'invita à fumer, ce que je fis avec empressement : vu mon degré d'intoxication par diverses molécules psychoactives de synthèse, l'inhalation d'une substance naturelle, sans doute récoltée par une agriculture de subsistance et affinée par l'artisanat d'un pays endetté auprès du stupide FMI, ne pouvait que ramener en moi une sérénité toute terrienne, voire ancestrale. J'inspirai donc de grandes bouffées de fumée, et je fus presque aussitôt parcouru par les frissons rafraîchissants que procure un bain dans un lac de montagne. Mon cerveau s'alluma de lueurs estivales : tout soudain, un gai soleil se décidait à inonder les alpages après des jours de brouillard. Auguste, après avoir lui aussi, sans doute, parcouru les mêmes sentiers d'altitude, posa ses deux mains sur ma tête et ferma les yeux.

– Tu es un petit enfant et tu marches dans la forêt, poursuivi par le lion et la panthère affamés. C'est la nuit, les épines s'accrochent à ta chemise et déchirent ta peau. C'est vrai ?

Son évocation traduisait assez bien ma situation, quoique d'exotique façon, aussi acquiesçai-je, malgré le changement radical de décor et de climat qu'imposait sa parabole.

– Mais tu fais les rêves du lion et de la panthère, tu as les mêmes yeux qu'eux, tu vois dans la nuit mais ce que tu vois n'est pas vrai. Tu es possédé par les esprits des fauves mangeurs d'hommes, et tu n'as pas l'âme du grand chasseur, tu ne peux pas les tuer à ton tour pour racheter tous les morts. Tu ne sais pas protéger ton village parce que tu crois que ton village est vide, que tous sont morts, que ce n'est plus la peine de combattre. C'est vrai ?

La fable était amusante, et sa pertinence me troublait un peu, aussi approuvai-je une nouvelle fois ses paroles. Je sentais couler sur moi la sueur extraite de force par la canicule intertropicale.

Il retira ses mains du sommet de mon crâne, les appliqua sur son front, puis se mit à psalmodier dans sa langue des incantations qu'il rythmait en sifflant entre ses dents.

– Je vois du monde au village. Leurs ombres dans la poussière. Regarde bien. Ferme les yeux pour voir mieux.

Au bout de quelques minutes de silence absolu, seulement interrompu par la voix de James qui s'écria soudain avec exaltation : « Il y a un océan qui monte et une cathédrale qui descend », l'écran noir de mes paupières closes et de mon esprit au repos s'anima d'une scène de genre : le soleil vertical de l'équateur pesait de toute son incandescence sur un groupe de cases maçonnées de torchis rougeâtre, percées de portes étroites et sombres, au centre de quoi s'élevait un arbre immense et noueux au feuillage rare et gris. Pas un être humain n'était visible et un peu de vent chaud soulevait çà et là de petits paquets de poussière qui couraient sur le sol en tourbillons silencieux. À une dizaine de mètres devant moi, sur la terre si rouge qu'on eût pu croire que tout le sang du monde avait été répandu et cuit là par l'implacable soleil, je vis onduler deux serpents noirs. Je surmontai la répulsion ancienne que j'éprouve à l'égard de ces traîtres créatures, et fis quelques pas vers leurs formes tourmentées de mouvements incessants. Puis soudain elles se dressèrent d'un coup, dansant maintenant au rythme lancinant de la voix de l'homme, et peu à peu elles s'épaississaient, se densifiaient, prenaient forme humaine, toujours sombres comme des ombres debout, l'une plus grande que l'autre, mais je pouvais distinguer leurs jambes, leurs bras, et bientôt deux visages apparurent, graves, les yeux baissés vers le sol, ces deux visages que j'avais perdus et que j'aimais toujours.

– C'est elles ! m'écriai-je malgré le nœud qui me serrait la gorge.

J'ouvris les yeux et je contemplai avec stupeur les yeux révulsés de ce qu'il faut bien appeler un sorcier, l'orthodoxie anthropologique dut-elle condamner ce vocable, dont les mains mêlaient sans cesse les talismans posés entre nous. Je notai, non sans perplexité, que le lézard momifié échappait au chaos provoqué par les doigts fébriles, et il me sembla que sa gueule s'ouvrait à chaque seconde un peu plus, prête à attaquer le maître de cérémonie.

– C'est elles, confirma Auguste en posant de nouveau son regard sur moi. Maintenant, elles sont revenues. Tu sais où elles sont, et ce que tu dois faire.

– Oui, répondis-je à tout hasard.

Et je me demandai l'espace d'un instant si ce sorcier avait le pouvoir de me faire retrouver le bonheur passé, fût-ce le temps d'une ultime étreinte où je les sentirais encore une fois, bien qu'en sachant que ce serait la dernière, sans retour possible, contre mon cœur.

– Ferme cette porte ! hurla brusquement James.

Auguste et moi sursautâmes d'une même impulsion et fîmes converger sur l'importun les mitrailleuses virtuelles de nos regards courroucés. Indifférent à l'émoi qu'il avait provoqué, il était à présent pendu la tête en bas, fixant sur nous des yeux fous, solidement accroché à son barreau par ses robustes griffes.

– Il essaie d'imiter la chauve-souris, on dirait, observai-je. C'est peut-être mauvais signe ?

Auguste haussa les épaules et insulta le perroquet en version originale avant de reprendre ses manipulations les yeux fermés. Au bout de quelques minutes de silence que le volatile combla en contrefaisant le craquement des feuilles mortes sous le pas d'un promeneur en automne, le marabout reprit la parole :

– Je sais ce que tu veux, dit-il en agitant le lézard sec devant mon visage. Ta petite et ta femme. C'est à la fois ta force immense et ta faiblesse. Tu es un arbre dans la savane qui ne se résout pas au manque d'eau et qui la cherche avec toutes ses racines qui lui poussent alors que ses branches s'étiolent ou bien se chargent de fleurs impossibles, et de l'eau tu en trouves mais les djinnas ont chié dedans tout leur poison et ça te tient debout quand même. T'es un putain d'arbre sans ombre, pris au piège du désert, plus grand sous terre qu'au plein jour, mais c'est le cas de beaucoup d'arbres dans les pays cruels comme le mien qui refusent aux hommes tout espoir, sauf que les arbres ne peuvent partir sans mourir aussitôt, alors que les hommes peuvent toujours tenter leur chance ailleurs. Même dans les légendes les plus anciennes, celles du temps où la pluie venait tous les jours, quand les esprits se baignaient dans des fleuves aujourd'hui disparus, jamais on n'a vu un seul arbre se déplacer. Au contraire, c'est grâce à eux que les bergers retrouvent leur route, ou savent les sources qui coulent dessous.

Subjugué par la magie de ces paroles et par l'imparable bon sens qui les inspirait, je vérifiai discrètement que mes membres, y compris le plus viril d'entre eux, ne se couvraient pas subrepticement d'ornements végétaux qui, bien qu'en harmonie avec la cosmogonie qu'élaborait mon thérapeute animiste, n'en eussent pas moins constitué un handicap assez lourd à assumer en sus de celui qui m'affligeait déjà. Fort heureusement, nulle arborescence ne menaçait, cependant qu'Auguste achevait ses prières en tirant sur sa cigarette d'herbe folle : nul fourmillement, nulle montée intempestive de sève printanière ne semblait devoir exprimer mon renouveau.

L'homme de l'art rangea ses accessoires puis, s'excusant de ce que la séance l'avait fatigué, s'étendit sur le canapé et s'endormit aussitôt sous le regard désapprobateur de James qui tenta pendant quelques minutes de troubler son somme en répétant, sur tous les tons, et en usant de timbres de voix les plus variés « gigot d'agneau, gigot d'agneau », ce qui ne fit que renforcer en moi la conviction que ce genre de bête est totalement dépourvue d'intelligence, mais non de malignité, contrairement aux affirmations d'Auguste qui croyait entendre dans la production sonore de ce gosier stupide la voix des esprits de la savane.

La fille de la maison, qui répondait au saint prénom de Bénédicte, nous trouva, Auguste, James et moi, dans un état de prostration qui la fit hésiter sur le seuil de la pièce, tant le silence dans quoi nous végétions était profond. Elle murmura un bonjour intimidé, agitant doucement ses longues tresses ornées de perles multicolores, puis, s'enhardissant, elle m'enjamba sans cérémonie pour venir réveiller l'homme médecine d'une claque sonore sur le ventre qui le fit bondir en hurlant du canapé où il dormait, figé dans sa pose comme un mort depuis plus de deux heures. S'ensuivit une lutte confuse, un corps à corps jovial, auquel j'eusse aimé participer, car la demoiselle était d'une grande beauté qui n'était pas sans me rappeler Betty, et se dérobait aux mains agiles de l'homme avec une souplesse à la fois farouche et sensuelle.

– Et c'est le but ! criait James. Bafana bafana !

Quand elle se fut dégagée, la belle disparut dans la cuisine, et Auguste en profita pour reprendre son souffle en me lançant des clins d'œil complices. La jeune fille revint bien vite, pourvue d'un morceau de baguette qu'elle avait garni d'une grande quantité de confiture, dans quoi elle mordait avec voracité tout en manipulant la télécommande du téléviseur. Elle arrêta son choix sur une chaîne qui diffusait des clips musicaux, puis se vautra dans un fauteuil en battant la mesure de son pied gracile. En quelques bouchées elle avait englouti son sandwich, dans des senteurs d'orange amère qui ne manquèrent pas d'exciter mes glandes salivaires et de faire gronder mon estomac vide.

Il fallut attendre le retour de Lydie, la maîtresse de maison, pour que débutassent des préparatifs culinaires qui, loin d'apaiser les vivantes alarmes de mon horloge biologique, transformèrent mon appareil digestif en créature autonome avide de n'importe quelle nourriture, et apparemment capable de sortir de sa tanière anatomique pour se la procurer elle-même. Pour faire patienter mon ogre intérieur, je proposai mon aide à Lydie qui, devant ses fourneaux, massait ses reins endoloris par des heures harassantes consacrées au nettoyage de bureaux tôt le matin et au ménage chez des particuliers aisés, mais adeptes pour leurs employés de la modération salariale. Elle refusa, malgré mon insistance et sa fatigue, en affirmant que la place des hommes n'était pas dans une cuisine. Face aux palissades de la tradition derrière quoi elle se retranchait, je tâchai bien de faire valoir quelques arguments que je qualifierai de progressistes, mais elle les pulvérisa en m'expliquant que j'étais son invité, et qu'insister eût été insultant. Je quittai à regrets son antre, où commençaient à flotter d'appétissants parfums, non sans avoir dérobé une carotte que je dévorai avec une gloutonnerie digne d'un lapin fou de dessin animé.

Plus tard, nous mangeâmes enfin, dans un tumulte de voix et de rires s'efforçant de dominer le vacarme d'un téléviseur que personne ne songeait à réduire : par un prompt renfort, nous nous trouvâmes une bonne douzaine attablés autour du poulet, des légumes et du riz, des amis s'étant joints à nous, ou des cousins, je ne sais plus, car j'eus du mal à discerner les liens qui, en dehors de l'affection et de la solidarité, unissaient cette assemblée tonitruante. Il fut beaucoup question, dans un mélange nouveau pour moi de bonne humeur et de gravité, des tracasseries administratives et policières dont deux d'entre eux, qui étaient arrivés en cours de soirée avec une bouteille de cidre, étaient victimes : dépourvus de papiers en règle, ils vivaient dans la peur permanente d'un contrôle et d'une expulsion toujours possible, maintenant que les autorités, depuis le dépôt de leur dossier de régularisation, connaissaient leurs adresses. On évoqua la possibilité d'un piège, on moqua la prétendue hospitalité française, on s'insurgea contre les dernières décisions du Ministre de l'Intérieur, surnommé « Nicolas Gotha-quotas », l'un des pires ennemis de tous les pauvres quelle que fût la couleur de leur peau.

Auguste prodigua des conseils de prudence et des encouragements à la lutte qui furent écoutés dans un silence de courte durée, certes, mais qui témoigna du respect dans lequel sa personne était tenue. Naturellement, le perroquet James, qui n'avait guère eu voix au chapitre dans le flot ininterrompu de débats, d'apostrophes, d'interruptions, de fous rires, de chamailleries, d'embrassades, d'unanimes approbations ou d'indignations collectives, profita de cette accalmie pour hurler en grinçant affreusement : « Et si on baisait ? », proposition qu'il réitéra à deux reprises avant de rentrer sa tête dans ses plumes et de sombrer dans un sommeil insondable dont aucune des miettes de pain dont il fut bombardé ne put le réveiller.

C'est aux alentours d'une heure du matin, alors que ceux qui avaient un emploi décidaient les uns après les autres de rentrer pour reconstituer une force de travail dont le patronat ne manquerait pas d'extorquer une plus-value conséquente, c'est au moment où l'on se saluait avec des baisers sonores agrémentés de restes de rire, et où chacun me prenait dans ses bras comme si j'avais été le plus infortuné des hommes, m'exhortant au courage et à la combativité, que le téléphone sonna et figea nos élans de fraternité. Lydie, inquiète que quelque malheur fût arrivé à son fils, se précipita. Je l'entendis saluer Ousmane, puis elle me tendit l'appareil.

– Oh, Henri. Faut que tu viennes. Pardon de t'interrompre en pleine bringue. Y a du nouveau. Une fille qui veut te voir. Elle dit que c'est une question de vie ou de mort. Elle t'attendra au Colibri dans une heure. C'est une espèce de bar place des Augustins, tu vois où c'est ?

Une femme m'attendrait bientôt, la nuit, dans un bar. Quelque chose en moi se ralluma soudain, comme un vieux néon qui n'a pas diffusé depuis longtemps sa lumière blafarde.

– Oui, je vois. Une femme, dis-tu ? Quel genre ?

– Difficile à dire. Pas le mien, en tout cas. Je la trouve un peu pâlotte. Je peux seulement te dire qu'elle a l'air folle. Là, je suis sous l'arche, à la Victoire, et elle me tourne autour en zyeutant partout comme si elle avait tous les flics du pays aux trousses. Un peu comme toi ce matin. Elle dit qu'elle s'appelle Edmonde, mais que c'est pas son vrai nom, putain, ça a l'air assez compliqué. Mais elle dit qu'il faut que tu rappliques dare-dare.

Je raccrochai et regardai Lydie et Auguste, seuls désormais au milieu de la pièce silencieuse, qui me considéraient d'un air inquiet.

– Edmonde, balbutiai-je. Edmonde est revenue.

Bougeant à peine de sa posture endormie, James me fit de sa prunelle jaune un clin d'œil que je ne sus comment interpréter.

27

Cinq jours à regarder la télé et à bouffer des plats cuisinés sous cellophane, gardée par deux troufions qui ne lâchaient pas leur flingue même pour aller pisser. Ils m'expliquaient qu'une attaque des « autres » était toujours possible et qu'il fallait se tenir prêt à toute éventualité. Les deux premières journées, je me suis vue enfermée dans cet appart' sans savoir si ces enfants de putain qui m'avaient embauchée me laisseraient un jour revivre avec ma gamine. Mon moral était un yoyo maladroitement manipulé : il pendait le plus souvent au bout de sa ficelle pourrie. J'ai pensé à sauter sur un de mes gardiens pour lui piquer son arme et tenter une évasion. Ou pour me faire sauter le caisson avec. J'aurais eu de la dope, je me la serais shootée sous perf, jusqu'à me faire fondre le cerveau. Puis ça s'est un peu calmé.

Une fois par jour, l'un des types se déguisait en civil pour aller au ravitaillement, et immanquablement il ramenait des barquettes d'un hypermarché du même genre que celui qui m'avait exploitée en tant que caissière quand j'étais plus jeune. Ça n'avait duré que trois mois, cette incursion sur le marché du travail, mais ça m'avait suffi. Un jour, j'ai tartiné la gueule de la chef avec un pot de crème fraîche et je lui ai fait manger le tiroir-caisse. Je l'ai laissée avec des biftons de 20 et de

50 entre les molaires à glapir pour alerter la sécurité. Recette exclusive de truie farcie à l'oseille.

Mais bon. Je ne vais pas pleurnicher sur ma condition de salariée occasionnelle. L'éclaireur ramenait aussi un ou deux DVD à chaque fois : une sous-merde américaine pleine de muscles, d'armes et d'explosions, style *Commandos de l'Apocalypse*, ou *Affrontement mortel*, qu'il avait dû trouver en solde. Ensuite, on se matait ça en chœur l'après-midi, et j'en ai appris aussi long sur l'armement déployé (j'ai conçu un faible pour la mitrailleuse M. 60, très cinégénique, qui joue toujours bien en place, sans en faire trop : elle crève l'écran, si on peut dire) que sur la composition des plats cuisinés ou l'utilisation de toutes les possibilités d'un four à micro-ondes. J'étais devenue capable de faire bouillir la garniture d'une pizza sans jamais la brûler, et j'ai vu le moment où l'un des deux humanoïdes, ébahi devant mes talents de fée du logis, allait me demander de l'épouser.

D'ailleurs, à ce propos, je dois dire que ces deux guignols ont été très *korrects*, pas un mot plus haut que l'autre, pas un geste déplacé. Total respect. Presque la classe, malgré leurs manières lourdingues d'abrutis disciplinés. Je crois qu'ils se la jouaient très pro, façon *bodyguard*, on touche pas au « sujet » pendant la mission. Ou bien on leur avait balancé des cachetons pour leur calmer les ardeurs, exemptés de garde à vous en quelque sorte, raison pour laquelle, alors, ils ne quittaient plus leur pistolet, histoire d'avoir quelque chose de dur à tâter de temps en temps.

Parfois, quand ils avaient assez vu et revu leurs films d'action ou que les yeux leur sortaient de la tête à force de peloter leur *Gameboy*, ils se mettaient à parler, ils racontaient des films qu'ils avaient vus, d'autres films, à peu près aussi cons que ceux qu'ils rapportaient, ou ils évoquaient leur enfance pourrie, leur jeunesse de branleurs de banlieue, leurs quatre cents coups, comme ils disaient. Pas ceux qu'ils avaient tirés, ça non, pas en présence d'une femme, et puis ça devait pas être très glorieux, ils avaient dû grimper des frangines dans des bagnoles après des boums, chargés au shit ou à l'ecstasy, ou dans une piaule tapissée de posters pendant que les parents étaient partis aux courses, bref, tous ces baisouillages minables que se racontent ensuite les petits tringleurs en s'inspirant des cassettes pornos qu'ils ont vues pour enjoliver leurs exploits de piètres étalons. J'en avais fait autant, haut la main, haut-le-cœur, j'avais joué la même farce dans l'autre camp.

Lorsque je leur ai demandé, à part ça, si leur cœur était pris, maintenant qu'ils avaient appris à se raser, ils se sont regardés, l'air couillon, et ils ont ri comme des cornichons. Je n'ai pas insisté. Après tout, je n'étais pas là pour sonder leur âme, dont le fond devait vite être atteint, et surtout, au soir du cinquième jour, un coup de fil m'a brisée dans mon élan humanitaire.

Cassignol, au téléphone, m'a demandé d'aller récupérer Vallès pour le remettre dans le jeu.

– C'est la dernière partie, a-t-il précisé. On touche au but.

Je lui ai demandé de quel jeu il s'agissait, et si par hasard lui et ses copains ne se payaient pas ma gueule. Il a eu un rire de chacal :

– C'est un jeu de quilles. Avec non pas un chien au milieu, mais deux. Vallès et toi. Et puis on se paye pas ta gueule, tu nous l'offres parce que t'as pas le choix. *Comprendes ?*

Cette manie de jacter l'espagnol. J'avais déjà remarqué ça, au début. Schmidt et Cousin avaient l'air vachement inquiets à chaque fois que ça le prenait.

Je lui ai demandé de leurs nouvelles, il m'a répondu énigmatiquement que je ne tarderais pas à en avoir, ce qui m'a à moitié rassurée. Ensuite, il m'a dit comment procéder, où me rendre à Bordeaux pour le rencard, et où aller pour foutre en l'air la partie de bowling. Je devrais ne m'étonner de rien, faire comme si. Puis il m'a demandé de lui passer l'adjudant. Bon, comme j'ignorais lequel des deux portait ce grade prestigieux, j'ai tendu le téléphone dans la direction des duettistes en leur disant que le chef voulait les engueuler, en commençant par le sous-officier de semaine. Le plus petit des deux s'est précipité sur le combiné et a commencé à donner du « mon capitaine » à l'autre, et je voyais son front couvert de sueur luire sous la lampe. Encore un capitaine. Ils devaient l'être tous, dans ce service. Peut-être un titre honorifique qu'on leur refilait avec la fourragère. Ou alors, j'étais sans le savoir arpète dans l'armée mexicaine, et je devais m'attendre à porter bientôt le sombre héros.

Parce que si j'étais soulagée de quitter ma planque et mes deux cerbères, l'idée de retrouver l'autre cinglé me hérissait le poil. J'allais devoir me farcir ses œillades, ses jérémiades d'amoureux éconduit, ses foucades de branque, son baratin de fin de race qui aurait fumé toutes les pages du dictionnaire. Du coup, pendant un court instant de désarroi, j'ai presque regardé les deux *actionmen* avec tendresse et regret.

Mais j'ai pensé à Elsa. J'ai murmuré son nom.

Dans la voiture qui me ramenait vers le centre-ville, je me suis récité un poème.

28

Cependant qu'Auguste et moi traversions dans un morne silence la ville luisante de pluie, battue de bourrasques qui secouaient comme un jouet la petite Twingo conduite à vive allure par mon thérapeute traditionaliste, j'affûtais les piques, traits et autres formules vexatoires dont j'étais résolu à blesser Edmonde pour sa félonie et son imposture. Je jubilais par avance de l'air penaud qu'elle prendrait, des excuses qu'en bredouillant elle me présenterait les yeux baissés et, pourquoi pas, tous les espoirs étant permis, des propositions qu'elle me ferait, soudain câline, pour se faire pardonner sa trahison.

Auguste me laissa devant l'établissement de nuit où la perfide créature m'attendait, et je le quittai en lui promettant de faire appel à lui dès que la nécessité l'exigerait, ce à quoi il acquiesça en éclatant de rire. Je repérai ma mystificatrice au fond de la salle sombre et bruyante où s'agglutinait, sous les vibrations lourdes d'une musique tonitruante, une foule de noctambules braillards et soiffards que je dus fendre en jouant des coudes. Je distribuai çà et là, parmi la multitude de chevilles, de sournois coups de pied qui ne manquèrent pas d'arracher à leurs victimes des vociférations de douleur et de protestation, au point qu'une rixe faillit bien se déclencher après mon passage entre deux colosses qui voulurent affirmer, devant les femmes présentes, le prestige de leur virilité.

Je sentais déjà, en m'approchant de la table où s'était installée l'incarnation même de la duplicité, que dans la nuit trouée d'arcs de néon et de lampes stroboscopiques mes yeux lançaient eux aussi des éclairs dangereux, bleus comme la glace, et je m'assurai rapidement, d'un coup jeté autour de moi, que nul ne pouvait s'alarmer d'un phénomène aussi singulier.

– Salut, j'ai failli attendre, putain, commença l'effrontée. Asseyez-vous.

J'obéis, plutôt décontenancé par une telle entrée en matière, et l'électricité foudroyante générée par mes paupières se déchargea vainement dans l'impalpable paratonnerre qui s'était dressé entre nous. J'attendis la suite, puisqu'Edmonde avait pris l'initiative.

– Tout va mal, hurla-t-elle soudain pour se faire entendre dans le vacarme, après avoir pris le soin de m'observer avec cet air ironique que je lui connaissais si bien. C'est la merde.

Elle hocha la tête comme pour confirmer l'évidence de ce qu'elle venait de dire. Puisqu'elle ne semblait pas disposée à apporter de précision, je tentai de rétablir l'échange en ma faveur :

– C'est pour me dire ça que vous revenez de je ne sais où, en pleine nuit, et que vous me dérangez lors d'une soirée avec mes amis ? À propos, à qui ai-je l'honneur, ce soir ? À Edmonde Cambournac, ou Émilie Casabonne ?

Pour la première fois depuis que nous nous connaissions, si j'excepte le soir où elle avait tué son agresseur, le désarroi put se lire sur son visage.

– Ils veulent me tuer, et vous faire plonger pour meurtre, bordel !

– Vous n'avez pas répondu à ma question : qui êtes-vous au juste ? Pourquoi étiez-vous détenue au Muret ?

– On s'est fait manipuler, tous les deux, cria-t-elle. Au lieu de m'emmerder avec vos questions, il vaudrait mieux qu'on se serre les coudes, parce que sinon on va manger chaud !

Je lui fis observer que j'avais déjà goûté le ragoût brûlant que Schmidt et Cousin avaient concocté dans quelque officine officieuse et que j'étais, tel qu'elle me voyait, un sursitaire en attente d'arrestation, à court d'idées pour conjurer le mauvais sort qui allait finir de s'abattre sur moi.

– Ces deux bâtards, gronda-t-elle.

– Vous les connaissez ?

– Bien sûr. C'est eux qui m'ont recrutée et qui m'ont placée auprès du docteur Furde. En principe, ils avaient besoin de renseignements sur ses recherches à propos de l'ORL.

– Ne me dites pas que l'accident de son ancienne secrétaire, Mme Le Pochat…

– Si, c'est eux. Il fallait libérer la place, ils l'ont fauchée sur un passage pour piétons, cours de la Marne.

Ces deux crapules étaient encore plus ignobles que j'avais pu l'imaginer, et je commençai à distinguer les contours sombres et inextricables d'une machination qui nous broierait sans état d'âme. Un doute, soudain, m'étreignait à la façon d'un gorille trop démonstratif : la mort du docteur Furde pouvait-elle aussi être le fait de ces deux scélérats ? Et l'enlèvement de l'architecte Dulac ?

Edmonde se leva brusquement et m'entraîna vers la sortie.

– Je vais vous montrer quelque chose qui répondra à vos questions, couina-t-elle à mon oreille, son corps svelte pressé contre le mien par la promiscuité qui régnait en ce lieu.

Une fois de plus, je fus stupéfait de la capacité que montraient mes interlocuteurs de lire dans mes pensées, et je songeai furtivement que j'aurais fait fortune en donnant des cours de télépathie aux simples d'esprit qu'abusent les fables des charlatans sur de supposées pratiques extrasensorielles. Je me trouvais à ce moment, on l'aura compris, dans une de ces phases de lucidité aiguë, d'étanchéité psychique pendant lesquelles je suis capable de discerner le faux du vrai, le fantasme du réel, sans me faire prendre au piège des simulacres que mon esprit fertile invente souvent. De sorte que je me promis, si le dénouement de cette affaire m'en laissait la liberté, de réfléchir à mon établissement en tant que vil exploiteur de la crédulité publique.

En attendant, Edmonde me tirait par le bras à travers le piétinement compact des consommateurs, indifférente à l'hostilité que suscitait sa progression vigoureuse et dont, très humblement, je m'efforçais de demander pardon aux figures farouches sur nous retournées. Alors que nous atteignions une zone où déjà l'intrusion de l'air frais de l'extérieur allégeait sensiblement l'atmosphère épaisse qu'on aurait presque pu la voir vibrer sous les coups répétés des basses diffusées par de puissantes enceintes, mon énergique guide s'arrêta si brusquement que je la heurtai et éprouvai de nouveau le contact de son corps souple tout contre le mien.

Je n'eus guère le loisir de me réjouir du hasard de cette collision car en portant mon regard dans la même direction qu'elle, j'aperçus, qui s'inscrivait, haute et massive, dans l'encadrement de la porte, la silhouette honnie de l'affreux Cassignol. Il grimaça dès qu'il nous eut repérés et plongea sa main droite sous un pan de son imperméable, où il dissimulait en permanence, je le savais, ce revolver qui était un prolongement de sa personne. Edmonde dut pressentir la même menace car, lâchant ma main, elle se rua sur l'humanoïde et lui expédia, sans autre préliminaire, son pied dans l'entrejambe aussitôt suivi d'un coup de poing, qu'elle avait armé d'une bouteille raflée je ne sais où, sur le crâne. Le *pistolero* s'effondra sans un cri, sonné pour le compte, et nous pûmes enjamber sa considérable carcasse pour bondir sur le trottoir. Je criai à Edmonde, qui courait devant moi à grandes enjambées, de m'attendre, et, peut-être, de réfléchir à l'endroit où nous pourrions nous réfugier, puisqu'on nous avait retrouvés, puisque, apparemment, on nous retrouverait toujours. Quand elle daigna tenir compte de ma requête haletante, nous avions parcouru plusieurs centaines de mètres et reprenions notre souffle sur le cours Pasteur qui, à cette heure de la nuit, s'animait essentiellement du manège discret d'automobilistes ralentissant pour négocier avec les prostituées, abritées tant bien que mal de la pluie dans l'obscurité des porches ou sous les auvents de quelques magasins.

– Où allons-nous ? demandai-je à Edmonde, qui surveillait alentour que Cassignol ne surgît pas, l'arme au poing, pour nous exécuter.

– Oui, quoi ? réagit-elle en sortant tout à coup de son inquiétude. Putain, j'en sais rien, moi !

– Nous avons besoin de parler et d'y voir clair, vous ne pensez pas ? Et puis qu'aviez-vous de si urgent à me montrer, pour m'entraîner ainsi sous ce crachin ?

– J'ai une idée, fit-elle en me donnant une rude claque sur l'épaule. Puisqu'on nous cherche, on va nous trouver. Vous avez toujours votre bagnole ?

– Bien sûr, elle est au garage, mais vu la surveillance dont je fais l'objet, je ne sais pas si…

– Il y a peu de chance que ces cons de flics fassent le guet devant votre garage, et si ça se trouve, ils ne savent même pas que vous en louez un.

Quelque peu rassuré par cette bouffée d'optimisme, je l'entraînai sur le cours Victor-Hugo, où nous croisâmes, non sans angoisse, une voiture de police qui fonçait tous feux allumés et sirène hurlante. Nous arrivâmes assez vite dans la rue où attendait mon antique berline, et j'eus l'agréable surprise de sentir autour de ma taille s'enrouler le bras d'Edmonde. Comme je tressaillais, et en profitai pour poser sur son épaule une main dont j'eus du mal à maîtriser le tremblement, la belle crut bon de préciser :

– On fait un tour de repérage, pour voir si ces bâtards sont pas en planque quelque part. On fait juste comme un couple normal qui rentre chez lui. Alors t'affole pas, Toto. C'est pas demain que je m'allonge.

Je m'émerveillai devant tant de ruse, et l'assurai que mes intentions étaient à son égard toujours aussi honnêtes, et bien qu'elle poussât la crédibilité de sa mise en scène jusqu'à m'enlacer plusieurs fois de manière assez passionnée, simulant une étreinte d'amoureux au comble de l'échauffement sensuel, je parvins, en bloquant ma respiration, et en adressant mentalement de fermes messages de tempérance à mes glandes sexuelles et autres organes sécrétant les hormones du désir et de la volupté, je parvins, disais-je, à surnager pour une fois sur ce flot impétueux et à raidir, entre autres, ma volonté d'un acier trempé. Certes, l'effort que je consentis absorba toute mon énergie psychique, et j'en oubliai de déceler dans les véhicules que nous longions une présence humaine suspecte qui eût pu déclencher l'alerte générale. Mais Edmonde, quand nous fûmes rendus au bout de la rue, m'apprit que rien de dangereux n'était tapi dans aucun habitacle, et je lui mentis en confirmant que de mon côté je n'avais rien vu.

– Il n'y a qu'un problème, m'écriai-je soudain, alors que nous approchions de la porte du garage. Je n'ai pas les clés. Ni de la porte, ni de la voiture.

Edmonde marqua un temps d'arrêt (elle avait cessé de m'enlacer dès que tout danger eut semblé écarté), et me regarda avec mépris en jurant entre ses dents. Puis, secouant la tête, elle porta une main preste à ses cheveux et en retira une petite épingle qu'elle entreprit de tordre avec dextérité. Elle s'accroupit devant la serrure et y fourragea quelques secondes durant lesquelles, le cœur au bord de l'explosion, je jetai autour de nous des regards apeurés. Un petit claquement métallique, puis le grincement de la porte qui se levait triomphalement, m'arrachèrent une exclamation admirative.

– Pour quoi vous croyez que j'étais en cabane ? Seulement pour tapin aggravé ?

Elle ouvrit avec plus de facilité encore la serrure de la portière, et m'invita à agir :

– Les bagnoles, j'y connais rien ; j'espère que ça, au moins, vous savez faire.

Je savais. Et j'eus tôt fait de trafiquer les fils idoines et le moteur démarra sans se faire prier. Hélas, cette petite prouesse technique laissa ma complice de marbre, sans doute parce que, dans une autre vie, elle l'avait vue maintes fois réalisée par des gredins avec lesquels je n'osais imaginer à quelles frasques, sur les banquettes des autos ainsi dérobées, elle avait pu se livrer.

Vingt minutes plus tard, après que nous eûmes rallié Pessac, interminable banlieue de Bordeaux s'étirant le long de la route d'Arcachon, j'arrêtai la voiture à l'abri d'un bosquet, au cœur d'une nuit plus noire que la misère de l'Afrique, à proximité d'une aile abandonnée de l'ancien hôpital militaire Xavier Arnozan, et réclamai d'Edmonde, qui s'était jusque-là refusée à toute précision, de m'expliquer ce que nous faisions là.

– C'est là qu'ils sont, ces pourris. Schmidt et Cousin. C'est ici qu'ils m'ont gardée.

– Vous voulez me faire croire qu'après être allés vous chercher au fond de votre prison pour vous confier une mission de renseignement, ils vous auraient enlevée ? Après tout, qu'est-ce qui me prouve que vous vous êtes échappée de leur geôle et qu'ils ne vous ont pas remise en circulation dans le but de me faire tomber dans un nouveau traquenard ? Me prendriez-vous pour un imbécile ?

– Pour un imbécile, non, répliqua-t-elle avec perfidie. Mais vous vous êtes fait baiser en beauté, ce qui d'ailleurs était le but de toute l'opération, et maintenant vous la jouez finaud, genre parano de film d'espionnage. Vous me faites marrer.

– C'est déjà ça. Il paraît que lorsqu'on fait rire une femme…

– Tout dépend de quel rire. En fait, je vous trouve plutôt… comment dire…

– Pitoyable est le mot que vous cherchez. Si vous aviez le temps, et assez d'humidité disponible dans les yeux, vous pleureriez volontiers sur ce misérable malade mental avec lequel on joue comme avec une vieille balle qu'on fait rebondir follement, c'est le cas de la dire, sur tous les murs de la cellule où son mal le confine ?

Furieux et amer, je sortis du véhicule, en fis le tour, et ouvris la portière pour forcer Edmonde à me rejoindre. Je la saisis fermement par le bras et la tirai vivement vers moi.

– Alors allons-y ! criai-je. Quoi que dissimulent les murs de cet hôpital, piège ou vérité, ou sans doute les deux, nous verrons bien. C'est la raison pour laquelle nous sommes venus jusqu'ici, non ? Voyez-vous, si je possédais une arme, j'en ferais usage sur tout être vivant que je rencontrerais dans ces couloirs, sans sommation ni aucune pitié.

Mes gestes furent tellement violents que cette Mata Hari de carton-pâte chuta lourdement sur le sol mouillé en poussant un cri.

– Vous êtes dingue !

– Je sais.

Sans plus me soucier d'elle, je me mis en marche vers la clôture grillagée qui ceignait l'établissement désaffecté. J'en éprouvai le maillage rouillé d'une main prudente, au cas où l'on aurait eu l'idée d'y faire courir une électricité dissuasive, et entrepris, comme rien de fâcheux ne m'arrivait, de l'escalader avec une agilité que je ne me connaissais pas. Un pavillon trapu de deux étages se laissait apercevoir sous la lueur parasite que toute ville rejette dans l'air de la nuit, fumée lumineuse qui étouffe les étoiles. J'entendis Edmonde franchir le grillage et me rejoindre mais, résolu à ne plus laisser quiconque guider mes décisions ni mes pas, je continuai vers le bâtiment dont je surveillais les fenêtres, toutes sombres, en épiant dans l'obscurité, bruissante de pluie, tout bruit qui m'eût annoncé l'imminence d'un péril. Je franchis ainsi la quarantaine de mètres qui menaient au bout du pavillon et observai celui qui lui faisait face, au-delà d'un petit parc planté de pins agités dans une grande rumeur par le vent de sud-ouest. Rien ne semblait devoir bouger quand j'aperçus, qui longeait une coursive du premier étage, la silhouette d'un homme. Je me plaquai au mur et bloquai ma respiration, redoutant que, parmi le remuement tempétueux généré par la perturbation atlantique, le souffle de mes dérisoires poumons pût être entendu. L'homme ouvrit une autre porte et disparut à mon regard. Aussitôt, une fenêtre s'alluma d'une lumière jaunâtre où s'agita quelque temps l'ombre de l'individu dont je ne parvenais pas à déterminer l'activité précise. J'attendis que le noir revienne puis m'élançai au pas de charge à travers le parc, au milieu duquel je faillis bien m'arrêter à découvert, les jambes soudain coupées par le terrible constat que je venais de faire en me retournant : Edmonde n'était plus là, j'étais seul dans ce lieu inconnu et dangereux, et je devais m'attendre à quelque traîtrise concertée entre elle et ceux pour qui elle travaillait. Tous devaient m'attendre dans un coin obscur, des armes plein les mains et de funestes projets en tête, et cette crainte même, loin de me faire mollir, ne fit qu'affermir ma résolution : quand on se trouve dans la gueule du loup, quelques pas de plus vers son gosier peuvent suffire à lui faire rendre gorge.

Aussi me mis-je en devoir de chercher, pendant un long moment, une porte par laquelle j'aurais pu pénétrer dans cette tanière. J'agissais, on s'en doute, avec la plus extrême circonspection, pesant sur les loquets comme s'ils étaient reliés à quelque détonateur, écoutant le jeu des pênes pour tâcher d'en étouffer le moindre grincement. Je me déplaçais tel le loup s'infiltrant dans l'intervalle d'une battue, et je crois bien que, l'obscurité aidant, ainsi qu'une volonté confinant à la méthode Coué, je fus quelquefois invisible.

Pas assez longtemps, hélas, pour éviter de m'entendre

dire, en sentant sur ma nuque le contact glacial d'une arme :

– Tu bouges plus du tout, sale con, ou je te troue la gueule.

Je tressaillis à cette ferme injonction et je pus vérifier, lorsque je me retournai avec une prudente lenteur, que l'individu qui l'avait émise semblait en mesure de la faire respecter jusque dans ses conséquences les plus dommageables pour mon intégrité physique. En effet, il braquait à hauteur de ma figure un impressionnant pistolet fait d'un alliage qui ne rendait à la nuit aucun des éclats rares qu'elle se plaît d'habitude à prêter aux métaux. Le chien en était relevé, et je savais d'expérience la sensibilité de ces engins-là, auxquels le moindre effleurement sur la queue de détente fait vider la moitié d'un chargeur avant même que la cible ait cessé de vivre, dûment perforée pourtant d'orifices sanglants. L'homme semblait nerveux, ce qui ne laissait de m'inquiéter, car je redoutais qu'un tremblement de son index m'expédiât *ad patres*, du plomb plein la cervelle. Aussi préférai-je user d'un stratagème pour apaiser son émotivité.

– Vous tombez bien, lui dis-je, m'efforçant d'arborer une mine innocente. Je cherchais le service de gastro-entérologie du professeur Budelle. J'ai quelques examens à y subir, et je crains qu'on ne m'ait mal renseigné à la réception.

Le cerbère écarquilla les yeux, où je crus, malgré l'éclairage médiocre de l'endroit, voir flotter les voiles mêlés du doute et de la stupéfaction, au point qu'il me sembla que le canon de l'arme n'avait plus l'implacable immobilité qui fait les trajectoires mortelles, et que je me préparai donc à une opération d'éclat visant à débarrasser cet individu en plein questionnement intime du fatal instrument dont il me menaçait. Soudain, alors que déjà je tendais tous mes muscles pour agir avec promptitude et efficacité, je le vis projeté vers moi avec violence, et nous roulâmes en désordre sur le pavage mouillé. Je pris soin de le délester du pistolet avant que quelque convulsion ne lui fît tirer un coup de feu, et me redressai vivement en brandissant l'arme dans tous les azimuts possibles pour parer à toute attaque.

– Vous pouvez pas vous empêcher de faire le con, m'entendis-je reprocher par une voix dont l'inflexion si particulière me fit au cœur un pincement que je tâchai d'ignorer.

Edmonde, bien sûr, se tenait fièrement au-dessus de moi, tapotant le creux de sa main d'une courte matraque.

– Vous allez tout faire foirer, bordel. À quoi ça rime de jouer les héros ? je sais pas si vous avez tout compris, mais ici, on est dans le ventre de la bête. C'est leur base, c'est là que Schmidt a installé son quartier général. Putain, on touche au but, il va falloir serrer les miches, ou ils vont nous désosser. *Comprende ?*

Elle me tendit la main et me tira sans douceur pour m'aider à me relever. Je la remerciai de son intervention percutante, mais l'assurai que j'avais de toute façon la situation bien en main face à la sentinelle.

– Pour l'instant, vous avez en main un bon flingue, alors ne le lâchez pas. Il faut s'occuper de lui, ajouta-t-elle en expédiant un coup de pied à l'homme assommé.

Elle fouilla dans une des poches de l'ample blouson qu'elle portait et en sortit un couteau dont elle fit aussitôt jaillir la lame dans un claquement sec.

Je m'interposai et saisis son bras vengeur.

– Non, dis-je. Vous ne pouvez pas…

– Arrêtez de me faire chier ! Je vais pas l'égorger,

ce chacal ! Pour qui vous me prenez ? Laissez-moi faire, et fermez-la.

Elle s'accroupit auprès de l'homme et entreprit de découper les jambes de ses pantalons en longues et larges lanières dont elle m'invita à lui lier les chevilles, cependant qu'elle faisait de même avec ses mains. Une fois de plus, je ne pus que rendre hommage au pragmatisme dont une vie difficile et tumultueuse l'avait dotée. Elle acheva son ouvrage en bâillonnant l'individu dont les jambes finalement assez chétives apparaissaient maintenant dans une nudité ridicule. Nous le traînâmes ensuite sous un petit escalier de fer et l'abandonnâmes à son triste sort.

– Bon. On y va. C'est par là, dit Edmonde, dont l'énergie semblait ne devoir jamais faillir.

Je la suivis le long du bâtiment et ne pus m'empêcher d'admirer son irréprochable silhouette se déplaçant dans un complet silence de chat en maraude. Elle semblait connaître les lieux comme si elle y avait été hospitalisée pendant des mois, ou y avait exercé la noble profession d'infirmière auprès de malades dont elle aurait pu hâter par sa seule présence la convalescence ou la guérison. Tout à la pensée que j'eusse aimé, du temps que j'étais moi-même pensionnaire d'un hôpital, être l'objet de soins prodigués par une aussi affriolante créature, seulement vêtue de sa blouse, offrant au gouffre de mon désespoir les profondeurs thérapeutiques de son décolleté, tout à ces lubriques visions, donc, je ne pus voir où elle avait soudain disparu, si bien que je me retrouvai seul, encore, peu rasséréné par le lourd pistolet qui s'accrochait à mes doigts. Une main rapide, surgie d'une porte que je n'avais pas aperçue, me saisit au collet et me propulsa dans un couloir obscur où nos souffles même résonnaient sinistrement.

– Surtout, pas un bruit, chuchota Edmonde à mon oreille, alors que j'eusse préféré être statufié sur place plutôt que de risquer d'alerter, par d'importunes vibrations de l'air, les serpents dont nous étions en train d'explorer le nid.

Elle m'enjoignit d'un geste de suivre ses pas et nous progressâmes, silencieux, fantomatiques sans doute, avec la prudence d'un renard flairant l'appât disposé par le roué paysan, dans un espace indistinct, puant le désinfectant, qui avait dû servir de remise ou d'entrepôt. Rien ne témoignait qu'âme qui vive se trouvât dans le bâtiment, si bien qu'Edmonde, rassurée sans doute par ce néant sonore, alluma soudain une lampe dont la lumière, qui aurait pu signaler notre présence, me fit me jeter à plat ventre, l'arme braquée devant moi, prêt à livrer un combat désespéré. Mais mon sang se glaça lorsque j'aperçus, dans le faisceau tressautant de la torche, une série de portes d'acier inoxydable dont deux ou trois bâillaient faute d'occupant : je les connaissais bien, ces funestes glacières, parce que mon ancien métier m'avait souvent conduit à en visiter les pensionnaires, quel que fût l'état dans lequel ils y reposaient, et que, personnellement, j'y avais laissé ma joie de vivre et ma raison, cloué vif par la tragédie que j'avais provoquée et vécue, hurlant sur les dépouilles de mon enfant et de ma femme.

– Merde ! qu'est-ce que vous avez encore ? me demanda Edmonde dans une sorte de vocifération étouffée.

– Rien, fis-je sèchement. Vous ne pourriez pas comprendre.

Elle braqua la lampe sur moi et je sentis son regard me dévisager.

– Mais si, je comprends. Je sais ce que vous avez enduré. Mais le moment est mal choisi. Ressaisissez-vous, Henri.

Le ton de sa voix s'était radouci, et l'usage qu'elle avait fait de mon prénom me fit au cœur un mal délicieux. Elle franchit les quelques pas qui nous séparaient, et pour la deuxième fois en quelques minutes, elle m'aida à me relever.

– Moi aussi, j'ai une gosse qui m'a été prise. Bien sûr, elle est vivante, mais…

Edmonde interrompit là le début de sa confession et passa furtivement sa main dans mes cheveux. Immédiatement, une électricité, d'un voltage infiniment supérieur à celui qui faisait fonctionner la lampe torche, parcourut mon échine et stimula un violent réflexe sanguin qui me rappela que l'être humain, en certaines circonstances, reste proche de ces grenouilles décérébrées torturées dans le temps par des collégiens à qui l'on apprenait très tôt le b.a.-ba du renseignement militaire.

– Allez hop ! fit-elle avec entrain, alors qu'une volupté sournoise commençait à s'emparer de moi.

Dès que nous eûmes quitté l'ancienne morgue, dont je refermai la porte derrière moi avec un soupir de soulagement, nous parvînmes au pied d'un escalier dont nous sondâmes le silence et l'obscurité, toujours à l'affût de quelque traquenard qu'on aurait pu nous tendre. Nous le gravîmes rapidement et, lorsque nous fûmes sur le palier, Edmonde me saisit le bras :

– C'est dans une de ces piaules qu'ils m'ont gardée. Ça commence à être chaud.

Edmonde, qui avait éteint sa lampe, poussa lentement une porte à double battant. L'obscurité presque totale où nous nous trouvâmes laissa bien vite apparaître que la zone était effectivement chaude, puisque, sous les deux portes qui flanquaient l'autre extrémité du couloir, filtraient deux rais de lumière.

Nous n'avions bien sûr aucune idée de ce que nous trouverions derrière ces huis mystérieux, ni de ce que nous ferions après les avoir franchis. Néanmoins, nous marchâmes d'un pas décidé vers ces deux traits dérisoires comme d'autres vers leur destin, respirant le moins possible, le cœur plus proche de la convulsion tachycarde que de la pulsation vitale. Nous collâmes l'oreille aux deux panneaux laqués de bleu, et pour ma part je n'entendis pas le moindre bruit dans la pièce que j'auscultais de la sorte. En revanche, Edmonde m'informa d'un geste qu'elle percevait quelque chose, et sans attendre, elle ouvrit le battant et le poussa vivement. Nous nous ruâmes dans la pièce, et fûmes submergés par un flot déchirant de hurlements et de plaintes provenant d'un vaste écran, qui diffusait des images dont, abasourdi, par l'atroce vacarme, je ne pus tout d'abord saisir le sens. Edmonde recula, épouvantée, devant l'horreur de la scène grandeur nature : un homme aux yeux révulsés éventrait à mains nues une femme agitée par les ultimes soubresauts de l'agonie, et dévorait à pleine bouche les viscères qu'il lui arrachait. J'allais me précipiter vers la scène, un instant abusé par son réalisme, pour tâcher de châtier le monstre qui se livrait à une telle barbarie, quand je fus mentalement percuté par une révélation qu'un nouvel angle de prise de vue m'asséna comme un coup de marteau : la créature anthropophage en train de se livrer à son abominable curée tourna vers moi un visage grimaçant, souillé de sang et de débris organiques, qui n'était autre que le mien !

Une nausée bloqua dans ma gorge le hurlement que j'allais ajouter à ceux qui semblaient monter des plaies béantes, et, paralysé d'effroi, je contemplai cet autre moi s'acharnant à son festin bestial. Mon esprit n'était plus en mesure de faire la part de la vérité dans ce que je regardais : c'était bien moi, reconnaissable sous l'ignoble masque dont il s'était recouvert à force de carnage, et, de nouveau, mon âme se scinda dans une terrible douleur en blocs convulsifs se heurtant et se repoussant comme une cohorte de damnés dans les vastes marmites de l'enfer. Edmonde, elle aussi, observait d'un air effaré ce spectacle démentiel, puis, secouant vivement mon bras, me dit quelque chose que je n'entendis pas à cause de la cacophonie terrifiée déversée continûment par les haut-parleurs.

– Arrêtez cette merde ! cria-t-elle, le visage tordu d'horreur. On va devenir fou !

J'actionnai la culasse de mon arme et m'apprêtai à faire feu sur cet écran d'ignominie, mais d'une main ferme elle empêcha mon geste. Je pressai dans la plus totale confusion quelques dizaines de boutons sur une console compliquée, m'aidant de la crosse du pistolet pour hâter la manœuvre, quand le couperet du silence s'abattit soudain dans la pièce, cependant que cessaient aussitôt les atrocités. Nous étions environnés d'ordinateurs, de tables de mixage, d'écrans de toutes dimensions, et parfois, quelque bip électronique témoignait d'une vie binaire et énigmatique. Je demeurai un instant devant l'écran où ne subsistait qu'une lueur bleue, redoutant de me voir – de *le* voir ? – resurgir, des viscères et du sang jusqu'aux coudes et fouailler de nouveau dans ce corps martyrisé, si bien que je ne prêtai guère attention aux tremblements dont Edmonde était secouée et qu'elle me communiquait, blottie contre moi, un bras ceignant ma taille, sa tête appuyée contre mon épaule.

– Ce n'est qu'un film, n'est-ce pas ? murmura-t-elle d'une voix nouée par le choc et empreinte de doute.

– Je l'espère, fis-je, assez incertain. Je ne sais pas.

– Mais vous…

Elle s'interrompit, car nous perçûmes au même instant des gémissements provenant d'une petite pièce située sur notre gauche, en partie vitrée, et plongée dans l'obscurité. Je me précipitai pour l'ouvrir, braquant devant moi le pistolet, prêt à en faire usage à la moindre agression, conformément à la promesse que je m'étais faite un peu plus tôt. Le seul assaut à quoi j'eus à faire face fut celui d'une odeur fétide de sueur et d'excréments qui me heurta en une bouffée quasi compacte. Je ne distinguai rien d'abord, puis les gémissements guidèrent mon regard vers un fauteuil installé derrière une table où clignotaient en ronronnant d'autres machines. Un homme était attaché sur le fauteuil et se débattait faiblement, un peu à la manière du patient de base sous les manipulations d'un dentiste aux gestes imprécis. Je parvins à faire de la lumière et ce que je vis me raidit de stupeur : le malheureux était nu, ou peu s'en fallait : on ne lui avait laissé que son caleçon et ses chaussettes, et ses poignets, ses chevilles étaient liés au fauteuil par des lanières de caoutchouc, alors qu'un système d'appui-tête et de sangles maintenait tout le haut de son corps dans une immobilité absolue. Dans son bras gauche s'enfonçait un dispositif de perfusion dont la potence, solidaire du fauteuil, vibrait à chaque tressaillement de son buste. Il était coiffé d'une sorte de casque intégral noir, assez semblable à ceux qui équipent les motocyclistes de certaines unités, par le truchement desquels ces valeureux agents communiquent entre eux et avec leurs chefs. J'hésitai à m'approcher de cet individu, qui puait tel un porc dans sa bauge, et qui s'efforçait de défaire les liens dont il était prisonnier.

– Merde, c'est quoi encore ce bordel ? s'exclama Edmonde, qui semblait avoir recouvré un peu de sa faconde naturelle, en pénétrant dans la pièce. Nom de Dieu ! fit-elle dès qu'elle fut arrivée à côté de moi. Mais…

Je la considérai avec étonnement, car elle contemplait d'un air bouleversé l'homme à moitié nu qui grognait et geignait devant nous.

– On ne peut pas le laisser comme ça, dit-elle en marchant résolument vers lui, indifférente aux miasmes corporels qu'il dégageait.

– Attention, il est peut-être piégé, l'avertis-je.

– Soyez pas con. Venez plutôt m'aider.

Je bloquai ma respiration et m'approchai du fauteuil. Le casque était d'un genre tout à fait spécial, relié aux appareils entassés sur la table par un écheveau de fils, et il me sembla que la visière noire, au moment où nous la relevions, jetait des lueurs multicolores sur le visage qui se révéla brusquement à nous quand nous l'eûmes d'un même geste libéré du carcan électronique qui l'enserrait.

Je fixai quelques instants la figure hagarde, qui pareillement me dévisagea, puis roula des yeux terrifiés et se mit à hurler au moment où moi-même je me jetai en arrière, comme frappé par la foudre. Cette fois-ci, j'en étais sûr, mon esprit ne se remettrait pas de cette commotion. Je me reçus assez durement sur mon séant, bousculant au passage deux ou trois meubles qui meurtrirent mes flancs, et y battis avec lourdeur l'air de mes membres en désordre, gros cafard stupide, les tympans crevés par les imprécations proférées par ce fantôme nauséabond surgi des profondeurs du royaume des morts :

– Non ! Marvick ! Pitié ! Oh non, mon Dieu, ne me mangez plus ! hurlait le docteur Furde, puisque c'est bien de lui qu'il s'agissait.

Edmonde, qui faisait face à cette résurrection affolante avec l'exemplaire sang-froid dont elle était coutumière, m'observait d'un air navré. Puis elle ajusta le casque sur son visage et gémit sourdement.

– C'est pas possible ! les enculés !

Elle tourna la tête en tous sens, agitait devant elle ses mains, comme si elle redoutait d'être frappée ou cherchait à se frayer un chemin dans un lieu obscur ou redoutable. Puis elle arracha le dispositif et le jeta violemment contre un mur, où il se brisa en produisant un petit bouquet d'étincelles violettes.

– C'est un casque vidéo, un de ces jeux de réalité virtuelle. On lui a projeté ces images pendant des heures, et il en est devenu fou ! Ils ont dû le droguer pour le rendre plus réceptif, et voilà le résultat !

J'observais toujours le pitoyable pantin en train de se débattre contre l'assaut persistant de ses hallucinations et je ne savais plus que croire : n'était-ce point là une nouvelle mystification assistée par les plus perfides ruses de la cybernétique qui, telles le cheval de bois des récits homériques, trouvaient toujours le moyen d'abuser les guetteurs assoupis de mon psychisme en s'y introduisant subrepticement pour en démanteler les précaires fortifications ? Ne me trouvais-je pas au cœur même de la machination, à la fois rouage et principale victime ? Les fomentateurs du complot auquel je m'attaquais – ou qu'on ourdissait contre moi (je me trouvais bien incapable de trancher cette alternative) – avaient déjà fait la preuve de leur infinie perversité et ne reculeraient devant aucun stratagème que leur âme diabolique serait capable d'inventer pour parvenir à leurs fins. Je devais par conséquent me méfier de tout et de tous et considérer ce qu'on me donnait pour vrai comme un piège toujours possible, jusqu'à la réalité la plus tangible dans quoi je croyais me mouvoir, qui pouvait se révéler être soudain une construction fallacieuse destinée à briser pour toujours mon entendement.

Je fis part à Edmonde de cette légitime défiance, bien persuadé que la paranoïa restait désormais la seule façon d'appréhender mon environnement immédiat, mais la gueuse éclata d'un rire grinçant :

– Reprenez-vous, je sais que tout ça doit vous paraître plutôt embrouillé, mais pour l'instant il va falloir se calmer, parce qu'on se croirait chez les dingues. On va d'abord sortir d'ici, parce que ça sent la souricière, et dès qu'on se sera planqué, j'éclairerai votre lanterne.

29

L'homme, en qui je ne me résolvais point tout à fait à reconnaître le docteur Furde puisque je l'avais vu mort, tout sanglant, au pied de son bureau, exprimait par des cris continus la terreur que désormais je semblais lui inspirer, et il m'implorait, cependant que je le palpais avec empressement pour m'assurer de sa matérialité, de l'achever sans délai plutôt que d'aller fouiller dans son thorax pour le vider de son contenu. Il s'obstinait, malgré mes démentis officiels et réitérés, à m'appeler Marvick, et quand Edmonde l'eut libéré de ses liens, il bondit hors du fauteuil pour s'enfuir mais, trop affaibli, s'effondra en pleurs avant d'avoir atteint la porte.

– Je ne suis pas Marvick, et vous n'êtes pas le docteur Furde ! criai-je tout près de son visage tordu par la peur et tout mouillé de larmes. Arrêtez de couiner de la sorte !

Dès que j'eus prononcé ces paroles, je sus bien que leur contenu, non plus que leur véhémence, ne parviendraient à dissiper le tragique malentendu identitaire dans lequel nous tâtonnions. En effet qui étions-nous ? Où allions-nous, emportés dans le tourbillon furieux de cette sinistre affaire ? L'heure, quoique mal choisie, était venue de se poser les vraies questions qui fondent notre humaine condition, et, malgré les cris et les convulsions de celui que je considérais toujours comme un mort-vivant, fantôme, zombie, vampire, que sais-je encore, je me tournai vers Edmonde, qui venait de s'engager à quelques éclaircissements :

– Alors ? J'attends que vous m'expliquiez, fis-je, en bâillonnant le dément d'une main catégorique.

– C'est bien le docteur Furde, dit-elle. Il n'a jamais été mort. Voilà. Ça vous évitera d'aller gamberger sur je ne sais quelles conneries. Sachez seulement que vous vous êtes fait avoir sur toute la ligne. Je vous ai fait mon cinoche, je vous ai montré un type profondément endormi et vous avez cru qu'il était mort, et c'est tout. Rappelez-vous : vous m'avez courageusement laissée seule pour la suite des opérations. C'était d'ailleurs la condition pour que tout marche. Cousin et son équipe n'ont plus eu qu'à venir le récupérer pour le laisser tranquillement se réveiller. Enfin… tranquillement, c'est une façon de causer…

– Mais pourquoi ?

– Pour vous déstabiliser. Et pour que vous mordiez à l'hameçon. Il y avait une chance sur deux pour que ça marche, mais avec vous on était du bon côté des statistiques.

Elle regarda sa montre, puis jeta autour d'elle un coup d'œil inquiet.

– Maintenant, je sais pas si vous avez remarqué, mais ces salauds se sont tirés, et d'après moi, ça pue l'embrouille. Je vous ai promis que je vous dirais tout ce que je sais, même si je ne sais pas tout. Moi aussi, j'aimerais comprendre pourquoi ces fils de putes sont venus me sortir de ma prison pour me faire jouer les espionnes. Je propose qu'on décarre d'ici en emportant l'épave.

Elle désignait par ce vocable méprisant le bon docteur qui, continuant de grogner et de se débattre contre les chimères qu'on avait installées dans son admirable cerveau, n'était pas, il fallait bien en convenir, au mieux de sa forme.

– Comment pouvez-vous parler ainsi de cet homme de grand talent dont vous avez été la maîtresse ? Là encore, ne s'agissait-il que d'une de vos impostures ? Combien vous paie-t-on le vil commerce que vous faites de votre corps et de votre dignité ?

– La maîtresse ? Parlons-en ! C'était dans mon contrat : tous les week-ends, j'avais le droit de passer deux jours avec ma fille, qu'ils ont collée dans un putain de centre de la DDASS. J'aurais fait pire pour garder ce droit. Ils me tenaient, ils vous tenaient. J'en savais juste un peu plus que vous, c'est tout. Et puis ce bon docteur, comme vous dites, on aurait pu faire un putain de film, tiens, rien qu'avec les simagrées que je devais faire pour lui faire pointer l'asperge ! La danse du ventre, le grand écart, la chevauchée fantastique, le broutard fou, cuir et suçotements, vous voulez d'autres titres ? Il aimait les projections privées, si je puis dire… Et que le programme soit varié ! Navet sur navet ! En noir et gris, dans le genre ciné-club pas chauffé et projo qui ronronne trop fort, parce que monsieur, le fantasme en berne, s'endormait facile en pleine attaque de Fort Attache, et je restais bloquée sous lui, des foulards de soie aux poignets ! Et il pionçait, ce veau ! Je pouvais lui gueuler ce que je voulais, il en écrasait comme quatre, avec moi dessous ! Alors question érotisme, pardon ! il savait faire reluire que sa plaque de psy ! Tu me demandes combien on m'a payée, pauvre cake ? Mais qu'est-ce que tu sais de ma vie pour me reprocher d'avoir accepté leur deal, à ces cons de flics ? Je m'en fous, moi, de cette histoire de secte tueuse. Ils peuvent bien piquer leur fric à tous les branques possibles et sauter leurs femmes, leurs filles ou leurs clébards, j'aurais fait n'importe quoi pour sortir de taule. Tu peux piger ça, dans ta tronche en vrac ?

Elle se tut, haletante et blême, au comble de la fureur, et s'efforça de remettre debout le docteur et de l'aider à sortir de la pièce. Je la suivis, mortifié une fois encore par l'allusion désobligeante qu'elle avait faite à ma santé mentale, mais je n'osai rien rétorquer par crainte de provoquer un nouvel accès de violence verbale dont j'eusse été encore la cible privilégiée. Pendant que cette harpie s'efforçait de vêtir l'infortuné psychiatre malgré les tremblements paroxystiques dont il était secoué, tâche à laquelle je préférai ne point participer pour éviter de le bouleverser davantage, je fouillai dans le désordre de cassettes et de disquettes qui s'entassaient sur les tables de cet étrange laboratoire, dans le but de trouver quelque chose qui pût m'aider à démasquer le vaste complot qu'on avait tramé avec mon aide involontaire, mais dont j'ignorais toujours les enjeux véritables et les victimes à venir. Je retirai du lecteur l'enregistrement qui nous avait si fortement ébranlés quand nous avions fait irruption dans le local et, à tout hasard, j'y insérai une autre bande et pressai la touche *play*.

Une femme était allongée, nue et offerte, sur une sorte d'autel, cependant que la caméra s'approchait d'elle avec une lenteur cérémonieuse, jusqu'à se placer au-dessus d'elle, dont les lèvres s'entrouvraient lascivement pour gémir de volupté. Aussitôt une voix rauque, empreinte de désir et de bestialité, qui n'était autre que la mienne, se lança dans une litanie d'obscénités à quoi se mêlaient des psalmodies clamées par d'invisibles imprécateurs adressées aux maîtres de l'univers qui bientôt, chevauchant des rayons cosmiques, viendraient répandre leur lumière éternelle sur notre planète.

Je dus m'asseoir, laissant cette sorte de film continuer de dérouler son action prévisible, car j'eus la certitude qu'on avait trouvé le moyen de capturer les images et les sons inscrits au plus profond de ma mémoire pour me les repasser comme un acte d'accusation accablant : ce que j'étais en train de regarder, au bord de l'affolement total, c'était ce que j'avais vécu dans le repaire de la secte, et au fur et à mesure que mes souvenirs resurgissaient dans mon esprit, l'écran me les représentait dans toute leur violence et leur ignominie, m'enfonçant de nouveau dans le crâne les clous en fusion de la culpabilité. La voix d'Edmonde me fit sursauter.

– Bon, on y va, ou vous restez regarder votre passé de tueur en série ?

Je dus prendre un air tellement abattu, ou stupide, qu'elle s'empressa de rectifier :

– Je déconne... et en plus, je commence à imaginer ce que vous avez subi là-bas. Cochard s'y connaît en images de synthèses. C'est une sorte de magicien dingue, une sorte de sorcier. Il a dû trouver des images de vous, ou se démerder pour les filmer, et il a fabriqué tout ça et vous l'a montré, et comme vous êtes...

Elle se tut brusquement parce que le docteur Furde, ou du moins l'ombre démente qui en avait toutes les apparences, venait de glisser, avec une étonnante promptitude, une main sous son pull et lui pressait le sein gauche en la couvrant d'un œil vitreux d'érotomane sous barbituriques, attentat impudique auquel elle riposta par une gifle retentissante qui fit reculer l'impudent de trois pas.

– Me touche pas, queue molle ! Je suis plus sous contrat ! Sinon, je dis à Marvick de te frictionner les burnes !

– Non ! pas Marvick ! glapit le psychiatre.

Edmonde l'entraîna dans le couloir, puis l'escalier par lesquels nous étions venus. Je passai devant, moi-même précédé de mon pistolet, de plus en plus fermement résolu à en faire usage dès que l'ennemi oserait se montrer. J'entendis Furde se plaindre de l'obscurité, puis de ce que nous marchions trop vite. Lorsque nous repassâmes par la morgue, il réclama en geignant de pouvoir se servir de la torche que je tenais à la main.

– Non, fit Edmonde d'une voix douce, soudain très pédagogue. C'est Marvick qui l'a. Ou alors, allez la lui demander.

Cela suffit à le faire taire pendant que nous traversions au pas de course le parc de l'hôpital sous un crachin tiède que vaporisait sur toutes choses un vent rageur. Mais, parvenus à la clôture grillagée, nous nous trouvâmes devant un obstacle insurmontable : le docteur Furde, après que j'eus fait l'erreur de passer le premier de l'autre côté, refusa tout net de me rejoindre, prétextant que, sous le pseudonyme de Marvick, qui décidément me collait à la peau, j'allais le livrer à mes esclaves cannibales pour me régaler à leur table de ses parties nobles. Pour la première fois depuis que nous nous connaissions, Edmonde et moi fûmes la proie d'un fou rire qui nous jeta au sol et auquel nous nous abandonnâmes de bon cœur.

Notre hilarité fut hélas de courte durée. Le faisceau puissant d'un projecteur me figea comme un papillon sur une plaque de liège et de toutes parts s'élevèrent des voix m'ordonnant, avec force insultes et menaces de jeter mon arme et de me mettre à plat ventre. Je fis valoir qu'il pleuvait, et que le sol, détrempé, ne manquerait pas de me frigorifier jusqu'aux os, et j'ajoutai que les responsables de cette opération assumeraient l'entière responsabilité des conséquences sur ma santé fragile d'une telle humiliation.

– Qu'est-ce qu'il déconne ? demanda quelqu'un.

– Fuyez ! implorai-je Edmonde à voix basse. Démasquez ces ruffians !

Je lui jetai le pistolet en lui recommandant d'en faire bon usage, puis elle entraîna avec elle la loque humaine qu'à mon grand désarroi le docteur Furde était devenu, et ils s'éloignèrent dans l'obscurité du parc en titubant comme un couple de poivrots.

– Y en a deux autres qui se cassent ! Faites le tour !

Trois ou quatre flammes courtes, accompagnées d'autant de détonations, trouèrent la nuit dans laquelle Edmonde et son fardeau avaient disparu. Des éclats de verre, mais surtout des cris retentirent derrière moi et j'aperçus, me retournant, plusieurs silhouettes se jeter en désordre à l'abri des projectiles qu'avait expédiés ma *pistolera* préférée. Je redoutai un instant que la riposte, selon une vieille habitude, fût disproportionnée à l'attaque, mais nul coup de feu ne répliqua, ce dont, le nez dans la boue, je remerciai silencieusement les forces de l'ordre. Pendant une trentaine de secondes rien ne bougea derrière moi, et je fus sur le point de croire que, par quelque prodige de la balistique, la belle était parvenue à occire tous ceux qui s'ameutaient après nous. Un coup de pied dans les côtes, qui me souleva littéralement de terre, m'apprit qu'il y avait au moins un survivant :

– Il est vivant, ce con. Bouge pas, ou je te brûle.

D'autres voix, tout aussi viriles et peu amènes, témoignèrent d'un bilan moins lourd que ce à quoi je m'attendais. On me souleva, puis mes yeux furent aussitôt éblouis par des lampes, torches et autres projecteurs qui me tinrent en respect aussi sûrement que l'arsenal que j'entendais cliqueter çà et là. Quand on m'eut passé les menottes, on me fit monter dans une voiture coiffée de l'habituel gyrophare amovible, et je me trouvai coincé entre deux officiers de police qui ne surent trop quoi faire de leurs fusils et les gardèrent finalement entre leurs jambes, encombrés plus qu'efficaces avec leur armement hyperbolique. Inutile de préciser qu'aveuglé durablement par les lumières brutales ayant éclairé ma reddition, je ne percevais qu'un douloureux brouillard rouge qui m'interdit pendant plusieurs minutes de mesurer le déploiement de forces mobilisé pour se saisir de ma modeste personne, et qui m'empêcha de discerner les visages de ceux qui s'affairaient sur le théâtre d'opérations.

La voiture se mit en route dans le silence sans doute concerté des valeureux fonctionnaires qui l'emplissaient, puis fonça vers Bordeaux, comme je pus le constater grâce à une acuité visuelle peu à peu restaurée. Des cigarettes s'allumèrent, qui rendirent bientôt l'atmosphère irrespirable jusqu'à ce qu'un des fumeurs eût la bonne idée de baisser une vitre. À ces effluves étouffants se mêlaient des relents de sueur que la tension d'une intervention si périlleuse libérait à présent, de sorte que la spacieuse conduite intérieure fut transformée au bout de cinq minutes en wagon à bestiaux où je faisais figure d'être humain monté là par erreur. Je tâchai bien de savoir ce qu'on me reprochait au juste, mais nul ne daigna m'apporter de précisions.

– Ferme ta gueule. Tu sais très bien pourquoi t'es là, gronda l'homme qui occupait la place du mort.

– Ils suivent ? demanda le chauffeur de dessous son vaste képi. Je vois pas bien.

– Non, putain, tu roules trop vite. Ralentis et appelle le capitaine. T'as oublié d'allumer la radio.

Un virage à angle droit, pris sur les chapeaux de roue, nous projeta les uns contre les autres dans un concert de protestations. À près de 130 kilomètres à l'heure, nous roulions désormais sur les boulevards de ceinture, presque déserts à cette heure de la nuit, et la sirène à deux tons nous faisait brûler, sans ralentir, les feux rouges que nous croisions.

– Où tu vas ? C'est pas le chemin ! s'étonna l'inspecteur assis à ma droite.

– Mais si, se contenta de répondre l'obscur pilote. Tu vas voir.

Ce disant, il braqua une nouvelle fois avec cette façon sportive qu'il avait de conduire, et stoppa dans une petite rue mal éclairée. Aussitôt, j'aperçus un robuste pistolet appuyé contre la tempe du policier installé à l'avant.

– Tout le monde descend, fit le chauffeur. Touchez pas à vos fusils, faites-moi passez vos flingues.

J'eus l'impression d'avoir entendu cette voix-là quelque part, mais la situation nouvelle que créait cet impromptu mobilisa toutes mes ressources intellectuelles et je renonçai à fouiller plus avant ma mémoire.

Nul ne bougea pendant quelques secondes qui me parurent durer des heures. Moi-même, en train d'imaginer quels dégâts irrémédiables causerait une fusillade dans un espace aussi confiné, j'osais à peine respirer, et, si j'en avais eu le contrôle, je n'eusse autorisé mon cœur à battre qu'un coup sur dix, de façon à ne point troubler l'improbable rapport de forces qui venait de s'établir dans l'habitacle silencieux.

– Qui t'es, putain ? demanda l'un de mes compagnons de banquette. Qu'est-ce que c'est que ce bordel ? Tu t'en sortiras pas. T'es qu'un baltringue.

– Donnez-moi vos revolvers, répéta le chauffeur sur un ton imperturbable. Ou je vais devoir le tuer.

– Vas-y, appuie, pauvre fiotte, proposa crânement celui qu'on visait. Bougez pas, vous autres.

La mémoire peine à évoquer ce qui suivit : la détonation nous arracha tous trois à notre siège et, pour ma part, je heurtai de la tête le plafond de la voiture. Ce que je me rappelle, c'est qu'à travers la fumée du coup de feu je ne pus d'abord distinguer ce qui était advenu, tant le spectacle était incongru : le buste du policier s'agita violemment, s'acharnant à première vue à ouvrir la portière récalcitrante, cependant que sa tête, fort incomplète, pendait à l'extérieur, semblant chercher dehors, pour dissiper un soudain malaise, un peu d'air frais. Je sentais sur mon visage couler des fluides tièdes et se coller des matières dont la consistance, quand j'y eus porté mes mains prisonnières, m'arracha des glapissements d'épouvante et de dégoût. Je tâchai de me débarrasser d'une mèche de cheveux, fixée sur quelque chose de dur, qui s'était immiscée au coin de mes lèvres, et je ne sais comment je réprimai le haut-le-cœur qui me secoua brusquement.

– Au suivant ! s'écria le tueur.

Il balayait l'espace saturé d'odeur de poudre et de sang du canon de son arme, puis descendit de voiture.

Le policier installé à ma gauche avait saisi mon bras, sans doute dans un moment d'égarement bien compréhensible, et y plantait ses doigts recroquevillés. Je me serais bien défait de cette étreinte douloureuse en lui ruant un peu dans les côtes, mais son collègue se pencha en avant, pris d'une toux soudaine, et vomit d'abondance sur mes genoux. La situation devenait intenable et, exaspéré, j'allais m'extraire de ce bourbier, menacé d'être enseveli sous divers débris organiques, quand la portière fut ouverte à la volée et la circulation sanguine rétablie dans mon épaule, ce dont je fus bien aise, car le policier qui recherchait peut-être auprès de moi quelque réconfort se trouva énergiquement éjecté hors de la voiture où je le vis, n'offrant aucune résistance, assommé à coups de crosse de fusil par l'assassin de son collègue.

– Descends ! aboya la voix du chauffeur, qui venait d'actionner la pompe d'armement de son *riot-gun*.

J'exécutai sans délai un ordre qui, visiblement, m'était destiné et me redressai, les reins moulus, les jambes détrempées de vomissures, dans l'air humide et frais de la nuit, guettant aux fenêtres des maisons l'apparition des inévitables curieux qu'attirent les drames sanglants. Pendant que je humais l'atmosphère pluvieuse avec bonheur, nonobstant les abjectes souillures qui me couvraient, le chauffeur se rua dans l'habitacle et en ressortit porteur d'un autre fusil, ainsi que d'un revolver qu'il glissa dans sa ceinture. Ainsi hérissé d'armes, tout autant qu'une armada américaine déterminée à faire triompher les intérêts vitaux des maîtres du monde, il ordonna au dernier policier encore valide de vider les lieux sans attendre. Il fut obéi avec zèle, car je ne pus apercevoir, qui jaillissait sur le trottoir, évoquant assez un sanglier rendu à la vie sauvage après des mois de captivité, qu'une masse fuyante et noire qui disparut en quelques secondes au bout de la rue.

– Maintenant, tu m'aides, m'enjoignit cette voix qui, décidément, ne laissait pas de susciter dans mon esprit des souvenirs confus que je redoutais, sans trop savoir pourquoi, de voir émerger à ma conscience.

L'homme fit le tour du véhicule et ouvrit la portière de son défunt passager lequel, retenu par la ceinture de sécurité, penchait vers l'extérieur sans pouvoir choir dans le caniveau. Je fis observer au tueur que les menottes m'interdisaient tout geste efficace, et il se pencha sur le mort pour en fouiller sans douceur le blouson trempé de sang. Il en sortit un petit trousseau de clés et s'approcha de moi, tenant son fusil sous le bras comme font les chasseurs. Il saisit mes mains entre ses mains humides et sanglantes, et je frémis à ce contact écœurant quand il libéra mes poignets. Pendant qu'il œuvrait, et malgré ma répugnance, je m'efforçai de le dévisager : une épaisse moustache noire, ainsi que des lunettes fumées, rendaient sa figure à ce point anodine qu'on eût pu le prendre pour n'importe quel psychopathe assermenté ou non.

– Allez, on se bouge, grogna-t-il. Faut virer le macchab en vitesse avant que les autres *maricones* se pointent.

Sans quitter des yeux ce singulier individu, je m'approchai du cadavre et fus étreint d'une terrible nausée en apercevant le trou béant, de la largeur d'une main, qui s'ouvrait à l'arrière de sa tête, luisant et suintant de divers tissus et substances que je n'eus point le courage d'examiner en détail. Quand la ceinture fut débouclée, il me revint de tirer sur le trottoir le corps alourdi par le trépas, en pataugeant dans ce que la balle, tirée à bout portant, avait arraché de son crâne. Je le déposai par terre le plus précautionneusement que je pus, car je ne voulais pas ajouter un autre outrage à sa mort épouvantable.

– *Puta de mierda !* Tu vas pas le bercer, maintenant, non ?

Je me redressai comme si une ligne à haute tension

venait de s'effondrer sur mes épaules. L'homme ne portait plus ni moustache ni lunettes, et je sus à qui appartenait ce timbre de voix si particulier.

– Cassignol !

– Monte, *coño* ! cria-t-il en me menaçant d'une de ses armes. On est dans la merde ! Surtout toi !

Il ricana ou plutôt émit un grincement de vieille porte, et, bien qu'il me pressât de m'asseoir à côté de lui sur le siège éclaboussé de sang, je décidai de monter à l'arrière, car je préférais encore les vomissures aux débris de cervelle et autres touffes de cheveux collés que le carnage avait éparpillés un peu partout. Il remit l'auto en route en maugréant toujours en espagnol, et nous nous perdîmes dans le lacis des rues étroites de Bègles, riante banlieue de Bordeaux où je me souvenais d'avoir résolu, du temps de ma splendeur, quelques affaires passablement embrouillées mettant en cause des familles que la misère et le chômage avaient de toute façon mises hors course, et qui tâchaient peut-être de reprendre en main leur destin en se plaçant hors la loi. Nous reprîmes bientôt la direction du centre-ville, à une allure plus modérée (cette épaisse brute ne dépassait guère les 90 kilomètres à l'heure), et, quoique sans beaucoup d'espoir, j'en profitai pour tenter de nouer un dialogue avec la créature.

– J'aimerais comprendre. Vous tuez un officier de police, vous en estourbissez un autre, vous m'escamotez en plein transfert au commissariat… C'est encore Schmidt qui vous envoie ? Peut-être comptez-vous éparpiller ma cervelle contre le mur d'un entrepôt désaffecté ?

– Schmidt est un sac de merde, et c'est lui que je troue dès que je mets la main dessus. Lui et son copain Cochard, le chef de la putain de secte. Et puis toi, je m'en branle. On m'a dit de te sortir de là, je le fais, point barre. T'es rien qu'un pauvre couillon qui leur a servi de guignol. Ils t'ont collé deux meurtres sur le dos et t'as rien vu, et t'as laissé derrière toi des preuves, ils n'ont plus qu'à t'alpaguer pour que tu plonges à perpète.

– Mais la mission, hasardai-je. Elle m'a été confiée par un officier des services spéciaux ! Il en subsiste forcément des traces ! Et puis Élise Dulac est bien morte, son père, que j'ai rencontré, me l'a confirmé ! Tout le monde ne peut pas avoir menti dans cette histoire ! Pourquoi ? Pourquoi ?

Il s'esclaffa de nouveau.

– Pourquoi on appelle ça des services spéciaux, d'après toi ? Leur boulot c'est de monter des embrouilles de ce genre. Ils font ça toute l'année, putain. T'as été flic, non ? T'as dû magouiller des trucs bien crapoteux, toi aussi, pour faire tomber des beaux mecs ou tenir un indic par les couilles. Le compte en banque qu'ils t'ont ouvert vient d'être soldé et fermé. Pour la police, t'es un putain d'adepte encore plus dingue que les autres, un psychopathe qui a tué deux femmes, et ton passé psychiatrique ne plaidera pas en ta faveur ! Ils t'ont fait croire à la mort de ton psy sous prétexte qu'il bossait sur la secte, tu parles, quand Schmidt s'est aperçu de la coïncidence, toi, ancien flic déjanté client de Furde, il a grimpé aux rideaux ! T'étais le pigeon qui les sortirait du merdier où ils pataugeaient ! Il leur suffisait de te balancer dans le sac de nœuds, ils savaient que t'en ferais d'autres et que tu t'étranglerais avec. Et c'est ce que t'as fait, mon con.

Il arrêta brusquement la voiture et se tourna vers moi, presque essoufflé, sans doute parce qu'il n'avait sans doute pas parlé autant depuis qu'il avait quitté, près des Eyzies, l'abri sous roche où quelque matrone velue l'avait mis bas. Néanmoins, avant de m'éloigner prudemment d'un retour toujours possible de ses instincts barbares, j'osai une ultime question :

– Vous parliez tout à l'heure d'une manigance dans laquelle Schmidt et Cousin prendraient part : de quoi parliez-vous au juste ? Et cette espèce de laboratoire secret que nous avons trouvé dans l'ancien hôpital ? Qu'en est-il ?

– Ça… moins t'en sauras… Et maintenant tu te casses, tu te planques, parce que je pourrai pas toujours venir jouer les Zorro. Faut que j'aille me débarrasser de cette caisse, on se croirait dans un fourgon de boucher. Laisse-moi m'occuper d'eux.

– Mais…

– Allez, dégage. Joue pas avec mes nerfs, fit-il en posant la main sur la crosse de son pistolet.

Il semblait avoir épuisé toutes les ressources du langage humain, et arborait plus que jamais l'attitude d'idiot borné et dangereux par laquelle il s'était dès le début signalé à ma méfiance. Aussi résolus-je de quitter sans plus attendre l'habitacle maudit où flottaient, me sembla-t-il, des effluves sanglants qui me glaçaient l'échine.

La voiture démarra en trombe et je me retrouvai seul, une fois de plus, sous un crachin qui ne faiblissait pas, tournant le dos au fleuve, face à la place de la Bourse, fleuron de notre bonne ville bourgeoise dont les touristes, dès le mois de mai, viennent fixer sur les supports les plus variés l'image symétrique et cossue. Bien sûr, il ne fallait pas que je m'attarde ici car les rues devaient grouiller de voitures de police chargées de me mettre la main dessus et peut-être pire, surtout après le crime épouvantable commis par Cassignol dont on avait dû me faire endosser, pour le moins, la complicité.

Comme je n'avais sur moi ni argent ni carte de crédit, il m'était impossible de joindre les seuls amis en mesure de me venir en aide, et il était hors de question de rallier sur la rive droite l'appartement de Lydie, qui m'avait si généreusement accueilli. Si bien que je pénétrai dans la ville, tel le tigre traqué qui s'aventure dans un village bengali plein de chasseurs à l'affût, épiant l'approche du moindre véhicule suspect chargé de policiers fatigués, nerveux, et ivres, entre autres, de vengeance. À peine avais-je parcouru quelques centaines de mètres qu'une chape de désespoir s'abattit sur moi en même temps qu'un regain de l'averse qui acheva bien vite de me réduire à l'état de loque trempée et tremblante, au point que je sentis mon âme elle-même prendre l'eau, ses cloisons étanches à nouveau défaillantes, et sombrer dans l'océan glacé de la confusion mentale. Non loin de la place Saint-Pierre, je croisai un couple qui se hâtait sous la bourrasque et, comme la femme levait les yeux vers moi, je crus reconnaître celle qu'au cours de la cérémonie de la secte j'avais possédée sauvagement. Soudain, je ne fus plus maître de mes souvenirs, et de nouveau les ronces de la culpabilité envahissaient le terrain vague de mon psychisme. Dans un vertige terrifié, je courus après elle pour lui annoncer qu'elle était morte et la prier de bien vouloir m'accorder son pardon, puisque j'étais l'un des monstres qui avaient mis fin à ses jours de façon si horrible. J'en profitai pour m'étonner de sa présence là, sous cette pluie froide, à cette heure de la nuit, bouleversé à l'idée qu'elle se fût évadée du royaume des morts.

Elle poussa un petit cri, motivé à la fois par la

stupeur et l'effroi, et son compagnon, un vigoureux lascar coiffé d'une casquette de base-ball, s'interposa aussitôt puis me repoussa d'une rude bourrade en me recommandant fermement d'aller cuver plus loin le vin que j'avais pu ingurgiter. Je protestai de ma sobriété et réitérai mes excuses auprès de la revenante retranchée derrière le rempart vivant qui, alors, me saisit par le col et m'expédia deux coups de tête en pleine face. J'étais de taille à riposter et châtier cette brute mais les ressources morales me manquaient, si bien que je ne pus qu'encaisser ces coups comme si le sort en personne me les eût assénés pour m'accabler un peu plus. Je parai de mon mieux un ultime horion, qui néanmoins me jeta au sol, et préférai ne plus bouger, puisqu'ainsi font les morts pour qu'on les laisse reposer en paix.

Je me traînai ensuite, plus que je ne marchai, vers un îlot d'immeubles récemment restaurés, rassemblés autour d'une sorte de cour intérieure ouverte sur la rue par trois arches trapues. Je fis halte à l'abri des voûtes, parmi l'écho bourdonnant de la pluie, harassé, perclus, misérable et mouillé jusqu'aux os. La tête fendue en deux par la migraine, tout autant que par les coups que j'avais reçus, je m'effondrai dans un coin quelque peu abrité du vent et m'endormis, je crois, presque instantanément.

L'aube à peine pâlissait quand je me réveillai, submergé par les flots de sang jaillis du corps de la femme sacrifiée, cependant que Cochard et Merleau m'encourageaient en me murmurant à l'oreille des incantations occultes dans la langue des Moséhims, et que je percevais la rumeur sourde et rythmée de la prière des adeptes. L'hallucination tactile et auditive persista plusieurs minutes pendant lesquelles je me demandai, mes yeux interrogeant la voûte sombre et froide sous quoi j'étais allongé, où je me trouvais, et ce que je faisais là. Ces questions cessèrent de se poser quand enfin les ultimes scories du cauchemar voulurent bien se disperser et je me redressai brusquement, soudain grelottant de froid, de faim, de peur, que sais-je encore, plus désorienté que la veille, plus désespéré que jamais. Quand, au prix d'un effort inouï, je parvins à me mettre debout, j'aperçus dans divers recoins, dissimulés sous des couvertures, des sacs de couchage ou des bouts de cartons des formes humaines, quatre ou cinq, tassées dans les recoins ou au pied des murs, d'où s'élevaient confusément ronflements et odeurs d'êtres à l'abandon qui dominaient la mienne, pourtant peu ragoûtante. Je m'éloignai en hâte de ce qui me semblait être un nid de Moséhims installés là durant mon sommeil, pour ne pas dire surgis de mes cauchemars et matérialisés par quelque opération de clonage télépathique, dans le seul but de me prendre définitivement à leur piège intersidéral.

Je fuis loin de leur pouvoir occulte à travers la ville en train de s'éveiller, chutant dans les flaques laissées par la pluie, maudissant les passants matutinaux ahuris que je bousculais sur les trottoirs. « Je suis un criminel », me répétais-je constamment, convaincu que la ville n'était plus qu'un vaste organisme hostile m'épiant dans ce matin glacial de ses millions de regards chassieux, préparant pour me happer ses innombrables chausse-trappes, dissimulant partout des policiers camouflés en coins de rue prêts à me mettre au collet leurs mains aux doigts jaunis de nicotine.

Soudain, débouchant sur les quais au terme d'une course ignorant l'essoufflement autant que la crise cardiaque, je m'arrêtai net en poussant un hurlement d'horreur : devant moi, imposant, gris, hérissé de canons, se dressait la masse d'un vaisseau que je pris pour l'avant-garde déguisée de l'invasion extraterrestre. Ainsi, après avoir tenté de me circonvenir sous la défroque de sans-abri, les Moséhims me prenaient – et peut-être la ville tout entière – dans le cul-de-sac de leur nasse !

Je me plaquai dans l'encoignure d'une porte de peur d'être épinglé par leurs yeux perçants, et tâchai de recouvrer mon calme. Dans ma poitrine semblait s'être donné rendez-vous, pour une séance d'improvisation sauvage, une formation de *free-jazz*, dominée par les roulements de deux ou trois percussionnistes fous et les souffles dodécaphoniques d'instruments à vent étouffés constamment au bord de la syncope.

– Qu'est-ce qui vous arrive, mon pauvre ?

Ces mots, quoique compatissants, et prononcés avec une chevrotante douceur, me jetèrent dans les affres d'une peur plus intense encore. Je découvris alors une vieille femme toute de gris vêtue, singulièrement petite, et voûtée comme une crypte romane. Elle levait vers moi un regard inquiet et bleu en m'adressant un aimable sourire édenté.

– Non ! m'écriai-je. Ne restez pas là ! Ils vont vous prendre vous aussi !

Elle posa sur mon bras tendu vers le vaisseau une main de cuir et d'os, fripée et tremblante qui me fit redouter d'être en plein entretien avec une momie.

– De quoi parlez-vous ? Qui veut vous prendre ?

– Eux, fis-je, au comble de l'agitation. Dans leur vaisseau spatial. Ils m'ont encerclé cette nuit pendant mon sommeil, mais j'ai pu leur échapper.

Elle émit un petit rire aigu.

– Mais non, ce n'est que le croiseur Colbert ! Vous savez bien : le bateau de guerre qui rouille. Allons, mon fils. Remettez-vous. La nuit semble avoir été difficile, si je ne me trompe. Voulez-vous un peu de café ? Nous occupons, quelques compagnes et moi, un immeuble où nous recueillons des malheureux comme vous. Vous pourrez prendre une douche et changer de vêtements.

– Le Colbert ? m'étonnai-je en observant le triste navire.

Comme rien ne semblait devoir s'animer, encore moins me menacer sur la passerelle ou le pont, je sortis de mon abri et me laissai entraîner par la petite vieille qui m'avait pris la main.

– Je me nomme sœur Marceline, et je vis en communauté avec d'autres religieuses, expliqua-t-elle en trottinant à mes côtés.

Comme à la nouvelle de sa vocation j'avais légèrement tressailli, réflexe qui témoignait de ce que des lambeaux de lucidité flottaient encore au-dessus du champ de ruines de mon âme, elle rit de nouveau et me pinça doucement le poignet.

– Rassurez-vous. Nous ne nous livrons que très exceptionnellement au petit jeu des conversions. Il est si difficile de prouver à ceux que nous recueillons que Dieu ne les a pas abandonnés que nous consacrons le peu d'énergie qui nous reste à leur restituer un peu de bien-être matériel et moral. Nous, du moins, n'avons pas renoncé à notre mission.

En disant cela, elle pointa au ciel un doigt raide et vibrant de courroux, puis soupira en secouant sa minuscule tête chenue, geste que j'interprétai, encore tâtonnant dans les brumes de la confusion mentale, comme une remontrance adressée par cette antique soubrette de la foi aux Moséhims qui, du haut de leurs astronefs invisibles s'obstinaient à me menacer.

Une telle coïncidence ne se peut inventer, sauf à passer pour un sinistre plaisantin : la communauté des bonnes sœurs était sise au 21 de la rue du Couvent, dans le quartier des Chartrons où, je le constatais à présent, ma fuite éperdue m'avait mené. La précaire nonnette m'introduisit, au rez-de-chaussée de l'immeuble au demeurant assez obscur et délabré, dans une salle à manger occupée par trois grandes tables de bois autour desquelles une vingtaine de personnes de tous âges, femmes et hommes, achevaient de prendre leur petit-déjeuner dans une rumeur de raclements de gorges et de petites cuillères tintant contre la faïence des bols. Je m'installai non loin d'un homme hirsute au teint cuivré, aux joues parsemées par les petites coupures sanglantes d'un rasage récent, le front enflé d'une énorme bosse violacée, qui contemplait son café d'un air stupéfié, une cigarette coincée entre les lèvres. Un parfum de savonnette flottait dans la salle, mêlée aux senteurs de café et de tabac. On se parlait peu, on se regardait encore moins. Une femme, apparemment assez jeune, semblait s'être rendormie, la tête sur ses bras croisés. Dans un coin, un poste de télévision donnait des nouvelles du monde et trois ou quatre paires d'yeux seulement se levaient vers les images d'attentats ou de famines ou bien encore de politiciens cravatés bavardant entre eux. La misère était bien de ce monde la chose la mieux partagée, et ses projectiles silencieux détruisaient plus sûrement les hommes que ceux, bruyants et coûteux, dont on vantait si souvent les mérites en déplorant à peine les dégâts qu'ils occasionnaient.

Mes intenses réflexions planétaires avaient disloqué sans coup férir ma paranoïa galopante comme on renverse par inadvertance un château de mauvaises cartes, mais n'étaient point parvenues à me débarrasser du sentiment de culpabilité qui baignait d'un jus corrosif ma cervelle douloureuse. Je fus tiré de mon marasme par l'arrivée d'une autre religieuse, aussi grise que la petite vieille, mais plus vigoureuse, qui me souhaita la bienvenue et me dit s'appeler sœur Marie-Caroline en posant devant moi un bol de café fumant et des tartines beurrées. Je la remerciai vivement et me jetai sans plus attendre sur la nourriture cependant qu'elle s'éloignait vers les miséreux pour leur prodiguer encouragements et gestes de réconfort. L'homme près de qui je m'étais assis quitta la contemplation de son breuvage et fixa sur moi un regard divergent que j'eus, donc, un peu de mal à croiser.

– Tu bouffes comme si t'avais faim, mon gars.

Il renifla l'espace qui nous séparait, puis avala une gorgée de café.

– Tu pues la gerbe, putain. T'es pas malade au moins ?

Ses yeux, chacun de son côté, parcouraient dans le désordre ma modeste personne sans doute pour y déceler quelque symptôme du mal dont leur propriétaire me croyait atteint. Ils roulaient dans leurs orbites, insoucieux de leur jumeau, et j'eus l'impression d'être examiné par un flipper à deux billes secoué par un épileptique.

– Non, fis-je finalement. On m'a vomi dessus. C'est une longue histoire.

Les yeux déglingués cessèrent aussitôt leurs folles rotations et se figèrent, avec un bel esprit d'indépendance, dans l'observation simultanée de deux coins opposés de la pièce, exprimant une perplexité qu'on pourrait qualifier de stéréoscopique.

– Alors me la raconte pas, je déteste les histoires chiantes.

Dans la salle, pendant que nous devisions, on commençait de s'agiter pour attaquer une nouvelle journée d'errance. On se vêtait de plusieurs épaisseurs, des sacs à dos étaient hissés sur des épaules, des poches en plastique complétaient les équipages. L'homme aux yeux turbulents se leva lui aussi et disparut dans une petite pièce où les bagages étaient gardés. Il en ressortit presque aussitôt portant un gros sac de sport aux décorations défraîchies qui célébraient une Coupe du Monde de football quelconque. Il le posa avec précaution sur la table en m'expliquant qu'à l'intérieur s'entassait toute sa vie, et il en tira un album de photos qu'il ouvrit et commença à examiner tous azimuts, puis le poussa vers moi.

– Là, ma femme et ma fille. Nicole et Jessica.

L'œil droit fixé sur la photo, il épiait de l'autre ma réaction. Je m'obligeai à regarder le cliché et ma gorge se noua dès que je vis les deux sourires ensoleillés qui faisaient face à l'objectif. Bien sûr, les visages furent instantanément remplacés par ceux de mes chères disparues, et je sentis des larmes rouler sur mes joues. L'homme retira vivement l'album de devant moi et le referma.

– Faut pas les tacher. Tu chiales toi aussi, hein ? C'est la vie. Les larmes et toute cette merde. Je les ai pas vues depuis huit ans. Et je parie que pour toi c'est la même chose, pas vrai ?

– C'est une longue histoire, répliquai-je pour lui épargner un récit que je n'avais guère envie de faire.

– Alors… murmura-t-il d'un air pensif. Mais c'est pas tout ça, on chialera ce soir, au pieu, en s'astiquant la colonne. Ça aide à roupiller, la queue contente et la tronche en chiffon. Faut que j'y aille, moi. J'ai des tas de trucs à faire. Allez, camarade. Àdtaleure. On jouera aux dominos après la croûte. Te laisse pas faire par les frangines, et les laisse pas te savonner le dos !

Il éclata d'un rire tonitruant qui le secoua si violemment que ses yeux se mirent à bondir en désordre et qu'encore aujourd'hui je me demande comment ils ne tombèrent pas au sol pour y rouler, dans des directions opposées, comme des billes de verre lâchées là par un enfant maladroit. C'est à ce moment que sœur Marceline refit son apparition et s'enquit de la qualité du petit-déjeuner qu'on m'avait servi. Je la remerciai de ce plantureux *breakfast* ainsi que de son hospitalité, dont j'avais résolu de ne point abuser.

– Je vais tâcher, lui expliquai-je, de joindre quelques amis qui me viendront en aide. Quoique fort malmené ces temps-ci par le destin, je ne suis quand même pas seul au monde.

Elle jeta par-dessus mon épaule un coup d'œil auquel sur le moment je ne prêtai pas attention puis, avec une précipitation souriante, m'invita à prendre une douche avant de partir. La proposition était tentante, puisque je me sentais souillé de toutes sortes de projections, déjections et autres salissures qui me rappelaient, à chaque relent qu'en captaient mes organes de l'olfaction, à quelles tueries, anciennes ou plus récentes, j'avais été mêlé. Néanmoins, ragaillardi par le petit-déjeuner et la sollicitude dont j'avais été l'objet pendant une heure, je me sentis suffisamment en forme pour rejoindre le domicile de Lydie et y bénéficier, ce dont j'avais grand besoin, des rituels tropicaux du marabout Auguste.

Je lui fis part de ma décision (qui, bizarrement, sembla l'inquiéter plus qu'autre chose) et lui réitérai tous mes remerciements, puis tournai les talons pour prendre congé. C'est à ce moment-là que trois hommes, vêtus de blouses blanches et équipés d'une mallette à croix rouge, firent irruption dans la salle.

– C'est lui ! glapit la nonne dans mon dos. Je l'ai reconnu dans le journal, comme je vous ai dit !

Les trois infirmiers se ruèrent sur moi, me plaquèrent au sol, puis, me tordant les bras et m'intimant grossièrement l'ordre de me taire, me traînèrent dehors, avant de refermer sur moi la portière d'une ambulance. Pendant que le véhicule démarrait dans un crissement de pneus et le hurlement de sa sirène, je fus solidement sanglé sur la civière par les deux hommes restés avec moi à l'arrière.

– Tu fermes ta gueule, répéta l'un d'eux, alors que, pris au dépourvu par cette interpellation brutale j'avais le plus grand mal à murmurer la moindre protestation.

Il était, de même que son compère, pourvu d'une grosse moustache noire et de lunettes fumées qui évoquèrent soudain dans mon esprit bouleversé le piètre déguisement qu'avait revêtu Cassignol la nuit précédente. Cette impression fut confirmée lorsque les deux complices arrachèrent d'un même geste leurs postiches et se contentèrent de fixer sur moi des regards presque hallucinés, dénués en tout cas de toute espèce d'expression humaine. Schmidt et Cousin, puisque c'étaient bien eux, m'observaient tels les serpents venimeux, dressés sur leurs anneaux, le font avec leurs proies.

– Vous ! m'exclamai-je. Comment…

– Les écoutes, t'as entendu parler ? coassa Cousin. Tu poses des mouchards sur les services d'urgence, et t'attends. Comme cette vieille couille a reconnu ta gueule dans le journal, elle a appelé les urgences psychiatriques, et nous voilà. On a fini de rigoler, Ducon. On a mis le temps à t'alpaguer, mais maintenant on te lâche plus.

– Tu nous feras plus chier, renchérit le capitaine Schmidt, usant d'un vocabulaire auquel il ne m'avait pas habitué.

La trivialité inédite de son expression, qui tranchait

avec la nature méthodique, glaciale et très… policée de cet officier, montrait assez une détermination nouvelle qui m'inquiétait singulièrement. Et l'éclat des deux paires d'yeux rivés à cet instant sur moi, évoquant à la fois celui des prothèses de verre, froid et figé, et celui, plus incertain, de deux boules de gélatine, me donnait l'impression d'être observé par deux êtres immondes et mous, mutations monstrueuses d'amibes carnivores, remontés des fonds fangeux d'un lac pour digérer lentement la viande dont j'étais fait sans se donner la peine de me tuer tout de suite.

Assurément, je pressentais que le pire était à venir. Mais, faute de meilleure idée pour contrer la fatalité qui s'acharnait sur moi, je m'endormis aussitôt, préférant le refuge sordide de mes cauchemars à la funeste réalité qu'incarnaient ces deux brouillons d'hommes.

30

Je me suis coltinée le paquet hystérique qu'était désormais le docteur Furde sur trois ou quatre cents mètres, laissant Vallès aux prises avec son destin. J'espérais seulement qu'il ne ferait pas trop le con, vu que ces gus avaient apparemment la gâchette facile et que, d'après le peu que je commençais à comprendre de ce sac de nœuds, sa mort n'aurait empêché personne de dormir, au contraire. L'odieux coupable d'un meurtre flingué lors d'une spectaculaire opération de police, ça aurait arrangé finalement tout le monde, et la conclusion de l'affaire en aurait été simplifiée et précipitée. Furde avait sans doute maigri pendant sa détention, mais il pesait encore son poids sur mes épaules, trébuchant comme un ivrogne, se retournant sans cesse en s'inquiétant de chiens venimeux qu'il croyait lancés à sa poursuite. J'essayais de le ramener un peu dans la réalité, je lui répétais mon prénom, je lui rappelais qui il était, quel était son métier, *avant*. Le seul problème, c'est qu'il se situait *après*, bien *après*, et même au-delà. Apparemment, il avait morflé la séance de torture la plus dégueulasse possible : on lui avait mis la cervelle en vrac, et au milieu de tout ça ces fumiers avaient implanté de telles horreurs que toute sa vie il souffrirait désormais de la même douleur sans cesse réactivée à la moindre occasion. À côté de ce qu'il était devenu, Vallès incarnait la santé mentale et l'équilibre, une sorte de modèle de lucidité et de discernement.

Pendant qu'on pataugeait dans un terrain défoncé de flaques et d'ornières, façon chemin des Dames après une attaque d'artillerie, sous la pluie qui décarrait comme au plus fort de la mousson dans le golfe du Bengale, le malheureux m'implorait de ne pas le livrer au répugnant Marvick qui l'obligerait à assister à des meurtres de femmes et à en déguster les viscères *à chaud*. À un moment, je lui ai gueulé de se taire, d'arrêter de bramer ces saloperies, parce que j'avais l'estomac au fond de la gorge. Il s'est effondré à plat ventre dans l'eau, tapant des pieds et des mains en réclamant d'être enterré sur place. Et là, j'ai craqué : j'ai commencé à lui balancer des coups de pieds dans les côtes en lui criant de se relever, mais que s'il insistait à m'emmerder je le crèverais à l'endroit même sans prendre la peine de creuser le moindre trou pour lui. Il commençait à étouffer sous mes coups, quand je me suis brusquement sentie ceinturée par une paire de bras épais et durs qui m'ont envoyée valser à cinq ou six mètres de là contre un tronc d'arbre.

– Putain faut te calmer ! Tu vas le tuer, merde ! Marco, occupe-toi de lui !

À moitié K.-O., j'ai aperçu la lumière d'une lampe torche éclairer le corps du docteur Furde qui se tordait de douleur par terre, puis deux types l'ont aidé à se relever et se sont éloignés vers une voiture qui stationnait non loin de là.

– Et toi, connasse ? Tu restes là toute la nuit ? Faut qu'on dégage fissa !

Comment refuser une telle invitation ? J'ai titubé vers

la lueur de la lampe et j'ai aperçu les deux hommes en train d'installer le dément sur le siège arrière d'un monospace. Je me suis appuyée à la portière pour reprendre mon souffle et je les ai regardés lui planter une seringue dans la fesse, à travers l'étoffe du pantalon.

On a ensuite foncé à tombeau ouvert dans des rues désertes. J'étais de nouveau en compagnie de mes deux anges gardiens, et ça m'a foutu un sacré coup de masse au moral. Cette histoire ne finirait jamais. Quelqu'un avait niqué le frein, et la roue folle tournerait pour toujours. Je n'avais aucune idée de la direction qu'on avait prise, et je m'en foutais. À quoi bon s'embarrasser de questions ? Je voulais juste dormir et me réveiller le plus tard possible, ou jamais, tant qu'à faire. Au bout d'un moment, on a franchi des barrières, un poste de garde, et des brancardiers sont venus récupérer le docteur.

On m'a conduite dans une petite chambre, une cellule plutôt, sans fenêtre, équipée d'un lit et des toilettes. Quelqu'un a posé par terre une bouteille d'eau et un paquet de biscuits, a allumé une petite lampe de chevet.

– Tu fermes ta gueule, parce qu'il y a des gens qui dorment, m'a dit celui qui s'appelait Marco. On vient te chercher bientôt. Essaie de pioncer, faut que tu sois en forme demain.

La porte s'est refermée doucement et bien sûr un verrou a claqué. Retour à la case départ, en quelque sorte. J'étais persuadée que le lendemain matin un fourgon cellulaire viendrait pour me ramener en cabane. J'étais nase. Au bout de mon rouleau. Essorée comme une vielle serpillière. Je me suis couchée en chien de fusil et j'ai dormi. Je crois que j'ai rêvé presque aussitôt que je tuais quelqu'un, mais je ne sais pas qui. Peu importe, d'ailleurs. Tout ce que je me rappelle, c'est que c'était vachement bon.

J'ai été réveillée par la lumière aveuglante qui s'est ruée dans ma cellule, avec en contre-jour un type qui tenait à la main un plateau où j'ai deviné très vite les contours d'un petit-déjeuner. Surtout, l'odeur du café a commencé à me faire saliver. J'étais prête à me replier sur ce genre de sensations primaires, un chouïa animales : sentir, manger, être contente, avoir peur. Ma vie ne serait plus faite que de moments de ce genre, sans passé ni lendemain, et j'étais bien décidée à m'en contenter puisque tout avait foiré, puisque j'avais mis un soin si méticuleux à tout foutre en l'air, avec ma grande gueule et mon petit cul, mes gros mots et mon cerveau tordu. Comme il me restait un vieux fond de fierté, genre flaque de boue dans une mare asséchée, j'ai ramené ma fraise :

– J'espère que vous avez prévu des clopes, parce que le caoua, sinon, vous pourrez vous la trempez dedans, ça vous ramollira le boudoir.

– J'ai, a dit une voix rugueuse que je n'ai pas reconnue tout de suite. Je savais que tu nous ferais chier jusqu'au bout. Allume, que je voie ta gueule au réveil. J'ai l'habitude des émotions fortes.

Un partout. J'ai écrasé l'interrupteur. C'était Cassignol. Évidemment. J'avais donc du souci à me faire. Il s'est assis sur le lit et j'ai dû me pousser pour éviter qu'il m'écrase les pieds, cet impoli. Il avait apporté des croissants, un gros pichet de café, deux bols en duralex, quelques sucres posés sur un bout de papier essuie-tout. Il a rempli les bols sans m'adresser un regard, un vague sourire aux lèvres. Il n'avait plus cette gueule de brute épaisse que je lui avais connue au début de la mission. Il semblait plus jeune, détendu.

Cool, presque. Et c'était encore plus fouettant de le voir ainsi. Il ressemblait à un de ces tueurs maniaques dans les films quand ils tiennent leur victime à la merci d'un coup de rasoir. Il a commencé à siroter son jus en me tournant carrément le dos, comme si je n'étais pas là. J'en ai profité pour avaler un croissant que j'ai noyé de café à m'en brûler la tuyauterie. J'ai senti des larmes me monter aux yeux. Comme son petit jeu menaçait de durer et que je n'y tenais plus, j'ai improvisé :

– Vous êtes venu me dire au revoir ? C'est drôlement gentil, ça.

Il a haussé les épaules, et a vidé son bol jusqu'à la dernière goutte, la tête en arrière. Puis il s'est resservi, sans m'en proposer.

– Ah, ça va mieux, a-t-il enfin dit. J'ai passé une nuit épouvantable. Si vous saviez…

– Si vous croyez pouvoir chialer sur mon épaule, c'est pas la bonne piaule. Y a plein de fiottes dans les dortoirs à côté.

– J'ai dû tuer ce con. Pas d'autre solution. Merde… Une vraie boucherie.

– Qui ? Vallès ? Vous avez tué Vallès ?

Je m'étais mise à trembler, au point que j'ai dû poser mon bol. Cassignol a balancé sur le plateau un paquet de cigarettes et un briquet. J'ai réussi à me coincer la clope entre les lèvres, mais macache pour actionner la molette du feu. Il s'en est pris une et a manié le briquet d'une main ferme.

– Je vous croyais moins émotive.

Il a tiré deux ou trois bouffées en regardant le mur d'un air absorbé.

– Comment va le docteur Furde ? ai-je demandé.

– J'en sais rien et je m'en fous. Ils lui ont fait des piqûres pour qu'il dorme.

Il a continué à fumer en silence puis il s'est retourné vers moi et m'a regardée pour la première fois depuis son arrivée.

– On ne connaît jamais les gens vraiment, a-t-il murmuré en souriant.

Il avait une tronche de déterré. Il y avait dans ses yeux fatigués deux petites pointes de lumière prêtes à s'éteindre. Je commençais à croire pour de bon qu'il s'était joué *La nuit des morts-vivants* sans effets spéciaux.

– Non, je n'ai pas tué Vallès, a-t-il continué au bout d'un moment. Non. Un flic.

En temps normal, j'aurais accueilli l'information avec soulagement et je m'en serais même amusée : un agent secret qui bute la poulaille, c'est plutôt sans bavure, si je puis me permettre. Mais ce jour-là, en présence de ce grand mec en tenue de combat, son flingue à la ceinture, fatigué et désabusé, j'ai pas eu envie de faire la maligne.

– Si vous me racontiez ? j'ai fait d'une voix douce.

Ça m'avait échappé. J'ai bon fond, finalement. Ces cons-là me trouveraient peut-être un job de débriefing pour les commandos traumatisés.

– Ça a merdé. Les autres avaient rameuté les cadors de la Crime et de l'Antigang pour stopper Vallès. Ils veulent lui faire porter le chapeau dans cette affaire de meurtre d'une adepte en échange de l'innocence d'un de leurs chefs, qui a pété les plombs, vous savez… Je pouvais pas le laisser prendre, ce couillon. Ça aurait tout compromis, il nous faut des preuves contre la fraction Schmidt.

Vallès en porteur de chapeau, ça, je comprenais, je l'avais flairé depuis un moment. Même si je voyais encore mal la forme du galurin. Mais cette histoire de fraction Schmidt, là, c'était des maths en chinois. Je ne me suis pas départie du ton de la confidente :

– La fraction Schmidt ? Vous dites ?

– Oui. Un groupe qui bosse en franc-tireur dans le service. Ils ont passé un accord avec l'ORL : des logiciels top secret, dans le genre électronique militaire, simulateurs de vols, de combats aussi bien aériens que terrestres, et tout ça, contre un coupable idéal pour le meurtre commis par celui qu'on appelle Merleau, l'un des chefs de la secte. Chotard, le gourou, est un spécialiste en informatique et en jeux de réalité virtuelle. On savait depuis des années qu'il bossait sur des instruments révolutionnaires sur lesquels tout un tas d'états-majors lorgnaient en bavant. Bref. On a appris qu'il avait été contacté par un service étranger pour leur vendre le matériel, de façon à financer son organisation. L'idée, au départ, c'était de bloquer la transaction, et de récupérer la mise. Et c'est là que tout a merdé : on apprend un beau jour que Merleau est un neveu du ministre de la Défense. Un criminel, un dingue, dirigeant d'une secte, de surcroît, lié à un ministre de la République. Le scandale affreux. La France ridiculisée. Son industrie d'électronique militaire discréditée sur le marché mondial. Alors, pour étouffer le truc, le groupe Schmidt a l'idée, un peu par hasard, de faire plonger Vallès à la place du coupable. Pas de scandale, pas de fuite de matériel sensible à l'étranger. La totale.

– C'est beau comme tout, ce plan. Mais évidemment, le pauvre Vallès, lui, il se mange trente ans de placard. Et barjo comme il est, autant le piquer tout de suite…

– Vallès, tout le monde s'en fout, à commencer par moi. Le truc, c'est que le Premier Ministre veut récupérer le matos, lui aussi, mais il considère que le scandale, ne serait-ce qu'à cause de l'appartenance du neveu à l'ORL, finira bien par éclater. Donc, il décide de faire sauter son ministre des Armées : pas d'impunité pour Merleau, un coup rude porté à une secte dangereuse, du matos qui reste en France, c'est tout bénef, politiquement. Et c'est là qu'on intervient, nous autres, mes hommes et moi. Voilà. En plus, ça nous permet de nettoyer le service. Vous en savez presque autant que moi.

Il s'est tu, et il a continué de me regarder avec un sourire béat sur le visage. Il avait l'air vachement soulagé, comme un constipé qui a enfin réussi à se vider. Du coup, moi aussi je respirais mieux. J'aime quand ça finit bien.

– Donc je suis libre ? Je peux…

– Non, pas tout à fait. On a encore besoin de vous. Il faut que vous soyez présente jusqu'au bout. Ne serait-ce que pour témoigner, lors du procès, car il y aura un procès. On a un dernier rendez-vous au Pyla, près d'Arcachon. Et les derniers rendez-vous, vous savez bien que ce sont toujours les plus tragiques, dans les histoires.

Son visage s'est fermé d'un coup à double tour et sa peau a repris ce teint cireux qu'il avait en arrivant. Il a sorti une plaquette de comprimés d'une de ses poches et en a avalé quatre avec un fond de café.

– Pour ne pas dormir, il a précisé. En ce moment, j'ai pas le temps.

J'ai demandé de prendre une douche, faveur qui m'a été accordée au bout d'une demi-heure, pas moins. J'ai cru qu'ils faisaient chauffer l'eau dans une lessiveuse, ou qu'ils changeaient la robinetterie spécialement pour moi. Une fois décrassée, fleurant bon la pomme verte, je me suis sentie prête à faire ma dernière entrée, en principe, sur le théâtre des opérations.

Ensuite, on est monté dans une grosse voiture grise conduite par un petit mec à lunettes noires qui portait le même uniforme que Cassignol. On a pris la direction du bassin d'Arcachon et pendant la route, Cassignol m'a fait enfiler un gilet pare-balles et m'a montré rapido le maniement de quelques armes dont, disait-il, on aurait grand besoin sur place. Puis il a ouvert une valise et a commencé à monter un énorme fusil sur lequel il a fixé une sorte de télescope. Comme je lui faisais remarquer qu'avec ça il pouvait amocher un peu plus la station Mir, il a ricané.

– Je vais me faire des putains d'extraterrestres, il faut bien ça !

31

En revenant à moi, je ne pus que déplorer la triste compagnie qui flanquait toujours la civière : le capitaine Schmidt et Cousin, son chien de garde, regardaient dans un silence morne le paysage qui s'enfuyait derrière nous au travers des bandes de verre dépoli occultant les vitres de l'ambulance. De ce paysage, je ne pouvais rien voir, attaché solidement par les sangles, mais je pus tout de même déduire de l'intensité et de la vitesse du trafic que nous roulions sur une autoroute. En outre, ayant sommeillé pendant une durée impossible à déterminer, je fus dans l'incapacité de savoir si nous avions couvert une grande distance ni vers quel point cardinal nous foncions de la sorte.

Comme il ne coûte rien à l'honnête homme de quérir quelque renseignement auprès de mieux informé que lui, j'osai m'adresser à mes deux gardiens :

– Puis-je savoir où vous me voiturez ainsi ? Je goûte assez peu d'être convoyé comme un vulgaire paquet qu'on se dispute et se ravit depuis que je me suis trouvé mêlé à cette sombre affaire.

Il me semblait que ma demande, pour ferme qu'elle fût, avait été formulée en des termes bien pesés, mais je m'attirai de Cousin cette réplique cinglante autant que vulgaire :

– Nous casse pas les couilles, c'est pas le moment. Sinon, c'est un paquet de barbaque et d'os qu'on va leur refiler, aux autres.

– Vous voulez dire que je vais encore changer de persécuteurs ?

Je n'eus pas le temps d'ajouter autre chose, car le capitaine me pinçait les joues avec une telle violence que les larmes me vinrent aux yeux pendant qu'un cri de douleur s'étranglait dans ma gorge.

– Tu te trompes, me souffla-t-il au visage dans un flux d'haleine fétide alourdie par les relents âcres des cigares qu'il fumait continûment. Nous, sans doute qu'on te persécute. Mais eux, ils t'exécutent.

La rime était riche, tant sur le plan des sonorités que du sens, et j'admirai durant quelques secondes le trait d'esprit de Schmidt. Cependant, il en avait trop dit ou pas assez, aussi relançai-je adroitement mes questions :

– Eux ? Ils ? De qui parlez-vous ? De vos supérieurs, qui ont commandité cette machination ? Qui ai-je trahi ?

Les deux policiers ricanèrent d'un même grincement du larynx et se détournèrent de moi avec des gestes de mépris.

Pendant que nous devisions, il n'avait pas échappé à ma vigilance désormais en éveil que le véhicule avait quitté la monotonie rectiligne de l'autoroute pour emprunter le réseau plus sinueux de quelque départementale. Constat bientôt confirmé par la voix du chauffeur, qui prévint qu'on arrivait dans cinq minutes.

Aussitôt, les deux officiers ouvrirent des coffres qui, loin de contenir, comme on pouvait s'y attendre dans une ambulance, de quoi soulager la souffrance humaine, révélèrent un véritable arsenal dont ils s'équipèrent sans un mot. Le capitaine enfila un holster de cuir noir dans lequel il glissa un pistolet nickelé, tout en glissant deux chargeurs neufs dans les poches du blouson de combat qu'il portait sous sa blouse blanche. En outre, il fixa à sa ceinture un étui qui portait un revolver à canon court, dans lequel je reconnus le célèbre *Smith & Wesson Special Police*. Cousin, quant à lui, en plus de l'arme fétiche qu'il portait toujours sur lui, et dont j'ai déjà entretenu le lecteur, assujettit un magasin de munitions à un pistolet rafaleur *Ingram* et en laissa tomber un autre dans la poche intérieure de son veston. Puis il assembla prestement un fusil à lunette semi-automatique qu'il fit passer au chauffeur.

– Tu te planques sur la dune, dans les bois, là où on a dit, expliqua Cousin. Tu nous couvres en cas de coup dur. Tu connais les cibles prioritaires.

– Putain que oui je les connais, ces bâtards. Je vais me les poinçonner façon billet de train aller simple. Une balle dans l'œil gauche et une autre dans le fion, pour aérer.

Il rit de la même façon grinçante que ses chefs, ce qui me laissa supposer que des cours de ricanement métallique étaient dispensés à tous les hommes des services spéciaux au cours de leur entraînement. Apparemment satisfaits par cette mâle détermination, les deux officiers échangèrent un regard de connivence et commencèrent à me défaire de mes liens, non sans m'avoir au préalable recommandé de ne tenter aucun geste de rébellion, dont je n'avais, réduit à l'état de rôti géant, puis de cible potentielle, ni la capacité, ni l'intention.

Quand je pus enfin m'asseoir, je glissai à l'extérieur un regard avide de savoir où nous nous trouvions et je constatai que nous roulions à vive allure dans la commune du Pyla, qui, non contente de s'enorgueillir d'un gigantesque tas de sable que gravissent, parfois au bord de l'éclatement cardiaque, des milliers de touristes aux gabarits variés mais animés par le même enthousiasme, abrite parmi les arbousiers et les pins centenaires l'une des plus denses concentrations de riches villas de la côte. Les types « mauresque », « provençal », « basque », « landais », « pâtissier » et « contemporain » servent de havre, pendant quelques semaines de l'année, à toutes sortes de célébrités, chefs d'entreprises et autres membres de la contestable élite qui sait si bien tirer profit de cet inquiétant début de siècle.

Le chauffeur prit assez brusquement à gauche une avenue étroite et pentue qui nous mena jusqu'à une propriété établie à l'écart des autres, à flanc de dune. Avant que nous n'y pénétrions, le chauffeur descendit de voiture, son fusil à la main, et vint s'enquérir par la portière arrière des ultimes instructions du capitaine Schmidt. Je ne pus réprimer une exclamation stupéfaite quand je reconnus le visage rond et rose, presque enfantin, et totalement dépourvu de la moindre ombre de pilosité, qu'il offrait aux regards implacables des deux agents spéciaux. Car cet homme, je l'avais vu mort, une balle dans la poitrine, et j'avais même aidé Edmonde à se débarrasser de sa pesante dépouille dans un bassin à flots des quartiers nord de la ville ! Une fois de plus, on s'était joué de moi, m'attirant par ces fausses morts dans un piège funeste dont les mâchoires définitives étaient en train de se refermer sur moi.

Je gardai pour moi ce constat terrible et désabusé et laissai le tueur poupin disparaître dans les bois pour aller y accomplir sa mortelle besogne. Le capitaine prit le volant pour entrer dans la propriété, dont la bâtisse n'apparut qu'au moment où nous nous arrêtions devant. Sous la menace d'une arme, Cousin me fit descendre de l'ambulance et je fus bien aise de recouvrer la station debout, ainsi que le bon air marin, parcouru de fragrances boisées et fleuries, au point que j'emplis d'abondance mes poumons de cette atmosphère sereine et que j'effectuai quelques mouvements d'assouplissement, tout à un bonheur aussi complet que momentané. Je pus en outre admirer tout à loisir l'étonnante construction qui se dressait devant nous : c'était une demeure imposante, et même arrogante, qui mêlait avec goût tous les styles méditerranéens, particulièrement l'arabe, le provençal et le maltais, avec une nuance crétoise qu'exprimaient discrètement de gros piliers peints en rouge sang soutenant des arcs bicolores copiés sur leurs modèles andalous.

Comme j'exprimais le plaisir que me procurerait un séjour même court dans un tel palais, Schmidt grogna quelque chose en indiquant du menton l'entrée de la villa, encadrée de deux énormes palmiers, où venaient d'apparaître deux silhouettes dans lesquelles je reconnus, aussitôt qu'elles furent sorties de l'ombre, les infâmes Merleau et Cochard, qui m'avaient si odieusement torturé lors de mon adoubement par la secte au Pays basque.

Je me précipitai vers eux en poussant un hurlement assez primitif que ma poitrine, je dois l'avouer, contenait à grand-peine depuis le début de cette sinistre affaire, avec la ferme intention de les égorger à mains nues comme je l'avais vu faire sur ces vidéos truquées, du moins l'espérais-je parfois, où un autre moi-même se livrait à des ignominies. Mais Cousin me plaqua au sol en m'enfonçant la figure dans le sable et son arme dans la nuque.

– Fais encore une fois le con et t'auras même plus droit à ton putain de sursis, gronda-t-il au creux de mon oreille.

Il me remit debout aussi brutalement qu'il m'avait déséquilibré et je pus voir que mon acte désespéré avait fait surgir quatre hommes, armés de fusils à pompe ou de revolvers, qui braquaient sur moi leur artillerie.

– Vous auriez pu faire une piqûre à ce con, s'écria Merleau en s'approchant. Quand on confond les taupes avec les lapins fous, il faut assumer !

Le capitaine Schmidt s'était avancé, une main plongée sous sa veste, où il portait son arme. Il désigna d'un mouvement de menton les cerbères qui nous tenaient en joue :

– Je rêve ou ça pue le traquenard ? Je vous conseille de retenir vos chiens.

Merleau et son chef, qui s'était placé à sa hauteur, un gros attaché-case à la main, rirent silencieusement.

– On va faire l'échange et vous allez partir, fit Cochard. Vous profanez cette propriété. Vous êtes impurs.

Schmidt haussa les épaules.

– Gardez ces conneries pour les demeurés qui vous croient. Vous l'avez ?

Cochard brandit devant lui sa mallette.

– Tout y est. Cinq DVD, mille cinq cent vingt-deux pages de programmes. Vous pouvez vérifier.

D'un mouvement de sourcil, le capitaine ordonna à Cousin de s'avancer vers le gourou. L'officier franchit la dizaine de mètres qui nous séparaient des duettistes de l'escroquerie intergalactique sous le regard creux et terrifiant des fusils. Il s'agenouilla pour ouvrir l'attaché-case, et je sentis chez tous ceux qui se trouvaient là le même tressaillement : l'objet pouvait fort bien avoir été piégé, et réduire en cendres tout ce qui se dressait alentour, vivant ou pas, de chair ou de pierre. De sorte que les serrures claquèrent très distinctement dans un silence évoquant celui du sépulcre dans lequel, tous, nous imaginions la dérisoire charpie qui resterait de nous régalant de façon frugale la vermine des ténèbres.

Pour ma part, je ne saisissais point toutes les règles de cette aimable partie de ballon prisonnier, sinon que j'en étais l'un des enjeux mais que pour le moment on se préoccupait davantage de cette valise, dans quoi, toujours à genoux, Cousin se livrait à d'obscures manipulations, que de savoir si l'on me tuerait en première ou deuxième mi-temps. Si bien que je pus tout à loisir observer autour de moi les possibilités de fuite qui s'offraient à mon agilité. Nous étions entourés par la forêt, dominés, sur la gauche, par la dune broussailleuse et boisée où, je le savais, se tenait, l'œil vissé à la lunette de son fusil, le tueur imberbe, ce qui éliminait d'emblée cet itinéraire.

– C'est bon, cria Cousin. Tout y est. Vous pouvez envoyer le branque.

Je compris sans peine qu'on parlait de moi et je me sentis aussitôt poussé en avant par le capitaine, qui me lança, *mezza voce* :

– Allez, minable. Affronte ton destin. Tu vas nous regretter.

J'allais me retourner pour lui rétorquer que je doutais fortement de cette dernière hypothèse, quand je vis le crâne de Cousin, qui revenait lentement vers nous la valise à la main, s'orner d'une éclatante et fugitive inflorescence rouge dont les pétales, en une jonchée instantanée, se collèrent, nombreux et luisants, sur le visage de Merleau et Cochard avant que la stupeur et l'effroi eussent pu en modifier l'expression satisfaite et cynique. Tout le monde se jeta au sol en même temps que Cousin qui, sous la force de l'impact, esquissait une sorte de saut périlleux arrière pour s'aplatir, la tête en morceaux, dans les graviers.

Dans ma grande candeur, et mû par une incorrigible curiosité, j'étais demeuré seul debout, dominant malgré moi ce commando de cloportes qui faisaient cliqueter leurs armes et les braquaient tous azimuts. Le projectile était parti sans bruit de la dune où le tueur glabre s'était embusqué, et je scrutai le couvert végétal pour y localiser sa présence. Elle me fut révélée, par un terrible paradoxe, au moment où elle s'abolissait : la rumeur d'une lutte au corps à corps, suivie de trois détonations distinctes et d'une exclamation en espagnol que je ne pus comprendre dans la confusion bruyante du moment, m'apprirent que le *sniper* venait d'être neutralisé de radicale façon par un Cassignol au mieux de sa forme. Les gorilles appointés par la secte ouvrirent le feu sans se poser plus de questions : le vacarme eut raison de mon tympan droit, sans doute, car je ne fus plus capable que d'une réception monophonique de ce reportage de guerre diffusé en direct. Je me tournais en tous sens pour tâcher d'évaluer les pertes des deux côtés, et fus rassuré de savoir Cassignol toujours vivant puisqu'à l'endroit où il se trouvait la végétation vibrait intensément, pulvérisée au passage par les munitions dont il arrosait généreusement l'adversaire. Je lui criai quelques formules d'encouragement, mais je ne suis pas sûr qu'il les eût reçues cinq sur cinq. En tout cas, il faisait merveille : se déplaçant sans cesse, apparemment rompu aux techniques de guérilla, il clouait les adeptes au sol plus sûrement que le menuisier le fait d'un ordinaire parquet.

Le capitaine Schmidt s'était réfugié derrière l'ambulance et ripostait au tir nourri qui trouait d'abondance le véhicule. Quelques rafales, d'origine incertaine, parvenaient tout de même sur la façade de la villa à briser quelques vitres ou écorcher le crépi rose pâle. J'errais dans le no man's land séparant les deux camps et le vrombissement d'une balle qui frôla mon oreille sourde me rappela que le danger ne se défie pas longtemps sans dommage, même lorsqu'on est protégé, ce qui était présentement mon cas, par une insolente baraka. Il était donc inutile de moisir là davantage car je risquais de voir quelque combattant mettre à profit mon invincibilité momentanée en se servant de moi comme bouclier humain, ce qui, on en conviendra, est l'un des combles de la misère à quoi les hommes sont parfois réduits.

Obéissant à ma première impulsion, au lieu de prendre la tangente vers quelque buisson sous lequel j'aurais pu me tapir en attendant que cessât un massacre statistiquement probable, je me ruai sur Cochard, qui, face contre le sol, les mains jointes sur la tête en une illusoire protection, semblait absorbé dans l'observation de la faune minuscule qui vaquait, entre les gravillons, tout échauffée par la tiédeur prometteuse du printemps, à l'accomplissement d'une destinée primitive et dérisoire consacrée à la recherche de nourriture et à la perpétuation de l'espèce. Bondissant parmi les coups de feu qui continuaient d'éclater de toutes parts pour converger sur le couvert végétal où se cachait Cassignol, évitant par je ne sais quel miracle, ou grâce à une vivacité hors du commun, les projectiles de forts calibres qui bourdonnaient, sifflaient, ou coassaient à mes oreilles, comme si toute une volière de plomb et d'acier s'était donné rendez-vous sur le même arbre, je me jetai sur le gourou et l'arrachai à sa contemplation entomologiste autant que pleutre d'un maître coup de pied dans les côtes. Non loin de moi, pendant que je serrais le cou de ce sinistre personnage, un homme armé, qui avait pourtant adopté l'impeccable position du tireur couché, fut soulevé du sol et retourné promptement, évoquant assez une escalope géante, le buste sanglant, vomissant d'écarlate à la manière d'un vampire boulimique. Cloué sur le dos par ses blessures, il battit l'air de ses quatre membres convulsés en invoquant les puissances du cosmos :

– Argamon ! Fureur Moséhim ! À moi ! Maman !

– Tiens bon ! l'encouragea un autre adepte entre deux salves. Ils arrivent. Maître, Maître ! Ouvrez le portail de Ganymède !

Le maître, en l'occurrence, le larynx écrasé par ma juste colère, était dans l'incapacité totale d'ordonner aux alliés intersidéraux de déchaîner le feu thermonucléaire depuis leurs canons en orbite. Je jetai subrepticement au ciel un coup d'œil furtif, pour m'assurer que nulle entité ne nous prendrait à revers, mais, sans doute, je dus relâcher ma pression sur la glotte du gourou, car il parvint, d'un sournois coup porté entre mes jambes, à me renverser par terre, saisi d'une atroce et brutale douleur.

Quoique mon champ de vision fût troublé par cette fulgurante souffrance, je pus apercevoir Cochard tituber vers la porte de la villa, bientôt suivi par son second, Merleau, qui venait de récupérer sur un cadavre un fusil à pompe. Je bondis sur mes pieds, et bien que j'eusse à chaque pas l'affreuse sensation de piétiner mes propres attributs virils, de sorte que je m'efforçai de courir comme on marche sur des œufs, je m'élançai à la poursuite des deux criminels et pénétrai, sitôt la porte franchie, dans un vaste hall obscur baigné d'une lumière bleutée dont je ne pus localiser la source, et qui me rappela douloureusement l'atmosphère régnant dans la grotte où, au Pays basque, j'avais failli perdre un peu plus la raison. En face de moi s'élevait un escalier vers lequel j'avançai avec précaution puisque, aucune porte n'étant visible, les deux escrocs n'avaient pu que s'y ruer et m'y tendaient probablement quelque embuscade de leur invention.

Je n'avais pas gravi trois ou quatre marches que résonna dans ce vaste espace une musique électronique douceâtre se répandant par nappes épaisses dont il me sembla éprouver sur ma peau la moiteur malsaine. En même temps, en haut de l'escalier apparut une forme orangée, oblongue, qui se tordait lentement au son des lourdes harmonies censées chanter, je le supposais du moins, les insondables mystères des gouffres interstellaires. Il n'empêche, mon esprit, toujours prompt à se laisser mythifier par toutes les illusions, commençait à être en quelque sorte aspiré par cette véritable vision sonore ondulant sur le palier.

– Vallès, putain de merde ! Qu'est-ce que vous foutez ?

Cette voix énergique, ce vocabulaire fleuri m'annonçaient avec éclat que j'avais retrouvé Edmonde. Je me retournai pour lui dire tout le bonheur que me procurait son apparition, mais elle me bouscula d'un coup d'épaule, un revolver à la main.

– Couchez-vous !

Je n'eus pas le temps d'interpréter correctement cette injonction à laquelle j'obéis néanmoins, car juste au-dessus de moi un échange de coups de feu, nourri comme il se doit, sans doute à la viande d'homme, se déchaîna. Edmonde m'enjamba lestement, presque aussitôt suivie par une paire de jambes masculines qui accompagnaient les bonds qu'elles effectuaient en jurant dans la langue d'Alejo Carpentier. Des portes claquèrent, des cris retentirent dans les profondeurs de la maison, entrecoupés de détonations.

Je résolus de ne point rester plus longtemps hors de l'action et m'élançai, tel un guerrier apache sur le sentier de la guerre, vers le couloir obscur au bout duquel les détonations avaient retenti. Je fus guidé par des imprécations, menaces, sommations et autres énergiques mises en demeure proférées par des voix mêlées qui témoignaient que l'échange verbal était aussi vif que celui de projectiles. Je débouchai bientôt dans une grande salle aux volets tirés, plongée dans une semi-obscurité propice aux combats les plus impitoyables. Je fus projeté au sol par un croc-en-jambe et me trouvai aussitôt plaqué au sol par l'agresseur, qui entreprit illico de me masser rudement les vertèbres cervicales du canon de son arme.

– Bouge plus ou je te transforme en vache folle !

L'allusion au cerveau lacunaire de ces pauvres bêtes, et l'idée de survivre avec un encéphale troué par du gros calibre me terrifièrent, aussi m'identifiai-je, car le timbre si particulier dont vibrait la voix de Cassignol trahissait la vigueur extrême de sa détermination.

– Putain j'ai cru que c'était ce bâtard de Cousin. Des fois, on tue mal les gens, et ils reviennent vous emmerder.

Il éclairait ma figure à l'aide d'une petite lampe fixée au canon de son fusil et sa silhouette, dressée au-dessus de moi, se découpait mal dans l'obscurité. Je lui demandai l'autorisation de me relever, précaution apparemment superflue, mais qui permettait à cette machinerie humaine programmée pour la prédation assermentée d'annuler les ordres de tir encore actifs dans quelque recoin de ses circuits.

– *Claro*, fit-il après la seconde nécessaire au traitement de l'information.

Au moment où je me relevais, un flot rassurant de lumière du jour répandit dans la pièce ses chaleureux photons. Edmonde venait d'ouvrir un volet, puis s'approcha de nous.

– Ce coup-ci, c'est terminé, dit-elle en souriant.

Elle rangea dans un étui fixé à sa ceinture un gros pistolet puis remonta sur sa délicieuse taille son pantalon de treillis. Je m'aperçus alors qu'elle était équipée des pieds jusqu'à la tête pour affronter la fureur des armes et de la bataille : des rangers dévoraient ses pieds menus, un pantalon déformé de poches multiples brimait les lignes élancées de ses jambes, et un gilet pare-balles empêchait qu'on devinât jusqu'à l'existence de seins, dont je savais, pour en avoir si souvent rêvé, le galbe irréprochable.

– Ces deux loquedus ne feront plus chier personne, ajouta-t-elle en indiquant, dans un coin, les corps allongés de Merleau et Cochard.

– Ils sont morts ? m'inquiétai-je.

– Cochard, oui, dit Cassignol. L'autre, on l'a juste perforé un peu pour qu'il se tienne tranquille. On a encore besoin de lui pour un complément d'enquête. Ils nous ont tiré dessus, ces dingues.

– Et en bas ? m'inquiétai-je. Vos collègues Schmidt et Cousin ?

Il se raidit en entendant ces deux noms.

– Des traîtres. Ne me parle plus de ces deux charognes. De toute façon, deux hommes à moi s'occupent de tout. On attend des renforts de cavalerie pour embarquer tous ces pitres.

Il porta une main à l'oreillette dont il était équipé, puis prononça dans son casque-micro des mots rapides, sans doute empruntés à un espéranto des missions spéciales, car je n'en compris pas un seul. Puis il me prit par le bras et m'entraîna vers Merleau, qui s'efforçait de ramper, en geignant à cause d'une méchante blessure à l'épaule droite qui faisait luire de sang tout le haut de son coûteux costume. Il l'arrêta dans sa dérisoire progression en lui écrasant une main de son ranger. L'autre poussa un faible cri, assez proche du couinement caractéristique du rongeur saisi par l'angoisse au moment crucial où sa survie ne dépend plus que de la décision imminente du prédateur.

– Je te présente celui à la place de qui tu as failli terminer ta putain de vie en prison : l'assassin de la jeune Élise Dulac.

Je considérai avec stupéfaction le misérable gisant à nos pieds, puis revins à Cassignol.

– J'avoue ne pas très bien comprendre : l'accusation infamante de meurtre qui m'accable ne serait pas due au hasard ?

L'agent secret haussa les épaules et jeta un regard navré à Edmonde, qui se tenait coite à quelques mètres de nous, vautrée plus qu'assise dans un fauteuil.

– Rien n'a été dû au hasard, dans cette affaire. Dès le début, tu as été l'objet d'un échange : ta culpabilité contre l'innocence garantie à Merleau, en échange des secrets militaires dont ce con de Cochard était détenteur.

– Des secrets militaires ? m'étonnai-je. Cochard ? Cet illuminé ?

– Illuminé mon cul, fit Edmonde.

Elle marcha vers nous puis s'accroupit auprès de Merleau qu'elle attrapa par les cheveux et tira à elle.

– Hein, tête de mort ? Que vous étiez surtout des putains d'illuminés du portefeuille, des mystiques du compte en banque, pas vrai ?

Ce que glapit l'escroc intergalactique fut difficile à interpréter, aussi restai-je sur ma faim d'éclaircissements. Toujours est-il qu'il se mit à baver abondamment, me rappelant furtivement un de mes anciens compagnons d'internement, à l'hôpital Charles-Perrens, qui était pris d'hypersécrétion salivaire dès que le chef de service s'approchait de lui.

Soudain, notre conversation, qui éclairait d'un jour nouveau mon implication dans cette ténébreuse machination, fut interrompue par le soubresaut qui secoua Cassignol.

– Quoi ? cria-t-il dans son micro. Bien. Occupez-les. J'appelle le colonel. On dégage, ajouta-t-il à notre attention. On a de la visite, et c'était pas prévu au programme.

Alors que dehors retentissaient déjà de vifs éclats de voix et que des menaces s'échangeaient, Edmonde et moi le suivîmes jusqu'à l'autre bout du couloir sombre par lequel nous étions venus, et Cassignol commença d'ouvrir toutes les portes qu'il trouvait en jurant comme un charretier.

– Y a bien une sortie sur l'arrière de cette maison, bordel de merde ! Faites n'importe quoi, nous, on se tire ! hurla-t-il à ses hommes aux prises avec les visiteurs inattendus. Gagnez du temps !

Enfin, nous débouchâmes sur un petit escalier de bois, fort raide et craquant sous nos pas comme s'il allait se dérober d'un moment à l'autre, et nous parvînmes devant une porte d'apparence robuste, gardée par trois verrous à fermeture centrale.

– Écartez-vous ! ordonna Cassignol.

Il saisit son fusil d'assaut, y engagea un chargeur neuf, et le vida, sans doute, sur le panneau de bois. Sourd, environné de poussière et de copeaux volants en tous sens, je vis l'agent secret défoncer littéralement la porte à coups d'épaule, et l'arracher de ses gonds et serrures. Cette façon de procéder, purement bestiale, me rappela l'androïde qui avait enlevé sous mes yeux l'architecte Dulac, et j'en déduisis que j'avais eu affaire tout au long de cette aventure à des hommes tous formés à la même école : rien n'était capable de les arrêter dans l'accomplissement de leur mission et le meurtre, l'enlèvement, la séquestration, le chantage, entre autres éléments de leur panoplie, n'étaient pour eux que des méthodes de travail parmi d'autres dès lors que la raison d'État exigeait qu'ils y recourent. Nous hésitâmes deux secondes, figés sur un sol de gravier crissant sous nos pas et dénonçant notre présence à cent mètres à la ronde, puis nous courûmes vers un bosquet de genêts et d'arbousiers séparant la propriété de sa voisine. À peine avions-nous commencé de nous enfoncer dans la végétation qu'une série de bourdonnements lourds me fit croire d'abord que nous avions troublé dans son lent réveil printanier une colonie de frelons. La salve de détonations sèches qui résonna bientôt m'apprit que nous servions de cibles à de nouveaux assaillants, ceux-là mêmes qui s'étaient joints quelques instants plus tôt à ce sinistre ball-trap. Nous nous jetâmes au sol et Cassignol riposta d'une courte rafale qui fit taire les armes de nos agresseurs, répit que nous mîmes à profit pour nous replier plus loin, dans une cuvette couverte de mousse et d'aiguilles de pins où je pus, pour ma part, reprendre mon souffle.

Cassignol prit dans une de ses nombreuses poches un téléphone portable et appela un mystérieux correspondant à qui il conta succinctement le mauvais pas où nous étions, le priant énergiquement de nous en tirer, condition nécessaire et suffisante au succès de la mission.

– Ça va aller, s'efforça-t-il de nous rassurer avant de se poster au sommet de la petite éminence qui nous cachait pour observer les mouvements de l'ennemi.

Le hasard ayant voulu que je tombasse, en un roulé-boulé impeccable, tout contre Edmonde. Je goûtai sans retenue ni remords ce moment de repos qui me permettait d'éprouver le contact souple et chaud de son corps malgré le caractère peu affriolant de la tenue de combat qu'elle portait, qui eût éteint jusqu'aux plus insignifiantes flammèches du désir chez tout autre que moi. Elle respirait fort, allongée sur le flanc, et j'eusse ausculté à mains nues les battements de son cœur si la situation avait été plus propice au libertinage. Je lui fis part cependant, chuchotant à son oreille, de l'intensité paradoxale du moment que nous étions en train de vivre, étendus sur la mousse d'un bois dans la tiédeur du mois de mai. Je ne sais si la culpabilité, ou bien un rameau d'ajonc piqua quelque partie sensible de son corps, mais elle roula vivement sur elle-même pour me faire face, le regard furibond.

– Vous n'avez pas pris vos gouttes ou vos cachets depuis combien de temps ?

Piqué – moi aussi – au vif, je rétorquai :

– Si vous n'aviez pas escamoté le docteur Furde pour en faire l'épave que nous avons découverte l'autre jour, ma santé mentale serait bien meilleure, et j'aurais peut-être vu plus clair dans vos manigances, et démêlé plus sûrement le vrai du faux, le réel du virtuel. À propos, et pour vous prouver que j'ai aussi mes moments de lucidité, fussent-ils peuplés d'amertume : quelle était donc la suprême raison qui devait faire de moi le coupable idéal de ce meurtre abject ? Que sont ces fameux secrets militaires dont Cassignol parlait tout à l'heure ?

– Nous fais pas chier maintenant. Le moment est mal choisi, fit le tueur assermenté.

– Je choisis le moment que je veux, désormais, fis-je. J'ai l'impression que si je marche vers les gens qui viennent de nous tirer dessus, et qui doivent appartenir à une officine secrète et armée rivale de la vôtre, je bouleverserai tous vos plans, n'est-ce pas ?

– Bouge, et je t'abats avant que t'aies fait deux pas. Essaie, pour voir.

Il arma son fusil et le pointa dans ma direction. De fait, il semblait prendre très au sérieux ma menace, et j'étais persuadé qu'il n'oserait pas mettre la sienne à exécution. Si bien que je me levai et entrepris de gravir le flanc de la cuvette.

– Merde de connard de dingue ! s'écria-t-il.

Il me frappa le tibia du canon de son arme, ce qui me fit un mal de chien et m'obligea à choir sur le sol. Puis il se jeta sur moi et me secoua violemment, ses poings serrés sur le col de ma chemise.

– Je vais t'affranchir, pauvre minable : t'as vu que du feu parce que c'est ce qu'ils t'ont montré. Souviens-toi du numéro qu'ils t'ont joué au Pays basque ! Du scénario virtuel, du vent ! Y avait qu'un trou du cul dans ton genre qui pouvait se laisser prendre à ça, sans parler des adeptes, ces tarés toujours prêts à gober n'importe quoi ! Ils ont volé une cassette vidéo en cambriolant chez toi et ils ont repiqué des images de ta femme, et aussi de ta gamine, juste dans le but de te torturer, de te faire fondre un câble, de te persuader de ta culpabilité pour le meurtre d'Élise Dulac ! Ils t'ont refilé des drogues, et ça a failli marcher ! Si on t'avait arrêté à ce moment-là, t'aurais avoué deux homicides alors qu'il n'y en avait qu'un de réel, le second ayant été mis en scène par leurs soins. Tu piges ?

Il ne m'apprenait rien mais confirmait seulement l'atroce intuition qui m'avait taraudé à plusieurs reprises. Il allait continuer ses explications, quand le vrombissement caractéristique d'un hélicoptère en approche l'interrompit net. Presque aussitôt, un gros engin passa juste au-dessus de la cime des pins, et dessina une vaste boucle pour aller se poser dans le parc de la propriété ! Edmonde m'adressa un regard tellement plein de stupéfaction que je pouvais être sûr de sa totale ignorance des ultimes péripéties de cette affaire.

– Les voilà, dit Cassignol. On y va.

Nous nous ruâmes vers le nuage de poussière, de feuilles et d'aiguilles de pins soulevé par les pales de l'appareil, d'où surgissaient des commandos armés qui se jetaient aussitôt au sol en position de combat et mettaient en joue d'autres hommes, assez semblablement équipés, eux aussi prêts à faire usage de leur artillerie, postés sur la terrasse de la villa parmi les morts et les blessés du premier accrochage. La situation pouvait dégénérer à tout moment en une affreuse confrontation et il aurait suffi du vol ivre d'une guêpe, de l'insistance curieuse d'une mouche alentour des cadavres pour qu'une queue de détente, à peine pressée sous l'effet de quelques milligrammes supplémentaires d'adrénaline, déclenchât un carnage.

– Commandant Desflandres, DGSE ! hurla Cassignol, épaulant son fusil.

– Lieutenant de police Poletti, RAID ! répliqua l'un des hommes qui lui faisaient face. J'agis sur commission rogatoire du juge, et je dois interpeller le dénommé Vallès Henri, suspecté de meurtre !

Les deux chefs se parlaient à quelques mètres seulement l'un de l'autre, brandissant tour à tour leur arsenal de façon assez puérile, obligés de hurler par le vacarme des turbines.

Soudain, sur un signe de l'officier du RAID, trois de ses hommes me plaquèrent promptement au sol, m'écrasant la figure sur le gravier, et me forcèrent à l'immobilité par la pression conjuguée des canons de leurs armes et de leurs semelles épaisses.

– Cet homme est un auxiliaire de nos services, il est sous ma protection, et personne n'y touche, bordel de merde ! entendis-je vociférer le commandant Desflandres, alias Cassignol. Appelez Paris, pour vérifier. On vous a promenés pour rien, alors vous remballez et vous videz les lieux. Ne nous obligez pas à employer la contrainte !

Une courte échauffourée se produisit au-dessus de moi entre les hommes des deux camps, au cours de laquelle quelques horions furent échangés. J'exhortai les combattants à davantage de retenue, vu qu'au passage des coups de pied et de crosse perdus me tombaient sur l'échine, mais on ne m'écouta point. Une détonation fit cesser net l'affrontement, et j'en profitai pour me redresser un peu : Cassignol tenait dans sa ligne de mire, à quelques décimètres de lui seulement, la tête du lieutenant Poletti.

Il y eut un moment de flottement qui ne devait rien à la puissante ventilation générée par l'hélicoptère, puis l'officier du RAID fit un geste d'assentiment, ou de soumission, qui détendit aussitôt l'atmosphère. On rengaina l'artillerie, les hommes prêts au combat quittèrent leurs mines farouches. Au point qu'on arrêta les bruyantes machines, qu'on alla même jusqu'à fraterniser en s'échangeant des cigarettes. Les tympans encore bourdonnants du fracas de la bataille et du boucan des moteurs, je m'approchai d'Edmonde, déjà courtisée par deux hommes qui faisaient les avantageux avec leurs armes, comme si le maniement de ces fatals outils relevait d'une série complexe de préliminaires, alliant l'érotisme et la mort, à quoi sont peut-être contraints les militaires pour se trouver en état de saillir. Quoique mes capacités auditives fussent passablement réduites, et que je doutais de pouvoir entendre le son de ma propre voix, je me mis à hurler à l'oreille de l'obscur objet de désir autour de qui l'espèce de parade martiale continuait :

– J'ai encore des questions à vous poser, si ça ne vous fait rien !

Elle sursauta, criant qu'elle n'était pas sourde, se tourna vers moi et me toisa avec hauteur.

– Allez voir Desflandres. C'est lui le chef. Maintenant, vous me lâchez, parce que je crois que je vous ai assez vu.

Elle revint à sa conversation galante avec les deux baroudeurs, qui me considérèrent avec une expression mêlée d'impatience et de pitié, aussi décidai-je de quitter sans tarder cette affligeante compagnie et de réintégrer mes cantonnements de solitude hantée par mes mauvais rêves. Je franchissais le portail, qu'aucune sentinelle, bizarrement, ne gardait, quand j'entendis dans mon dos s'étrangler un cri rageur :

– Mais où il va ce con ?

J'affectai de n'être point concerné par cette nouvelle expression du mépris définitif que je semblais inspirer au reste de l'humanité et continuai mon chemin, cherchant déjà la direction du bassin d'Arcachon dans l'eau duquel, j'y étais fermement décidé, je marcherais tout droit sans m'arrêter jamais, les pieds embourbés dans la vase gluante qui saurait bien me retenir prisonnier cependant que, la bouche ouverte, je remplirais mes bronches de l'infâme jus salé qui fait la joie des touristes, repensant en pleurant aux grands bonheurs perdus de mon existence.

Déjà, mes yeux s'emplissaient de larmes et je cheminais tout absorbé dans de lugubres pensées, quand derrière moi résonna le bruit d'une course éperdue, bientôt suivi par la sommation de me rendre sans résister, à laquelle je ne répondis pas. Mes poursuivants ne se découragèrent pas, et je fus bientôt ceinturé et littéralement porté par trois robustes guerriers dont les écussons différents m'apprirent que tous les services avaient uni leurs efforts pour accomplir l'exploit de ma capture.

On m'installa sans douceur dans un véhicule monospace et je fus menotté à la poignée d'une portière. Je me désintéressai complètement des palabres et autres constatations d'usage auxquelles les forces de l'ordre se livraient sur le terrain des opérations, et concentrai plutôt mon attention sur la végétation couvrant la dune à l'endroit où, une heure plus tôt, Cassignol avait neutralisé le tireur à la solde de Schmidt et Cousin.

Je ne sais combien de temps m'absorba cette contemplation bucolique, mais je sursautai de surprise quand Cassignol vint s'asseoir lourdement sur le siège avant en se plaignant de la dure journée qu'il était en train de vivre.

– Merde, Vallès. Arrête de nous poser des problèmes maintenant que tout est fini.

– Moi ? m'esclaffai-je. Vous poser des problèmes ? Et que devrais-je dire de ceux que vous m'avez infligés sans me donner les moyens de les résoudre ?

– T'as pas tout à fait tort. Je te dois quelques explications. J'ai fait allusion à des secrets militaires, tout à l'heure, tu te rappelles ?

– Je suis fou, mais pas amnésique.

– Bon… Cette valise que tu as vue, et contre laquelle ces deux ordures t'ont échangé tout à l'heure, eh bien elle est pleine de logiciels, de cédéroms, de programmes informatiques mis au point par Cochard, qui est un des cadors mondiaux dans tout ce qui concerne les réalités virtuelles, simulateurs, jeux et tout ce genre de conneries. Sauf qu'il avait inventé un simulateur de combat au sol pour des fantassins, en interaction avec des hélicos, des avions relais, et même des satellites. Le genre de joujou qui permettra de révolutionner toutes les techniques de combat des armées du siècle prochain : on aurait quasiment des cybersoldats, intégrant puissance de feu, moyens de communication, instruments de mesure et de visée par tout temps, de jour comme de nuit. Un truc hyperchaud. Le nec plus ultra sur quoi même les Américains et les Japonais butent encore. Évidemment, des tas de pays voulaient posséder ce simulateur et ses applications concrètes. Et Cochard a commencé à faire monter les enchères, et on a appris qu'il était sur le point de conclure avec une puissance étrangère que je n'ai pas le droit de nommer. Et puis ce con de Merleau tue la petite Dulac, pour une vulgaire histoire de cul : elle a pas voulu se laisser faire. Et il maquille le truc en sacrifice rituel. Là, un de nos chefs a l'idée du siècle : on échange à Cochard l'impunité pour sa secte, donc pour Merleau, contre le logiciel, et on leur propose un coupable : toi. On se débrouillait pour laisser croire que tes problèmes psychiatriques t'avaient conduit à rejoindre la secte, que t'avais fait le con, on te coinçait, et c'était tout bénef pour tout le monde : l'armée récupérait le simulateur, et l'Ordre du Retour Lumineux pouvait continuer à baiser des gogos qui enrichiraient davantage Cochard qui continuerait, lui, à leur montrer des extraterrestres grâce à d'ingénieux trucages.

– C'est beau comme un plan de guerre américain, tout ça, fis-je. On peut savoir pourquoi vous n'avez pas conclu ce mirifique marché ?

Cassignol parut soudain embarrassé et me fixa sans rien dire pendant quelques secondes, plantant dans mon front son regard de tueur appointé par l'État. Puis il sourit soudain et sa face s'humanisa de façon tout à fait inédite.

– Après tout, merde, bon. On t'a assez fait morfler comme ça. Le hic, c'est que Merleau est le neveu d'un ministre et qu'en haut lieu, on a décidé de faire tomber ledit ministre tout en gardant le matériel de Cochard. D'où la nécessité de te sauver la mise. On m'a mis auprès de Schmidt, pour le surveiller et l'empêcher de nuire. J'étais censé jouer les brutes épaisses, genre nettoyeur, faut dire que j'ai un physique qui aide.

J'approuvai son incise d'un vigoureux hochement de tête, et il dut s'interrompre.

– Oui, bon. Enfin, tu sais tout, maintenant. T'as été manipulé tout du long, mon gars. Mais c'était pour la bonne cause, celle de notre pays.

Je ne pus m'empêcher d'éclater d'un rire amer à cet élan de patriotisme.

– Ça me rappelle l'histoire du coq, votre histoire de pays : celui qui chante à l'aube, les deux pieds dans…

– Tais-toi, Vallès. La France ne t'oublie pas. T'auras droit à une récompense : tout le pognon qu'on avait versé pour que tu le files à la secte est à toi. Et tu peux garder les faux papiers, la carte bleue, tout. De toute manière, ça te sera utile.

Je m'étonnai, puisqu'il me semblait avoir compris que l'affaire était close, et redoutai quelque chausse-trappe nouvelle.

– Bien sûr. T'es encore recherché par les flics pour cette affaire de meurtre. On va apporter des preuves de ton innocence, mais le temps que la procédure s'éteigne, il vaudra mieux que tu rases les murs. Un voyage, peut-être ? Je te ferai faire un passeport, tu seras tranquille. Dans six mois, tout ça ne sera que du passé, et tu pourras être fier de la collaboration que tu nous as apportée.

Je ne sus si Cassignol plaisantait finement, ce qui m'eût étonné de la part d'un être aussi vil, à moins que le commandant Desflandres, autre entité hébergée par cet organisme inquiétant, ne fît preuve de talents bien supérieurs à son enveloppe factice et pseudonyme, ce qui eût constitué une preuve supplémentaire de l'adresse des services spéciaux dans l'art de la manipulation et de la duplicité. En tout état de cause, la fierté restait pour l'instant un sentiment totalement étranger à la gamme d'émotions qui m'agitaient. Ma déconvenue était amère, les humiliations subies me causaient un chagrin persévérant, sans parler du mépris dans lequel me tenait Edmonde, qui révélait assez, par ses minauderies enjôleuses devant les hommes en armes, sa nature profonde de fille à soldats, et ne faisait qu'exacerber mon dépit et mon ressentiment. Je priai Cassignol de me libérer de mes menottes, faisant valoir que ce serait un premier pas sur la voie de ma réhabilitation en tant qu'homme libre, sinon respecté ou fier. Il s'exécuta en s'excusant, ce qui était nouveau de sa part et, en d'autres circonstances, j'eusse été tout à fait disposé à revoir mes jugements sur lui.

Je descendis du véhicule et laissai quelques instants

le soleil réchauffer doucement ma misérable peau, non sans guetter du coin de l'œil la cour de brutes en uniformes qu'Edmonde attirait autour d'elle.

Je dus attendre encore une heure, parmi un va-et-vient de fourgons variés aux fonctions différentes que les prisonniers fussent embarqués, les blessés pris en charge et les morts emportés dans des sacs réglementaires, puis Cassignol me proposa de me raccompagner à Bordeaux dans un véhicule de commandement, ce que j'acceptai, puisque toute ma fortune consistait en une pièce de cinquante centimes égarée au fond d'une de mes poches, qui ne me permettait guère d'entamer un tour du monde. Nous quittâmes aussitôt les lieux de ce triste dénouement et je résistai à la tentation de me retourner vers Edmonde pour tâcher de jouir une dernière fois de sa perfide beauté. Quand, sur le chemin qui descendait vers la route d'Arcachon je jetai un coup d'œil en arrière, espérant peut-être qu'elle serait venue saluer de la main notre séparation définitive, je n'aperçus qu'un corbillard sortir de la propriété et nous suivre, comme une promesse, une menace, un présage inéluctable. Et c'est abîmé dans de mornes pensées que je fis la route qui me ramenait à la case départ.

32

D'ici, on voit la mer. Je suis sur le balcon et je regarde le soleil se coucher sur la baie de Saint-Jean-de-Luz. C'est beau comme dans les films, à la fin, quand tout s'est calmé et que l'héroïne savoure quelques instants de bonheur. Voilà. J'ai lâché le grand mot, celui que je me suis interdit si longtemps. Il faut que j'explique un peu ça. Dans ma chaise longue, je fais tourner le glaçon dans un fond de whisky. Gros verre à gros cul pour petit plaisir. Cling, cling. Un peu d'air frais sur ma figure. Brise côtière, ils disent à la météo. Je dois être assez belle, en ce moment. Calme et volupté. Pour le luxe, ne rêvons pas.

Elsa joue dans le salon. Elle règle depuis un bon quart d'heure un différend entre deux poupées et une girafe. J'entends derrière moi son bruit tranquille. Parfois elle fredonne une chanson apprise à l'école. Ma vie chante et joue. Ma vie a des cheveux bruns, de grands yeux noirs, une jolie voix, et viendra tout à l'heure me demander ce qu'on mange en me prenant par le cou.

Parfois, je repense à toute cette histoire, il y a cinq mois, avant l'été. À tous ces cons. Ces flics, ces agents secrets, ces macchabées. Cette embrouille monstre. Les allumés de la secte transformés en passoires ou moisissant en taule aujourd'hui. Chacun son tour. J'en sors, la place est chaude.

Je repense aussi à Vallès. Sacré putain de dingo. Persuadé d'avoir un ticket de première pour m'allonger sur son divan. Sauf que je suis pas du genre à coucher avec Guignol… J'aurais senti les pognes des manipulateurs planqués dans les coins. J'en ai trop laissé s'affaler sur moi, leur poupée cyclope à la main, pour câliner en plus une marionnette lubrique. J'ai passé l'âge, figurez-vous. C'est pas qu'il était moche, ce pauvre Henri. L'air fatigué, ça oui, parce que lui aussi il avait eu son compte, genre boxeur encore debout après quinze rounds de branlée drue, mais tenu par les cordes, le gong entre les oreilles. Mais franchement, il avait trop l'air à côté, ce type. Toujours un peu en dehors du cadre. Le genre que tu ne peux prendre en photo qu'à moitié, ou sans la tête, ou bougé. Quand il me regardait, j'avais toujours l'impression qu'il voyait quelqu'un d'autre, ou qu'on n'était pas seuls. Et quand je lui parlais, il me semblait parfois qu'il suivait une autre conversation en même temps. Pratiquement virtuel, il était… comme la réalité qu'il tricotait avec sa tchatche de marquis de mes deux et où il traînait sa tristesse.

Je crois que ce type est fou de tristesse. Voilà. Je dis ça au présent parce qu'il n'est pas mort, même si je ne sais pas où il est allé poser son sac de nœuds. Je crois que ce sont des larmes qui lui ont bouffé la tronche, qui lui ont décapé les neurones jusqu'à les mettre à vif. Et sans doute je n'imagine pas ce que ça peut être du dedans, toute cette douleur qui y loge : un vrai nid de frelons. Moi, je savais que je me bagarrais pour récupérer un jour Elsa. J'avais cette issue, je savais qu'elle m'attendait. Mais lui ? Pas étonnant qu'il ait kiffé sur moi.

Je me rappelle le dernier jour, après la fusillade. Je le voyais bien me reluquer, entourée que j'étais par ces blaireaux en tenue de guerre, leurs armes en main comme si c'était leur bite. Moi, je faisais ma catin, comme d'hab', un vieux réflexe, après l'effort… Puis je l'ai aperçu qui s'en allait à pied, tout seul, et j'avoue qu'il pouvait aller se faire mettre où il voulait, j'avais assez vu sa gueule pour le restant de mes jours. Maintenant, je regrette d'avoir été dure. Vrai, je suis comme ça, moi. Un rien sentimentale, et c'est nouveau. J'ai dû vieillir sans m'en rendre compte, un peu plus vite, c'est tout. Jeunesse cramée.

Qu'est-ce que je raconte ? Il faut toujours se méfier des couchers de soleil. Je ne suis pas assez accoutumée à la beauté des choses, et je ne sais pas si ça me rend intelligente ou niaiseuse.

Tiens, des mains dans mon cou. Des cheveux sur ma figure. Une bouche qui m'en pète trois avant que j'aie eu le temps de dire ouf. Je serre cette chaleur remuante contre ma poitrine.

J'ai faim, moi aussi.

Épilogue

Cassignol tint ses promesses. De l'argent me fut versé, un jeu de faux papiers arriva huit jours plus tard par la poste, accompagné des félicitations d'un colonel des services secrets dont je m'empressai d'oublier le nom. On retrouva quelques jours après la fusillade de la villa l'architecte Dulac pendu à un pont enjambant l'autoroute non loin de Cannes. C'est un chauffeur routier qui le découvrit, si l'on peut dire, réveillé violemment par le cadavre percutant le pare-brise de son trente tonnes pour venir s'écraser, hideusement cravaté, sur le siège réservé d'habitude aux auto-stoppeuses. Non loin de là, le corps sans vie de son épouse, étouffée sous un oreiller, attendait pour toujours dans la voiture de son mari délaissé, l'avènement sur Terre du règne des Moséhims.

Ousmane et Betty organisèrent pour fêter la fin de mes mésaventures, et tâcher d'adoucir l'affliction où je me trouvais, une soirée au cours de laquelle je pus exprimer à Lydie et Auguste toute ma gratitude et mon amitié. Nous bûmes d'abondance, sauf Auguste, qui, pratiquant un islam original, se contenta de l'ivresse doucereuse d'un haschisch angolais auquel je goûtai avidement pour être mieux en mesure de dialoguer avec le perroquet James.

Pour l'occasion, on lui avait appris le premier couplet de *Bella Ciao*, qu'il chanta sans fausse note en imitant la voix de Frank Sinatra. Je fus bien sûr très ému par cette interprétation inouïe, car elle réveilla en moi le souvenir d'une belle à qui je n'avais pu dire adieu et qui hantait encore mes nuits et osait, même en plein jour, faire dans le désordre de mes neurones des apparitions suggestives. Constatant mon vague à l'âme, l'oiseau gris changea de sujet et nous conversâmes un moment, je crois, de sa phobie des voyages depuis celui auquel l'avaient contraint des trafiquants dans la soute glaciale d'un Boeing 747, en compagnie d'une tribu de singes et de quelques dizaines de mètres de pythons, tous issus de la même fratrie, qu'on n'avait pas eu le cœur de séparer. En outre, passablement bouleversé, il évoqua les forêts de son enfance, le soleil matinal plein des chants et des vocalises de ses congénères, et les soirées pluvieuses et sombres, consacrées à une toilette exigeante ainsi qu'à l'expression d'une sexualité non moins tyrannique, à l'abri d'alcôves ménagées par le hasard enchevêtré des feuilles géantes, ou lors d'expériences de groupe, dans la visibilité réduite de la brume duveteuse que générait la frénésie des volatiles.

C'est en m'entendant confier à James combien j'eusse aimé visiter les contrées dont il me vantait l'exotisme chaleureux qu'Ousmane fit une proposition qui suscita l'enthousiasme de mes amis :

– On part tous au pays cet été, et on te fait visiter la famille, les petits coins, les grands espaces, la totale !

Bébé Louis, entraîné par l'adhésion populaire à cette grande idée, abandonna la défiance qu'il exprimait à mon égard en toute occasion : il trotta vers moi et s'effondra contre mes chevilles en riant, et ses yeux brillèrent d'aise quand je le relevai et lui annonçai que bientôt il prendrait l'avion.

Auguste m'a présenté M. Diop, griot à qui des liens complexes de parenté l'attachent, et dont il dit tenir son savoir. Chaque jour, une heure avant le coucher du soleil, au moment où l'ombre du grand acacia vient couvrir sa maison, j'entre dans l'obscurité où il se tient, somnolant dans un fauteuil, ou bien regardant à la télévision un feuilleton brésilien. Alors je lui parle, lui contant ma journée passée à réparer la pompe qui ravitaille le village en eau potable, ou bien avec les enfants que j'accompagne au bord du fleuve et qui me demandent de leur inventer des histoires effrayantes. Souvent, aux horreurs que je narre, ils s'enfuient en criant et plongent dans l'eau brune, et reviennent tout luisants s'asseoir en cercle autour de moi.

Je parle aussi à M. Diop de mes cauchemars, des visions que j'ai de ma femme et de mon enfant mortes que je crois alors toujours auprès de moi, des choses et du monde que mon esprit transforme et travestit pour me duper avec le cynisme persistant des hommes de pouvoir et de leurs spadassins. Il écoute sans dire mot mes peurs et mes hantises, puis il se lève en soupirant et je le suis dans la campagne rougie par le couchant. Là, assis sur un tronc d'arbre abattu, il me parle de la lumière, des pierres, du sable qui n'est que de la roche morte, de la terre qui n'a plus d'eau, des hommes qui sont sans espoir et ne vivent que parce que s'accomplit chaque matin la victoire du jour sur les démons.

Il me montre aussi les anciens troupeaux d'éléphants qui marchent vers des points d'eau disparus, je vois s'élever des palais d'ocre, des forêts moutonnant sur les collines, des femmes nues se baignant à des sources avec des rires de cascades. J'entends des fauves gronder, j'aperçois leurs yeux d'or briller dans les buissons d'épines et je ne redoute pas leurs crocs découverts par leurs babines retroussées. Ensuite, nous causons doucement de nos visions, les comparant, nous émerveillant d'avoir souvent les mêmes. M. Diop m'explique que c'est la vieille Afrique qui se montre, celle que la pluie visitait chaque année, celle que les Blancs n'avaient pas encore piétinée, déesse morte de chagrin et de vieillesse qui commença par être sourde aux incantations des hommes, ne les entendant que lorsqu'ils criaient de douleur, leurs enfants maigres dans les bras, avant d'être disloquée par l'acharnement du soleil sur sa dépouille.

Comme je lui demande, alors que tout s'est éteint autour de nous pourquoi il ne répond jamais à mes questions, il me murmure que je suis pareil à lui, que je ne comprends pas toujours ce que je perçois, mais que l'essentiel est d'en donner aux hommes une interprétation qui les rassure.

Ensuite, nous rentrons lentement au village, son vieux bras appuyé sur mon épaule, et, après avoir partagé avec Ousmane et Betty le repas du soir, et parlé avec eux et leurs voisins en sirotant du carcadet, je me retire dans la case qu'on m'a prêtée pour tâcher d'y dormir en paix.

Depuis quatre jours, j'ai soin de laisser entrouverte la porte branlante de ma cagna parce qu'on dit dans le village qu'une démone brûlante vient la nuit s'accoupler avec les hommes qui rêvent trop pour leur voler leur âme. Je serais bien aise de la voir venir piller mon capharnaüm personnel, curieux de ses méthodes, et je fourbis en silence l'arme vivante que je lui tendrai pour accomplir sa razzia.

RÉALISATION : NORD COMPO À VILLENEUVE-D'ASCQ
IMPRESSION : CPI FRANCE
DÉPÔT LÉGAL : MAI 2016. N° 130141 (3016384)
IMPRIMÉ EN FRANCE

ÉGALEMENT CHEZ POINTS POLICIER

Arab Jazz

Karim Miské

Ahmed Taroudant, jeune marginal, ne lit que des polars. Quand il trouve sa voisine pendue à son balcon, un rôti de porc à ses côtés, il sort de sa léthargie. Est-ce le meurtre symbolique d'un fou de Dieu ? Avec Rachel Kupferstein et Jean Hamelot, flics cinéphiles et torturés, Ahmed enquête au coeur d'un 19e arrondissement cosmopolite où ripoux, caïds et fondamentalistes se livrent une guerre sans pitié.

« Gorgé de sensualité, d'odeurs et de musique, pétri d'onirisme, de légendes et de fantasmes, empreint d'humour, Arab Jazz parvient à esquisser un véritable univers, carrefour cosmopolite et polyphonique de la société. »

Télérama

Grand Prix du Meilleur Polar des lecteurs de Points 2014
Grand Prix de littérature policière 2012

ÉGALEMENT CHEZ POINTS POLICIER

Terminus Belz
Emmanuel Grand

Enez Ar Droc'h. L'île des fous, comme l'appellent les locaux. Pour Marko Voronine, clandestin traqué par la mafia roumaine, Belz semblait l'endroit idéal pour se faire oublier. Mais dans cette enclave portuaire, les étrangers ne sont pas aimés et Marko se brouille avec un marin, Jugand. Quelques jours plus tard, son cadavre mutilé est découvert. Marko sait son temps compté et la fuite impossible.

« Tantôt thriller qui dégrise, tantôt roman social inspiré, Terminus Belz *déploie sa belle architecture et son écriture musicale jusqu'à la dernière page. »*

Télérama

ÉGALEMENT CHEZ POINTS POLICIER

Passage du Désir

Dominique Sylvain

Lola Jost, ex-commissaire en retraite anticipée, et Ingrid Diesel, masseuse américaine au passé mouvementé, sont voisines. Rien ne les rapproche, si ce n'est un crime sordide commis dans leur quartier. Pour retrouver le coupable, ce tandem haut en couleurs, improbable et truculent, investit les milieux de la prostitution, ceux du cinéma gore, et l'univers retors d'un tueur obsessionnel.

Grand Prix des lectrices de ELLE 2005

« Ce roman exerce sur le lecteur un charme irrésistible. »

Télérama

ÉGALEMENT CHEZ POINTS POLICIER

Fakirs

Antonin Varenne

Alan Mustgrave exerçait le métier de fakir. Américain, ancien Marine, homosexuel et héroïnomane, il est mort sur scène, à Paris, dans d'étranges circonstances. Son meilleur ami John cherche des réponses, mais ne fait que soulever davantage de questions. Accident, suicide, assassinat ? Le commissaire Guérin, paria du 36 Quai des Orfèvres relégué au service des Suicides, n'est pas au bout de ses peines.

Prix du Meilleur Polar des lecteurs de Points 2010

« Antonin Varenne, nouveau pape du roman policier. »

Le Point